RICORDI INTIMI

Le Cronache dei Krinar: Volume 3

ANNA ZAIRES

♠ Mozaika Publications ♠

Pubblicato da Mozaika Publications, stampato da Mozaika LLC.
www.mozaikallc.com

Copertina di Najla Qamber Designs
www.najlaqamberdesigns.com

e-ISBN: 978-1-63142-332-1
ISBN: 978-1-63142-333-8

PARTE UNO

Il Krinar camminava per le strade di Mosca, osservando silenziosamente le masse umane tutt'attorno a lui. Mentre passava, poteva scorgere la paura e la curiosità sui loro volti, sentire l'odio provenire da alcuni passanti.

La Russia era uno dei Paesi che aveva opposto maggior resistenza—e in cui il bilancio delle vittime del Grande Panico era stato più pesante. Con un governo largamente corrotto e una popolazione diffidente nei confronti di qualsiasi autorità, molti russi avevano preso l'invasione dei Krinar come scusa per saccheggiare a volontà e accumulare tutte le risorse possibili. Perfino ora, più di cinque anni dopo, alcune delle vetrine di Mosca erano ancora spoglie, con le vetrate oscurate, testimonianza dei mesi tumultuosi che erano seguiti al loro arrivo.

Per fortuna, l'aria nella città era migliore ora, meno inquinata di quanto il Krinar ricordasse. Qualche anno fa, un pesante smog incombeva sulla città, irritandolo come nessun'altra cosa. Non che avrebbe potuto danneggiarlo in qualche modo, ma il K prediligeva l'aria respirabile, che non conteneva troppe particelle di idrocarburi.

Avvicinandosi al Cremlino, il K si tirò il cappuccio del giubbotto sopra la testa e cercò di sembrare quanto più umano possibile, facendo molta attenzione ai movimenti per renderli più lenti e meno aggraziati. Non si faceva illusioni sul fatto che i satelliti K non lo stessero osservando in quel momento, ma nessuno nei Centri aveva motivo di sospettare di lui. Negli ultimi anni, aveva viaggiato il più possibile, spesso comparendo nelle principali città umane per una ragione o per l'altra. In questo modo, se qualcuno si fosse interrogato sul suo comportamento, le sue ultime spedizioni non avrebbero destato alcun allarme.

Non che qualcuno si sarebbe preoccupato. I Krinar che avevano aiutato la Resistenza—i Keith, come venivano chiamati—erano in carcere, e il povero Saur era stato accusato di aver cancellato i loro ricordi. Le cose non sarebbero potute andare meglio, se il K le avesse pianificate da solo.

No, non aveva bisogno di nascondere la propria identità dagli occhi Krinar nel cielo. Il suo obiettivo era quello di ingannare le telecamere umane posizionate intorno ai muri del Cremlino— nel caso in cui i leader russi si fossero allarmati, prima che lui avesse avuto la possibilità di visitare le altre grandi città.

Sorridendo, il K finse di essere nient'altro che un

turista umano, mentre faceva un piacevole giro intorno alla Piazza Rossa, con le suole delle scarpe che sbattevano sul marciapiede e rilasciavano minuscole capsule contenenti i semi di una nuova era nella storia umana.

Dopo aver finito, si diresse verso la navicella che aveva lasciato in uno dei vicoli vicini.

L'indomani avrebbe rivisto Mia.

Saret non vedeva l'ora.

CAPITOLO UNO

"**O**h mio Dio, Korum, quando l'hai fatto?"

Mia fissò l'ambiente circostante in stato di shock. Tutti i mobili che conosceva erano scomparsi, e la casa di Korum a Lenkarda—il luogo che aveva cominciato a considerare casa sua—assomigliava molto a un'abitazione Krinar ora, con tanto di panche fluttuanti e spazi al posto giusto. L'unica cosa rimasta erano le pareti e il soffitto trasparenti—una caratteristica Krinar che Korum si era concesso fin dall'inizio.

Il suo amante sorrise, mostrando la familiare fossetta sulla guancia sinistra. "Sono sgattaiolato per un'ora o giù di lì, mentre dormivi."

"Sei venuto qui dalla Florida solo per cambiare l'arredamento?"

Rise, scuotendo la testa. "No, dolcezza, non sono così meticoloso. Dovevo occuparmi di alcune questioni d'affari, e ho deciso di sorprenderti."

"Beh, è una bellissima sorpresa" esclamò Mia, girando lentamente in cerchio e studiando lo strano spettacolo che l'aveva accolta al loro ritorno a Lenkarda.

Al posto del divano color avorio, ora c'era una lunga tavola bianca che fluttuava a un paio di metri dal pavimento. Da quello che Korum le aveva spiegato una volta, i Krinar erano in grado di far fluttuare i mobili, utilizzando una variazione della stessa tecnologia del campo di forza che proteggeva le loro colonie. Mia sapeva che, se si fosse seduta sulla tavola, essa si sarebbe immediatamente adattata al suo corpo, diventando il più confortevole possibile. Altre panche fluttuanti erano visibili vicino alle pareti, e un paio di queste erano occupate da qualche pianta da interno con brillanti fiori rosa.

Anche il pavimento era diverso—e differente da qualsiasi cosa la ragazza avesse visto in altre abitazioni Krinar. Cercò di ricordare come fossero gli altri pavimenti, ma tutto ciò che riuscì a richiamare alla memoria fu che erano solidi e chiari, come se fossero di pietra. Non aveva prestato ad essi molta attenzione, perché i materiali Krinar per la pavimentazione non sembravano così diversi da qualcosa che si sarebbe potuto trovare in una casa umana. Tuttavia, ciò che aveva ora sotto i piedi aveva una struttura molto insolita e una consistenza quasi spugnosa. La faceva sentire come se fosse sospesa nell'aria.

"Che cos'è?" chiese a Korum, indicando la strana sostanza.

"Togliti le scarpe e lo vedrai" suggerì, togliendo i suoi sandali. "È una novità che un mio dipendente ha inventato di recente—una variazione della tecnologia intelligente del letto."

Incuriosita, Mia seguì il suo esempio, lasciando che i piedi nudi affondassero nella comoda pavimentazione. Il materiale sembrava fluttuare intorno ai suoi piedi, avvolgendoli, e poi fu come se migliaia di piccole dita le stessero sfregando delicatamente le dita dei piedi e i talloni, allentando ogni tensione. Un massaggio... solo mille volte meglio. "Oh, wow" sospirò Mia, con un enorme sorriso beato sul viso. "Korum, è straordinario!"

"Uh-uh." Stava camminando per la stanza, quasi godendo anche lui di quelle sensazioni. "Sapevo che ti sarebbe piaciuto."

Con i piedi in paradiso, Mia lo osservò girare lentamente nella stanza, con il corpo alto e muscoloso che si muoveva con la grazia felina comune alla sua specie. A volte stentava a credere che quell'uomo splendido e complicato fosse suo—che l'amasse tanto quanto lei amava lui.

La felicità di Mia in quei giorni era così assoluta da essere quasi spaventosa.

"Vuoi vedere il resto della casa?" Si fermò accanto a lei e le rivolse un caldo sorriso.

"Sì, certo!" Mia sorrise, entusiasta come una bambina in un negozio di dolciumi.

Tre giorni fa, durante una delle loro passeggiate serali in Florida, aveva accennato a Korum che le avrebbe fatto piacere vedere com'era la casa prima che lui la "umanizzasse" per il suo bene. Per quanto quel gesto fosse stato premuroso, Mia era ormai abituata allo stile di vita dei Krinar e non aveva più bisogno delle rassicurazioni di un ambiente familiare. Voleva vedere come aveva vissuto il suo amante alieno prima che si conoscessero. Le aveva sorriso e le aveva promesso che avrebbe modificato prontamente la casa—e ovviamente aveva mantenuto la promessa.

"Ok" disse, fissandola con uno sguardo leggermente malizioso sul suo bel viso. "C'è una stanza che non hai ancora visto, e muoio dalla voglia di mostrartela..."

"Davvero?" La ragazza sollevò le sopracciglia, con il cuore che iniziò a battere più velocemente e il ventre che si irrigidì dall'attesa. Gli occhi dell'extraterrestre ora avevano un sottotono dorato, e lei capì che, a prescindere da cosa fosse, ne sarebbe rimasta estasiata, gridando tra le sue braccia. Se c'era una cosa su cui poteva sempre contare, era il suo desiderio insaziabile per lei. Nonostante facessero sesso innumerevoli volte al giorno, sembrava volere sempre di più... e anche lei.

"Vieni" disse, prendendole la mano e conducendola verso la parete alla loro sinistra.

Man mano che si avvicinavano, la parete non si dissolse come al solito. Anzi, Mia si sentì sprofondare sempre di più nel materiale spugnoso sotto i suoi piedi. Essi furono assorbiti per primi, seguiti dalle caviglie e dalle ginocchia. Sembravano sabbie mobili, ma il tutto stava accadendo proprio nella casa. Guardando Korum con un'espressione spaventata, si aggrappò alla sua mano. "Che cosa—?"

"Va tutto bene." Diede al palmo una stretta rassicurante. "Non preoccuparti." La stessa cosa stava succedendo a lui; e Mia vide che il pavimento lo stava praticamente risucchiando.

"Uhm, Korum, non ne sarei così sicura..." La ragazza era ormai sepolta fino alla vita, e la parte inferiore del corpo si sentiva decisamente strana—quasi priva di peso.

"Ancora qualche secondo" le promise, sorridendo.

"Ancora qualche secondo?" Mia ora era ricoperta fino al petto da quello strano materiale. "Prima di cosa?"

"Prima di questo" disse, mentre la loro discesa improvvisamente accelerò e attraversarono completamente il pavimento.

La ragazza emise un grido, stringendo la presa sulla mano di Korum. All'inizio, c'erano solo le tenebre e la spaventosa sensazione del nulla sotto i piedi, e poi si ritrovarono improvvisamente a fluttuare in una stanza circolare, illuminata da luci soffuse, con massicce pareti e soffitto color pesca.

Fluttuarono letteralmente a mezz'aria.

Ansimando, Mia fissò il suo amante, incapace di credere a quello che stava succedendo. "Korum, questa è—?"

"Una stanza a gravità zero?" Stava sorridendo come un bambino in procinto di scartare un nuovo giocattolo. "Sì, esattamente."

"Hai una stanza a gravità zero in casa tua?"

"Sì" ammise, ovviamente soddisfatto della sua reazione. Lasciando andare la mano di Mia, fece una lenta capriola nell'aria. "Come puoi vedere, è molto divertente."

Mia rise, incredula, poi cercò di seguire il suo esempio—ma non riuscì a controllare i movimenti. Non aveva idea di come Korum fosse riuscito a farlo così facilmente. Muoveva le braccia e le gambe, ma non sembrava molto utile per lei. Era come se stesse galleggiando nell'acqua, ma senza la sensazione del bagnato.

Non sapeva dire quale parte fosse l'alto o il basso; la stanza era priva di finestre, e non c'era una chiara distinzione tra pareti, pavimento e soffitto. Era come se fossero in una gigantesca bolla—cosa che probabilmente non era poi così lontana dalla verità. Mia non era un'esperta in materia, ma pensava che non fosse facile creare un ambiente a gravità zero sulla Terra. Doveva esserci molta tecnologia complessa che li circondava e negava la forza gravitazionale del pianeta.

"Wow" disse dolcemente, gironzolando nell'aria. "Korum, è incredibile... Anche altri Krinar ce l'hanno?"

Era riuscito a raggiungere una delle pareti, e la utilizzò per spingersi nella sua direzione. "No—" Si allungò per afferrarle un braccio, fluttuando verso di lei. "—non sono in molti ad averla."

Mia sorrise, mentre la tirava verso di sé. "Oh davvero? Solo tu?"

"Forse" mormorò, avvolgendole un braccio intorno alla vita e stringendola forte. I suoi occhi stavano diventando più dorati secondo dopo secondo, e la durezza che premeva sul ventre di Mia non lasciava dubbi sulle sue intenzioni.

L'umana sgranò gli occhi. "Qui?" gli chiese, con il battito del cuore che accelerò per l'eccitazione.

"Mmm-mmm..." La stava già tirando su (o giù?) per mordicchiarle la zona sensibile dietro il lobo.

Come sempre, il suo tocco le fece vibrare tutto il corpo dall'attesa. Piegando la testa all'indietro, gemette piano, con il calore liquido che le attraversò le vene.

"Ti amo" le sussurrò nell'orecchio, accarezzandola con le grosse mani e tirandole giù il vestito. Si era alzato, ma Mia non ci aveva fatto caso, con gli occhi incollati all'uomo che amava più della vita stessa.

Non si sarebbe mai stancata di sentire quelle parole da lui, pensò Mia, osservandolo, mentre si allontanò un attimo per togliere i vestiti. La sua maglietta fu la prima, seguita dai pantaloncini, e poi fu completamente nudo, mostrando un fisico che colpiva per la perfezione maschile. Il fatto che stessero fluttuando nell'aria aggiungeva un elemento di surrealismo all'intera scena, facendo sentire Mia come se fosse all'interno di uno stravagante sogno erotico.

Allungando la mano, gli passò le mani sul petto, meravigliata dalla liscia consistenza della sua pelle e dai muscoli solidi come rocce lì sotto. "Ti amo anch'io" mormorò, e vide i suoi occhi brillare più intensamente dal desiderio.

Portandola verso di lui, la fece girare, in modo che fluttuasse perpendicolarmente a lui, con la parte inferiore del corpo all'altezza degli occhi. Prima che lei potesse dire qualcosa, le aprì le cosce, esponendo le delicate pieghe al suo sguardo affamato. "Così bella" sussurrò. "Così calda e umida... Non vedo l'ora di assaggiarti—" aggiunse, con una lenta leccata della zona più intima: "—di farti venire..."

Gemendo, Mia chiuse gli occhi, con la familiare tensione che cominciò a radunarsi nel profondo del ventre. Fluttuare a mezz'aria sembrava accentuare tutte le sensazioni. Senza una superficie su cui sdraiarsi o qualsiasi altra cosa che le toccasse il corpo, tutto ciò che poteva sentire—tutto ciò su cui si poteva concentrare—era l'incredibile piacere della sua bocca che le leccava e mordicchiava il clitoride, e delle mani forti che la accarezzavano lungo le cosce.

Senza alcun preavviso, un potente orgasmo l'attraversò, partendo dal nucleo e diffondendosi verso l'esterno. Mia gridò, arricciando le dita dei piedi dall'intensità del rilascio, e poi la capovolse in modo che lo guardasse. Prima ancora che le pulsazioni si calmassero, il grosso cazzo era già sulla sua apertura, entrando con una semplice spinta.

Ansimando, Mia aprì gli occhi e lo afferrò per le spalle, con lo shock per quel possesso che riecheggiò nel suo corpo. Si fermò un attimo, poi cominciò a muoversi lentamente, concedendole il tempo di adattarsi alla pienezza all'interno. Colpo dopo colpo, la punta dell'asta colpiva il punto sensibile in profondità, facendola sussultare dalla sensazione.

Quelle spinte delicate e misurate sembravano andare avanti all'infinito, portandola sempre più vicino al limite, ma senza raggiungere il climax. Gemendo dalla frustrazione, Mia affondò le unghie nelle sue spalle, sentendo il bisogno che si muovesse più velocemente. "Per favore, Korum..." sussurrò, sapendo che a volte lo voleva—che gli piaceva sentirla supplicare per il massimo piacere.

"Oh, non ti preoccupare" mormorò lui, con gli occhi quasi oro puro. "Ti soddisferò, dolcezza mia." E stringendola forte con un braccio, allungò la mano dietro di lei e le sfregò la zona che li univa, raccogliendo l'umidità. Poi, con sorpresa di Mia, il dito dell'alieno si avventurò più in alto, tra i globi lisci delle natiche, e premette delicatamente sulla piccola apertura.

Rimanendo a bocca aperta, Mia lo fissò con un mix di paura ed eccitazione.

"Shhh, rilassati..." la calmò, con voce vellutata. E prima che lei potesse dire qualcosa, lui chinò la testa, prendendole la bocca per un bacio appassionato e seducente, mentre il dito cominciò a spingere dentro.

All'inizio, sembrò far male e bruciare, con la sconosciuta intrusione che la fece fremere contro di lui in un inutile sforzo per alleviare il disagio. Con l'asta tutta sepolta dentro di lei, l'invasione aggiuntiva del suo corpo era troppa, le sensazioni strane e snervanti. Tuttavia, quando si fermò, con il dito solo parzialmente dentro di lei, il bruciore cominciò ad attenuarsi, lasciando un'insolita sensazione di pienezza nella sua scia.

Alzando la testa, Korum la fissò sotto le palpebre pesanti. "Va tutto bene?" chiese dolcemente, e Mia annuì, incerta, non riuscendo a decidere se la strana sensazione le piacesse o meno.

"Bene" sussurrò, cominciando a muovere nuovamente i fianchi, tenendo il dito fermo. "Rilassati... Sì, che brava ragazza..."

Chiudendo gli occhi, Mia si concentrò, cercando di non irrigidirsi, anche se stava diventando sempre più difficile. Lo sconosciuto disagio in qualche modo si aggiungeva alla pressione che si stava accumulando dentro di lei, con ogni spinta del cazzo che faceva muovere il dito leggermente, travolgendole i sensi. L'extraterrestre accelerò il ritmo gradualmente, muovendo i fianchi sempre più velocemente... e poi, all'improvviso lo raggiunse, con tutto il corpo scosso da un orgasmo così intenso da lasciarla debole e ansimante.

Korum emise un gemito soffocato contro di lei, mentre i muscoli interni gli strinsero il cazzo, scatenando il suo orgasmo. Poté sentire gli spruzzi caldi del suo seme nel ventre, sentire il suo duro respiro aspro nelle orecchie, mentre le stringeva il braccio attorno alla vita, tenendola saldamente immobile.

Quando tutto finì, ritirò lentamente il dito e la baciò, con le labbra dolci e tenere sulle sue.

E poi fluttuarono per qualche altro minuto, con i corpi madidi di sudore e avvolti intimamente l'uno attorno all'altro.

∼

LA MATTINA SEGUENTE, Mia si svegliò e si stiracchiò, con un grande sorriso sul viso, al ricordo di quello che era accaduto il giorno prima. Sembrava che Korum avesse appena iniziato a farle conoscere i vari piaceri erotici che aveva in serbo per lei... e lei non vedeva l'ora di viverli. Giusto o sbagliato che fosse, ora era completamente dipendente da lui, dal piacere che provava tra le sue braccia, e non riusciva a immaginare di stare con nessun altro—specialmente non con un normale umano.

Era buffo: aveva sempre sentito dire che le relazioni tendevano a perdere l'intensità iniziale col passare del tempo, ma sembrava che la loro passione si stesse rafforzando giorno dopo giorno. In parte, era dovuto al fatto che Korum era un amante fenomenale; durante i suoi duemila anni, aveva avuto tutto il tempo per scoprire tutte le zone erogene del corpo di una donna. Ma era anche qualcosa di più, qualcosa di indefinibile —quella singolare armonia tra loro, che era stata evidente fin dall'inizio.

A volte la spaventava la misura in cui ora aveva bisogno di lui. La bramosia andava al di là del fattore fisico, anche se non riusciva a immaginare di vivere anche un solo giorno senza il piacere sconvolgente che provava tra le sue braccia. Era come se fossero connessi a livello cellulare—due metà di un intero.

Continuando a sorridere, Mia rotolò giù dal letto. Prendendo l'orologio da polso, lo guardò per controllare l'ora. Con sua sorpresa, erano già le otto del mattino, il che significava che aveva solo un'ora per fare colazione e andare al laboratorio. Sebbene fosse sabato, era una giornata lavorativa a Lenkarda, dal momento che i Krinar non seguivano il calendario umano per quanto riguardava i giorni feriali e i fine settimana. La loro "settimana" durava solo quattro giorni, non sette—tre giorni di lavoro, seguiti da una giornata di riposo. Tuttavia, Mia continuava a pensare al tempo in termini di calendario umano, dato che era quello a cui era abituata.

Korum era già andato via, così Mia chiese alla casa di prepararle un frullato e corse a fare una doccia veloce. Anche quella era diversa ora, dopo gli sforzi di rimodellamento di Korum. Al posto della combinazione doccia/Jacuzzi a cui era abituata, il bagno ora aveva una gigantesca cabina circolare con la stessa tecnologia intelligente del resto della casa. L'acqua usciva dovunque e da nessuna parte, lavando e massaggiandole ogni parte del corpo, con la pressione dell'acqua e la temperatura che si adattavano automaticamente alle sue esigenze. Non era necessario alcuno sforzo per lavarsi; sui capelli e la pelle vennero applicati delicati saponi, shampoo e alcuni oli insoliti, mentre lei stava semplicemente lì, lasciando che la tecnologia Krinar svolgesse tutto il lavoro.

Dopo la doccia, Mia uscì e dei caldi getti d'aria le asciugarono il corpo. Anche i capelli si asciugarono automaticamente, con l'effetto di ricci ordinati e lucenti che avrebbero potuto essere il risultato di una seduta da un parrucchiere di lusso. Allo stesso tempo, la sua bocca si riempì del sapore di qualcosa di fresco, come se si fosse appena lavata i denti.

Dopo essersi vestita, un frullato di mandorle e fragole era già pronto ad aspettarla sul tavolo della cucina. Afferrandolo, Mia lasciò la casa e si diresse al lavoro.

~

PUR ESSENDO STATA VIA SOLO una settimana, Mia scoprì che le era mancato l'ambiente del laboratorio. Amava imparare, e la sfida di padroneggiare un argomento difficile non l'aveva mai scoraggiata. Parte della sua iniziale riluttanza a lasciarsi coinvolgere da Korum era dovuta alla paura di perdere se stessa, di diventare niente più che una glorificata schiava del piacere. Invece, sembrava aver scoperto un modo per diventare una parte utile della società Krinar, per contribuire in qualche modo. Trovandole il tirocinio, Korum aveva fatto molto più che aiutarla con il curriculum; aveva anche dimostrato di considerarla una persona intelligente e capace—una persona non solo da desiderare, ma anche da rispettare.

Arrivata al laboratorio, Mia trascorse la maggior parte della giornata a rimettersi in pari con quello che si era persa durante la settimana in Florida. Nonostante le chiacchierate quasi quotidiane con Adam, il suo collaboratore di progetto, sentiva che era rimasta indietro su alcuni degli ultimi sviluppi. Non aveva nemmeno molto tempo per recuperare, dato che Adam stava programmando di partire per andare a trovare la sua famiglia umana adottiva quel pomeriggio.

"Com'è possibile che Saret ti abbia concesso di farlo?" scherzò Mia. "Partirai per un'intera settimana? Korum ha dovuto praticamente usare le maniere forti per convincerlo a lasciarmi andare tutto quel tempo, e tu sei molto più utile..."

Adam scrollò le spalle. "Non aveva molta scelta. Gli ho detto che sarei partito, ecco tutto."

Lei gli sorrise, nuovamente colpita dal giovane Krinar. Nonostante l'educazione umana—o forse proprio per questo—sapeva reggere benissimo il confronto con loro.

Alla fine, verso le quattro del pomeriggio, Adam le diede un po' di letture e se ne andò per la sua vacanza, lasciandola sola nel laboratorio. Gli altri apprendisti stavano lavorando su un progetto congiunto con il laboratorio della mente della Tailandia, ed erano andati lì alcuni giorni per concludere qualche esperimento.

Mia passò le due ore successive a leggere e poi andò a controllare i dati che venivano generati dalla simulazione virtuale di un giovane cervello Krinar. A quanto pareva, l'ultimo metodo che lei e Adam avevano ideato era davvero un passo nella giusta direzione. Il trasferimento della conoscenza stava avvenendo a un ritmo più veloce e con meno effetti collaterali spiacevoli. Probabilmente, avrebbero potuto migliorarlo ulteriormente entro la fine dell'estate—

"Com'è andata la tua vacanza in Florida?" chiese una voce familiare dietro di lei, e Mia sussultò, sorpresa.

Voltandosi, fece un respiro profondo, cercando di calmare il battito del cuore. "Mi hai spaventata" disse a Saret, sorridendogli. "Non sapevo che ci fosse qualcun altro nel laboratorio."

Il capo si passò le dita tra i capelli scuri. "Sto solo finalizzando alcune cose." Sembrava insolitamente teso, e Mia pensò che fosse stanco—cosa insolita per un Krinar.

"Va tutto bene?" chiese timidamente, non volendo oltrepassare il limite. Sebbene stesse lavorando per Saret da un paio di settimane, si sentiva come se non lo conoscesse ancora bene. Non trascorreva molto tempo nel laboratorio, dal momento che qualsiasi progetto a cui lavorava lo portava in giro per il mondo. Quando era nel laboratorio, di solito passava il tempo nel suo ufficio—anche se lo aveva sorpreso a guardarla alcune volte, tenendo d'occhio l'unica umana che aveva accettato nel laboratorio.

"Certo" disse Saret, rilassando i lineamenti per un sorriso. "Perché non dovrebbe? Uno dei miei assistenti preferiti è tornato."

Sentendosi leggermente imbarazzata, Mia ricambiò il sorriso. "Grazie" disse. "È bello essere tornata. Stavo controllando i dati, e a quanto pare ci sono dei progressi—"

"Bene" la interruppe Saret. "Non vedo l'ora di leggere la tua relazione."

"Certo. La preparerò stasera—"

"No, non ce n'è bisogno. Puoi tornare a casa presto oggi. È il tuo primo giorno dopo le vacanze, e so che il tuo cheren non sarebbe felice, se ti tenessi qui fino a tardi."

Sorpresa, Mia annuì. "D'accordo, se ne sei sicuro..." Normalmente, a Saret non piaceva quando i suoi apprendisti non rimanevano un giorno intero. Aveva persino avuto una discussione con Korum, quando Mia aveva iniziato il tirocinio. E ora, sembrava voler davvero che tornasse a casa... Tuttavia, la ragazza non aveva intenzione di polemizzare; aveva pianificato di tornare a casa nella prossima ora, comunque.

"Certo." Saret le sorrise. C'era qualcosa in quel sorriso che la metteva a disagio, ma non riusciva a capire cosa.

"Va bene, allora, grazie. Ci vediamo domani" disse Mia, passandogli accanto. E mentre lo faceva, avrebbe giurato di sentirlo avvicinarsi, inspirando—quasi come se stesse respirando il suo profumo.

Dicendo a se stessa che stava immaginando tutto, Mia uscì dal laboratorio e salì sulla navicella che la stava aspettando accanto all'edificio del laboratorio. Korum l'aveva creata appositamente per lei, con il preciso scopo di spostarsi per Lenkarda. Come l'orologio da polso che le aveva dato, era programmata per rispondere ai suoi comandi vocali. Sentendosi stanca dopo un'intera giornata di lavoro, Mia si sedette su uno dei sedili intelligenti e ordinò alla navicella di portarla a casa.

~

Saret guardò Mia uscire, con le mani quasi tremanti dall'impulso di allungare la mano e toccarla.

Averla così vicino dopo la sua lunga assenza era stato terribile. La dolcezza del suo profumo inebriava il laboratorio, e non era riuscito a evitare di avvicinarsi, di respirarla. Se non fosse andata via, avrebbe fatto qualcosa di stupido—come avvicinarsi per assaggiarla. E non sarebbe stato in grado di fermarsi dopo un solo assaggio.

Quando cercava di analizzare la propria mente—come avrebbe fatto qualsiasi esperto della mente—poteva ipotizzare una dozzina di ragioni per cui era diventato così ossessionato da lei. Innanzitutto, apparteneva a Korum. Anche da piccoli, Saret aveva sempre desiderato i giocattoli di Korum. Anche allora il suo nemico era stato creativo, modificando i progetti per i giochi popolari e creando qualcosa che fosse migliore di quello che chiunque altro possedeva. Saret detestava Korum per questo, e adesso lo detestava ancora di più. Certo, non l'avrebbe mai dato a vedere. I nemici di Korum non facevano mai una bella fine. Era molto meglio essergli amico—o, almeno, comportarsi come tale.

E Mia era il suo ultimo giocattolo. Così piccola, così delicata, così perfettamente umana. Per la prima volta, Saret comprese perché la sua specie teneva animali domestici. Avere una creatura graziosa da chiamare tua, da accarezzare e toccare a tuo piacimento—c'era qualcosa di incredibilmente attraente in questo. Soprattutto quando quella creatura ti amava, dipendeva da te... Sarebbe stata un ottimo animale domestico, pensò Saret ironicamente, con quella folta massa di capelli che sembrava così morbida da accarezzare.

Era sorpreso che Korum le permettesse di passare così tanto tempo lontana da lui. Saret lo aveva messo alla prova all'inizio, insistendo sul fatto che Mia rimanesse tutto il giorno, solo per vedere se ciò avrebbe convinto Korum dell'assurdità di avere un'umana in un ambiente di lavoro Krinar. Il suo nemico era l'ultima persona che lui si sarebbe aspettato avrebbe trattato una ragazza umana come suo pari. Certo, era intelligente—per essere un'umana—ma era anche giovane e malleabile. Non ci sarebbe voluto molto per modellarla, rendendola ciò che voleva. Qualunque cosa lei pensasse di volere ora—niente di tutto ciò importava. Se fosse stata la *sua* charl, l'avrebbe facilmente convinta a essere felice del ruolo nella sua vita, nel suo letto. C'erano così tanti divertimenti di cui una ragazza umana avrebbe potuto godere: trattamenti termali virtuali e reali, bei vestiti, registrazioni interessanti, libri divertenti... E invece, Korum la faceva lavorare senza sosta. Non c'era da stupirsi che lei continuasse a obiettare di essere una charl. Il suo cheren semplicemente non sapeva come trattarla correttamente.

Sospirando, Saret tornò nel suo ufficio. Tutta l'analisi della mente del mondo non cambiava il fatto che lui la voleva. E presto l'avrebbe avuta. Doveva solo pazientare ancora un po'.

Tornando a rivolgere l'attenzione al proprio compito, Saret fece apparire una mappa tridimensionale di Shanghai.

La Cina era il prossimo Paese sulla sua lista.

CAPITOLO DUE

"Non c'è nulla di cui preoccuparsi" disse Korum con tono rassicurante, posando un punto bianco sulla tempia di Mia. "Ti adoreranno, proprio come me."

Mia attorcigliò nervosamente una ciocca di capelli con le dita, prima di sistemarla dietro l'orecchio. "Alla tua famiglia non dispiacerà che sono umana?"

"No" la rassicurò. "Sanno già tutto di te, e sono molto contenti che io abbia trovato una persona a cui tengo molto."

Dopo che la ragazza era tornata a casa dal lavoro, Korum l'aveva sorpresa dicendole di volerle far conoscere la *sua* famiglia. Così, ora stava per portarla in una realtà virtuale, in cui avrebbe conosciuto i suoi genitori. L'ambiente virtuale sarebbe stato molto realistico, e lei avrebbe potuto interagire con i genitori come se fossero stati lì di persona.

Erano su Krina.

"Sei sicuro che non dovrei cambiarmi?" Mia sapeva che stava temporeggiando, ma si sentiva ridicolmente in ansia. "E a tua madre non darà fastidio che io indossi la collana della tua famiglia?"

"Sei bellissima, e la collana è perfetta per te" disse con fermezza. "Mia madre sarà felice di vederla intorno al tuo collo; me l'ha data proprio per questo—per donarla alla donna di cui mi fossi innamorato."

Mia fece un respiro profondo, cercando di controllare il rapido battito cardiaco. "Ok, allora sono pronta." Era pronta più che mai per incontrare i genitori del suo amante extraterrestre—che risiedevano a migliaia di anni luce di distanza.

Korum sorrise, e il mondo intorno a lei si offuscò per un secondo.

In preda alle vertigini, Mia chiuse gli occhi, e quando li riaprì si ritrovò in un grande edificio arioso che somigliava vagamente alla casa di Korum a Lenkarda. Dall'interno, era completamente trasparente, e poté vedere piante insolite all'esterno. La maggior parte della flora aveva una familiare tonalità di verde, ma proliferavano anche il rosso, l'arancione e il giallo. Era straordinariamente bello. L'interno dell'edificio aveva lo stesso aspetto "Zen" della casa di Arman. Era tutto di un bel colore bianco sporco, e la luce del sole che filtrava dal soffitto chiaro rifletteva su una splendida composizione floreale proprio nel bel mezzo della stanza—l'unico tocco di colore in un ambiente altrimenti incontaminato. I fiori sembravano crescere proprio da un'apertura nel pavimento. Lungo le pareti, c'erano alcune panche fluttuanti dall'aspetto familiare che fungevano da mobili multiuso.

"È stupenda" sussurrò Mia, guardandosi intorno. "È la casa dei tuoi genitori?"

Korum annuì, sorridendo. Sembrava piuttosto soddisfatto. "È la mia casa d'infanzia" spiegò, allungandosi per prenderle la mano e stringerla leggermente.

Come al solito, il suo tocco la fece sentire calda dentro, e si meravigliò di nuovo di quanto fosse autentica quella realtà virtuale. In qualche modo, questo era ancora più convincente della discoteca in cui l'aveva portata una volta per soddisfare la sua fantasia. Tutti i suoi sensi erano potenziati, come se fosse fisicamente presente lì, su un pianeta di una galassia diversa.

Respirando profondamente, Mia si rese conto che l'aria era un po' rarefatta rispetto a quella a cui era abituata, come se fossero ad alta quota. In realtà si sentiva anche un po' stordita, e sperava che presto si sarebbe abituata. La temperatura era piacevolmente mite, e sembrava esserci una leggera brezza proveniente da qualche parte, anche se erano all'interno dell'edificio. C'era anche un profumo esotico, ma attraente nell'aria. Probabilmente dovuto ai fiori, pensò Mia. L'aroma era quasi... di frutta. Non aveva mai sentito niente di simile.

Mentre Mia studiava l'ambiente circostante, una delle pareti si dissolse, ed entrò una donna Krinar. Era alta e magra, con lunghe gambe da top model e capelli scuri e lucenti. I suoi occhi erano dello stesso caldo colore ambrato di quelli di Korum. Non poteva che essere la madre di Korum; la loro somiglianza era inconfondibile.

Vedendoli lì insieme, un enorme sorriso le illuminò il volto. "Figlio mio" disse dolcemente, con gli occhi che brillavano dall'amore, mentre guardava Korum. "Sono così felice di rivederti." Come per tutti i K, era impossibile determinare la sua età; sembrava avere venticinque anni.

Lasciando andare la mano di Mia, l'alieno attraversò la stanza e avvolse la madre in un caldo abbraccio. "Anch'io, Riani, anch'io..."

Mia osservò il loro ricongiungimento, sentendosi come se si stesse intromettendo in un familiare momento intimo. Non riusciva a immaginare come dovesse essere per i suoi genitori, con il figlio che viveva così lontano. Certo, potevano incontrarsi virtualmente, ma non era come vedersi di persona.

Voltandosi verso Mia, Korum sorrise e disse: "Vieni qui, tesoro. Lascia che ti presenti a mia madre."

Piegando le labbra in un sorriso di risposta, Mia si avvicinò a loro, notando il modo in cui gli occhi della K la esaminavano dalla testa ai piedi. All'umana cominciarono a tremare i palmi. Che cosa stava pensando quella donna meravigliosa? Si stava chiedendo come avesse fatto il figlio a finire con un'umana?

Fermandosi a qualche metro di distanza, Mia sorrise ancora di più. "Ciao" disse, non sapendo bene se allungarsi e sfiorare la guancia della K con le nocche. Nelle ultime due settimane aveva imparato che era il saluto usato dalle femmine Krinar.

Ma la madre di Korum non aveva simili perplessità. Sollevando la mano, sfiorò delicatamente la guancia di Mia e ricambiò il sorriso. "Ciao, mia cara. Sono così felice di conoscerti finalmente."

"Riani, questa è Mia, la mia charl" disse Korum. "Mia, questa è Riani, mia madre."

"È un vero piacere conoscerti, Riani." Mia stava iniziando a sentirsi più a proprio agio. Nonostante la bellezza luminosa della donna e l'aspetto giovanile, c'era qualcosa di molto rilassante nei suoi modi. Quasi materno, pensò Mia con un sorriso interiore.

"Dov'è Chiaren?" chiese Korum, rivolgendosi alla madre.

"Oh, sarà qui tra poco" disse, agitando la mano. "Ha avuto un contrattempo al lavoro. Non preoccuparti—sa che siete qui."

Chiaren doveva essere il padre di Korum, pensò Mia. Era interessante che chiamasse i genitori per nome, anche se aveva senso. Vista la longevità dei K, i confini tra le generazioni probabilmente erano molto meno definiti rispetto a quelli degli umani. Sebbene Korum avesse menzionato una volta che i suoi genitori erano molto più grandi di lui, lei pensava che il divario tra duemila anni e qualche migliaio di anni non fosse poi così drammatico.

Un sibilo interruppe le riflessioni di Mia. Girando la testa di lato, vide la parete riaprirsi. Entrò un bel

Krinar scuro, con i tipici abiti K. Attraversando rapidamente la stanza, alzò la mano e sfregò il palmo sulla spalla di Korum, salutando suo figlio.

Korum ricambiò il gesto, ma sembrò molto più riservato di quanto non fosse stato con sua madre. "Chiaren" disse piano. "Sono contento che tu ce l'abbia fatta."

Qualcosa nel suo tono di voce fece sobbalzare Mia. C'era qualche tensione tra padre e figlio?

Suo padre inclinò la testa. "Certo. Non mi sarei perso la tua visita." Poi, rivolgendo l'attenzione a Mia, inclinò la testa di lato e la studiò con un'espressione indecifrabile sul viso.

Mia deglutì, sentendo il bisogno di inumidire la gola improvvisamente secca. La postura di Chiaren, la piega leggermente beffarda sulle labbra—le era tutto fin troppo familiare. Korum aveva l'aspetto di sua madre, ma sicuramente aveva ereditato alcuni tratti della personalità da suo padre. Trovava quel K intimidatorio, con lo sguardo freddo e minaccioso e l'assenza di emozioni visibili. Le ricordava Korum, quando si erano incontrati per la prima volta.

"Chiaren, questa è Mia" disse Korum, avvicinandosi a lei e mettendole un braccio intorno alle spalle con fare possessivo. "È la mia charl. Mia, questo è mio padre, Chiaren."

Il K sorrise, sembrando improvvisamente molto più alla mano. "È fantastico" disse gentilmente. "Una ragazza così bella e umana. Quanti anni hai, Mia? Sembri più giovane di quanto immaginassi."

"Ho ventun anni" rispose l'umana, consapevole di dimostrare meno anni di quelli che aveva. Era un problema comune per le persone con la corporatura esile come la sua—un problema che non si sarebbe mai risolto.

Il sorriso di Chiaren si allargò. "Ventuno..."

Mia arrossì, consapevole che la considerasse poco più di una bambina. E rispetto a lui, lo era. Tuttavia, avrebbe preferito che non fosse sembrato così divertito per la sua età.

"Mia, cara, parlaci un po' di te" disse Riani, sorridendole per un caloroso incoraggiamento. "Korum ha detto che stai studiando la mente. È vero?"

Mia annuì, rivolgendo l'attenzione alla madre di Korum. Non era sicura di cosa pensasse del padre, ma sicuramente Riani le piaceva. "Sì, è vero" confermò. "Ho iniziato a lavorare con Saret quest'estate. Prima di allora, mi stavo specializzando in psicologia in una delle nostre università."

"Come ti sembra finora? Il tirocinio, voglio dire" chiese Chiaren. "Immagino che debba essere molto diverso da qualsiasi cosa tu abbia mai fatto." Sembrava sinceramente incuriosito.

"Sì" disse Mia. "Sto imparando moltissime cose." Sentendosi molto più a proprio agio, raccontò del lavoro nel laboratorio, con gli occhi che brillavano, mentre spiegava il progetto dell'imprinting.

Poi, Riani le chiese della famiglia, sembrando particolarmente interessata al fatto che Mia avesse una sorella. La gravidanza di Marisa sembrava affascinarla, ed ascoltò attentamente mentre Mia le riferiva delle difficoltà che sua sorella aveva dovuto affrontare prima dell'arrivo di Ellet. A quel punto, Chiaren volle sapere dei genitori di Mia e delle loro professioni, e di come solitamente venivano misurati i contributi umani alla società, così Mia parlò per un po' del ruolo degli insegnanti e dei professori nel sistema d'istruzione americano.

Poco dopo, si ritrovò coinvolta in un'animata discussione con i genitori di Korum. Scoprì che stavano insieme da quasi tre millenni, e che Riani aveva quasi cinquecento anni più del compagno. A differenza di Korum, che aveva scoperto la sua passione per la progettazione tecnologica fin da piccolo, sia Riani che Chiaren erano "dilettanti." La maggior parte dei Krinar lo era, in realtà. Invece di specializzarsi in una materia specifica, cambiavano spesso carriera e area di interesse, senza mai raggiungere il livello "esperto" in un campo in particolare. Di conseguenza, anche se la loro posizione nella società era piuttosto rispettabile, nessuno dei genitori di Korum si era mai avvicinato al coinvolgimento nel Consiglio.

"Non so bene come abbiamo fatto a produrre un figlio così intelligente e ambizioso" confessò Riani, sogghignando. "Sicuramente non è stato intenzionale."

Vedendo lo sguardo perplesso sul volto di Mia, Chiaren spiegò: "Quando una coppia decide di avere un figlio, di solito lo fa in condizioni molto controllate. Si sceglie la combinazione ottimale di tratti fisici e potenziali capacità intellettuali, consultando i migliori esperti della medicina—"

"La maggior parte dei Krinar sono bambini 'progettati'?" Mia sgranò gli occhi. Questo spiegava come mai tutti i Krinar che aveva incontrato fossero così belli. Avevano assunto il controllo della propria evoluzione, praticando una forma di selezione genetica per i propri figli. Aveva moltissimo senso. Qualsiasi cultura abbastanza avanzata da manipolare il proprio codice genetico—come i Krinar, che avevano eliminato il bisogno di sangue—poteva facilmente specificare quali geni desiderasse nella prole. Mia rimase sorpresa di non averci riflettuto prima.

Chiaren esitò. "Non conosco quel termine..."

"Sì, esattamente" disse Korum, sorridendo a Mia. "Pochi genitori sono disposti a giocare alla roulette genetica, visto che esiste un modo migliore."

"Ma noi l'abbiamo fatto" disse Riani, sembrando un po' imbarazzata. "Rimasi incinta per caso—uno dei pochi incidenti di questo tipo che si sono verificati negli ultimi diecimila anni. Avevamo discusso sulla possibilità di avere un figlio, ed abbandonammo il controllo delle nascite, progettando di recarci in un laboratorio come ogni altra coppia che conoscevamo. Statisticamente, le probabilità di rimanere incinta in modo naturale nel primo anno fertile sono circa una su un milione. Certo, questo successe durante il mio periodo degli studi musicali, ed ero così presa dall'espressione vocale che rimandammo la nostra visita al laboratorio di alcuni mesi. E quando l'esperto di medicina mi visitò, ero già incinta di Korum di tre settimane."

"Sono un ritorno al passato, come vedi" disse Korum, ridendo. "Non ebbero alcun controllo sui tratti genetici degli antenati che avrei ereditato."

Mia gli sorrise. "Beh, penso che sia abbastanza ovvio da chi hai preso i tuoi segni identificativi." Sembrava il fratello gemello di Riani, invece del figlio.

"È l'ambizione che suscita perplessità" disse Chiaren, rivolgendo al figlio un'occhiata indecifrabile. "È davvero venuta fuori dal nulla..."

Korum socchiuse leggermente gli occhi, e Mia capì che probabilmente era quello il motivo della tensione tra padre e figlio. Decise che l'avrebbe chiesto a Korum. Per ora, era contenta delle informazioni che aveva ottenuto sul suo amante. "E così, non sei un bambino 'progettato,' eh?" lo prese in giro, sorridendogli.

"No." Korum sorrise. "Sono naturale al cento percento."

"Beh, sei venuto perfetto lo stesso" disse Mia, studiandone i lineamenti magnificamente mascolini. Non riusciva a immaginare che potesse essere più bello.

Con sua sorpresa, Korum scosse la testa. "No, in realtà non è così. Ho una piccola deformità."

"Che cosa?" Mia lo fissò, scioccata. Quell'uomo meraviglioso aveva una deformità? Dove l'aveva nascosta per tutto quel tempo?

Sorrise e indicò la fossetta sulla guancia sinistra. "Sì, proprio lì. Vedi?"

Mia lo guardò, incredula. "La fossetta? Davvero?"

Annuì, con gli occhi che brillarono dal divertimento. "È considerata una deformità tra i miei simili. Ma ho imparato a conviverci. A quanto pare, ad alcune donne piace, però."

Che cosa? A Mia faceva impazzire, e glielo disse, facendo ridere lui e i suoi genitori.

"Forse dovremmo andare" disse Korum dopo un po'. "È ora di cena, e Mia ha bisogno di dormire un po', perché deve alzarsi presto per andare al lavoro domani."

"Certo." Riani le rivolse un'occhiata carica di comprensione. "So che gli umani si stancano più facilmente..."

La ragazza aprì la bocca per protestare, ma poi cambiò idea. Era vero, anche se non era particolarmente stanca in quel momento. Così, disse: "È stato un vero piacere conoscervi, Riani—e Chiaren. Mi è piaciuto molto parlare con tutti e due."

"Lo stesso vale per noi, cara." Riani le toccò di nuovo la guancia con dolcezza. "Speriamo di rivederti presto."

Mia sorrise e annuì. "Certo. Non vedo l'ora."

"È stato un piacere conoscerti, Mia" disse il padre di Korum, sorridendole. Poi, rivolgendosi a Korum, aggiunse: "Ed è stato bello rivedere te, figlio mio."

Korum inclinò la testa. "Ci vediamo la prossima volta."

E il mondo si offuscò di nuovo intorno a loro,

facendo chiudere gli occhi a Mia. Quando li riaprì, erano nuovamente nella casa di Korum a Lenkarda.

~

"MI PIACCIONO I TUOI GENITORI" disse Mia a cena. "Sono molto simpatici."

"Oh, è così" disse Korum, masticando un pezzo di jicama al melograno. "Riani è favolosa. Anche Chiaren, sebbene non sempre siamo d'accordo su alcune cose."

"Perché no?"

Si strinse nelle spalle. "Non lo so. È sempre stato così. In un certo senso, siamo troppo simili, ma in altri aspetti siamo completamente diversi. Non ha mai capito perché passassi tutto il tempo a costruire la mia azienda invece di godermi la vita e trovarmi una compagna, come faceva lui. E non mi ha mai davvero perdonato per aver lasciato Krina e aver privato Riani del loro unico figlio, anche se vado a trovarli spesso nel mondo virtuale."

Mia sorrise, vedendo alcune similitudini con la sua famiglia in quella dinamica. Era stato abbastanza difficile per i suoi genitori, quando era andata al college a New York; non riusciva a immaginare come si sarebbero sentiti, se fosse scomparsa in un'altra galassia. Non poteva davvero biasimare il padre di Korum per essere arrabbiato, soprattutto se non capiva o non apprezzava l'ambizione del figlio.

Continuando a pensare alla famiglia di Korum, Mia mangiò lentamente il suo stufato, gustandone la soddisfacente combinazione di radici e verdure di Krina riccamente aromatizzate. All'improvviso, le venne in mente un pensiero inquietante, che le fece mettere giù la posata e guardare verso Korum.

"Hai mai voglia di tornare su Krina?" gli chiese, sollevando un sopracciglio. "Devono mancarti i genitori, e sembra così bello il tuo pianeta..."

Esitò per un paio di secondi. "Un giorno, forse" disse infine, guardandola con un'espressione indecifrabile. "Ma probabilmente non succederà molto presto."

Mia sentì il petto stringersi un po'. "E io?"

"Tu verresti con me, naturalmente" disse con fare indifferente, bevendo un sorso d'acqua.

Respirò profondamente, cercando di mantenere la calma. "Su un altro pianeta? Lasciando tutto e tutti?"

Socchiuse leggermente gli occhi. "Non ho detto che partiremo prossimamente, Mia. Forse nemmeno durante la vita della tua famiglia. Ma un giorno, sì, potrei aver bisogno di visitare Krina e vorrei che tu venissi con me."

Mia sbatté le palpebre e distolse lo sguardo, con il cuore che si strinse al ricordo della disparità esistente tra lei e il resto dell'umanità. Grazie ai nanociti che le circolavano nel corpo, non sarebbe mai invecchiata, né morta—ma sarebbe vissuta molto più a lungo rispetto ai propri cari. Il fatto che i Krinar avessero i mezzi per estendere indefinitamente la durata della vita umana, ma avevano deciso di non farlo, la infastidiva molto, facendola sentire in colpa ogni volta che pensava a questa cosa.

"Mia..." Korum si allungò sul tavolo e le prese la mano. "Ascoltami. Ti avevo detto che avrei fatto una petizione agli Anziani a favore della tua famiglia, e ho iniziato la procedura. Ma non posso prometterti nulla. Non ho mai sentito parlare di un'eccezione concessa a chi non sia considerato un charl."

"Ma perché?" chiese Mia dalla frustrazione. "Perché non condividere la vostra conoscenza, la tecnologia con noi? Perché i vostri Anziani si preoccupano tanto di questo problema?"

Korum sospirò, accarezzandole il palmo con il pollice. "Nessuno di noi lo sa esattamente, ma ha qualcosa a che vedere con il fatto che siete ancora molto imperfetti come specie, e gli Anziani vogliono che abbiate più tempo per evolvere..."

"Siamo imperfetti?" Mia lo fissò, incredula. "Che cosa significa? Stai dicendo che siamo difettosi? Come la parte di una macchina che non funziona correttamente?"

"No, non come la parte di una macchina" spiegò pazientemente, stringendo le dita, quando lei cercò di tirare via la mano. "La vostra specie è molto giovane, tutto qui. La vostra società e la vostra cultura si stanno evolvendo a un ritmo rapido, e l'alto tasso di natalità e la breve durata della vita probabilmente hanno qualcosa a che vedere con questo. Se vi donassimo la nostra tecnologia ora, se ogni essere umano potesse vivere migliaia di anni, il vostro pianeta potrebbe diventare sovrappopolato molto rapidamente... a meno che non facessimo anche qualcosa per il tasso di natalità. Vedi, Mia, o tutto o niente: o controlliamo tutto o vi lasciamo per lo più così come siete. Non c'è una via di mezzo, dolcezza."

Mia cominciò a digrignare i denti. "Allora, perché non lasciare questa scelta alla gente?" chiese, arrabbiata per l'intera faccenda. "Perché non lasciar decidere se vogliono vivere a lungo o se preferiscono avere figli? Sono sicura che molti opterebbero per la prima opzione, invece di affrontare la morte e la malattia—"

"Non è così semplice, Mia" disse Korum, guardandola. "Vedi, la sovrappopolazione non è l'unica preoccupazione degli Anziani. Ogni generazione porta qualcosa di nuovo nella società, cambiandola in meglio. Meno di duecento anni fa gli umani del tuo Paese non si facevano scrupoli sugli schiavi. E ora trovano quel pensiero aberrante—perché le generazioni sono passate e i valori sono cambiati. Pensi che avreste potuto eliminare la schiavitù, se le stesse persone che un tempo possedevano gli schiavi fossero ancora in vita oggi? I progressi della vostra società rallenterebbero moltissimo, se estendessimo in modo uniforme la durata della vita—e non è quello che vogliono gli Anziani a questo punto."

"Quindi, siamo *solo* un esperimento" disse Mia, non riuscendo a trattenere l'amarezza. "Volete solo vedere cosa ci succede, e non vi importa di quanti umani soffrano nel frattempo—"

"Gli umani non sarebbero qui a soffrire, se non

fosse per i Krinar, dolcezza" la interruppe, sembrando vagamente divertito dalla sua esplosione. "Ti dimentichi molto opportunamente di questo fatto."

"Giusto, ci avete creati, e ora potete giocare a essere Dio." Poté sentire il vecchio risentimento riaffiorare, facendole venir voglia di sottolineare l'ingiustizia di tutto ciò. Per quanto amasse Korum, a volte la sua arroganza la innervosiva.

Sorrise, per niente turbato dalla sua rabbia. Allentò la stretta delle dita sul palmo della ragazza, con il tocco che si fece morbido e rilassante. "Mi vengono in mente altre cose a cui preferirei giocare" mormorò, con gli occhi che iniziarono a riempirsi di un colore dorato.

E mentre Mia lo osservava incredula, lui allontanò il tavolo fluttuante, rimuovendo la barriera tra loro. Continuando a stringerle la mano, la tirò a sé finché lei non ebbe altra scelta che sedersi sul suo grembo.

"Pensi che il sesso renderà tutto migliore?" chiese, infastidita dalla risposta inevitabile del proprio corpo alla sua vicinanza. Nonostante fosse arrabbiata, le bastava che la guardasse in un certo modo per farla sciogliere in un mare di bisogno.

"Mmm-mm..." Si era già chinato in avanti per baciarle il collo, con la bocca calda e umida sulla sua pelle nuda. "Il sesso rende sempre tutto migliore" sussurrò, mordicchiandole la delicata giunzione tra il collo e la spalla.

E durante le ore successive, Mia non trovò alcun motivo per non essere d'accordo con quell'affermazione.

~

DOPO IL RUMORE e la folla di Shanghai, il paesaggio spoglio della tundra siberiana sembrava quasi rilassante. Se non fosse stato per il freddo, Saret avrebbe probabilmente gradito visitare questa remota regione settentrionale della Russia.

Ma faceva freddo. La temperatura lì, appena sopra il Circolo Polare Artico, non era mai abbastanza calda per un Krinar, nemmeno il giorno più caldo dell'estate. Oggi, però, era sotto lo zero, e Saret si assicurò che ogni parte del corpo fosse coperta da indumenti termici prima di scendere dalla navicella.

Il grande edificio grigio davanti a lui era uno dei più brutti esempi di architettura dell'era sovietica. Il filo spinato e le torri di guardia ad ogni angolo indicavano esattamente ciò che era—una prigione di massima sicurezza per i peggiori criminali della Russia. Poche persone erano a conoscenza dell'esistenza di quel luogo, motivo per cui Saret l'aveva scelto per il suo esperimento.

Si avvicinò al cancello, senza preoccuparsi di essere visto da telecamere o satelliti. Per quell'uscita in pubblico, indossava un travestimento, uno di quelli che aveva sviluppato nel corso degli anni. Non solo gli cambiava l'aspetto, ma anche lo strato esterno del DNA, rendendo quasi impossibile scoprire la sua vera identità. Gli umani sapevano che era un Krinar, naturalmente, ma non sapevano nient'altro di lui.

Man mano che si avvicinava, il cancello si spalancò,

lasciandolo entrare. Saret si avviò rapidamente verso l'edificio, dove fu accolto dal guardiano—un panciuto umano di mezza età, che puzzava di alcol e sigarette.

Senza dire una parola, il guardiano lo condusse nel suo ufficio e chiuse la porta.

"Beh?" chiese Saret in russo non appena ebbero la privacy. "Hai i dati che ho richiesto?"

"Sì" rispose lentamente il guardiano. "I risultati sono piuttosto... insoliti."

"Insoliti? In che senso?"

"Sono trascorse sei settimane dalla tua ultima visita" disse l'umano, giocando nervosamente con la penna. "Nel mese scorso, non abbiamo avuto un solo omicidio. Nelle ultime tre settimane, non ci sono state risse. Gestisco questo luogo da vent'anni e non ho mai visto niente del genere."

Saret sorrise. "No, ne sono certo. Qual era il tasso di omicidi prima?"

L'uomo aprì una cartelletta e tirò fuori un foglio di carta, consegnandolo a Saret. "Guarda. Di solito, ci sono due o tre omicidi al mese e una rissa al giorno. Non riusciamo a spiegarlo. È come se tutti avessero subito un trapianto di personalità."

Il sorriso di Saret si allargò. Se solo l'umano avesse saputo la verità. Soddisfatto, piegò il foglio e lo infilò nella tasca dei pantaloni termici. "Riceverai l'ultimo pagamento entro domani" disse al guardiano, e uscì dalla stanza.

Non vedeva l'ora di tornare sulla navicella, al riparo da quel freddo.

CAPITOLO TRE

I due giorni successivi trascorsero privi di eventi significativi. Mia passò il tempo a lavorare nel laboratorio e a godersi le serate con Korum, incredibilmente felice nonostante le discussioni occasionali. Non aveva dubbi sul fatto che lui l'amasse—e questo faceva tutta la differenza del mondo. Un giorno sperava che lo avrebbe convinto a vedere la sua specie sotto una luce diversa, a comprendere il fatto che gli umani fossero più di un semplice esperimento degli Anziani Krinar. Per ora, però, doveva accontentarsi della possibilità di un'eccezione per la sua famiglia—e Korum stava lottando duramente per ottenerla.

Al laboratorio, gli altri apprendisti erano ancora via, quindi Mia si trovava spesso a lavorare da sola, circondata da tutta l'apparecchiatura. Saret andava e veniva, e ogni tanto lo sorprendeva a guardarla con un'espressione enigmatica sul viso. Pensando che fosse dovuto alla strana diffidenza verso la sua apprendista umana, finì la relazione e gliela inviò, sperando di ricevere presto il suo feedback. Durante l'attesa, continuò ad esercitarsi con la simulazione, provando diverse varianti del processo e registrando attentamente i risultati.

Il martedì era il giorno di riposo a Lenkarda, ed era anche il compleanno di Maria. La vivace ragazza le aveva mandato un messaggio olografico durante il fine settimana, invitandola formalmente alla festa sulla spiaggia alle due del pomeriggio. Mia aveva accettato volentieri.

"Quindi, io non posso venire?" Korum era sdraiato sul letto e la guardava, mentre lei si preparava per la festa. I suoi occhi dorati brillavano dal divertimento, e l'umana capì che la stava prendendo in giro.

"Mi dispiace, tesoro" gli disse beffardamente, roteando davanti allo specchio. "Nessun cheren può venire. Solo i charl."

Lui sorrise. "Che brutta discriminazione."

Indossò la collana che le aveva donato e un leggero abito svolazzante con un costume da bagno sotto—nel caso in cui la festa avesse previsto qualche nuotata nell'oceano.

"Sì, beh, sai com'è" gli disse, ridacchiando. "Noi umani siamo troppo fighi per voi K."

Gli piaceva poter scherzare con lui ora. In qualche modo, quasi impercettibilmente, la loro relazione aveva assunto quasi una parità. Gli piaceva ancora avere il controllo—e sapeva essere ancora incredibilmente prepotente in certe occasioni—ma Mia stava cominciando a tenergli testa. La consapevolezza che l'amava, che i suoi pensieri e le opinioni erano importanti per lui, era molto liberatoria.

"E va bene" disse, chinandosi per dargli un bacio casto sulla guancia. "Devo scappare."

Tuttavia, prima che lei potesse andare, le mise il braccio intorno alla vita, e si ritrovò sul letto, distesa sulla schiena, inchiodata dal suo grosso corpo muscoloso.

"Korum!" Si divincolò, cercando di fuggire. "Sono in ritardo! Mi hai detto che è un insulto arrivare in ritardo—"

"Un bacio" insistette, trattenendola senza sforzo. Mia poté vedere i familiari segnali dell'eccitazione sul viso dell'alieno e sentire il cazzo indurirsi sulla sua gamba. Il corpo della ragazza reagì in modo prevedibile, con le viscere che si strinsero dall'attesa e il respiro che accelerò.

Scosse la testa. "No, non possiamo..."

"Solo un bacio" le promise, abbassando la testa. La sua bocca era calda ed esperta su di lei, con la lingua che accarezzava l'interno delle labbra, e Mia si sentì sciogliere, con una piacevole nebbia che le avvolse la mente. Tuttavia, prima che potesse completamente perdere se stessa, lui si fermò, sollevando la testa e scivolando giù da lei.

"Vai" disse, e apparve un sorriso malvagio sul suo viso. "Non voglio che tu faccia tardi."

Frustrata, Mia si alzò e gli tirò un cuscino. "Sei cattivo" gli disse. Ora era estremamente eccitata, e non l'avrebbe rivisto per le prossime ore. L'unica cosa che la faceva sentire meglio era il fatto che lui avrebbe sofferto nello stesso modo.

"Volevo solo che tornassi presto, tutto qui" disse, sogghignando, e Mia gli lanciò un altro cuscino, prima di afferrare il regalo di Maria e di uscire dalla porta.

∼

Riuscì a non fare tardi, anche se tutte e dodici le altre charl erano già lì, quando lei arrivò. Il messaggio di invito di Maria le aveva comunicato che ci sarebbero state tredici ragazze in totale, compresa Mia.

Un insolito mix musicale suonava da qualche parte. I suoni erano bellissimi, e Mia riconobbe la melodia che a volte Korum suonava in casa. Tuttavia, intervallati dalla nota melodia Krinar, riuscì a sentire i più familiari sottotoni del flauto e del violino.

Le ragazze erano sedute su sedili fluttuanti disposti in cerchio attorno a una grande panca sospesa, che apparentemente fungeva da tavolo da picnic. Il tavolo era ricco di ogni sorta di frutta dall'aspetto delizioso e da vari piatti esotici.

Avvistando Mia, Maria la salutò con entusiasmo. "Ciao, unisciti a noi!"

Mia si avvicinò, sorridendole. "Buon compleanno!" disse, porgendo a Maria una scatolina avvolta da una bella carta.

"Un regalo! Oh mia cara, non avresti dovuto!" Ma il viso di Maria si illuminò dall'emozione, e Mia capì che aveva fatto la cosa giusta, chiedendo a Korum di aiutarla a trovare un regalo.

Felice come una bambina, Maria strappò l'involucro e aprì la scatola, tirando fuori un piccolo oggetto ovale. "Oh mio Dio, è quello che penso che sia?!?"

"L'ha fatto Korum" spiegò Mia, soddisfatta dalla sua reazione. Ovviamente, Maria conosceva la tecnologia Krinar abbastanza da capire che aveva appena ricevuto un fabbricatore—un dispositivo che le avrebbe permesso di usare le nanomacchine per creare ogni sorta di oggetto da singoli atomi. Certo, il computer che Korum aveva nel palmo della mano gli consentiva di fare la stessa cosa senza altri dispositivi —e su una scala molto più grande e complessa. Tuttavia, era uno dei pochissimi in grado di creare un'intera navicella da zero. La fabbricazione rapida era una tecnologia relativamente nuova e ancora abbastanza costosa, quindi non tutti i Krinar potevano permettersi anche solo un semplice fabbricatore—come quello che aveva progettato per Maria. Era un oggetto molto ambito, le aveva spiegato Korum.

"Oh mio Dio, un fabbricatore! Grazie mille!" Maria era quasi fuori di sé dalla contentezza. "È così bello— ora potrò creare tutti i vestiti che voglio!"

"E anche altre cose" disse Mia, sogghignando. Il piccolo fabbricatore non era abbastanza avanzato da poter realizzare una tecnologia complessa, ma poteva costruire qualunque oggetto più semplice.

"Vestiti" disse Maria fermamente. "Voglio soprattutto vestiti."

Tutti intorno al tavolo risero per l'espressione determinata sul suo viso, e una ragazza con i capelli rossi gridò: "E le scarpe per me!"

"Oh, dove ho la testa!" esclamò Maria in mezzo a tutte le risate. "Non ti ho ancora presentata. Ragazze—questa è Mia, la nostra nuova arrivata. Come potete vedere, è assolutamente fantastica. Mia, conosci già Delia. La bella signora alla sua destra è Sandra, poi Jenny, Jeannette, Rosa, Yun, Lisa, Danielle, Ana, Moira e Cat."

"Ciao" disse Mia, sorridendo e salutando tutte le ragazze. L'ondata di nomi era un po' travolgente; non avrebbe mai potuto ricordarli tutti subito. Di solito, era timida nelle situazioni sociali in cui non conosceva la maggior parte della gente, ma oggi per qualche ragione si sentiva a proprio agio. Forse era dovuto al fatto che aveva già molto in comune con quelle ragazze. Pochi altri al di fuori di quel piccolo gruppo avrebbero potuto anche solo immaginare che cosa significasse avere una relazione con qualcuno letteralmente fuori dal mondo.

Sedendosi sul sedile galleggiante libero, Mia fissò il tavolo con impassibile curiosità. Come lei, tutte quelle ragazze erano immortali. Forse significava che alcune erano più grandi di quanto sembrassero? Sembravano giovani e incredibilmente belle, di diverse razze e nazionalità. Tuttavia, due di loro erano semplicemente carine, e Mia si chiese nuovamente come potesse essere possibile che un Krinar bello come un dio fosse attratto da un'umana. Era dovuto alla possibilità di berne il sangue? Se bere il sangue era piacevole come lasciarselo prendere, allora poteva capire.

Rivolgendo l'attenzione a Delia, Mia la ringraziò per averla informata della festa.

"Certo" disse Delia. "Sono contenta che tu sia venuta. Abbiamo saputo che non eri a Lenkarda la scorsa settimana; altrimenti, Maria ti avrebbe mandato l'invito formale prima."

"Sì, ero in Florida, a far visita alla mia famiglia" spiegò Mia, e vide le sopracciglia di Delia sollevarsi per una domanda.

"Korum ti ha lasciata andare?" chiese, con una nota di incredulità nella voce.

"Siamo andati insieme" disse Mia, mettendo una fragola in bocca. La bacca era dolce e succosa; i Krinar conoscevano davvero i frutti migliori.

"Oh" disse Delia: "Capisco..." Sembrava leggermente confusa.

"Vai mai a trovare la tua famiglia?" domandò Mia senza pensarci. "Sono ancora in Grecia?"

Delia sorrise, sembrando stranamente divertita. "No, non ci sono più."

"Oh, mi dispiace tanto..." Mia si sentì malissimo. Non sapeva che quella ragazza fosse orfana.

"Va tutto bene" disse Delia con calma. "Sono morti

molto tempo fa. Ho solo qualche frammento di ricordo. All'epoca non esisteva la fotografia."

Mia cominciò a farsi un'idea della situazione. "Quanto tempo fa è successo?" chiese, non riuscendo a contenere la curiosità. Non esisteva la fotografia? Quanti anni aveva la charl di Arus?

"Oh, non conosci la storia di Delia?" domandò una charl con i capelli castani seduta alla destra di Delia. "Delia, dovresti raccontarla a Mia—"

"Non ne ho ancora avuto l'occasione, Sandra" disse Delia, rivolgendosi alla ragazza. "Ho incontrato Mia solo una volta."

"La nostra Delia è un po' più grande di quanto sembri" disse Sandra, con un sorrisetto sul viso. "Adoro le reazioni dei nuovi arrivati, quando scoprono la sua vera età..."

Incuriosita, Mia fissò la ragazza greca. "Qual *è* la tua vera età, Delia?"

"Per quanto ne so, compirò duemilatrecentododici anni quest'anno."

Mia si strozzò con il pezzo di fragola che stava mangiando. Tossendo, riuscì a schiarirsi la gola abbastanza da poter gracchiare: "Che cosa?"

"Sì, hai sentito bene" disse Sandra, ridendo. "Delia è solo un po' più giovane di alcune piramidi—"

E più grande di Korum. "Sei una charl da tutto questo tempo?" chiese Mia, incredula.

"Da quando avevo diciannove anni" rispose Delia, guardandola con grandi occhi castani. "Conobbi Arus sulla costa del Mediterraneo, vicino al mio villaggio.

Era molto più giovane allora, aveva appena duecento anni, ma per me era l'epitome della saggezza e della conoscenza. Credevo che fosse un dio, soprattutto quando mi mostrò una parte della loro miracolosa tecnologia. Il giorno in cui mi portò sulla loro navicella, ero convinta che mi stesse portando sul Monte Olimpo..."

"Dove hai vissuto tutto questo tempo? Su Krina?" Mia era completamente affascinata. Per qualche ragione, pensava che i rapporti umani con i Krinar fossero uno sviluppo abbastanza recente. Anche se, ora che ci pensava, l'esistenza della terminologia charl/cheren in lingua Krinar implicava che questi tipi di relazioni esistessero da un po' di tempo.

"Sì" disse Delia. "Arus mi portò su Krina, quando lasciò la Terra. Abbiamo vissuto lì fin quando i Krinar non sono venuti qui alcuni anni fa."

Mia la guardò, immaginando quanto dovesse essere stato sconvolgente e scioccante per qualcuno dell'antica Grecia finire su un altro pianeta. Anche a Mia, che sapeva che i Krinar non erano affatto soprannaturali, molto di quello che potevano fare sembrava magico. Come poteva essere stato per qualcuno che non aveva mai usato un cellulare o una TV, che non aveva idea di cosa fosse un computer o un aereo?

"Come hai fatto ad affrontare tutto?" chiese Mia. "Non riesco nemmeno a immaginare come dev'essere stato per te."

Delia sollevò le spalle in modo aggraziato. "Non lo so, a dire il vero. Ormai riesco a malapena a ricordare quei primi tempi—ho solo immagini e impressioni sfocate nella mente. Ricordo solo che non affrontai bene il viaggio verso Krina. Il tuo cheren—che non era nemmeno nato all'epoca—ha fatto molto per rendere il viaggio intergalattico più sicuro e comodo. Ma all'epoca era molto più difficile. Durante l'intero viaggio stetti malissimo, perché la navicella non era ottimizzata per gli umani, e impiegai alcuni giorni per riprendermi quando arrivai su Krina, nonostante la loro medicina."

"Volevi andare?" Mia non poté fare a meno di provare intensa compassione per una diciannovenne a cui era stato strappato tutto ciò che aveva, e che era stata portata in un luogo strano e sconosciuto.

Delia sollevò di nuovo le spalle. "Volevo stare con Arus, ma non avevo capito appieno che cosa avrebbe comportato. Ovviamente, non ho rimpianti adesso."

"Ci sono charl ancora più grandi di te?"

"Sì" disse Delia. "Ce ne sono due. Uno è il charl dell'esperta di biologia, che ha sviluppato il processo di estensione della durata della vita umana. Ha quasi cinquemila anni. E l'altra ha circa cinquecento anni più di me. È originaria dell'Africa."

"Aspetta, hai detto il charl?" Era la prima volta che Mia sentiva parlare di un charl maschio.

"Sì" rispose Sandra, unendosi alla conversazione. "Anch'io ero rimasta sorpresa. Ma alcune donne Krinar —e uomini Krinar—scelgono maschi umani come charl. È molto più raro, ma succede. Sumuel—il charl originario—in realtà sta con una coppia."

Mia sbatté le palpebre. "Una specie di triangolo?"

"Più o meno" disse Sandra con un sorriso malizioso sul viso. "È piuttosto insolito, ma funziona per loro. La figlia della coppia ritiene Sumuel un terzo genitore."

"La figlia della coppia Krinar?"

"Sì, certo" disse Delia. "Non possiamo avere figli con i Krinar. Non siamo sufficientemente compatibili, geneticamente."

Anche se Mia lo sapeva, sentirlo confermare da Delia le provocò un lieve dolore allo stomaco. Negli ultimi giorni, Mia era stata così felice che non aveva avuto la possibilità di riflettere sugli aspetti negativi dello stare sempre con qualcuno che non apparteneva alla sua stessa specie. Korum le aveva detto all'inizio che non poteva metterla incinta, e lei non aveva avuto motivo di dubitarne. Inoltre, aveva avuto altre cose per la testa. Tuttavia, ora che Mia era sicura di un futuro con Korum, si rese conto di cosa implicasse quel futuro —o, piuttosto, di cosa non implicasse: i figli.

Non sentiva il desiderio ardente di diventare madre, almeno non adesso. Avere un figlio era qualcosa che aveva sempre immaginato come parte di un futuro piacevole e nebuloso. Aveva sempre pensato che avrebbe finito il college, frequentato la scuola di specializzazione e incontrato un brav'uomo da qualche parte lungo il cammino. Si sarebbero frequentati un paio d'anni, si sarebbero sposati, avrebbero avuto un piccolo matrimonio di famiglia e avrebbero cominciato a pensare ai figli dopo essere stati sposati da tempo. Invece, era diventata la charl di un extraterrestre una settimana dopo averlo conosciuto, aveva ottenuto l'immortalità e perso ogni possibilità di una normale vita umana.

Non che le dispiacesse, ovviamente. Stare con Korum, amarlo, era molto più di quanto avrebbe mai potuto sperare. E se da qualche parte, nel profondo, una piccola parte di lei si sentiva vuota per la perdita del suo inesistente figlio o figlia... Beh, l'avrebbe accettato. Forse, un giorno, avrebbe persino convinto Korum ad adottarne uno.

Così, si stampò un bel sorriso sul volto e tornò a rivolgere l'attenzione a Delia, chiedendole delle sue esperienze su Krina e di come fosse stato vivere così a lungo.

Nell'ora successiva, Mia conobbe Delia e Sandra, venne a sapere le loro storie e com'era davvero la vita di un charl. A differenza di Delia, Sandra era a Lenkarda solo da tre anni. Originaria dell'Italia, aveva conosciuto per caso il suo cheren sulla costiera amalfitana. Sia Delia che Sandra sembravano abbastanza soddisfatte della loro vita, anche se Mia aveva la sensazione che Arus trattasse Delia come una vera partner, mentre il cheren di Sandra la viziasse molto, ma senza prenderla troppo sul serio.

Dopo la scomparsa della maggior parte del cibo a tavola, Maria sfidò le ragazze a un gioco di bevute che somigliava a vero o falso. Chi non rispondeva doveva bere un intero bicchiere di tequila.

"Non preoccuparti" sussurrò Sandra a Mia. "Non riuscirai a ubriacarti—nemmeno se bevi cinque bicchieri all'ora. I nostri corpi metabolizzano l'alcol molto velocemente ora."

Mia sorrise, ricordando l'ultima volta in cui si era ubriacata. Sarebbe stato bello aver avuto tutti quei nanociti in quel club; le avrebbe risparmiato un po' di imbarazzo.

Giocarono per un'ora e Mia bevve almeno sei bicchieri, scegliendo l'opzione "falso" invece di rispondere ad alcune domande molto inquisitorie sulla sua vita sessuale. Tuttavia, le altre ragazze non si facevano gli stessi scrupoli, e Mia scoprì tutto sulla preferenza di Moira per i pantaloni neri di pelle, sulla passione di Jenny per i massaggi ai piedi e sul fatto che Sandra una volta avesse fatto sesso su una scialuppa di salvataggio.

Alla fine, la festa terminò. Sentendosi leggermente sbronza, Mia si diresse verso casa, aspettando con impazienza di vedere Korum e di finire quello che avevano iniziato prima che lei andasse via.

~

SARET ATTRAVERSÒ le baraccopoli di Città del Messico, osservando spassionatamente la feccia dell'umanità che lo circondava. Aveva già piazzato i dispositivi nel centro della città, quindi quell'escursione non aveva alcuno scopo particolare, se non quello di soddisfare la sua curiosità—e di rafforzare nella sua mente la correttezza di ciò che stava facendo.

All'angolo, due teppisti stavano minacciando una prostituta con un coltello. Lei tirò fuori i soldi dal reggiseno con riluttanza, imprecando in uno spagnolo molto colorito. Saret camminò nella loro direzione, facendo intenzionalmente rumore, e i teppisti fuggirono, vedendolo avvicinarsi, lasciando la puttana da sola. Quest'ultima guardò Saret e corse via, comprendendo chi fosse.

Saret sorrise tra sé e sé. *Vigliacchi del cazzo.*

Era già passata la mezzanotte, e la zona pullulava di ogni tipo di vita dei bassifondi. La violenza legata alla droga in Messico non era migliorata negli ultimi anni, e il governo del Paese si era spinto fino al punto di rivolgersi ai Krinar per ricevere assistenza in merito al problema. Dopo qualche discussione, il Consiglio aveva deciso di non accettare, non volendo essere coinvolto negli affari umani. Saret in segreto non era d'accordo con quella decisione, ma aveva votato come Korum: contro il coinvolgimento. Non era mai una buona idea opporsi apertamente al suo cosiddetto amico. Inoltre, non aveva senso aiutare gli umani su una scala così limitata. Quello che Saret avrebbe fatto sarebbe stato molto più efficace.

Stava tornando dove aveva lasciato la navicella, quando una dozzina di membri della gang commisero l'errore fatale di passargli davanti. Armati di mitragliatrici e strafatti di cocaina, evidentemente si sentivano invincibili e perfettamente in grado di attaccare un K—un errore per cui pagarono immediatamente.

I primi proiettili riuscirono a colpire Saret, ma nessuno degli altri lo fece. Consumato dalla rabbia, non rifletté nemmeno sulle proprie azioni, agendo esclusivamente d'istinto—e il suo istinto fu quello di distruggere e fare a pezzi tutto ciò che lo minacciasse. Quando Saret riprese il controllo, c'erano parti di corpi in tutto il vicolo e l'intera strada puzzava di sangue e morte.

Disgustato da se stesso—e dagli idioti che l'avevano provocato—Saret tornò sulla navicella.

Era più convinto che mai che la sua strada fosse quella giusta.

CAPITOLO QUATTRO

Il giorno dopo, Mia finì di eseguire la simulazione per la terza volta e inviò i risultati digitali a Saret, sperando che presto lui avrebbe avuto la possibilità di guardarli. Senza il suo feedback—o l'input di Adam—non c'era davvero nient'altro che potesse fare per far avanzare il progetto in quel momento.

Erano solo le undici di mercoledì, e aveva già terminato quello che aveva deciso di fare in laboratorio quel giorno. Certo, poteva sempre dedicarsi a qualche lettura sulla mente o guardare alcune registrazioni, ma quelle erano attività che tendeva a fare nel tempo libero fuori dal laboratorio. Le ore di laboratorio dovevano essere dedicate al lavoro effettivo e Mia sperava che avrebbe potuto trovare qualcosa con cui tenersi occupata, finché non avesse ricevuto il feedback necessario sul suo attuale progetto.

Come al solito, Saret era andato da qualche parte, e

gli altri apprendisti erano di nuovo in Tailandia. L'avevano lasciata da sola nel laboratorio—cosa che Mia considerava un probabile segno di fiducia. Dubitava che Saret avrebbe lasciato chiunque con quelle complesse apparecchiature del laboratorio.

Alzandosi, si diresse verso la struttura di archiviazione dei dati comuni—un dispositivo Krinar, che era anni luce avanti a qualsiasi computer umano. Mia stava appena iniziando ad apprendere tutte le sue capacità, così decise di sfruttare il periodo di inattività per esplorarlo un po' e approfondire alcuni dei progetti degli altri apprendisti. L'unità di dati rispondeva ai comandi vocali, il che rendeva più facile per Mia gestirli.

Le sei ore successive sembrarono volar via. Assorbita dal suo compito, Mia sentiva appena il passare del tempo, mentre si informava sulle proprietà rigenerative del tessuto cerebrale dei Krinar e sulla complessità dello sviluppo della mente infantile. Fece una breve pausa per pranzo—richiedendo un sandwich all'edificio del laboratorio intelligente—e poi continuò, affascinata da ciò che stava imparando. Sembrava che il progetto che aveva portato gli altri apprendisti lontano dal laboratorio fosse ancora più interessante di quello su cui stavano lavorando Mia e Adam. Sentendosi un po' gelosa, decise di chiedere a Saret se potesse esserne coinvolta in qualche modo.

Finalmente, arrivarono le cinque del pomeriggio. Sebbene Mia di solito rimanesse fino a tardi nel laboratorio, decise di fare un'eccezione, dato che non aveva altro da sbrigare. Lasciando il laboratorio, si diresse verso casa.

~

ARRIVATA A CASA, non fu sorpresa di scoprire che Korum non era ancora tornato. I suoi orari erano ancora più estenuanti, anche se aiutava il fatto che lui non avesse bisogno di dormire più di un paio d'ore a notte. Anzi, lavorava molto di notte o al mattino presto, quando Mia dormiva profondamente.

Mettendosi a proprio agio sulla lunga panca fluttuante nel soggiorno, Mia decise di sfruttare il tempo per telefonare a Jessie. Non si erano sentite da prima del viaggio di Mia in Florida, e le mancava davvero la voce allegra dell'amica.

"Chiama Jessie" disse all'orologio da polso, e sentì i familiari suoni della digitazione del numero, mentre il dispositivo si collegava.

"Mia?" La voce di Jessie sembrava cauta.

"Sì, sono io" disse Mia, sogghignando. Sapeva che sul telefono di Jessie sarebbe apparso un numero sconosciuto. "Come va? Non ci sentiamo da più di una settimana!"

"Oh, sto bene" disse Jessie, sembrando un po' distratta. "Come sta la tua famiglia? Hanno già conosciuto Korum?"

"Sì" disse Mia. "Che tu ci creda o meno, a loro è piaciuto. Ma ehi, ascolta, sei occupata adesso? Posso richiamare, se hai da fare—"

"Che cosa? Oh, no, aspetta, devo solo cambiare stanza..." Ci fu un breve silenzio, poi disse: "Ok, va bene ora. Scusa. Stavo uscendo con Edgar e Peter. Ti ricordi di Peter?"

"Certo" disse Mia. Peter era il ragazzo che aveva conosciuto in discoteca—quello che Korum aveva quasi ucciso per aver ballato con lei. Mia rabbrividì ancora una volta al ricordo di quella terribile notte, quando aveva pensato che Korum avesse scoperto il suo inganno e che l'avrebbe uccisa. Col senno di poi, era stata un'idiota; avrebbe dovuto immaginare che non le avrebbe mai fatto del male. Ma a quel tempo, Korum era ancora un estraneo per lei, un membro della misteriosa e pericolosa razza Krinar che aveva invaso la Terra cinque anni prima.

"Chiede ancora di te" disse Jessie—un po' malinconicamente, pensò Mia. "Edgar mi ha detto che è davvero preoccupato—"

"È carino da parte sua, ma non c'è motivo di preoccuparsi" interruppe l'amica, a disagio con la piega che stava prendendo la conversazione. "Davvero, non sono mai stata più felice in vita mia..."

Jessie rimase in silenzio per un secondo, poi Mia la sentì sospirare. "Quindi, è così, eh?" disse dolcemente. "Sei innamorata del K?"

"Sì" rispose Mia, con un grande sorriso sul viso. "E lui ama me. Oh, Jessie, non hai idea di quanto mi renda felice. Non avrei mai immaginato che potesse essere così. È come un sogno che diventa realtà—"

"Mia..." Sentì Jessie sospirare di nuovo. "Sono felice

per te, lo sono davvero... Ma, dimmi, pensi che tornerai a New York?"

Mia esitò per un momento. "Penso di sì..." Ora ne era molto meno sicura di prima. Ogni giorno che passava, il college e tutto ciò che implicava sembravano sempre meno importanti. Che senso aveva una laurea conseguita presso un'università umana, se avesse continuato a vivere e a lavorare a Lenkarda? Imparava più durante una giornata in laboratorio che in un mese alla NYU. Aveva davvero senso passare altri nove mesi a scrivere saggi e a fare esami solo per il gusto di dire che si era laureata? E, cosa più importante, Saret le avrebbe permesso di tornare al laboratorio dopo un'assenza così lunga? Visto il rapido ritmo della ricerca, tornare dopo nove mesi sarebbe stato quasi come ricominciare.

"Non sembri molto convinta" disse Jessie, con una nota di tristezza nella voce.

"Sì, non credo di esserlo" ammise Mia. "A Korum non dispiacerebbe, ma non so se potrei tornare al mio tirocinio, se mi assentassi per così tanto tempo..."

"Quindi, ti piace stare lì? Nel Centro K, intendo?"

"Sì" disse Mia. "Jessie, è così bello qui... Non riesco a nemmeno a descriverti quanto siano meravigliose alcune delle loro invenzioni. Korum ha una camera a gravità zero in casa sua. Puoi immaginarlo? E ha un pavimento che ti massaggia i piedi, mentre ci cammini sopra." Per non parlare del fatto che ormai era praticamente immortale—ma non le era permesso parlarne al di fuori di Lenkarda.

"Davvero? Un pavimento che ti massaggia i piedi?" Jessie sembrava gelosa ora.

"Sì, e un letto che fa la stessa cosa a tutto il tuo corpo. Tutta la loro tecnologia è straordinaria, Jessie. Credimi quando ti dico questo: non è affatto difficile stare qui."

"Sì, sembra proprio così" disse Jessie, e Mia percepì la rassegnazione nella sua voce. "Credo che mi manchi, tutto qui."

"Mi manchi anche tu" disse Mia. "Forse verrò a trovarti tra un paio di settimane. Lascia che ne parli con Korum, e troveremo un modo."

"Oh, sarebbe fantastico!" Jessie sembrava molto più emozionata ora.

"In qualche modo faremo" promise Mia, sorridendo. "Ti farò sapere quando verremo. Ma comunque, basta parlare di me... Parlami di te e di Edgar. Come vanno le cose?"

E nei dieci minuti successivi, Mia venne sapere tutto sul nuovo fidanzato di Jessie, sul suo ruolo nel nuovo film e sul panda di peluche che aveva vinto per Jessie in un parco divertimenti. A quanto pareva, i due stavano diventando sempre più intimi, e Mia era contenta che Jessie fosse così felice. Se c'era qualcuno che meritava di avere un ragazzo carino e premuroso, quella persona era la sua ex coinquilina.

Alla fine, Jessie dovette andare a cena, così Mia la salutò e andò a cambiarsi prima che Korum tornasse a casa. Le aveva accennato che l'avrebbe portata a passeggiare lungo la spiaggia dopo cena, e Mia volle assicurarsi che il costume fosse pronto.

~

"ALLORA, quando pensi che il Consiglio deciderà sui Keith?" chiese Mia, assaggiando il peperone ripieno di riso aromatizzato ai funghi. "Stanno ancora eseguendo le indagini?"

Korum annuì, raccogliendo un pezzo di fungo con la posata a forma di pinna usata dai Krinar al posto delle forchette. "Loris sta facendo il difficile, come pensavo. Ha un paio di Consiglieri dalla sua parte, e afferma che è impossibile che Saur possa aver cancellato i ricordi dei Keith. Apparentemente, qualcuno del laboratorio delle Fiji gli ha detto che gli apprendisti non hanno accesso a quel tipo di apparecchiatura."

"Davvero? Quindi, continua a dire che tu e Saret siete i responsabili?"

"Credo che abbia rinunciato all'idea di incastrare Saret" disse Korum, con un sorriso beffardo sulle labbra. "Ora sta cercando delle prove contro di me."

Mia lo fissò, preoccupata per quello sviluppo. Il Krinar vestito di nero che aveva visto al processo non sembrava una persona con cui si potesse scherzare—e odiava davvero Korum. "Credi che possa crearti problemi?"

"No, non preoccuparti, dolcezza" disse Korum in tono rassicurante, anche se i suoi occhi brillarono per qualcosa che sembrava attesa. "Sta solo cercando di rimandare l'inevitabile. Ha fallito come Protettore, e lo sa. Non appena suo figlio e il resto di quei traditori saranno condannati, perderà tutta la propria autorità—compresa la posizione all'interno del Consiglio."

"E non ti dispiace neanche un po'?" chiese Mia, guardandolo con un sorriso ironico. Nel bene e nel male, il suo amante tendeva ad essere piuttosto spietato con i propri avversari—un tratto della personalità che la rendeva felice di essere dalla sua parte ora.

Korum scrollò le spalle. "È stata una scelta di Loris rischiare tutto per il figlio. Ora ne pagherà il prezzo. E se avrò meno persone contro di me come conseguenza, allora tanto meglio."

Mia annuì e si concentrò sul resto del piatto di peperoni ripieni. Nonostante tutto, non poteva fare a meno di sentirsi un minimo comprensiva verso il Protettore. Dopotutto, il K stava solo difendendo il figlio. Pensò che avrebbe fatto la stessa cosa per il suo —non che ora avrebbe dovuto preoccuparsene, ricordò a se stessa. Scacciando quello spiacevole pensiero, guardò Korum, studiandolo di nascosto mentre finiva di mangiare.

A volte era ancora difficile per lei credere che fossero così felici insieme. Secondo la legge Krinar, apparteneva a Korum—un fatto che la faceva sentire ancora molto a disagio. In quanto charl, la sua posizione legale nella società K era torbida, per non dire altro. Se non l'avesse amato così tanto—e se non l'avesse trattata così bene—la sua vita sarebbe stata molto triste.

Ma lei lo amava. E lui amava lei, con tutta l'intensità della sua natura. Di conseguenza, sembrava che stesse cercando di reprimere la sua innata arroganza, sapendo che era importante per lei essere considerata alla pari. C'era ancora molta strada da fare, naturalmente—la differenza di età ed esperienza era troppo ampia per poter essere colmata facilmente—ma l'alieno stava sicuramente facendo uno sforzo in quella direzione.

Dopo che entrambi ebbero terminato il pasto, Korum si alzò e le offrì la mano. "Ti va di fare una passeggiata, dolcezza?" le chiese, con un caloroso sorriso.

Mia sorrise. "Certo." Amava quelle passeggiate dopo cena sulla spiaggia. Le avevano fatte quasi tutte le sere, quando erano in Florida, e aveva scoperto molte cose su Korum durante quei momenti tranquilli.

Prendendogli la mano, lo seguì fuori.

Camminarono in silenzio per un paio di minuti, godendo della dolce brezza serale. Il sole stava tramontando dietro gli alberi, e un bagliore arancione illuminava il cielo, riflettendo sull'acqua un lontano tremolio.

"Sai" disse Mia, ripensando al loro primo incontro a New York: "Non so ancora il tuo nome completo. Hai detto che non sarei riuscita a pronunciarlo, se me lo avessi detto, ma non ho mai sentito nessuno chiamarti diversamente."

Sorrise. "I nostri nomi completi sono generalmente usati solo alla nascita e alla morte. Vuoi sentirlo lo stesso?"

"Certo." Immaginò qualcosa di assolutamente impronunciabile. "Qual è?"

"Nathrandokorum."

"Oh, sembra carino" disse Mia, sorpresa. "Perché non lo usi più spesso?"

Si strinse nelle spalle. "Non lo so. È così che funzionano le cose da molto tempo. I nomi completi non sono diventati altro che una formalità. Dubito che qualcun altro, a parte i miei genitori, sappia che mi chiamo Nathrandokorum."

Mia sorrise, scuotendo la testa. Alcune parti della cultura Krinar erano davvero strane.

Camminarono ancora un po', e poi Mia ricordò la recente conversazione con l'ex coinquilina. "Credi che presto potremmo andare a New York?" chiese. "Ho parlato con Jessie, e mi farebbe davvero piacere rivederla..."

Korum sorrise, guardandola dall'alto in basso. "Certo. Se vuoi, possiamo andare la prossima volta che avrai un giorno libero. O vorresti passarci più giorni?"

"No, un giorno sarebbe perfetto. A volte dimentico che possiamo fare un salto laggiù ogni volta che vogliamo."

Il suo sorriso si allargò. "Certo che possiamo—soprattutto ora che la maggior parte dei membri della Resistenza sono stati catturati."

"Dov'è Leslie?" chiese Mia, ricordando la ragazza che l'aveva aggredita in Florida. "È qui, a Lenkarda?"

Korum scosse la testa. "No, è nel nostro Centro in Arizona."

"Sta... bene?" Mia aveva quasi paura di sentire la risposta. La combattente della Resistenza si era unita a Saur—l'ex apprendista del laboratorio di Saret—per cercare di uccidere Korum in Florida. Ora era sotto la custodia dei K, in procinto di essere 'riabilitata.' Da quello che Mia aveva compreso della procedura, l'obiettivo finale era quello di modificare quella parte della personalità di Leslie che la rendeva un pericolo per la società (o per i Krinar, a seconda dei casi). La Riabilitazione—o manomissione mentale—era la branca più avanzata delle neuroscienze Krinar, e Mia aveva appena iniziato a studiarla nel laboratorio.

"Presumo di sì" disse Korum, con l'espressione che si raffreddò. Ovviamente non aveva dimenticato che la ragazza aveva puntato una pistola contro Mia e che l'aveva quasi fatto uccidere da Saur.

"Potresti informarti per favore?" Per qualche ragione, Mia si sentiva responsabile per quello che era successo a Leslie, anche se la ragazza l'aveva *aggredita*. Tuttavia, non poteva fare a meno di ricordare il terrore sul volto di Leslie, mentre veniva portata via dai guardiani K. Per quanto fossero errate le intenzioni della combattente, non meritava di essere maltrattata, e Mia sperava sinceramente che non le facessero del male durante la sua riabilitazione.

Korum esitò, poi annuì bruscamente. "Va bene, lo

farò." Tuttavia, serrò la mascella, e la giovane capì che stava ripensando all'incidente sulla spiaggia.

Per distrarlo, gli strinse la mano e gli rivolse un grande sorriso. "Grazie" disse. "Lo apprezzo molto."

"Certo, mia cara" disse, con l'espressione che si addolcì visibilmente. "Qualsiasi cosa pur di renderti felice—lo sai." E chinandosi, strofinò le labbra sulle sue per un breve bacio.

"Allora, chi sono i guardiani, a proposito?" chiese Mia, quando ripresero a camminare. "Sono la vostra polizia?"

"Qualcosa del genere" rispose Korum. "Sono un incrocio tra soldati, polizia e una delle vostre agenzie di intelligence. Applicano le nostre leggi, catturano i criminali e affrontano ogni tipo di minaccia umana. La nostra società è così uniformata a questo punto che non abbiamo più guerre su Krina, come le avete ancora qui sulla Terra. Ci sono ancora alcune rivalità regionali, naturalmente, e ci sono sempre alcuni pazzi che non sono d'accordo con il modo in cui le cose vengono fatte dal governo, ma non abbiamo il genere di conflitto che richiederebbe un esercito permanente."

"Quindi, siete riusciti a invadere il nostro pianeta senza un esercito?"

Korum rise. "Se vuoi metterla in questo modo, sì. La maggior parte dei maschi Krinar che sono venuti sulla Terra hanno ricevuto un addestramento in stile militare, perché ci aspettavamo qualche resistenza. Ma no, non avevamo bisogno di un grande esercito per controllare la Terra; tutto ciò di cui avevamo bisogno era la nostra tecnologia."

"Certo." Mia cercò di tenere l'amarezza fuori dalla voce. Amare Korum nel modo in cui l'amava rendeva facile dimenticare che stava praticamente dormendo con il nemico—anche se quest'ultimo non intendeva realmente danneggiare il suo pianeta. Era solo durante quelle conversazioni che a Mia veniva spiacevolmente ricordato che i Krinar avevano preso con la forza il suo pianeta... e che l'uomo che l'amava non aveva necessariamente a cuore gli interessi del genere umano.

"Fidati, Mia, è stato meglio così" disse Korum, come se le leggesse nel pensiero. "Il tuo governo non ha avuto altra scelta che accettare l'inevitabile, e questo ha contribuito a minimizzare lo spargimento di sangue. Sarebbe stato molto peggio, se ci fosse stata una vera e propria guerra tra la nostra gente."

Mia serrò la bocca, ma annuì, sapendo che aveva ragione. Sarebbe stato inutile opporsi alla superiorità tecnologica dei Krinar; in un certo senso, quello aveva reso la loro invasione il più indolore possibile. L'invasione in sé era una questione diversa, naturalmente—ma Mia non aveva l'energia o la voglia di combattere quella particolare battaglia. Aver lavorato per la Resistenza una volta le era bastato.

"Posso farti una domanda?" disse Mia, ripensando a quei giorni folli in cui spiava Korum. "Non capisco una cosa dei piani dei Keith. Anche se fossero riusciti a cacciare tutti i Krinar dalla Terra, la tua gente non sarebbe tornata con i rinforzi? So che hai detto che ti avrebbero *ucciso*, ma per quanto riguarda tutti gli altri? Sei l'unico con i mezzi per fare avanti e indietro tra la Terra e Krina?"

Korum le lanciò un'occhiata divertita. "No, certo che no. La mia azienda ha i progetti di navicelle più avanzate, ma i Krinar viaggiano verso e dalla Terra da molto tempo prima che io nascessi. Penso che i Keith sperassero di controllare il campo protettivo."

"Il campo protettivo?"

Annuì. "Fino a una dozzina di anni fa, i viaggi interspaziali in gran parte non erano regolati. Chiunque poteva andare ovunque, purché avesse una navicella che lo trasportasse. Ora, però, abbiamo uno scudo per proteggere la Terra dai viaggi non autorizzati—lo stesso tipo di scudo che abbiamo installato recentemente intorno a Krina."

"C'è uno scudo intorno alla Terra?" Mia lo guardò, sorpresa.

"In realtà, è uno scudo intorno al sistema solare" spiegò Korum. "Non una barriera, ma più un campo perturbatore. Una volta attivato, crea problemi alle capacità delle nostre navicelle più veloci della luce."

"Perché avere qualcosa che potrebbe rovinare le vostre navicelle?"

"Per motivi di sicurezza, vogliamo essere certi che il Consiglio sia informato—e che autorizzi qualsiasi viaggio tra la Terra e Krina. Inoltre, se ci sono altre forme di vita intelligenti là fuori, che usano una tecnologia paragonabile alla nostra, gli scudi ci garantiscono una protezione da loro."

Mia gli rivolse un'occhiata ironica. "Quindi, non possono farvi quello che avete fatto a noi?"

"Esattamente." Le sorrise, sembrando così impenitente che Mia non poté fare a meno di ridere.

"Ok" disse, tornando alla domanda iniziale. "Quindi, che cosa avrebbero fatto i Keith? Avrebbero usato il campo protettivo per tenere fuori il resto dei Krinar?"

"Probabilmente" disse Korum, sempre sorridendo. "Questo è quello che avrei fatto al posto loro."

Camminarono ancora per qualche minuto prima di raggiungere l'oceano. Come al solito, quella parte della spiaggia era completamente deserta. Con solo cinquemila K nell'insediamento costaricano, c'era spazio in abbondanza per tutti e la maggior parte dei Krinar tendeva a tenersi lontano dai "territori" degli altri—tanto informali quanto fossero quelli dei tempi moderni. Dato che Korum amava fare passeggiate serali su quella particolare distesa di sabbia, gli altri K si tenevano rispettosamente alla larga.

"Vuoi fare una nuotata?" chiese Mia, lasciandogli andare la mano e togliendo le scarpe per verificare la temperatura dell'acqua con la punta del piede. Era perfetta—abbastanza fredda da essere rinfrescante.

Invece di rispondere, Korum si tolse la maglietta, rivelando un busto muscoloso e abbronzato. "Assolutamente" disse, con gli occhi che diventavano più dorati secondo dopo secondo.

Sorridendo, Mia fece qualche passo indietro e tolse lentamente il vestito, adorando il modo in cui lo sguardo dell'extraterrestre era incollato a ogni sua mossa. Poteva vedere la crescente erezione nei suoi pantaloncini, e i capezzoli le si indurirono, con il corpo che reagì al desiderio dell'alieno. Il fatto che potesse procurargli quello semplicemente rimanendo con il costume da bagno era esilarante—e incredibilmente lusinghiero.

"Mi stai stuzzicando?" chiese, con voce bassa e pericolosamente dolce.

Con il cuore che le batteva dall'eccitazione, Mia annuì, osservando i suoi occhi stringersi per la risposta.

"Capisco" disse pensieroso. E prima che Mia potesse battere ciglio, fu su di lei, prendendola tra le braccia e portandola in acqua.

Tenuta saldamente nel suo abbraccio, Mia rise, godendosi la freschezza dell'acqua, mentre andavano sempre più a largo. "Sarà questa la mia punizione?" scherzò mentre lui si fermò, aspettando che una grossa onda li superasse prima di procedere.

"Oh, vuoi essere punita?" mormorò, guardandola con un bagliore acceso negli occhi.

Sorridendo, Mia scosse la testa. "No..."

"Penso di sì..." disse dolcemente, spostandola tra le braccia in modo da tenerla con una sola mano. Prima che Mia potesse dire qualcosa, l'altra mano le scivolò nel costume e premette sul sesso, trovando il clitoride e pizzicandolo con le dita.

Lei si irrigidì, sorpresa dalla forte sensazione, e lui

lo fece di nuovo, osservando il suo viso da vicino. "Fa male?" chiese, con voce vellutata. "O ti piace?"

Mia ansimò, mentre le sue dita aumentavano la pressione. "Non lo so..."

"Oh, penso che tu lo sappia" sussurrò. "Penso che tu lo sappia molto bene..." Le sue dita scivolarono dentro, distendendola.

"Korum, per favore..." Poté sentirlo piegare un dito dentro di lei, sfregandolo sul punto G.

"Sei bagnata" mormorò. "Così scivolosa che riesco a sentirlo nonostante l'oceano. Mi fai venir voglia di scoparti subito."

"Allora fallo" sospirò Mia, fissandolo. "Scopami." Era già sull'orlo dell'orgasmo—tutto ciò di cui aveva bisogno era una piccola spinta per portarla oltre il limite.

I suoi occhi divennero più luminosi. "Oh, lo farò..." In pochi secondi, la spogliò, con i resti strappati del costume che galleggiavano intorno a loro. I pantaloncini di Korum andarono incontro allo stesso destino, e poi la mise in piedi, lasciandola scivolare lungo il suo corpo. Mettendole le braccia intorno al collo, Mia premette contro di lui. I suoi seni erano teneri, con i capezzoli sensibili, e li sfregò contro il suo petto per alleviare il dolore profondo. La sua erezione le spingeva sul ventre, spessa e calda, e il sesso le pulsò dal bisogno di prenderlo.

Chinandosi in avanti, gli baciò le labbra, assaporando il sale dell'acqua oceanica e l'essenza squisitamente deliziosa che era Korum. Lui gemette, approfondendo il bacio, e Mia gli succhiò la lingua, accarezzandola con la sua. Allo stesso tempo, si allungò sotto l'acqua, avvolgendogli le dita attorno all'asta dura. Questa saltò a quel tocco, gonfiandosi ulteriormente, e Korum inspirò bruscamente, sollevandola e aprendole le cosce. Un'onda li colpì, con le gocce d'acqua che spruzzarono sul viso di Mia, e lei chiuse gli occhi, afferrando le spalle di Korum con entrambe le mani. Per un breve secondo, la punta del suo cazzo le sfiorò l'ingresso, e poi spinse dentro con un colpo potente.

Mia ansimò per l'invasione, i suoi muscoli interni si irrigidirono per la sensazione di lui così profondamente dentro. Avvolgendogli le gambe attorno alla vita, lo tenne lì, godendosi la straordinaria sensazione.

"Cazzo" gemette lui. "Sei così... fottutamente... straordinaria..." Rimarcò ogni parola con una lieve spinta poco profonda, sbattendole il bacino contro il clitoride, e Mia urlò, quando un orgasmo improvviso l'attraversò, facendole fremere il sesso attorno all'asta dell'extraterrestre. Lui gemette di nuovo, e continuò a spingere dentro di lei, sollevandola su e giù sul suo cazzo con un ritmo implacabile che la spinse di nuovo al limite, pochi minuti dopo. Questa volta, si unì a lei, e sentì il calore del rilascio dell'umana nel profondo del suo ventre.

E poi, semplicemente galleggiarono lì, lasciando che le onde li cullassero avanti e indietro.

CAPITOLO CINQUE

*L*a mattina seguente, Mia si ritrovò ancora una volta da sola nel laboratorio. Saret era ancora in viaggio e non le aveva inviato il feedback, così lei continuò a studiare gli altri progetti, finché lo stomaco non brontolò, ricordandole che era ora di mangiare.

Alzandosi, si stiracchiò e chiese un popolare stufato Krinar per pranzo. L'edificio del laboratorio intelligente glielo preparò cinque minuti dopo, e Mia si sedette a mangiare su una delle panche/tavoli fluttuanti.

Per qualche ragione, i suoi pensieri continuavano a tornare sulla conversazione che aveva avuto con Korum ieri, e sulla combattente della Resistenza che lei aveva aiutato a catturare. Leslie avrebbe subito la manipolazione della mente, e Mia non poté fare a meno di chiedersi quanto sarebbe cambiata la ragazza. Non riusciva a immaginare che qualcuno le potesse *alterare* i pensieri, i sentimenti e i ricordi, e si sentiva in colpa per il fatto che un'altra persona sarebbe stata sottoposta a qualcosa di così invasivo. Sicuramente doveva esserci un modo migliore per dissuadere Leslie dalla sua inutile battaglia contro i Krinar. Forse qualcuno avrebbe potuto parlarle, spiegare che i Krinar non avevano intenzioni sinistre verso la Terra... Naturalmente, era possibile che l'odio della ragazza verso gli invasori fosse troppo profondo per permetterle un pensiero razionale.

Sospirando, Mia terminò il pasto e tornò all'unità di archiviazione dei dati. Mentre stava per tirare fuori il progetto sullo sviluppo della mente infantile, si fermò, ricordando un dettaglio a cui Adam aveva accennato a un certo punto. Saur—il K che aveva cercato di uccidere Korum—un tempo era stato un apprendista in quello stesso laboratorio, e presumibilmente era abbastanza bravo nella manipolazione della mente. Se alcuni dei suoi vecchi progetti fossero stati ancora conservati lì, avrebbero potuto aiutarla a capire meglio che cosa avrebbero fatto a Leslie.

Improvvisamente emozionata, Mia ordinò all'unità di localizzare tutti i dati che Saur aveva inserito. Ce n'erano molti, ma aveva molto tempo a disposizione.

Mettendosi comoda, si immerse nella complessità della mente alterata.

Cinque ore dopo, si rialzò, profondamente confusa. Aveva appena cominciato a grattare la superficie di tutto ciò su cui Saur aveva lavorato, ma nulla era direttamente collegato alla cancellazione della memoria. C'erano molte note e registrazioni sul condizionamento comportamentale e sull'impianto della memoria—ma solo brevi accenni sulla rimozione intenzionale di essa.

Se Mia aveva capito correttamente, Saur non aveva mai eseguito simulazioni sulla cancellazione della memoria, tanto meno aveva fatto pratica con soggetti veri e propri.

Accigliandosi, Mia fissò l'unità di archiviazione dei dati, stranamente turbata da ciò che aveva appena scoperto. Qualcosa non aveva senso per lei. Se Saur non sapeva come cancellare i ricordi, Saret non avrebbe dovuto dire qualcosa a tal proposito al Consiglio? Il suo capo sapeva sempre chi stava lavorando a un determinato progetto e sapeva tutto su di essi; era lui che assegnava i compiti a tutti.

Forse si sbagliava. Forse c'era qualche altro spazio di archiviazione dei dati di cui non era a conoscenza, in cui erano conservati altri progetti. Era possibile: Mia era ancora una principiante e stava appena cominciando a muovere i primi passi.

Era anche possibile che Saur semplicemente non si fosse preoccupato di inserire alcuni dei suoi progetti nel database comune. Adam aveva menzionato una volta che l'apprendista morto era un po' strano—un solitario che non andava d'accordo con nessuno. Forse trovava difficile seguire il protocollo del laboratorio.

Tuttavia, Mia non riusciva a scacciare la sensazione di disagio nello stomaco, la fastidiosa vocina che le diceva che qualcosa in quel quadro non era al suo posto. Aveva bisogno di parlare con Korum e doveva farlo presto.

Fermandosi per inviare a Korum un breve messaggio olografico per comunicargli che sarebbe tornata a casa tra pochi minuti, si diresse verso una delle pareti di uscita.

E mentre si avvicinava, la parete di fronte a lei si dissolse, e il suo capo entrò nel laboratorio.

~

"CIAO, CHI SI VEDE" disse Saret, guardandola con un sorriso. "Non sei ancora tornata a casa? Speravo che te la saresti presa comoda, senza di noi negli ultimi due giorni."

Mia ricambiò il sorriso, cercando di nascondere il nervosismo. "No, mi stavo solo informando su alcuni degli altri progetti qui" disse, rimanendo il più vicino possibile alla verità. "Quello su cui sta lavorando Aners è davvero interessante. Sai, sullo sviluppo della mente infantile."

"Certo." Il sorriso di Saret cambiò—diventando quasi indulgente, pensò Mia. "È un progetto molto importante quello. Ne possiamo riparlare, quando tu ed Adam avrete finito col vostro attuale compito."

"Sarebbe fantastico!" Mia inserì la giusta dose di entusiasmo nella voce e cercò di ignorare il modo in cui i palmi delle mani le stavano cominciando a sudare. "Non vedo l'ora. Grazie ancora per avermi dato quest'opportunità."

"Prego." Gli occhi castani di Saret brillarono, mentre fece un paio di passi verso di lei. Fermandosi a meno di un metro di distanza, disse: "Mi fa piacere che ti trovi bene qui."

Mia annuì, mantenendo un grande sorriso sul viso. Forse era un'idiota, ma le emozioni che le stava provocando il capo la facevano sentire decisamente a disagio. Tutto quello che voleva era andare a casa e parlare con Korum di quello che aveva scoperto. Molto probabilmente, c'era una buona spiegazione per tutto, ma vista la minima possibilità che non ci fosse, non voleva indugiare nel laboratorio più del necessario. Ed era la seconda volta che Saret si comportava in modo quasi... strano.

"D'accordo" disse lei allegramente, guardandogli il viso abbronzato. "Puoi dare un'occhiata alla relazione quando puoi? Vado a casa ora. O hai ancora bisogno di me?"

Saret sorrise di nuovo. "Ho sempre bisogno di te" disse, con una nota insolitamente dolce nella voce. "Ma devi riposare, lo capisco..." E il battito del cuore di Mia accelerò, quando le si avvicinò ulteriormente, con gli occhi che sembravano incollati alla sua spalla scoperta.

"Va bene allora—" indietreggiò "—ci rivedremo presto." E voltandosi, fece un passo verso la parete che portava fuori.

"C'è qualcosa che non va, Mia?" Saret si mise improvvisamente davanti a lei, bloccandole la strada. "Sembri preoccupata."

Ogni pelo del corpo di Mia era rizzato. "Scusa" disse

senza troppo entusiasmo, sforzandosi di ridere. Anche alle sue orecchie sembrava una risata finta. "Stavo solo pensando di andare a New York per rivedere la mia coinquilina, tutto qui."

"Oh, davvero?" Saret inclinò la testa di lato. "E quando hai intenzione di andare?"

"Oh, non starò via troppo a lungo." Mia si pentì di essersi lasciata sfuggire quel particolare e di aver prolungato la conversazione. "Andremo durante uno dei giorni di riposo—"

"Allora, perché sei così nervosa?" chiese Saret, con una strana espressione negli occhi. "È perché hai scoperto qualcosa che non avresti dovuto scoprire?"

Mia deglutì, con un brivido lungo la spina dorsale. "Non so di cosa stai parlando..."

Saret sorrise—con lo stesso sorriso amichevole che era piaciuto a Mia in un primo momento. Ora, invece, lo trovava spaventoso. "Che cosa ti ha spinta a esaminare i file di Saur oggi?" chiese con fare indifferente. "Non sai che è vietato dal protocollo del laboratorio accedere ai progetti di altri apprendisti?"

Mia scosse la testa. Non lo sapeva, in effetti. Fissando Saret, le sembrò di vederlo per la prima volta. Era amico di Korum. Perché stava facendo questo? Perché aveva ingannato tutti sulle abilità di Saur? E, soprattutto, che cosa intendeva fare per impedire a Mia di dirlo a tutti?

Riflettendo furiosamente, si rese conto che negare sarebbe stato inutile a questo punto. In qualche modo, Saret sapeva della scoperta di Mia. "Perché?" gli chiese, mantenendo la voce ferma nonostante il tremore alle mani. "Perché non hai detto al Consiglio che Saur non avrebbe potuto farlo?"

Il sorriso di Saret si allargò. "Perché era conveniente che pensassero questo" spiegò, e lei scorse qualcosa di trionfante nel suo sguardo. "Non era quello che intendevo inizialmente, ma ha funzionato lo stesso."

Con la paura che cresceva minuto dopo minuto, Mia fece un passo indietro. Ogni suo istinto le stava urlando di scappare, *subito*. Forse c'era davvero una buona spiegazione per le azioni di Saret, ma non poteva rischiare. Mettendo da parte ogni residuo di cortesia, Mia portò rapidamente il braccialetto-orologio da polso al viso. "Chiama Kor—"

Ma non ebbe la possibilità di completare la sua richiesta. La mano di Saret fu improvvisamente attorno al suo polso, stringendolo in una morsa d'acciaio. Delle forti dita le strapparono il dispositivo, schiacciandolo.

"Oh, no" disse dolcemente Saret, trascinandola verso di sé, fino a premerla contro il suo corpo muscoloso. "Non potrai più chiamarlo, capisci?"

Stordita e terrorizzata, Mia fissò il K, che era stato il suo capo e mentore nell'ultimo mese. La sua mano le avvolgeva il polso, ruotandolo in modo tale da non permetterle di muoversi. Con orrore, Mia si rese conto che era duro, con l'erezione che spingeva minacciosamente nella morbidezza della sua pancia.

"Che cosa stai facendo?" sussurrò, mentre la calda

bile le saliva in gola. "Korum ti ucciderà per questo, lo sai..."

Gli occhi di Saret brillarono. "Oh, lo farà? Sarà più che benvenuto, se verrà a cercarti qui. Il laboratorio è ben preparato per accogliere il suo arrivo."

"Che cosa?" Sicuramente non intendeva dire—

"Voglio dire che, quando arriverà il tuo cheren, avrò una sorpresina per lui" disse Saret, rivolgendole un sorriso gentile. "Vedi, cara Mia, è giunta l'ora che tu sappia la verità sul tuo amante. Vieni, andiamo nel mio ufficio e parliamone un po'."

E senza concederle alcuna scelta in merito, la trascinò verso il retro della stanza, con le dita avvolte saldamente intorno al suo polso. Al loro avvicinarsi, una delle pareti si dissolse, creando un'entrata nello spazio che Saret utilizzava per i progetti privati.

Con le ginocchia deboli dalla paura, Mia inciampò, mentre la trascinava nell'apertura, con la parete che si chiuse dietro di lei. Prima che potesse cadere, tuttavia, Saret la prese, sollevandola tra le braccia.

"Ecco" disse con dolcezza, sedendosi su una delle panche fluttuanti con lei tenuta stretta sul grembo. "Ti ho presa... Ma non preoccuparti—starai bene" aggiunse, apparentemente sentendo i tremori che la scuotevano.

"Lasciami andare" sussurrò Mia, spingendo sul suo petto con tutte le forze. Poté sentire un duro rigonfiamento premerle contro le cosce, e il suo stomaco si contorse dalla nausea. La sua voce si alzò istericamente. "Lasciami andare, subito!"

Non rispose, con gli occhi che si oscurarono mentre la fissava. L'espressione sul suo volto era quasi... rapita, realizzò Mia con orrore. Per qualche ragione, la voleva, e non c'era niente che potesse fare per fermarlo, se lui aveva deciso di agire in base a quell'inclinazione.

"Hai detto che mi avresti parlato di Korum" disse disperatamente, con la voce stridula per il panico. "Che cosa non so di lui?"

Saret sbatté le palpebre, con lo sguardo che si schiarì leggermente. "Oh, sì" disse, con un sorriso autoironico che gli apparve sulle labbra. "Ti ho detto che avremmo parlato, non è vero? Ecco, è meglio che ti sieda..." E sollevandola dalle ginocchia, la mise accanto a lui, continuando a tenere una mano avvolta saldamente intorno al suo braccio.

Mia cercò immediatamente di dimenarsi, ma la sua presa si strinse, impedendole di muoversi.

"Ascoltami, Mia" disse Saret, con un lieve cipiglio: "So che non capisci perché sto facendo questo adesso, e che ti sembra tutto assurdo. Ma, credimi, è per il tuo bene—per il bene di tutta l'umanità. Ciò che il tuo cheren ha in mente per la tua specie non è bello, e dev'essere fermato. Sai di cosa sta cercando di convincere gli Anziani?"

Mia scosse la testa, con lo stomaco sottosopra, mentre le allentò la presa sul braccio, massaggiandole delicatamente la pelle con il pollice.

"Vuole strapparvi il pianeta. Te l'ha detto?"

"No" riuscì a dire Mia, con il cuore che le batteva

così forte da impedirle di ragionare. Saret le stava mentendo, naturalmente. Doveva essere così.

"Il mio cosiddetto amico è un mostro assetato di potere" disse Saret, con lo sguardo che si indurì. "Non era abbastanza per lui ottenere la massima reputazione su Krina. Oh no, cara Mia, doveva estendere il suo regno su un altro pianeta—sul vostro pianeta. Se non fosse stato per lui, non saremmo mai venuti sulla Terra. È stato lui a convincere gli Anziani della necessità di controllare il vostro pianeta, di salvarlo per le future generazioni Krinar. E ora ha intenzione di strapparvelo completamente. Capisci quello che sto dicendo?"

Mia annuì, cercando di farlo parlare. Sarebbe stata disposta ad ascoltare tutte le sue menzogne, se solo fosse servito a farle prendere tempo. Tra qualche altro minuto, Korum si sarebbe reso conto che non era tornata a casa come promesso. Sarebbe venuto a cercarla? Sarebbe finito in qualche trappola che Saret sembrava aver teso per lui? *Ti prego, fa' che non gli succeda niente. Ti prego, fa' che non gli succeda niente.*

"Vedi, Mia" continuò Saret: "Tutto ciò che voglio è il benessere della tua gente—il meglio per il maggior numero di esseri intelligenti. Voglio liberare la Terra, liberarla dalla tirannia di Korum e del Consiglio. Voglio che vi riprendiate il vostro pianeta."

"Perché? Cosa te ne importa?" Saret era uno dei Keith? E in quel caso, come era riuscito a sfuggire alla detenzione per tutto quel tempo?

"Perché? Perché ho sempre voluto fare qualcosa di

grande." La voce di Saret era piena di emozione appena trattenuta. "Tutti i nostri contributi alla società, tutto questo—" agitò una mano verso il laboratorio "—impallidisce in confronto alla liberazione di miliardi di esseri intelligenti, all'idea di dar loro una vita migliore... una vita pacifica priva del terrore. Non voglio essere ricordato per aver inventato un altro modo per migliorare i ricordi, Mia. Voglio essere quello che porta la pace sulla Terra."

"La pace sulla Terra?" Le sembrava una follia. "Ma non siamo in guerra contro i Krinar—"

"Oh no, sbarazzarsi dei Krinar è solo l'inizio." Saret rise. "Vedi, Mia, posso anche dare alla tua gente una vita migliore. Posso farlo, in modo che non dobbiate passare i vostri pochi decenni a temere guerre, sparatorie, attacchi terroristici... Posso darvi quello che gli umani sognano dall'inizio dei tempi: una vita senza paura e violenza. Non lo vorresti, Mia? Non lo desidereresti per la tua specie?"

"Di cosa stai parlando?" Esisteva la malattia mentale tra i K? Stava ascoltando i deliri di un pazzo?

"So che non capisci ora, ma capirai—te lo prometto." Il volto di Saret era quasi incandescente dal fervore. "Quando i vostri tassi di omicidi scenderanno a zero e la guerra sarà solo un ricordo del passato, il vostro mondo capirà che è iniziata una nuova era nella storia umana—e mi ringrazierà per questo."

Mia lo fissò, per un minuto incapace di comprendere quello che stava dicendo. Poi, un'idea terrificante e inverosimile le passò per la testa. "Saret" disse lentamente, guardando il K noto come uno dei più grandi esperti della mente. "Stai parlando di qualche tipo di manipolazione mentale per gli umani?" *Ti prego, fa' che scoppi a ridere e che mi dica che non è vero. Ti prego, fa' che non sia così.*

Saret le rivolse un sorriso compiaciuto, accarezzandole il braccio con la mano e facendole accapponare la pelle. "Sì, cara Mia, è esattamente quello di cui sto parlando. Ho sempre saputo che siete brillanti come specie. Vedi, negli ultimi anni ho sviluppato e perfezionato una nuova tecnica, un modo per monitorare determinati impulsi neuronali, stimolando contemporaneamente i centri del dolore e del piacere del cervello—"

Mia trattenne il fiato. "Stai dicendo—" Si fermò un attimo, e dovette ricominciare. "Stai dicendo che hai sviluppato una sorta di controllo mentale?"

Saret rise, con gli occhi castani che brillarono dal divertimento. "No, certo che no. Credo che ormai tu abbia imparato abbastanza da sapere che il vero controllo della mente è impossibile. No, la mia tecnica permette di dirigere determinati comportamenti—di condizionare il cervello, se vogliamo. Ogni volta che qualcuno ha un pensiero violento, ad esempio, posso fargli provare dolore. Ogni volta che mi obbedisce—piacere. Immagina: un intero pianeta pieno di umani pacifici... Non lo vorresti, Mia?"

La ragazza stava per vomitare. "Ma come? Come puoi fare qualcosa del genere su una scala di massa?"

Saret sorrise, ovviamente godendo della sua

reazione. "Beh" disse. "È qui che entrano in gioco Rafor e il resto dei Keith. Come probabilmente saprai, Rafor non era neanche lontanamente bravo quanto il tuo cheren nella progettazione tecnologica, ma era abbastanza bravo da occupare una posizione elevata nell'azienda del padre. Quando Korum lo ha messo fuori dal giro, il povero Rafor è stato lasciato libero. Vedi, avendo perso la reputazione, nessun altro lo avrebbe assunto come progettista, ed è stato costretto a dilettarsi in diverse materie che non gli interessavano quanto il campo scelto originariamente. È venuto addirittura da me un paio di anni fa, chiedendo di poter fare un apprendistato nel mio laboratorio.

"Ho rifiutato, ovviamente. Non era abbastanza qualificato per poter lavorare qui. Non lo eri nemmeno tu, essendo un'umana e tutto il resto, ma almeno ti appassionava l'argomento. Lui non aveva nemmeno questo." Saret si lasciò sfuggire una risatina. "In ogni caso, gli ho offerto la possibilità di aiutarmi in un progetto privato, di progettare i nanociti di cui avevo bisogno per attuare il piano. Ha compreso immediatamente quello che stavo cercando di fare—si allineava bene con le sue vedute comprensive verso gli umani—e ha fatto un ottimo lavoro creando sia il design nano che il meccanismo di dispersione."

Mia lo ascoltava attentamente, quasi senza osare respirare. Quello che le stava dicendo era così incredibile—e così terrificante—che riusciva a malapena a riflettere su ciò che stava ascoltando.

"Ovviamente, Rafor ha fallito miseramente nella

prima parte del piano" proseguì Saret. "Doveva sbarazzarsi di Korum e degli altri con l'aiuto della Resistenza, invece è stato catturato."

Mia deglutì per liberarsi della secchezza nella gola. "Così, hai cancellato i loro ricordi" ipotizzò, e Saret annuì, sorridendo.

"Ho dovuto farlo. Non avevo altra scelta. Era l'unico modo per proteggere me stesso e il resto del piano. Inoltre, questo dava ai Keith una possibilità al processo."

"E così, il Protettore aveva ragione: sei stato tu a manipolare i ricordi tutto questo tempo—"

"Aveva parzialmente ragione." Il sorriso di Saret era luminoso e felice. "Pensava che avessi cancellato i loro ricordi per aiutare Korum, ma nulla potrebbe essere più lontano dalla verità. Questo ha ostacolato un po' il programma del tuo cheren—un bell'effetto collaterale, se non del tutto intenzionale dell'intera questione."

"Perché lo odi così tanto? Ti considera un amico—"

Il K con i capelli scuri scoppiò a ridere, piegando la testa all'indietro. "Certo—ho fatto in modo che lo fosse. Solo un idiota vorrebbe Korum come nemico. L'ho visto distruggere coloro che gli ostacolano il cammino, e non ho mai commesso quell'errore."

"Ma lo stai commettendo ora" fece notare cautamente Mia, guardando storto verso il punto in cui le dita del K erano ancora avvolte attorno al suo braccio. Se Korum fosse stato lì, Saret sarebbe già stato ucciso. Se c'era una cosa che aveva imparato nelle ultime settimane, era proprio la tendenza alla territorialità dei maschi Krinar.

"Oh, perché sto toccando la sua preziosa charl?" disse Saret, con gli occhi che brillarono per un mix di eccitazione e qualche altra emozione non identificabile. "Non preoccuparti, cara Mia, non sarai sua ancora a lungo. Te ne libererai presto. Non appena sarà qui..."

Il sangue di Mia si trasformò in ghiaccio. "Hai—" Dovette fermarsi un attimo, perché non riusciva a parlare a causa della costrizione nella gola. "Hai intenzione di ucciderlo?" riuscì a dire finalmente.

"Molto probabilmente." Saret le sorrise di nuovo—con quello stesso sorriso amichevole che le fece venir voglia di gridare. "Probabilmente sarebbe la cosa più facile. Certo, potrei sempre provare a catturarlo e fargli subire lo stesso trattamento di Saur. Questo sarebbe il premio finale: avere Korum sotto il mio controllo—"

"Saur? Hai controllato la mente di Saur?" Mia lo fissò con inorridita incredulità. Saret aveva davvero spinto il suo ex apprendista ad attaccarli a Ormond Beach?

"No." Saret sembrò deluso dalla sua mancata comprensione. "Non posso controllare la mente. Te l'ho detto. Posso condizionarla. La mia tecnica funziona in modo molto subdolo. Non trasforma le persone in zombie privi di cervello o qualunque altra cosa tu stia immaginando—"

"Ma hai condizionato la mente di Saur per spingerlo a uccidere Korum?"

"Esatto" ammise Saret con un'espressione di orgoglio sul viso. "Non è stato facile, credimi. Tutti i Krinar hanno scudi nel sistema immunitario che respingono i nanociti; è qualcosa che è stato sviluppato migliaia di anni fa, dopo che qualcuno aveva provato a utilizzare la nanotecnologia medica nelle guerre. Sono riuscito a penetrare le difese di Saur solo dopo dozzine di iniezioni fisiche—e persino a quel punto, il condizionamento mentale ha funzionato solo perché Saur era più debole degli altri. Ecco perché volevo che i Krinar lasciassero la Terra: perché non riesco a controllarli in modo efficace. Con gli umani, è molto più facile. Siete completamente privi di difese; tutto quello che devo fare è rilasciare i nanociti in aria nelle zone più popolate ed essi arriveranno agli obiettivi stabiliti."

A Mia stava girando la testa. "Quindi, fammi capire bene... Stai cercando di liberarti dei tuoi simili in modo da poter controllare la mente—o, piuttosto, condizionarla—di tutti gli umani sulla Terra?"

"Detta così, sembra una follia, non è vero?" Saret sorrise ironicamente. "Ma sì, è proprio questo che sto cercando di fare. Voglio portare pace alla tua gente, Mia. È una cosa così brutta? Rifletti un minuto. Non ti piacerebbe vivere in un mondo in cui puoi camminare per strada di notte senza preoccuparti di essere uccisa o violentata? In cui i serial killer sono roba da film dell'orrore e non esistono nella vita reale? Niente più sparatorie nelle scuole, niente più terrorismo o guerre... Non ti piacerebbe tutto questo?"

Mia lo fissò. Per un momento, l'immagine dipinta sembrò stranamente attraente. "Certo" disse. "Ma quello di cui stai parlando è un'invasione delle nostre menti. Vuoi toglierci il libero arbitrio—"

"Libero arbitrio?" Saret sollevò le sopracciglia. "Come definisci il libero arbitrio? I tuoi simili potranno vivere come vogliono, stare con chi vogliono, fare tutto ciò che vogliono... Solo che non potranno uccidere o danneggiare gli altri, quando l'impulso li spingerà a farlo."

"E ti adoreranno, non è vero?" chiese Mia, socchiudendo gli occhi. "È questo che desideri in realtà, non è vero? Un intero pianeta popolato da marionette che obbediranno a ogni tuo comando?"

Saret rise, scuotendo la testa. "Messo così, suona terribile, non è vero? Ma no, cara Mia, non è così che la vedo io. La tua specie mi adorerà, è vero—ma è perché sarò il loro salvatore. Sarò io a porre fine alla loro sofferenza, a liberare il loro pianeta, portando la pace."

"E che cos'hai intenzione di fare con il resto dei Krinar qui?" chiese Mia, non appena quel pensiero le passò per la testa. "Korum ha vanificato il tuo piano con la Resistenza, e tutta la tua gente è ancora qui. Non pensi che se ne accorgerebbero, se tutti gli umani diventassero improvvisamente pacifici? Se i tassi di omicidio scendessero a zero in un batter d'occhio?"

"Non accadrebbe in un batter d'occhio" spiegò Saret. "Il condizionamento mentale completo richiede molti giorni, se non settimane. Ma sì, alla fine se ne accorgerebbero, naturalmente—ed è per questo che dovrò sbarazzarmi di tutti quello che sono nei Centri e assicurarmi che il campo protettivo impedisca a chiunque altro di venire qui."

Mia fece un respiro profondo, lottando contro l'impulso di vomitare. Sicuramente non intendeva —"Sbarazzarti di tutti in che modo?"

Sospirò. "Uccidendoli, ovviamente."

Mia sbiancò. "Vuoi uccidere tutti i cinquantamila Krinar?" sussurrò, non riuscendo a comprendere la malvagità necessaria per uccidere su così larga scala.

Saret scrollò le spalle. "La maggior parte, sì. Alcuni potrebbero sopravvivere, naturalmente, ma la maggior parte perirà."

"E come?" Mia sentì l'isteria nella sua stessa voce. "Come puoi uccidere così tanti individui?"

"Utilizzando la stessa nanoarma che Rafor e la Resistenza intendevano utilizzare come minaccia" spiegò Saret, guardandola attentamente. "Il progetto che Korum ci ha fornito tramite te era difettoso, naturalmente, ma conteneva elementi giusti e ho assunto qualcuno in grado di perfezionarli. È quasi pronto ora; il mio progettista sta solo apportando gli ultimi ritocchi."

"Fammi capire bene" disse Mia, fissando lo psicopatico seduto accanto a lei: "Vuoi uccidere cinquantamila individui della tua stessa razza per portare la pace sulla Terra? E non vedi niente di sbagliato in questo?"

"Certo che lo vedo." Saret si acciglò. "Pensi che mi

piacerà quella parte del piano? Li rispedirei volentieri su Krina oppure cercherei di controllarli, se potessi. Ma non posso. Tutto quello che posso fare è cercare di farli sparire nel modo più indolore possibile. So che questo non è esattamente coerente con il mio programma pacifista. Ma vedi, Mia, il bene di molti supera di gran lunga i bisogni di pochi. Non saremmo mai dovuti venire sul vostro pianeta; è stata la sconfinata ambizione del tuo cheren a portarci qui. Ora dobbiamo espiare per quello che abbiamo fatto; dobbiamo pagare per i nostri peccati contro la vostra specie..."

"Hai intenzione di uccidere anche me?" Mia sentì la paura svanire, quando uno strano torpore iniziò a insinuarsi dentro di lei. Quello che il K aveva in mente era così orribile che semplicemente non riusciva a metabolizzarlo completamente. "O hai intenzione di farmi diventare una marionetta? È per questo che me lo stai dicendo, non è vero? Perché non ti preoccupa che io possa riferirlo a qualcuno?"

Saret sorrise, liberandole il braccio e coprendole la mano con il palmo. Quel tocco sembrò ustionarle la pelle, facendole capire quanto le sue mani fossero diventate gelide. "L'idea di trasformarti in una marionetta è piuttosto allettante, devo ammettere" disse, con gli occhi che si rabbuiarono di nuovo. "E forse lo farò alla fine... Ma preferirei non manomettere troppo la tua mente in un primo momento. Mi piaci abbastanza così come sei."

"Allora, che cos'hai intenzione di fare con me?" Il

tono di Mia era quasi disinteressato. "Se non hai intenzione di uccidermi, significa che—"

"Non ti ucciderò" la rassicurò Saret. "Mi limiterò a fare in modo che non ricorderai questa conversazione —o qualsiasi altra cosa ti sia accaduta negli ultimi mesi. Sarà la cosa migliore, vedrai... So che ti sei affezionata a quel mostro, e che probabilmente ti mancherebbe, se non ci fosse più. Ma in questo modo, sarai libera per sempre dalla sua influenza. Sarà come se non fosse mai stato nella tua vita."

Mia lo fissò, con un'acida rabbia che cominciò a bruciarle nella bocca dello stomaco. "Ucciderai Korum e mi cancellerai la memoria per farmelo dimenticare?"

"No, cara Mia" disse Saret, sorridendo. "Non sarei così crudele con te. Cancellerò prima la tua memoria. In questo modo, non proverai nulla, quando morirà. Vedi, non voglio farti soffrire per quel tipo di trauma. I ricordi dolorosi del genere sono i più difficili da eliminare, e l'ultima cosa che vorrei è provocarti incubi che indugiano nel tuo subconscio—"

"Sei pazzo" disse Mia, con la rabbia che cresceva di secondo in secondo. Accolse la sensazione, perché l'aiutava a liberarsi della nebbia del terrore nel cervello. "Credi davvero che sia un favore invadermi il cervello in quel modo? E perché ti importa di me, a proposito? Stai per uccidere cinquantamila Krinar senza pensarci due volte, e io sono solo la charl di Korum—"

"Sai, mi sono posto la stessa domanda." Saret aggrottò la fronte con un'espressione introspettiva. "Sei solo una ragazza umana—una molto carina, certo—ma niente di speciale, ad essere sincero. All'inizio, non riuscivo a capire perché Korum fosse così ossessionato da te. Ma poi è successo qualcosa di divertente, Mia—" si chinò in avanti, con gli occhi che brillarono cupamente "—ho iniziato a volerti tutta per me."

Si fermò un secondo, e poi continuò, ignorando l'espressione di orribile disgusto sul viso dell'umana. "Credimi, è stato un inferno vederti sempre e sapere di non avere il diritto di toccarti, che è *lui* a portarti a letto tutte le sere. Ma d'ora in avanti le cose saranno diverse. Quando ti sveglierai, sarà come se non fosse mai esistito... e tu sarai mia, come avresti dovuto essere fin dall'inizio."

Incredibilmente nauseata, Mia cercò di scostare la sua mano, con la bile nella gola. La tenne per un secondo, poi la lasciò andare, guardandola con un sorriso, mentre saltò indietro come una gattina spaventata.

"Mai" sibilò, indietreggiando verso la parete. "Hai capito? Non so cosa tu stia immaginando, ma non starò mai con te volentieri. Potresti costringermi, ma questo è tutto ciò che ci sarà mai tra noi, con i ricordi o senza—"

"Perché?" chiese Saret, continuando a sorridere. "Perché credi di essere innamorata di lui? Che cosa ne sa una ventenne dell'amore? Ti ha sedotta, Mia, tutto qui. Quando uscirà dalla tua vita, io farò lo stesso—e tu mi amerai tanto quanto pensavi di amare lui."

Mia scoppiò a ridere, con la disperazione che la rendeva sprezzante. Il pensiero di dimenticare Korum e di essere costretta a dividere il letto con un potenziale assassino di massa era così ripugnante che pensò che avrebbe preferito morire. Forse avrebbe potuto spingerlo a ucciderla. "Oh, davvero?" disse con disprezzo. "Non sono nemmeno minimamente attratta da te, Saret. Sei come il cibo per cani per me. Ho voluto Korum fin dall'inizio—dal primo momento in cui l'ho visto. Ma non te. Mai. Hai capito?"

Mentre parlava, vide il sorriso svanire dal volto di Saret, con l'espressione che si indurì. "Vedremo" disse, alzandosi e avvicinandosi a lei. "Non appena avrò cancellato i tuoi ricordi, il tuo tono sarà molto diverso, credimi."

"No!" urlò Mia, mentre la raggiungeva. Piegò le unghie come se fossero artigli, graffiandogli le braccia, mentre l'afferrava. "Sta' lontano da me, psicopatico del cazzo! No!!!"

Ignorando le sue grida e i tentativi di dimenarsi, Saret la sollevò e la portò fuori dall'ufficio, con le braccia simili a fasce di ferro intorno al suo corpo. Camminando verso il lato opposto del laboratorio, la mise su una delle panche fluttuanti vicino alla parete. La superficie intelligente si avvolse immediatamente attorno alle sue braccia e alle gambe, tenendola completamente immobile, mentre Saret raggiunse il muro e tirò fuori un piccolo dispositivo bianco.

"No!" Mia cercò di girare la testa, mentre si avvicinava di nuovo a lei. "No! Non farlo!"

Saret si fermò per un secondo, guardandola dall'alto in basso. "Mi dispiace, Mia" disse dolcemente. "Vorrei che non fosse necessario. Se solo ti avessi incontrata per primo... Ma non farà male, te lo prometto..." E premendole il dispositivo sulla fronte, le rivolse un sorriso gentile.

Quel sorriso fu l'ultima cosa che Mia vide, prima che il suo mondo svanisse nell'oscurità.

PARTE DUE

CAPITOLO SEI

Korum controllò di nuovo l'ora.

Mia avrebbe dovuto essere già a casa. Aveva ricevuto il suo messaggio venti minuti fa, e aveva immediatamente interrotto la sessione di test con i progettisti, incapace di resistere alla tentazione di rivederla il prima possibile.

Mentre l'aspettava, aveva preparato rapidamente la cena, cucinando la sua insalata *shari* preferita e un piatto a base di patate con i funghi di una ricetta che gli aveva dato la madre di Mia. L'aveva chiesta a Ella Stalis prima che lasciassero la Florida, volendo sorprendere Mia un giorno. Amava vedere il suo visetto illuminarsi dal piacere e dall'emozione, quando le faceva cose del genere. La sua felicità significava il mondo per lui ultimamente.

Dov'era finita?

Leggermente infastidito, Korum interrogò il suo computer per determinarne la posizione. Il complesso dispositivo incorporato nel palmo della mano era completamente sincronizzato con i suoi percorsi neurali—tanto che utilizzarlo equivaleva a pensare in un certo senso. Non a tutti i Krinar piaceva l'idea di essere così tecnologici, e molti decidevano di attenersi ai vecchi comandi vocali e ai dispositivi autonomi. Korum pensava che fosse da idioti essere così diffidenti, ma era stato lui a progettare il computer, conoscendone i limiti e le capacità. Molti della sua specie non avevano nemmeno idea di come funzionassero i semplici sistemi elettronici umani, né desideravano imparare—cosa che non avrebbe mai capito.

Non appena formulò quella domanda mentale, comprese la posizione di Mia con chiarezza cristallina: il laboratorio. Era ancora nel laboratorio. I dispositivi di monitoraggio che le aveva inserito nelle mani si stavano rivelando molto utili, anche ora che non era più coinvolta nella Resistenza.

Con le labbra che si piegarono per un sorriso, Korum ripensò alla sua reazione ogni volta che la conversazione si avvicinava all'argomento dell'irradiazione. Si comportava come una gattina arrabbiata, con gli artigli tirati fuori e la pelliccia arruffata. Gli faceva venir voglia di coccolarla e scoparla allo stesso tempo—un confuso mix di desideri che gli suscitava sempre.

Forse avrebbe dovuto sentirsi in colpa per averla irradiata. E a volte, quasi si sentiva così. Gli rimproverava il fatto che avrebbe saputo sempre dove si trovava, non comprendendo che questo lo faceva stare tranquillo. Era così fragile, così umana... Se fosse stato per lui, Mia non avrebbe mai lasciato il suo fianco; l'avrebbe tenuta sempre con sé per proteggerla.

Ma sapeva che a lei non sarebbe piaciuto. Riteneva importante avere la propria indipendenza, eccellere nel campo scelto e contribuire alla società. Lui lo comprendeva e lo rispettava, ma questo non facilitava le cose. Quando erano stati a New York—prima che le desse i nanociti per renderla meno vulnerabile—aveva dovuto davvero sforzarsi per lasciarla avventurarsi da sola, specialmente in una città umana, dove qualcosa di così stupido come un incidente automobilistico avrebbe potuto facilmente toglierle la vita. Ecco perché aveva sempre avuto un guardiano a seguirla, a non più di cento metri di distanza in ogni istante. La ragazza non l'avrebbe mai sospettato, naturalmente, né Korum gliel'avrebbe mai riferito. Ma era stato per la sua protezione; nemmeno allora riusciva a sopportare il pensiero che sarebbe potuto accaderle qualcosa.

Controllando di nuovo l'ora, Korum vide che erano passati venticinque minuti. Perché era ancora nel laboratorio? Era successo qualcosa che l'aveva fatta tardare? Se Saret la stava facendo nuovamente lavorare fino a tardi, avrebbe discusso seriamente con lui. Ormai, Mia aveva dimostrato di essere abbastanza utile, e Korum era certo che l'amico non avrebbe interrotto il suo apprendistato, anche se lei avesse dovuto lavorare meno ore.

Inviando un'altra domanda mentale, Korum

raggiunse il dispositivo di comunicazione che aveva creato per lei—quello che la ragazza definiva il suo braccialetto-orologio da polso. Con sua sorpresa e crescente inquietudine, non riuscì a connettersi; era come se ci fosse solo il vuoto al posto dei segnali digitali.

C'era qualcosa di strano.

Korum ne era improvvisamente certo. Alzando la mano, fissò il palmo, con gli occhi che seguirono i minuscoli impulsi di luce sotto la sua pelle. Era un modo per concentrarsi, per utilizzare specifici percorsi mentali più complessi di quelli necessari per le attività quotidiane elementari.

Non aveva usato quel particolare percorso nelle ultime settimane, da quando la Resistenza era stata sconfitta. Mia non ne sapeva nulla, e Korum non aveva intenzione di dirglielo. Non ce n'era bisogno; aveva smesso di utilizzare il dispositivo per monitorare le sue attività. L'unico motivo per cui era ancora su di lei era che il procedimento per rimuoverlo era abbastanza complicato—e perché gli piaceva l'idea di tenerlo lì per le emergenze.

Tenendo gli occhi incollati al palmo della mano, Korum inviò una profonda indagine, attivando il piccolo dispositivo di registrazione nascosto sotto il lobo dell'orecchio sinistro di Mia. Gli avrebbe permesso di sentire tutto nelle sue vicinanze e, soprattutto, di controllarne i segnali vitali.

Non appena il dispositivo si accese, parte della tensione si allentò dai suoi muscoli. L'umana stava bene, con il battito cardiaco forte e il respiro regolare.

Eppure... Korum si accigliò, ascoltando attentamente. Era tutto tranquillo—troppo tranquillo. Se stava ancora lavorando, avrebbe dovuto muoversi, parlare con chiunque l'avesse trattenuta. Invece, era come se stesse dormendo profondamente.

Oppure come se fosse incosciente.

Non appena rifletté sulla seconda possibilità, capì che era sulla strada giusta. Ma perché avrebbe dovuto essere incosciente? Non aveva alcun senso. E quello era...? Ascoltò di nuovo. Erano i movimenti di qualcun altro quelli che sentiva intorno a lei?

Il suo disagio si trasformò in vera e propria preoccupazione.

Alzandosi, Korum si diresse rapidamente verso la parete e uscì di casa. Fermandosi per qualche secondo, inviò un comando mentale per creare una capsula per il trasporto con tutta la velocità possibile. Mentre le nanomacchine svolgevano il loro lavoro, scavò in profondità negli archivi del dispositivo di registrazione. Tutti i registratori che aveva progettato funzionavano in quel modo; anche quando non erano attivati per trasmettere in tempo reale, continuavano a raccogliere dati e ad archiviarli internamente.

Ci volle un secondo, e poi ebbe accesso ai ricordi del registratore, scansionandoli per trovare il punto giusto. Iniziò con il momento esatto in cui Mia gli aveva inviato il messaggio. Invece di ascoltare la registrazione a velocità normale, fece creare dal computer una trascrizione istantanea, che poi lesse in pochi secondi.

E man mano che Korum capiva cosa stava leggendo, ogni cellula del suo corpo si riempì di una furia vulcanica.

Non riusciva nemmeno a riflettere sulla portata del tradimento—né sulla pura malvagità che stava per essere scatenata dall'uomo che aveva considerato un amico negli ultimi duemila anni. E Mia... No, non poteva pensarci. Non ancora, almeno. Se voleva che sopravvivessero tutti, avrebbe dovuto concentrarsi, controllare la rabbia e il dolore.

Utilizzando ogni grammo di forza di volontà in proprio possesso, Korum raggiunse il lato freddamente razionale di sé e iniziò ad analizzare il modo migliore per gestire la situazione.

~

SARET OSSERVÒ IMPAZIENTEMENTE, mentre Korum finalmente lasciò la casa e creò la capsula per il trasporto. Ora il suo nemico sarebbe venuto a cercare Mia, probabilmente con il minimo—o nessun—sospetto.

Certo, non avrebbe mai dovuto sottovalutarlo. Il bastardo aveva sempre qualche brutta sorpresa in serbo per chi lo faceva. Tuttavia, Korum non aveva motivo di credere che stesse succedendo qualcosa di sinistro, e sicuramente non si sarebbe mai aspettato che Saret stesse cercando di ucciderlo.

Era stato uno spiacevole caso che Mia avesse trovato quei file oggi. Saret aveva sempre saputo che qualcuno avrebbe ficcato il naso, capendo che Saur non era poi un grande esperto della cancellazione della memoria come era stato descritto. Saret avrebbe dovuto spostare i file, ma tutti nel laboratorio sapevano che era meglio non accedere al lavoro di altre persone senza il suo esplicito permesso.

Tutti, tranne una ragazza umana, a quanto pareva.

Ma forse, in un certo senso, Saret voleva che lei lo scoprisse. Gli era piaciuto spiegarle il piano e osservare le emozioni sul suo piccolo viso espressivo. Ovviamente non aveva capito pienamente, ancora troppo presa da Korum per poter pensare lucidamente.

Lo aveva fatto arrabbiare quello che aveva detto sul fatto di non essere attratta da lui. Aveva mentito, ovviamente, cercando di spingerlo a fare qualcosa di stupido. Era un maschio Krinar nel fiore degli anni; sapeva benissimo che le donne umane lo desideravano. E lo avrebbe desiderato anche lei; se ne sarebbe assicurato.

All'inizio sarebbe stato gentile con lei, non com'era stato Korum quando si erano conosciuti. Saret aveva visto alcune registrazioni dell'inizio della loro relazione durante il processo, e lo aveva fatto arrabbiare il modo in cui il suo nemico l'aveva trattata. Saret sarebbe stato un cheren migliore, ne era certo.

Dov'era Korum?

Accigliandosi, Saret guardò di nuovo l'immagine. Sembrava che il suo nemico non avesse fretta. Invece di andare al laboratorio, Korum era accanto alla navicella a chiacchierare tranquillamente con una donna Krinar che Saret non aveva mai visto. Stava quasi... flirtando con lei? *Fottuto bastardo, stava già tradendo Mia.*

Beh, non importava. Korum sarebbe arrivato lì prima o poi. E, a quel punto, avrebbe trovato una bella sorpresa.

All'insaputa di tutti, Saret aveva passato gli ultimi anni a costruire una fortezza altamente tecnologica all'interno del laboratorio. Tutti gli edifici Krinar erano durevoli, pensati per resistere a qualsiasi cosa, da un'esplosione nucleare a un'eruzione vulcanica. Il suo laboratorio, tuttavia, aveva fatto un passo in avanti: le pareti erano armate—progettate per uccidere chiunque avesse tentato di entrare, una volta che Saret avesse attivato la modalità di protezione. Erano anche impenetrabili a qualsiasi forma di nanotecnologia, perché Saret aveva installato gli stessi scudi che venivano utilizzati a difesa dei Centri.

Non era stato facile. La popolazione non aveva facilmente accesso alle armi, specialmente alle nanoarmi specializzate come quelle incorporate nelle sue pareti. Saret era stato costretto a chiedere molti favori e a spendere una parte considerevole della propria fortuna personale per sistemare tutto esattamente come voleva. Gli era costato ancora di più fare tutto in segreto.

Ora, tuttavia, la fatica l'avrebbe ripagato. Tra un altro paio di giorni, la nanoarma che aveva progettato di usare nei Centri sarebbe stata pronta. I dispositivi di dispersione con i nanociti erano già stati posizionati in tutte le principali città umane.

Aveva solo bisogno di pazienza ora.

~

ALTRI DIECI MINUTI, e Saret stava perdendo quello che rimaneva di quella pazienza. Perché diavolo Korum stava impiegando così tanto? Forse Saret aveva sottovalutato l'attaccamento del suo nemico alla ragazza? Sembrava che quel bastardo stesse ancora flirtando con quella donna. Eccolo lì, a ridere e a toccarle il braccio. *Che cazzo stava facendo?* Dov'era finita la sua ossessione per Mia? Era stata solo un giocattolo per lui tutto questo tempo?

Non appena quel pensiero attraversò la mente di Saret, lo scacciò. No, c'era qualcosa sotto. All'improvviso, ne era certo.

Il suo nemico si stava prendendo gioco di lui? Quella che Saret stava osservando era una falsa immagine? Era impossibile capirlo; le figure che stava guardando sembravano assolutamente reali. Ma, come Saret sapeva bene, l'apparenza poteva essere ingannevole.

Doveva affrontare la possibilità che Korum avesse capito che stava succedendo qualcosa.

Muovendosi rapidamente, Saret si armò e indossò uno scudo protettivo che gli avvolgeva tutto il corpo. Le pareti del laboratorio erano ancora la sua miglior difesa, e aveva tutte le intenzioni di affrontare il nemico lì, dove Saret aveva quel vantaggio. Non provava paura, anche se il suo battito aumentò in previsione dell'imminente battaglia.

Dando un'occhiata a Mia, Saret si accertò che fosse ancora incosciente, sdraiata e legata sul lettino sanitario fluttuante. Si sarebbe risvegliata presto, e lui sperava che tutte le cose spiacevoli fossero finite prima di questo.

Ignorando l'adrenalina che gli scorreva nelle vene, si sedette accanto a lei e le accarezzò il braccio, meravigliandosi della morbidezza della sua pallida carnagione. Era così carina, con le sue ciglia scure che si aprivano a ventaglio sulle guance e quella bocca morbida leggermente socchiusa. Qual era quella favola umana per bambini? La Bella Addormentata? In realtà, assomigliava più a Biancaneve, pensò Saret, con la carnagione color latte e i capelli scuri.

Abbassandosi, le baciò le labbra, sfiorandole leggermente con la lingua. Come sospettava, era deliziosa; quel piccolo assaggio fu sufficiente a farlo indurire. Se avesse avuto più tempo, l'avrebbe presa in quel momento, incosciente o meno.

Ma non aveva più tempo. Doveva rimanere concentrato. In un modo o nell'altro, Korum sarebbe arrivato presto.

Alzandosi, Saret si avvicinò di nuovo all'immagine. Ormai, era quasi certo che fosse falsa.

Dov'era Korum?

Saret cominciò a camminare avanti e indietro, troppo agitato per rimettersi a sedere.

Quando tutto iniziò due minuti dopo, non se ne accorse nemmeno.

Un basso ronzio fu il primo avvertimento che qualcosa non andava. Il rumore sembrò riempire l'aria, crescendo gradualmente di volume, finché non diventò quasi un ruggito per il suo sensibile udito Krinar.

Poi, le pareti cominciarono a sciogliersi. Saret non aveva mai visto una cosa del genere: il materiale progettato per resistere a un'esplosione nucleare sembrò liquefarsi dall'alto verso il basso, come se l'edificio fosse stato di cera.

A quel punto, la paura ebbe la meglio su Saret. Tagliente e acida, si addensava nel suo stomaco. Le cose non dovevano andare così. Doveva essere al sicuro lì, nella sua fortezza costruita con cura... ma non lo era. Saret non conosceva alcuna arma in grado di poter fare quello—in grado di penetrare gli stessi scudi che proteggevano le colonie—ma i suoi occhi non mentivano. Le pareti si stavano letteralmente sciogliendo intorno a sé.

C'era solo una cosa da fare: ritirarsi e sopravvivere per combattere in un altro momento. Per un secondo, Saret pensò di portare Mia con sé, ma lo avrebbe rallentato e non poteva correre quel rischio. Sarebbe dovuto tornare per lei.

Lanciando un'ultima occhiata verso la ragazza incosciente sul lettino fluttuante, Saret attivò l'uscita di emergenza e scomparve attraverso il pavimento dell'edificio.

CAPITOLO SETTE

"Voglio che sia trovato. Con qualsiasi mezzo necessario. Hai capito?" Korum era consapevole della durezza della propria voce, ma non riusciva più a contenere la gelida rabbia che gli scorreva nelle vene.

Alir, il capo dei guardiani, annuì. "Te lo riporteremo" promise, con gli occhi neri freddi e inespressivi.

"Bene" disse Korum.

Voltandosi, si diresse verso la parte posteriore della stanza, dove Ellet era seduta accanto a Mia e stava eseguendo degli esami diagnostici.

Al suo avvicinarsi, la donna Krinar alzò lo sguardo, con segni di tensione evidenti sul bel viso. "Presto dovrebbe riprendere conoscenza" disse dolcemente. "Ma, Korum, temo che il danno sia stato fatto."

"Che cosa stai dicendo?" Non voleva crederci, non poteva accettare quella possibilità.

"Temo che la scansione mostri segni di trauma coerenti con una perdita di memoria. Mi dispiace tanto—"

"No. Devi esserti sbagliata." Strinse i pugni così forte che le unghie gli entrarono nella pelle, facendo uscire del sangue. "Dev'esserci qualcosa che possiamo fare—"

"Me ne occuperò io" disse Ellet, alzandosi in piedi. "Ma questo tipo di cancellazione tende ad essere irreversibile, temo."

Korum fece un passo in avanti. "Non voglio che te ne occupi, Ellet" le disse senza troppi giri di parole. "Voglio che lasci perdere qualunque altra fottuta cosa tu stia facendo e le ripristini la memoria."

Ellet si accigliò. "Sai che farò del mio meglio—"

"Non basta." Korum sapeva di essere irrazionale, ma non gli importava. Non si era mai sentito così—così selvaggiamente sanguinario. Voleva distruggere Saret, farlo a pezzi e sentirlo gridare in preda all'agonia. Voleva eviscerare l'uomo che un tempo considerava un amico e fare il bagno nel suo sangue, come facevano gli antichi con i propri nemici.

Sotto la vorticosa furia e l'amarezza per il tradimento, il senso di colpa—pesante e terribile—si insinuò nelle spalle di Korum. Mia era rimasta ferita—ferita a causa sua. Perché non era riuscito a proteggerla dal mostro in mezzo a loro. Perché si era fidato troppo. Se non fosse stato per lui, non avrebbe mai fatto quell'apprendistato, non sarebbe mai stata esposta alle voglie malate di Saret.

Se non l'avesse portata a Lenkarda, non sarebbe mai stata in pericolo.

Come aveva fatto a non capirlo prima? Come poteva non aver percepito quel tipo di disprezzo? Uno dei suoi più cari amici si era rivelato il più grande nemico—e lui se ne era accorto quando ormai era troppo tardi.

E ora vedeva la compassione sul volto di Ellet. Sapeva cosa l'alieno provava per Mia e probabilmente poteva intuirne lo stato mentale. "Ce la metterò tutta, Korum" disse, cercando di tranquillizzarlo. "Te lo prometto, farò tutto il possibile per aiutarla."

Korum fece un respiro profondo per calmarsi. Non era colpa di Ellet, se il suo amico si era rivelato il peggior psicopatico nella storia moderna dei Krinar. "Grazie" disse con calma.

Ellet sorrise, sembrando sollevata. "Puoi portarla a casa ora, se vuoi. Si sveglierà naturalmente tra qualche ora, e sarà meglio che succeda a casa tua. Sarà meglio che abbia a che fare con noi il meno possibile all'inizio."

Korum annuì. "Certo." Chinandosi sul lettino di Mia, la sollevò con cura, cullandola dolcemente sul petto. Era così leggera, così fragile tra le sue braccia. La consapevolezza che oggi sarebbe potuta rimanere uccisa era come veleno nelle sue vene, che bruciava dall'interno.

Saret avrebbe pagato per quello che le aveva fatto— per quello che aveva intenzione di fare a tutti loro. Korum se ne sarebbe assicurato.

~

MIA EMISE un piccolo sbuffo e arricciò il naso, sollevando una mano per togliere un riccio scuro dalla guancia. Aveva ancora gli occhi chiusi, anche se era ovvio che stava iniziando a riprendere conoscenza.

Seduto sul bordo del letto, Korum la osservò svegliarsi lentamente, non riuscendo a distogliere lo sguardo. Logicamente, sapeva che non era la donna più bella che avesse mai visto, ma non importava. Per lui, era perfetta. Amava tutto di lei; ogni parte del suo piccolo corpo delicato lo eccitava. Persino ora, mentre era sdraiata lì con quell'abito rosa chiaro, dovette combattere l'impulso di toccarla, di avvicinarla e di entrare in profondità dentro di lei.

L'inquietante mix di lussuria e tenerezza che suscitava in lui era diverso da qualsiasi altra cosa avesse mai provato. Come molti Krinar, Korum aveva sempre considerato il sesso una divertente attività ricreativa. La maggior parte delle sue relazioni precedenti erano state avventure occasionali, simili a quella che aveva avuto con Ellet qualche anno prima. Gli piacevano le donne e godeva della loro compagnia anche fuori dalla camera da letto, ma non ne aveva mai voluta una in modo permanente—non aveva mai sentito l'impulso di rivendicarne una come sua.

Finché non aveva incontrato Mia.

Per qualche ragione, quella ragazza umana stuzzicava i suoi istinti più oscuri e primitivi. Ciò che provava per lei andava oltre il desiderio sessuale, oltre la brama per la sua tenera carne. Ciò che voleva davvero era possederla completamente, farla sua in ogni modo possibile.

Non era un fenomeno sconosciuto tra i Krinar. Nei tempi antichi, i maschi Krinar avevano bisogno di cacciare e proteggere il proprio territorio—ed erano molto più portati a svolgere un lavoro efficace, se erano fortemente attaccati alla compagna. Era stato un semplice adattamento evolutivo all'epoca—la fissazione ossessiva di un maschio per una donna in particolare. Più profonda della lussuria, più forte dell'amore, era una potente combinazione delle due cose che assicurava che un uomo rinunciasse alla propria vita per proteggere la sua donna e la loro prole.

Nel corso degli anni, man mano che la società Krinar diventava più civile, quel tipo di attaccamento divenne meno importante per la sopravvivenza della specie, e la tendenza genetica verso di esso si indebolì col passare del tempo. Succedeva ancora, naturalmente, ma era un evento abbastanza raro nei tempi moderni—e questo era il motivo per cui Korum non si era reso conto di cosa stava succedendo, quando aveva conosciuto Mia per la prima volta.

All'inizio, non aveva capito come mai si sentisse così. Tutto quello che sapeva era che la voleva—e che doveva averla. Nemmeno la riluttanza iniziale dell'umana era stata sufficiente a scoraggiarlo; semmai, la sua diffidenza lo aveva incuriosito, innescando gli istinti predatori che normalmente riusciva a sopprimere.

Non aveva mai inseguito qualcuno in quel modo; aveva sempre rispettato i desideri di una donna, ma con Mia era stato spietato. L'aveva rincorsa con tutta l'intensità della sua natura, trascurando tutte le idee di giusto e sbagliato. In meno di una settimana, aveva ottenuto ciò che voleva: Mia nel suo letto, nel suo appartamento—era sua, e poteva prenderla ogni volta che voleva.

Aveva impiegato molto più tempo a guadagnarsi il suo amore.

Tuttora, non poteva fare a meno della rabbia che si agitava nello stomaco, quando pensava al suo coinvolgimento con la Resistenza. Razionalmente, sapeva che non poteva biasimarla per aver combattuto, per non essersi fidata di lui all'inizio. Era solo una bambina in confronto a lui; avrebbe dovuto essere più consapevole delle sue paure, avrebbe dovuto sedurla pazientemente, invece di costringerla a stare con lui. Forse in quel modo non avrebbe creduto alle bugie dei combattenti, non l'avrebbe tradito come aveva fatto.

Ma non era stato paziente. La forza delle sue emozioni lo aveva colto di sorpresa, rendendolo cieco a tutto pur di averla. Ciò che era iniziato come un'ossessione sessuale era diventato rapidamente qualcosa di molto più profondo, e Korum non era riuscito ad affrontarlo. Aveva agito spinto dal dolore e dalla rabbia, usandola contro la Resistenza come punizione per averlo spiato, quando avrebbe dovuto semplicemente spiegarle tutto, farle capire quali fossero le sue intenzioni.

Il fatto che ora lo amava era un miracolo—uno di cui era grato ogni giorno. E se non si fosse ricordata di lui al risveglio, allora quella sarebbe stata l'occasione giusta per un nuovo inizio, un modo per fare ammenda per quello che era successo.

In un modo o nell'altro, Mia lo avrebbe amato di nuovo.

L'alternativa era impensabile.

~

ALLA FINE, aprì gli occhi. Sbatté le palpebre, sembrando confusa, poi lo fissò a bocca aperta.

Accarezzandole delicatamente il braccio, Korum sorrise. "Ciao, tesoro mio" disse, iniettando intenzionalmente una nota rassicurante nella voce. Ciò che voleva davvero era abbracciarla, ma questo l'avrebbe spaventata, se aveva davvero perso la memoria ed era un estraneo per lei.

A quel punto, sentì il battito del cuore dell'umana accelerare, percepì l'improvvisa tensione nei suoi muscoli, quando Mia si rese conto di cosa fosse lui. La sua piccola lingua rosa uscì fuori, leccandosi il labbro inferiore con quel gesto inconsapevolmente provocante che lo faceva sempre impazzire. Scorse la paura nei suoi occhi... ed era come se gli avessero conficcato un coltello nel cuore, con un dolore tagliente e acuto.

Tirando via il braccio, la ragazza si agitò, balzando

verso l'altro lato del letto. "Che cosa ci faccio qui? Chi sei tu?"

Korum sentì il panico nella sua voce, e si sforzò di rimanere immobile, di non fare alcun movimento nella sua direzione.

"Sono Korum" disse invece, cercando eventuali segni di riconoscimento sul suo viso. Ma non ce n'erano. Scacciando la delusione, chiese: "Qual è l'ultima cosa che ricordi, dolcezza?"

Lei deglutì visibilmente, indietreggiando ancora di più. "Sto seguendo la mia lezione" sussurrò. "Sto facendo un esame..."

"Quale esame, tesoro mio? Quale lezione?" *Quanta memoria aveva cancellato Saret?*

"La mia... lezione di Psicologia Infantile" rispose, con voce leggermente tremante.

Korum tirò un sospiro di sollievo. "Quindi è il tuo semestre primaverile." Aveva perso solo un paio di mesi, non anni come aveva temuto inizialmente.

Annuì, ancora terrorizzata. "Che cosa vuoi da me? Perché mi hai portata qui?" L'alieno poteva sentire la crescente isteria nella sua voce.

Korum sospirò. Sarebbe stata dura. "È complicato, Mia" disse piano. "Vuoi che ti spieghi?"

Annuì di nuovo, con gli occhi azzurri spalancati e spaventati.

"Allora vieni qui, così parleremo" disse, vedendola irrigidirsi ulteriormente. "Prometto che non ti farò del male in alcun modo... Siediti qui, accanto a me."

Accarezzò il letto, sentendo il bisogno di averla più vicino.

Mia esitò, e lui vide le emozioni attraversarle il viso con i lineamenti delicati. Notò il momento esatto in cui lei capì che non aveva nulla da perdere accettando la sua richiesta. Dopotutto, era un Krinar e quindi era ugualmente pericoloso da vicino o a dieci metri di distanza.

Con l'esile corpo tremante, si spostò lentamente verso di lui, guardandolo con circospezione. Quando fu abbastanza vicina, Korum si allungò e le prese una mano, scaldandole la pelle fredda tra i palmi.

All'inizio sobbalzò, poi si calmò, con lo sguardo concentrato sul suo viso.

Korum sorrise, con un po' della tensione dentro di lui che si allentò, perché gli aveva concesso di toccarla. "Siamo amanti, Mia" disse dolcemente, osservando la sua reazione. "Non ti ricordi di me, perché hai perso una parte della tua memoria. È giugno e siamo a Lenkarda, il nostro Centro della Costa Rica."

CAPITOLO OTTO

Mia fissò il bellissimo maschio Krinar che le stava sfregando dolcemente la mano. Ciò che le aveva appena detto era follia pura. Erano amanti? Aveva perso la memoria? Tra tutti gli assurdi scenari che attraversavano la mente di Mia, quello non era nemmeno sulla lista delle possibilità.

Stava giocando con lei? Se era così, perché, e qual era la vera storia? Cercò di controllare il panico abbastanza a lungo da poter pensare, ma era come se una parte del cervello fosse annebbiata. Anche gli eventi recenti—la pausa primaverile, gli esami—sembravano confusi nella sua mente, come se fossero accaduti tanto tempo fa invece che nelle ultime due settimane.

"Non mi credi, vero?" chiese il K, con gli occhi color ambra che la scrutavano con un inquietante calore.

"No, certo che no." La sua voce era sorprendentemente calma. Considerato tutto, Mia sentiva che stava gestendo la questione ragionevolmente bene. Non stava piangendo o urlando, e stava portando avanti una conversazione con un alieno che molto probabilmente l'aveva rapita. Un alieno che forse beveva sangue umano—e che ora le stava accarezzando il polso in un modo che le faceva stringere il ventre per una strana eccitazione.

Perché non aveva più paura di lui? Tutto quello che sapeva sulla sua specie suggeriva che avrebbe dovuto essere terrorizzata per la propria vita.

Ma non lo era.

Stava impazzendo perché non sapeva dove fosse o come fosse arrivata lì—o perché stesse con un K che sosteneva di essere il suo amante—ma non era veramente spaventata. Semmai, trovava la sua presenza stranamente confortante, con il tocco sia rassicurante che elettrizzante. Aveva fatto qualcosa che l'aveva fatta reagire in quel modo?

"Certo che no" ripeté, rivolgendole un sorriso comprensivo. "Come potresti credere a una cosa così assurda senza prove?"

Mia annuì, incapace di distogliere gli occhi da quel sorriso. La fossetta sulla guancia sinistra la affascinava; era così fanciullesca, così fuori luogo rispetto al resto del suo aspetto.

"Va bene, tesoro." La sua voce era incredibilmente tenera. "Lascia che ti mostri le prove." E continuando a tenerle la mano, fece un gesto verso il lato, dove un'immagine olografica tridimensionale era apparsa improvvisamente a mezz'aria.

Mia ansimò, spaventata, e poi vide che l'immagine mostrava se stessa e il K accanto a lei. Sembravano camminare sulla spiaggia, mentre parlavano e ridevano. Il K si chinò e prese in braccio la ragazza nell'immagine, sollevandola senza sforzo come se fosse fatta d'aria. Lei rise di nuovo, poi gli avvolse le braccia intorno al collo, baciandolo con tanta passione che le guance di Mia avvamparono.

"Che cos'è? Dove hai preso questo video?" L'umana si sentì arrossire furiosamente, mentre il K baciava la ragazza, tenendola con un braccio e usando l'altro per allungarsi sotto il vestito.

"È solo la registrazione di uno dei nostri satelliti" spiegò il K di nome Korum, guardandola con un insolito bagliore dorato negli occhi. Per qualche ragione, Mia si sentì eccitata da quello sguardo, con il cuore che cominciò a batterle più velocemente e i capezzoli che si indurirono sotto il tessuto sottile del vestito. Sperava disperatamente che il K non se ne accorgesse; sarebbe stato imbarazzante—e potenzialmente pericoloso—se avesse scoperto l'effetto che le faceva.

E poi si rese conto di quello che lui aveva appena detto. "Aspetta, i satelliti ci stavano spiando?"

"I nostri satelliti registrano sempre tutto" spiegò, con quelle labbra sensuali che si piegarono per un sorriso. "Ma non preoccuparti, dolcezza, solo i nostri computer possono vederlo, a meno che qualcuno non faccia una richiesta specifica—come ho fatto io."

Il battito di Mia accelerò, questa volta a causa

dell'ansia. "Stai dicendo che non abbiamo mai alcuna privacy da voi?"

"Certo che no" disse il K casualmente. "Non ne avete molta nemmeno dal vostro governo. Lo sai, vero?"

Mia sbatté le palpebre. Lo sapeva. I GPS e i cellulari avevano reso praticamente impossibile nascondersi per una persona, e sapeva che varie agenzie governative utilizzavano tutti i mezzi a disposizione per rintracciare terroristi e altri criminali. Essendo una cittadina rispettosa della legge, non aveva mai riflettuto molto sul fatto che tutte le sue attività—dalla navigazione in Internet a una telefonata—potevano essere monitorate, se necessario. L'aveva accettato come parte della vita nel ventunesimo secolo. Ma, per qualche ragione, l'idea che i satelliti Krinar osservassero ogni sua mossa era più che un po' inquietante.

Accigliandosi, si rese conto che si stava comportando come se l'immagine che le stava mostrando fosse reale. Non c'era assolutamente alcuna garanzia di ciò; essendo così avanzati, sicuramente per i Krinar sarebbe stato un gioco da ragazzi inventare qualunque video avessero voluto, tridimensionale o meno.

"Come faccio a sapere che non hai inventato tutto questo?" chiese, indicando l'immagine in cui la coppia era impegnata in un'appassionata sessione di baci. Con il rossore che si accentuò, Mia distolse nuovamente lo sguardo.

"Non puoi, naturalmente" rispose il Krinar. "Potrei

inventare tutto, se lo volessi. Ho centinaia di altre registrazioni che potrei mostrarti, e saresti intelligente a non fidarti di nessuna di esse."

Mia rise nervosamente, sorpresa dalla sua franchezza. "Ok, allora come puoi dimostrarmi qualcosa di tutto questo?" Non riusciva nemmeno a credere che stesse iniziando ad accettare la possibilità che potesse essere vero. Come avrebbe potuto crederci una persona razionale? Sicuramente l'avrebbe ricordato, se avesse fatto sesso con un alieno stupendo... o anche solo se avesse fatto sesso in generale.

Il K sorrise di nuovo. "Ci sono tantissimi modi" rispose. "Iniziamo col fatto che mi capisci, anche se ti sto parlando in Krinar."

Mia lo guardò a bocca aperta. Aveva sicuramente capito quello che stava dicendo, anche se aveva pronunciato l'ultima frase in una lingua che era sicura di non aver mai sentito prima. "Aspetta, che cosa?" Le parole le uscirono nella stessa lingua. "Mi stai parlando in Krinar?"

"Sì, e tu mi stai rispondendo in Krinar" disse, con il sorriso che si allargò. "E ora ti sto parlando in italiano. Mi capisci ancora, vero?"

Mia annuì, con la testa che le girava per l'impossibilità di tutto quello.

"È perché hai un piccolo impianto che funge da traduttore" spiegò il K, questa volta in inglese. "Te l'ho dato non appena siamo venuti qui, a Lenkarda. Ti permette di parlare e comprendere qualsiasi lingua conosciuta, sia umana che Krinar."

"Ma—" Mia non sapeva nemmeno da dove cominciare. "Come faccio a sapere che non me l'hai dato ora? E, aspetta, hai detto che è giugno? L'ultima cosa che ricordo è avvenuta a marzo. Come posso aver perso un pezzo della mia memoria? Non ha senso—"

Il K sospirò e sollevò la mano, sistemandole delicatamente un riccio dietro l'orecchio. "Lo so, Mia" disse sottovoce. "So che sarà difficile per te accettarlo. Lascia che ti racconti una piccola storia, e poi ti dimostrerò che non sto mentendo. Va bene?"

"D'accordo" acconsentì Mia, ipnotizzata dalla calda espressione sul suo bellissimo viso. Come poteva qualcuno così bello essere il suo amante? Forse quello era solo un sogno insolitamente realistico. Forse stava ancora dormendo profondamente, con l'inconscio che stava creando quella splendida creatura? Se era davvero il suo amante, allora era la ragazza più fortunata del mondo—anche se continuava a non capire come fosse possibile una cosa del genere.

"Bene" disse lui, con gli occhi dorati che brillavano. "Allora, lascia che ti parli di noi a partire dall'inizio..."

E per i venti minuti successivi, Mia lo ascoltò scioccata, mentre le raccontava del loro primo incontro ad aprile e le descriveva la tumultuosa relazione che ne seguì. Quando cominciò a spiegarle il suo coinvolgimento con la Resistenza, Mia rimase sbalordita.

"Ti stavo spiando?" Quando mai avrebbe avuto il

coraggio di farlo? Anche se sembrava gentile con lei ora, aveva la sensazione che quel K avrebbe potuto essere abbastanza pericoloso, se fosse stato provocato. In generale, la sua specie non era nota per la natura indulgente, con la vena violenta ampiamente dimostrata durante il periodo del Grande Panico.

"Sì" confermò il K, stringendo leggermente la mascella. "Ma è stata anche colpa mia, perché sapevo che lo stavi facendo e ti ho dato informazioni false."

Mia gli rivolse un'occhiata incredula. "E stai dicendo che ci amiamo? Dopo tutto questo?"

"Siamo più che amanti, Mia. Sei la mia charl."

"Charl?"

Annuì. "È la parola che usiamo per definire ciò che sei per me. La migliore approssimazione sarebbe qualcosa di simile alla compagna umana."

"Una sorta di moglie?" Mia sentì la propria voce alzarsi dall'incredulità.

Sorrise. "Non esattamente, ma potresti vederla in questo modo, sì."

Mia lo fissò. "Ma hai detto che ci siamo conosciuti ad aprile ed è solo giugno. Quando abbiamo avuto la possibilità di sposarci?"

Esitò per un secondo. "Non funziona così, tesoro mio. Non c'è una cerimonia formale in una relazione charl-cheren."

"Allora, come *funziona*? In che modo è diverso dal fidanzamento?" Non riusciva a immaginare quella bella creatura nemmeno come fidanzato. Addirittura un marito? La sua mente andò in tilt a quel pensiero.

"È diverso, Mia, perché non potrei dare a una semplice fidanzata quello che ho dato a te" disse sottovoce. "Perché rivendicandoti come mia charl, ti ho portata completamente nel nostro mondo, con tutto ciò che questo comporta."

Il cuore di Mia ricominciò a battere più forte. "E cosa comporta?"

"Una durata di vita molto più lunga" disse dolcemente. "La libertà dall'invecchiamento e dalle malattie. L'immortalità, come vi piace chiamarla."

KORUM LA VIDE SGRANARE gli occhi, con lo scetticismo in lotta con l'entusiasmo sul viso. Il ricciolo che le aveva sistemato dietro l'orecchio scese di nuovo, rifiutando di essere trattenuto. Amava quel riccio ribelle; attirava sempre le dita ai suoi capelli, facendogli desiderare di toccare quella massa morbida e folta.

In generale, era rimasto sorpreso e soddisfatto della sua reazione fino a quel momento. Naturalmente era cauta, quindi c'era da aspettarsi una certa diffidenza, ma era molto meno spaventata di quanto si aspettasse. Non rabbrividiva al suo tocco, né sembrava opporsi alla sua vicinanza. In qualche modo, nonostante la mancanza di ricordi coscienti, doveva ancora riconoscerlo a un certo livello, doveva ancora fidarsi del fatto che non le avrebbe fatto del male.

"Avete la capacità di rendere gli umani immortali?"

chiese, con un lieve cipiglio che le corrugò la fronte liscia.

Korum sospirò, non volendo percorrere quella via. "Sì" disse pazientemente. "Ma non tutti gli umani—solo quelli che diventano parte della nostra società. Al momento, sto cercando di ottenere una deroga per i tuoi genitori e tua sorella, però—"

"Li conosci?" lo interruppe. "Hai conosciuto la mia famiglia?"

"Sì" confermò Korum, felice di averlo fatto. Sarebbe stato molto peggio, se lei avesse perso la memoria prima del loro viaggio in Florida. "Ed è proprio per questo che capirai che ti sto dicendo la verità, dolcezza. Parlerai con Marisa e con i tuoi genitori."

Mia sembrò spaventata all'idea, e poi il suo viso si illuminò. Ormai Korum la conosceva abbastanza bene da sapere che era appena riuscito a dissipare le paure che nutriva sul fatto di essere separata dalle persone che amava.

Il suo forte attaccamento alla famiglia era una delle maggiori vulnerabilità di Mia, e Korum non aveva esitato a sfruttarlo in passato—utilizzandolo per legarla ancora di più a sé. Era stato sorprendentemente facile conquistarsi la simpatia dei suoi genitori e della sorella. Aveva accuratamente studiato tutto su di loro prima dell'incontro, e avevano reagito esattamente come aveva sperato, con la diffidenza iniziale che svanì, non appena si resero conto che Mia era felice e amata.

E questo aveva reso la ragazza ancora più felice e attaccata a *lui.*

Nel bene e nel male, Korum sapeva che avrebbe fatto qualsiasi cosa pur di mantenere le cose in quel modo. Forse non riusciva a ricordarlo ora, ma lo aveva amato una volta—e lo avrebbe amato di nuovo. Per ora, però, aveva bisogno di dimostrarle che non era né pazzo, né la stava prendendo in giro.

"Ecco, usa questo" disse, dandole un nuovo computer da polso che aveva creato un paio d'ore prima. Questa volta, aveva aggiunto delle capacità visive per renderle ancora più facile rimanere in contatto con la famiglia. Impiegò un altro minuto per mostrare a Mia come far funzionare il dispositivo, e poi lei si collegò all'account Skype dei genitori, con la voce e l'immagine di sua madre che apparvero nella stanza.

Sorridendo, Korum l'attraversò e si sedette nell'angolo, concedendo un po' di privacy alle due donne. Tuttavia, poteva sentire tutto ciò di cui stavano discutendo, e ascoltò con molta curiosità.

Come al solito, la sua piccola charl sembrava molto attenta a non far preoccupare i genitori. Invece di dare a vedere che aveva perso la memoria, Mia mantenne la conversazione sul leggero, indagando sulla salute dei genitori e chiedendo come stesse Marisa. Sorridendo, Korum ascoltò Ella Stalis chiacchierare allegramente sugli ultimi sviluppi della gravidanza di Marisa (era ingrassata di due chili!) e su quanto le fosse piaciuto avere Mia e Korum da quelle parti.

Sebbene la gravidanza della sorella doveva essere uno shock per Mia, sembrava coraggiosamente meravigliata, comportandosi come se fosse tutto normale. Riuscì persino a ridere e a promettere di tornare presto per una visita, come se ricordasse l'ultimo viaggio perfettamente. Korum non poté fare a meno di ammirarla per questo; sapeva quanto doveva sentirsi smarrita e ansiosa in quel momento, ed era più che impressionato dalla sua compostezza.

Alla fine, Mia terminò la conversazione e lo guardò. "Lo rivuoi?" chiese, incerta, indicando il dispositivo da polso che le aveva dato.

"No, puoi tenerlo." Korum si alzò e le si avvicinò. "Ti ha aiutata la conversazione? Mi credi ora?"

"Non lo so" sussurrò, e lui scorse il dolore e la confusione sul suo viso. "Se è tutto vero, allora che cos'è successo? Come ho potuto perdere una parte così importante della mia vita? Ho battuto la testa o qualcosa del genere?"

"Qualcosa del genere." Korum cercò di scacciare i rabbiosi pensieri sul tradimento di Saret. L'ultima cosa che voleva era spaventarla ora. Sollevando la mano, cedette all'impulso di accarezzarle la guancia, godendo della familiare sensazione della morbida pelle sotto le sue dita.

Lei sbatté le palpebre, con le ciglia folte che si muovevano su e giù come ventagli scuri. Con immensa soddisfazione dell'extraterrestre, non indietreggiò al suo tocco. Anzi, sembrò chinarsi verso di lui, come se desiderasse ardentemente la vicinanza fisica.

Non riuscendo più a resistere, Korum chinò la testa e la baciò, tenendole il viso delicatamente con le mani. Solo un bacio, promise a se stesso, solo un piccolo bacio...

In un primo momento era rigida, con la bocca chiusa per contrastare l'intrusione della sua lingua. L'alieno sentì il suo cuore batterle freneticamente nel petto, percependo il momentaneo panico, ma poi le labbra si addolcirono, separandosi leggermente. Sollevò le mani, premendogliele leggermente sul petto, come se non sapesse bene se allontanarlo o stringerlo.

La reazione, quando arrivò, fu molto più incerta del solito, ma fu abbastanza da farlo impazzire. Il suo sapore, il suo odore era inebriante, come una droga che gli scorreva nelle vene. Approfondì il bacio senza rendersene conto, facendole scivolare una mano lungo la schiena per spingerla più vicina a sé, con il cazzo così duro che gli sembrava potesse esplodere da un momento all'altro.

Fu solo il suo basso gemito a riportarlo in sé. Sollevando la testa, Korum guardò Mia, con il respiro affannoso e irregolare.

Le guance dell'umana erano pallide e arrossate, le labbra gonfie. L'alieno sentì il desiderio, il calore che emanava la sua pelle, e capì che se si fosse allungato tra le sue gambe, l'avrebbe trovata umida e scivolosa, con il corpo pronto per lui. Ma per la mente era una questione completamente diversa, si rese conto Korum, con l'espressione negli occhi della ragazza che trasudava paura e confusione.

Con il corpo che infuriava dal bisogno insoddisfatto, Korum lottò per riacquistare il controllo, sapendo di desiderarla più che mai. "Scusa" disse, sforzandosi di lasciarla andare. "Non avevo intenzione di farlo così presto..."

Fece un paio di passi indietro e lo fissò, con il petto che si muoveva su e giù, attirando la sua attenzione sulla durezza dei capezzoli sotto il vestito. Korum deglutì, ricordando la loro tonalità rosa pallido, il sapore che avevano nella sua bocca, il modo in cui si conficcavano sotto la lingua.

No, non pensarci, cazzo. Riportando gli occhi sul suo viso, Korum disse: "So che non sei ancora pronta per questo, dolcezza. Non ti farò del male, te lo prometto..." Ed era vero. Avrebbe preferito perdere un arto piuttosto che fare qualcosa che avrebbe potuto traumatizzarla, mentre era così vulnerabile.

Si morse un labbro, poi annuì, incrociando le braccia sul petto in un gesto difensivo che lo fece sentire in colpa. A volte detestava la lussuria che lo consumava sempre quando le era vicino. Era così piccola, così delicata, con il corpo inadatto alle dure richieste che spesso esigeva da lei. Per quanto cercasse di stare attento, sapeva che non era sempre l'amante più gentile, con il travolgente bisogno che metteva costantemente alla prova il suo autocontrollo.

"Allora, che cos'è successo?" ripeté, continuando a guardarlo con circospezione. "Perché non mi ricordo di te, di mia sorella incinta, o altre cose del genere? Come ho fatto a perdere due mesi della mia vita?"

Korum fece un respiro profondo, cercando di controllare la rabbia che ancora gli ribolliva nelle vene al pensiero di Saret. "Qualcuno che conoscevo e di cui mi fidavo—un uomo che ha finto di essermi amico per molto tempo—ha fatto questo" disse senza troppi giri di parole. "Questa persona ha cancellato una parte della tua memoria per arrivare a me... e perché anche lui voleva te."

"Davvero?" Sgranò gli occhi. "Un altro K?"

"Sì, un altro Krinar" confermò Korum prima di lanciarsi nell'intera storia, partendo dall'apprendistato di Mia e terminando con il tradimento di Saret. Non volendo sopraffarla, sorvolò sulla parte riguardante le intenzioni di Saret per la sua specie, così come su alcune delle complessità della politica del Consiglio. Non aveva bisogno di sapere tutto in una volta; poteva vedere che era già quasi troppo per lei. Voleva avvolgerle le braccia intorno e abbracciarla, placare la sua angoscia, ma sapeva che non l'avrebbe accolto subito—non dopo il modo in cui l'aveva quasi aggredita prima.

La cosa migliore da fare ora era concederle tempo, decise. Tempo e spazio per riflettere su tutto ciò che aveva saputo.

"Devo andare ora" disse Korum, con il cuore che si strinse dolorosamente, notando il sollievo sul viso dell'umana. "Ci sono alcune cose di cui devo occuparmi. Perché non ti rilassi e ti tranquillizzi un po'? Tornerò tra un paio d'ore e possiamo pranzare insieme. Se nel frattempo ti viene fame, di' ciò che vuoi ad alta voce e ti sarà dato. O hai fame ora?"

Scosse la testa, con i ricci scuri che le caddero sulle spalle. "No, sto bene, grazie."

"Bene. Puoi esplorare la casa, se vuoi. So che ti sembra tutto strano, ma è abbastanza intuitivo, quindi non dovresti sentirti troppo a disagio." Sorrise, ricordando quanto a Mia piacesse quell'aspetto della vita a Lenkarda. "Tutti i mobili sono intelligenti, quindi non spaventarti se si conformano al tuo corpo. Anche la casa è intelligente, quindi puoi chiedere il cibo o qualsiasi altra cosa di cui tu abbia bisogno."

"Ok" disse, sorridendogli. "Grazie."

Fermandosi un attimo di più, Korum si beò di quel sorriso. Poi uscì, lasciandola da sola a metabolizzare tutto ciò che aveva appena appreso.

CAPITOLO NOVE

Uscendo di casa, Korum creò rapidamente una capsula per il trasporto e si diresse verso un piccolo edificio circolare nel cuore del Centro —il luogo di ritrovo per le riunioni ordinarie del Consiglio.

Entrando, salutò gli altri Consiglieri, annuendo freddamente verso Loris e un paio di altri suoi avversari. Sebbene potessero partecipare tutti virtualmente alla riunione, tutti quelli che vivevano sulla Terra avevano scelto di partecipare di persona oggi, dato l'importante argomento di discussione.

Sedendosi su una delle sedie fluttuanti, Korum osservò attentamente i volti dei Consiglieri, cercando di valutarne l'umore generale. Ciò che aveva fatto all'edificio del laboratorio di Saret li aveva spaventati, annullando la loro convinzione sull'impenetrabilità delle difese dei Centri. Alcuni membri del Consiglio non riuscivano a comprendere la necessità del progresso tecnologico, aggrappandosi a ciò che era noto e familiare invece di progredire con i tempi.

"Benvenuto, Korum" disse Arus, voltandosi verso di lui. "Sono felice che abbia deciso di unirti a noi oggi. Mia sta bene?"

"Sì, grazie" disse Korum, apprezzandone la preoccupazione. Se c'era qualcuno che comprendeva i suoi sentimenti per Mia, quella persona era probabilmente Arus, la cui devozione alla propria charl era ampiamente nota. Anche se non erano sempre d'accordo su tutto, Korum rispettava l'ambasciatore e in qualche modo gli piaceva.

Arus piegò la testa come risposta. "Bene. Mi fa piacere. Delia era preoccupata, quando ha saputo cos'era successo."

"Di' a Delia che può venire a trovarla quando vuole" disse Korum senza problemi, sapendo che tutto il Consiglio li stava osservando e ascoltando. "Sono sicuro che a Mia farebbe bene parlare con un'amica in questo momento."

Con la coda dell'occhio, Korum intravide un sorrisetto sul volto di Loris. Il suo nemico di lunga data chiaramente godeva della situazione, sia del fatto che Korum fosse nei guai per essersi innamorato di una ragazza umana che dell'intera disfatta con Saret. Una rabbia tossica attraversò nuovamente le vene di Korum, ma non lasciò trasparire nulla sul viso, mantenendo un'espressione leggermente divertita. Lasciò che Loris godesse del suo disagio per ora; il cosiddetto Protettore non avrebbe fatto parte del

Consiglio ancora a lungo, vista la colpevolezza ormai quasi dimostrata del figlio.

"Va bene, allora. Abbiamo molte cose di cui discutere oggi." Era Voret, uno dei membri più anziani del Consiglio. "I guardiani ci hanno riferito che tutti i dispositivi di dispersione di Saret sono stati localizzati e neutralizzati, grazie a Korum, che ci ha avvisato in tempo. A quanto pare, erano stati programmati per esplodere contemporaneamente tra circa trentadue ore. Abbiamo anche trovato il progettista che aveva la nanoarma. Era in Tailandia ed è stato arrestato. L'arma era già perfettamente funzionante, e Alir pensa che Saret avesse intenzione di utilizzarla poco dopo essere riuscito a liberare i dispositivi di controllo della mente tra la popolazione umana. Arus, hai parlato con le Nazioni Unite?"

"Sì. Ho sorvolato sulla situazione, quando l'ho spiegato" rispose l'ambasciatore. "Hanno già le mani occupate con i leader militari che hanno aiutato la Resistenza, e non c'è bisogno di spaventarli a questo punto. Devono sapere che Saret è a piede libero, e i loro servizi segreti sicuramento lo stanno tenendo d'occhio. Non sono entrato nei dettagli, a parte informarli che è un individuo pericoloso, che deve essere prontamente arrestato."

"Bene" disse Voret. "Hai fatto la cosa giusta. Già non si fidano di noi, e, se sapessero dei dispositivi di controllo della mente, probabilmente si farebbero prendere di nuovo dal panico."

"E con buone ragioni questa volta" disse Korum,

pensando al folle piano di Saret. "Se è riuscito a convincere Saur ad attaccarmi, immaginate che cosa avrebbe potuto fare con le menti umane."

"Assolutamente" disse Voret, e Korum lo vide prepararsi ad affrontare l'argomento che probabilmente avrebbe suscitato maggior interesse per il Consiglio oggi. "Ora, per quanto riguarda gli altri eventi che si sono verificati ieri..."

"Sì?" sollecitò Korum, quando l'altro Consigliere si fermò. Sapeva esattamente dove voleva andare a parare Voret, ma voleva sentire cos'avesse da dire.

Voret gli lanciò un'occhiata imbarazzata. "Korum, abbiamo guardato tutte le registrazioni degli eventi, e alcune delle cose che abbiamo visto erano... inquietanti, per non dire altro."

Korum sorrise, per niente sorpreso. "Quale parte ti ha disturbato di più, Voret?" chiese. "Il fatto che Saret abbia pianificato di annientarci tutti spinto dalla sua ambizione di manipolare la mente degli umani? O il fatto che nessuno di noi ne fosse a conoscenza?"

Voret si accigliò. "Sai che mi sto riferendo al modo in cui sei riuscito a infrangere gli scudi del laboratorio. Affronteremo la situazione di Saret in modo più dettagliato non appena avremo maggiori informazioni dai guardiani, ma prima dobbiamo sapere se siamo al sicuro qui, all'interno dei nostri Centri. Hai sviluppato un'arma in grado di penetrare i nostri scudi di protezione?"

"Sì" rispose Korum, godendosi le espressioni scioccate e impaurite su alcuni dei volti dei Consiglieri.

"Ma non preoccuparti—ho sviluppato anche scudi migliori. Entrambi sono ancora in fase di sperimentazione, motivo per cui nessuno ne ha ancora sentito parlare."

"E hai usato quest'arma ieri?" chiese Arus, sollevando le sopracciglia.

"Sì. Non ho avuto scelta, quando ho saputo come Saret aveva predisposto il laboratorio."

"Come l'hai saputo?" Era di nuovo Voret.

"Scansionando l'edificio del laboratorio. Una volta scoperto cosa intendesse fare Saret, non è stato difficile capire che aveva installato delle difese abbastanza potenti. Ed era così. L'ho distratto mostrandogli un'immagine di me stesso di tre anni fa, e ho sfruttato quel tempo per costruire l'arma in base ai miei progetti sperimentali."

Voret si accigliò ulteriormente. "E quando avevi intenzione di parlarci di questi nuovi progetti?"

"Non appena fossero stati pronti per l'uso" disse Korum. A volte, Voret e gli altri dimenticavano che Korum non aveva alcun obbligo di condividere informazioni con il Consiglio. Lo faceva per il bene di tutti i Krinar, ma non aveva intenzione di chiedere il permesso e l'approvazione del Consiglio per ogni singolo progetto.

"Qualcun altro potrebbe aver ottenuto l'accesso a quest'arma?" chiese Arus, concentrandosi sulla parte più importante del problema. "Korum, sei sicuro che nessun altro abbia questi progetti?"

"Sono l'unico" rispose Korum, comprendendo la

preoccupazione dell'ambasciatore. "Nessuno dei miei progettisti è stato ancora coinvolto in questo progetto, e nessuno ha accesso a questi file."

"Nemmeno la tua charl?" Era Loris stavolta, con la voce praticamente grondante di sarcasmo. "Sei sicuro che non sia in grado di rubare i dati e correre dai suoi amici della Resistenza?"

Korum gli rivolse un'occhiata sardonica. "No, Loris. Non può farlo. E poi, che cosa farebbe la Resistenza con queste informazioni senza tuo figlio? Sappiamo tutti ormai quanto fosse utile per loro… e per Saret."

Loris si alzò lentamente, col volto scuro dalla rabbia. "Menzogne! Nessuno ci crederebbe mai—"

"Oh, davvero?" disse Korum freddamente, guardando con disprezzo il Krinar con i capelli neri. "Abbiamo visto tutti la registrazione—e abbiamo sentito Saret spiegare il ruolo di Rafor nei suoi piani. Tuo figlio è colpevole quanto lo stesso Saret, e sarà punito di conseguenza."

Le mani di Loris si strinsero a pugno, con le nocche che diventarono bianche. "Saret era *tuo* amico" sibilò, non riuscendo più a trattenersi. "Per quanto ne sappiamo, ci sei tu dietro a tutto questo e ora stai solo aspettando il momento giusto per usare la tua nuova arma su di noi—"

"Loris, basta così!" La voce di Arus sferzò l'aria come una frustata. Nel silenzio che seguì, l'ambasciatore continuò con un tono più calmo: "Comprendiamo il tuo bisogno di proteggere tuo figlio, ma, sfortunatamente, le prove contro di lui continuano a crescere. Date queste nuove informazioni, dovremo avere un'altra seduta processuale domani. Potrebbe essere quella finale—"

L'intero corpo di Loris tremava dalla rabbia ora. "Vaffanculo, Arus. E fanculo a tutti voi. Rafor non è un traditore. Quello—" indicò verso Korum "—è l'unico traditore qui, e siete troppo fottutamente ciechi per vederlo!"

"L'unica persona cieca qui sei tu, Loris" disse Korum con calma, osservando il nemico andare in rovina proprio davanti ai suoi occhi. "E domani, quando il Consiglio giudicherà i Keith colpevoli, il mondo intero saprà del tuo fallimento."

Quella sembrò essere la goccia che fece traboccare il vaso. Con un ruggito inferocito, Loris si lanciò contro Korum, attraversando la stanza con tutta la velocità di un Krinar.

Agendo d'istinto, Korum si voltò e contorse il corpo, proteggendo automaticamente la testa e la gola. Mentre Loris si schiantava contro di lui, gli diede una spallata, colpendolo sul fianco con il gomito, mentre caddero a terra e si rotolarono verso il centro della sala.

Con il duro pavimento che gli raschiò la pelle, Korum sentì la propria rabbia crescere, con ogni cellula del corpo che si riempì di sete di sangue. Piegò le dita come se fossero artigli e le affondò nel braccio di Loris, strappandogli muscoli e tendini. Allo stesso tempo, gli agganciò il braccio intorno al collo in una delle più complesse mosse di *defrebs*, esponendo la gola ai propri denti—

"Basta così! Basta!" Delle mani forti li separarono, staccandoli e trascinandoli verso i lati opposti della sala. Ancora abbastanza razionale da comprendere quello che stava succedendo, Korum non si oppose, mentre Arus e un altro Krinar gli tenevano le braccia, impedendogli di continuare il combattimento. Loris, invece, era completamente fuori controllo, contorcendosi e urlando, mentre altri due Consiglieri lo tenevano inchiodato al muro. Alla fine, sembrava aver esaurito il fiato, ansimando e fissando Korum con odio. Il suo braccio era un grumo insanguinato, che stava appena iniziando a guarire.

"Potete lasciarmi andare ora" disse Korum, respirando lentamente per calmarsi, mentre guardava i due uomini che continuavano a stringerlo con una presa ferrea.

"Scusa, Korum" disse Arus, piegando le labbra per un debole sorriso, mentre gli liberò il braccio e fece un passo indietro. "Non potevo lasciare che lo uccidessi qui."

Voret seguì l'esempio di Arus, lasciando andare l'altro braccio di Korum.

"Va bene" disse Korum, asciugandosi la mano insanguinata sulla maglietta. "Continueremo nell'Arena. Era questo che volevi, non è vero, Loris? Una sfida?"

Il Protettore con i capelli neri lo fissò, con il petto

che si gonfiava dalla rabbia. "Sì" ringhiò a denti stretti. "Puoi definirla una sfida."

"Bene" disse Korum, rivolgendogli un largo sorriso predatorio. "Che sfida sia, allora." Non combatteva nell'Arena da un bel po', e sentì il sangue ribollirgli dall'attesa.

"Loris, non è una buona idea" disse Arus, facendo qualche passo nella direzione del Krinar. Korum non era sorpreso dalla sua preoccupazione; Loris e l'ambasciatore di solito andavano d'accordo, coalizzandosi spesso contro Korum e Saret. Korum pensò che ora dovesse essere difficile per Arus prendere le parti del suo ex avversario contro un uomo che considerava suo alleato.

Loris rise amaramente. "Oh davvero, Arus? Non è una buona idea?"

Arus lo guardò storto. "Eccelle nel *defrebs*. Quando è stata l'ultima volta che hai combattuto?"

Il labbro superiore di Loris si arricciò dalla derisione. "Sì, vaffanculo anche tu, Arus. Pensi che mi sia rammollito? Ho ucciso più persone nell'Arena di quante questo stronzo ne abbia sfidate."

"Allora, la sfida è stata lanciata." Voret si fece avanti, con la voce che assunse una cadenza formale. "Dato che il processo si terrà domani, il combattimento nell'Arena avrà luogo il giorno dopo a mezzogiorno."

E con ciò, la riunione del Consiglio fu aggiornata.

~

Mia si sedette sul letto, fissando senza espressione la lussureggiante foresta fuori dalla parete trasparente. Era immortale e aveva un amante K—qualcosa di simile a un marito, ma non proprio.

Era così incredibile che riusciva a malapena a crederci, con la mente che vagava in un milione di direzioni diverse.

Dopo che il K se n'era andato, aveva chiamato sia Marisa che Jessie, avendo bisogno di una conferma aggiuntiva alle impossibili affermazioni di Korum. Sia sua sorella che l'amica erano state molto felici di sentirla—ed entrambe avevano menzionato l'alieno nel corso della conversazione. Marisa aveva continuato a parlare della sua gravidanza e di quanto si sentisse molto meglio grazie al coinvolgimento di Korum e all'aiuto di qualcuno che si chiamava Ellet, e Jessie aveva chiesto se Mia avesse deciso quando lei e Korum sarebbero venuti a farle visita.

Ancora in stato di shock, Mia era riuscita a dare a Jessie una vaga risposta—spiegando che avrebbe dovuto parlarne con Korum—e ascoltò educatamente, mentre sua sorella si dilungava sugli ultimi risultati ecografici. Con suo sollievo, nessuna delle due sembrava sospettare che qualcosa non andasse, che la Mia con cui avevano parlato oggi fosse tutt'altro che normale.

Non sapeva come mai fosse così riluttante a rivelare la verità sulla propria condizione a chiunque, ma le cose stavano così. Non voleva che la sua famiglia e gli amici si preoccupassero, sì, ma era anche quasi... imbarazzata.

Come poteva esserle successo? Com'era possibile che tutta la famiglia conoscesse il suo amante alieno, mentre a lei sembrava un estraneo? Come aveva potuto dimenticare di aver *fatto l'amore* con un essere così straordinario? Quando l'aveva baciata, il suo corpo aveva reagito in un modo che Mia non aveva mai sperimentato prima—o per lo meno che non ricordava di aver mai sperimentato. Era stato quasi spaventoso il modo in cui aveva perso il controllo tra le sue braccia. Se avesse continuato a baciarla invece di fermarsi, avrebbe potuto facilmente finire nel letto con lui—lei, che non ricordava di essere mai andata oltre qualche bacio con un ragazzo.

La stranezza della sua reazione continuava a destabilizzarla. Lui era un extraterrestre—qualcuno appartenente a una specie diversa—eppure non era rimasta sconvolta, sentendogli dire che era il suo amante. Gli credeva persino ora, dopo solo alcune conversazioni con la famiglia e Jessie. In teoria, avrebbe potuto ancora mentirle; la sua famiglia forse era stata minacciata o sottoposta al lavaggio del cervello per dire quello che avevano detto. Dannazione, avrebbe potuto persino rimpiazzarli con qualche robot che somigliava e parlava come loro. Mia sapeva di cosa fossero davvero capaci i K.

Eppure... gli credeva. Qualcosa dentro di lei sembrava riconoscerlo, anche se non riusciva a ricordarlo coscientemente. Era stata contenta quando l'aveva lasciata sola, concedendole il tempo di metabolizzare tutto, ma ora ne sentiva la mancanza, desiderando il conforto della sua presenza. Non aveva alcun senso logico, ma era vero: uno sconosciuto le sembrava più necessario delle persone che aveva conosciuto in tutta la sua vita.

Tutto ciò che le aveva detto fino a quel momento le aveva creato una grande confusione nella mente. La Resistenza, i K che simpatizzavano per gli umani, lei che l'aveva spiato—sembrava tutto più un film che qualcosa di realmente accaduto. Perché avrebbe fatto una cosa così folle? Come avrebbe potuto desiderare qualcosa di diverso che non fosse stare con quello splendido uomo—alieno o meno?

Facendo un respiro frustrato, Mia si guardò le mani, cercando di dare un senso a quell'assurda situazione. Perché avrebbe aiutato la Resistenza? Non aveva mai pensato che sarebbe stato utile combattere contro i K, non dopo che avevano preso il controllo del suo pianeta, fondamentalmente lasciando gli umani da soli.

Eppure, a quanto pareva, aveva combattuto contro i K—perlomeno aveva cercato di aiutare quelli che lo facevano. Secondo Korum, non era stato uno sforzo che aveva avuto grande successo.

Ma forse sbagliava a fidarsi di lui. Certo, era stato gentile con lei fino a quel momento, e alla sua famiglia sembrava piacere, ma non aveva idea di come fosse veramente. E se si stesse fidando di qualcuno che non meritava la sua fiducia? Non sapeva che cosa volevano i

K dagli umani. *Giravano* quelle voci sul fatto che bevessero sangue. Per quanto ne sapeva, poteva essere stato Korum stesso a cancellarle la memoria, facendole dimenticare qualcosa di terribile su di lui.

Stava cominciando a farle male la testa per tutte quelle supposizioni, così si alzò e iniziò a camminare avanti e indietro per la stanza. L'ambiente circostante era strano e sconosciuto, eppure non si sentiva a disagio. Aveva già esplorato il resto della casa, meravigliandosi degli oggetti intelligenti fluttuanti che fungevano da tavoli, sedie e divani. Rappresentavano indubbiamente un notevole miglioramento rispetto ai mobili degli umani. Le piaceva anche l'estetica generale della casa, con il soffitto e le pareti trasparenti e una sensazione simile a quella Zen in tutto lo spazio.

Un essere malvagio poteva vivere in un luogo così bello e rilassante?

Non appena quel pensiero le passò per la mente, Mia rise forte, non riuscendo a trattenersi. Era ridicola, e lo sapeva. Non c'era assolutamente alcun motivo per costruire quella pazzesca cospirazione nella mente. Fino a quel momento, Korum era stato assolutamente carino con lei.

Infatti, non vedeva l'ora di trascorrere altro tempo con lui e di riapprendere tutto ciò che aveva dimenticato.

~

ALLA FINE, dopo quella che era sembrata un'eternità,

Mia sentì qualcosa nel soggiorno. Uscendo dalla camera da letto, vide che il K—o Korum, come sapeva ormai—era appena entrato da quella che sembrava un'apertura in una delle pareti. Mentre Mia osservava, l'apertura si restrinse e si solidificò, lasciando una parete trasparente al posto dell'ingresso.

Vedendola, il viso dell'alieno si illuminò per quello che sembrava sincero piacere. "Ciao, dolcezza." Le rivolse un ampio sorriso, che espose la fossetta sulla guancia sinistra. Mia ebbe voglia di baciare quella fossetta. In generale, voleva baciarlo e leccarlo dappertutto, solo per capire se la sua liscia pelle dorata fosse deliziosa come sembrava.

Wow, come sono lussuriosa. Scuotendo mentalmente la testa per la stranezza di tutto ciò, ricambiò il sorriso. "Ciao."

"Scusa, ho fatto tardi" disse lui, attraversando la stanza e dirigendosi verso la cucina. "La riunione del Consiglio è stata più ricca di eventi di quanto mi aspettassi. Devi avere fame..."

"Sto bene—" Mia lo seguì in cucina "—ma potrei sicuramente mangiare. Ordinerai qualcosa?" Era curiosa di sapere come si nutrivano i Krinar. Era anche incoraggiante che lui avesse in programma di mangiare, invece di fare qualcosa di spaventoso come bere sangue umano. Avrebbe dovuto chiederglielo prima o poi; sperava che quella fosse solo una diceria.

"Volevo cucinare qualcosa" disse. "Ma ordinare probabilmente sarà più veloce. Ecco, siediti qui, mentre la casa prepara il nostro pasto."

Mia si appollaiò con cautela su una delle panche fluttuanti, mettendosi comoda. "Cucini?" chiese, studiandolo affascinata, mentre si sedeva davanti a lei.

Le sorrise. "Sì. È un mio hobby."

Ricambiò il sorriso, incuriosita e sollevata. I suoi precedenti sospetti sembravano ancora più sciocchi ora. Fino a quel momento, il suo amante K era stato più vicino all'uomo dei suoi sogni che mai, e non vedeva l'ora di saperne di più su di lui. C'erano così tante domande che le frullavano per la testa che non sapeva nemmeno da dove cominciare.

"Hai avuto la possibilità di parlare con il resto della tua famiglia?" chiese, guardandola con un sorrisetto.

"Ho parlato con Marisa e Jessie" ammise Mia.

"E? Mi credi ora?"

Scrollò le spalle. "Suppongo che tu possa aver falsato quelle interazioni in qualche modo, ma non so perché l'avresti fatto. La conclusione più logica è che mi stai dicendo la verità—anche se mi sembra ancora assurdo."

Le sorrise. "Lo so, dolcezza. Credimi, me ne rendo conto."

"Allora, che cosa facciamo adesso?" chiese, non riuscendo a distogliere lo sguardo da quel sorriso abbagliante. "Come procediamo?"

"Ci conosciamo di nuovo" disse, con espressione che si fece più seria. "E nel frattempo, cercherò un modo per ripristinare la tua memoria."

Il cuore di Mia sobbalzò dall'emozione. "C'è un modo?"

"No, per quanto ne so" ammise. "Ma questo non significa che non esista—o che non lo inventeremo col tempo."

"Oh, capisco." Mia cercò di scacciare la delusione. "In questo caso, puoi raccontarmi qualcosa di te? Mi piacerebbe davvero saperne di più..."

"Certo, tesoro, ne sarò felice" disse piano.

E durante tutto il loro delizioso pasto, Mia venne a sapere tutto sul ruolo del suo amante nel Consiglio dei Krinar, sulla sua passione per la progettazione tecnologica e sul fatto che era molto più vecchio di quanto avrebbe mai potuto immaginare. Mentre parlavano, Mia si sentì cadere sempre di più sotto l'incantesimo dell'alieno, volendo cedere alla tentazione del suo sorriso, del tocco, del calore nel suo sguardo, quando la guardava. Era un uomo bello e affascinante, e non poteva fare a meno di invidiare la ragazza che era stata—quella che lo aveva conosciuto fin dall'inizio, quella che lui sembrava amare.

Memoria o meno, riusciva a capire come mai si fosse innamorata di lui—e poteva facilmente immaginare che la storia si sarebbe ripetuta.

CAPITOLO DIECI

Korum guardò il suo viso vivace durante il pranzo, adorando le occhiate timide, ma ammirate che gli rivolgeva durante la conversazione. L'attrazione tra loro era più forte che mai, e non aveva dubbi sul fatto che l'avrebbe sedotta di nuovo. Forse addirittura quella sera—anche se probabilmente non sarebbe stata pronta.

Per una volta, Korum era determinato a non farle pressioni per andarci a letto. Quando si erano conosciuti per la prima volta, la potenza del desiderio lo aveva colto di sorpresa, facendolo agire in modi che normalmente avrebbe condannato. Non voleva ripetere gli stessi errori, a prescindere da quanto il cazzo insistesse sul fatto che fosse sua—che *gli* appartenesse e che avesse il diritto di prenderla, di soddisfarla ogni volta che voleva. Le immagini sessuali gli passarono per la testa, vedendola godersi il pasto, immaginando la sua soffice bocca che gli mordicchiava la carne, invece del frutto che stava consumando.

Non aiutava il fatto che l'adrenalina continuava a pompargli nelle vene dopo l'attacco di Loris. La lotta spesso potenziava la sua libido già forte, con l'aggressività accentuata che si traduceva in un bisogno primitivo di scopare. Era sempre così con gli uomini Krinar—e anche con quelli umani, per quanto ne sapeva. La violenza e il sesso si erano intrecciati dall'inizio dei tempi, entrambi attratti dalla stessa pulsione maschile di dominare e conquistare.

Ma per quanto il suo corpo lo esigesse, Korum non voleva costringerla. Sembrava rispondere così bene all'intera situazione, guardandolo con curiosità e desiderio invece che paura. Se solo fosse stato paziente, sarebbe venuta da lui, attirata dallo stesso bisogno che strisciava sotto la sua pelle.

Così, mentre il pranzo proseguiva, Korum si trattenne, senza nemmeno toccare Mia, quando le cattive intenzioni cercavano di prendere il sopravvento. Le parlò ulteriormente dei nanociti nel corpo e le mostrò alcune delle capacità della tecnologia Krinar, creando una coppa d'argento grazie all'utilizzo di nanociti per poi dissolverla allo stesso modo. Le raccontò anche dell'apprendistato e di come aveva già iniziato a contribuire alla società Krinar, vedendole gli occhi illuminarsi dall'emozione a quel pensiero.

Verso la fine, mentre stavano consumando il dessert —un piatto di mango appena tagliato con salsa al pistacchio—Korum notò che Mia sembrava un po' nervosa, come se avesse qualcosa per la testa. Non potendo più resistere, allungò la mano lungo il tavolo e prese la sua, massaggiandole leggermente il palmo con il pollice.

"C'è qualcosa che vorresti chiedermi, dolcezza?" chiese, sorridendo, osservandola mentre un bel rossore si insinuò nelle sue guance.

"Uhm, forse..." Il colorito si intensificò. "Ok, probabilmente mi riderai in faccia, ma devo sapere..." Deglutì. "Sono vere le voci secondo cui bevete sangue?"

Alla sua domanda innocentemente provocante, Korum quasi gemette, con il cazzo che si indurì istantaneamente fino a fargli male. Mia non sapeva, naturalmente, che il sangue umano e il piacere sessuale erano inseparabili nella mente di un moderno Krinar— e che sollevare l'argomento in quel modo equivaleva a chiedere a un Krinar di scoparti. Persino il sesso più straordinario impallidiva rispetto all'estasi dell'atto combinato del bere sangue con i rapporti.

"C'è qualcosa di vero" ammise Korum con attenzione, felice che l'umana non potesse vedere la sua dura erezione. "Un tempo era necessario per la nostra sopravvivenza, ma non lo è più." E, cercando di sopprimere il travolgente bisogno di prenderla, le raccontò la complicata storia dell'evoluzione dei Krinar e la nascita della razza umana.

"Quindi, ora bevete sangue per piacere?" chiese Mia, fissandolo con un'espressione scioccata, ma incuriosita.

"Sì." Korum sperava che abbandonasse l'argomento prima che lui impazzisse del tutto.

Ma non lo fece. Anzi, lo guardò, con le guance arrossate e gli occhi brillanti per la curiosità e qualcosa di più. "Hai—" si fermò per inumidire le labbra "—hai mai preso il mio sangue?"

Korum pensò che sarebbe letteralmente esploso. Qualcosa di quello che provava doveva essere evidente sul suo viso, perché lei deglutì nervosamente e strappò la mano dalla sua presa. *Che ragazza intelligente.*

Ci fu un momento di imbarazzante silenzio, poi chiese con esitazione: "Perché i tuoi occhi fanno così? Diventano più dorati, voglio dire... È una caratteristica dei Krinar?"

Korum fece un respiro per calmarsi. Quando fu ragionevolmente certo che non le sarebbe saltato addosso, rispose: "No, è solo una stranezza genetica. È più comune tra la gente della mia regione di Krina. Anche mia madre ce l'ha, e lo stesso valeva per mio nonno."

"Tuo nonno?"

Korum annuì. "Rimase ucciso in un combattimento, quando mia madre aveva circa la mia età."

"Che mi dici di tua nonna e degli altri nonni?"

"Mia nonna materna morì in uno strano incidente mentre stava esplorando uno degli asteroidi in un sistema solare vicino. Alcuni pensarono addirittura che si fosse trattato di suicidio, dal momento che mio nonno era stato ucciso solo pochi anni prima. Per quanto riguarda i miei nonni paterni, dissolsero la loro unione poco dopo la nascita di mio padre—fu una delle pochissime coppie a farlo dopo aver avuto dei figli. A quanto pare, mia nonna voleva lasciarlo, ma mio nonno non era d'accordo—e finì per affrontare una sfida nell'Arena contro l'uomo che lei aveva scelto come amante. Mio nonno non sopravvisse, e mia nonna si tolse la vita poco dopo, probabilmente sentendosi troppo in colpa per continuare a vivere. Non fu una storia felice."

Gli occhi di Mia si riempirono di compassione. "Oh, mi dispiace—"

"Va tutto bene, dolcezza. Successe tutto prima della mia nascita. È spiacevole, ma la morte è una tragedia che accade a tutti prima o poi. Gli umani possono considerarci immortali, perché non invecchiamo, ma siamo comunque esseri viventi—e possiamo essere uccisi, nonostante la tecnologia avanzata e la velocità di guarigione. Ecco perché gli Anziani sono così riveriti nella nostra società: perché è quasi impossibile vivere così a lungo senza che si verifichi mai un incidente mortale o altro."

"Hai già parlato di questi Anziani." Mia era chiaramente affascinata. "Chi sono? Governano Krina?"

"No." Korum scosse la testa. "Non governano nel senso di essere coinvolti nella politica o qualcosa del genere. Per quello abbiamo il Consiglio, che si occupa di tutte le questioni. Gli Anziani forniscono una guida e stabiliscono la direzione da seguire per la nostra specie nel suo insieme."

"Oh, capisco." Sembrò pensierosa per un secondo. "Quanti anni hanno?"

"Credo che il più giovane abbia poco più di un

milione di anni terrestri" disse Korum, sorridendo per l'espressione meravigliata sul suo viso. "E il più vecchio ne ha circa dieci milioni."

Lo fissò. "Wow..."

"Wow, davvero" concordò Korum, godendosi la sua reazione.

~

FINITO IL PRANZO, fecero una lunga passeggiata sulla spiaggia e parlarono un altro po'. Korum le teneva la mano, mentre passeggiavano pigramente sulla sabbia, beandosi della sensazione delle sue piccole dita che gli stringevano il palmo con tanta fiducia.

All'inizio temeva che la perdita di memoria dell'umana li avrebbe riportati indietro di mesi, che avrebbe avuto di nuovo paura di lui. Invece, era come se una parte di lei lo conoscesse ancora—come se lo amasse ancora. La sua calma accettazione della situazione era sorprendente e incoraggiante al tempo stesso, soprattutto perché non c'era alcuna garanzia che sarebbero riusciti a neutralizzare il danno causato da Saret.

Dopo la riunione del Consiglio, Korum era andato a trovare Ellet, sperando che l'esperta di biologia umana avesse compiuto qualche progresso verso la scoperta di una soluzione. Anche se la mente umana non era la sua specialità, Korum aveva sperato che lei si fosse informata sulle ricerche effettuate in quella direzione. Con sua terribile delusione, Ellet non aveva trovato niente, nonostante avesse contattato dozzine di scienziati Krinar su entrambi i pianeti. Aveva parlato anche con tutti gli esperti della mente degli altri Centri. Per quanto ne sapeva, non c'era modo di annullare una cancellazione della memoria come quella che aveva effettuato Saret.

"E così, che cosa vi ha fatto decidere di venire sulla Terra?" chiese Mia, quando si fermarono per sedersi su un paio di grandi rocce. Davanti a loro, un piccolo estuario scorreva verso l'oceano, fungendo da ostacolo per un ulteriore passaggio, ma contribuendo a una veduta molto panoramica. "So che mi hai già raccontato di come avete impiantato la vita qui e di come in pratica avete creato gli umani, ma perché siete venuti qui a vivere al nostro fianco? Da quello che hai detto, Krina sembra un posto molto carino su cui vivere. Perché l'avete lasciato?"

"Il nostro sole è una stella più antica" spiegò Korum, ripetendo ciò che le aveva detto una volta. "Morirà tra circa cento milioni di anni. A quel punto, avremo bisogno di un altro posto in cui vivere—e la Terra ci attira per ovvie ragioni."

Si acciglò, corrugando la fronte in un modo che lui trovava molto tenero. "Ma è così lontano... Perché siete già venuti? Perché non avete aspettato altri novanta milioni di anni o giù di lì?"

Korum sospirò, ricordando la loro ultima discussione su quell'argomento. "Perché la vostra specie stava diventando molto distruttiva per l'ambiente, dolcezza. Volevamo assicurarci di avere un pianeta abitabile per quando ne avessimo avuto bisogno." Questa era la versione ufficiale, almeno. La spiegazione completa era più complicata e non era ancora pronto a condividerla con Mia.

Il suo cipiglio si fece più accentuato. Ovviamente non le piaceva sentirlo—ma la sua charl tendeva a mettersi sulla difensiva, quando lui criticava la sua specie. Non poteva davvero biasimarla per questo; era leale nei confronti della sua razza quanto lui lo era con la propria.

"Quindi, quando la vostra stella inizierà a morire, tutti i Krinar verranno sulla Terra?" chiese, socchiudendo leggermente gli occhi.

"Molto probabilmente" rispose Korum. Sperava davvero che non sarebbe stato così, ma non poteva ancora dirglielo.

"E a quel punto, che cosa succederebbe a noi? Agli umani, voglio dire? Avete davvero intenzione di vivere con noi fianco a fianco? Il pianeta non diventerebbe troppo affollato?"

Korum esitò un momento. Stava facendo tutte le domande opportune e non voleva mentirle, ma non poteva neanche dirle la verità. L'ultima cosa di cui avevano bisogno era che si diffondessero voci che spingessero nuovamente gli umani nel panico.

"Non necessariamente" spiegò. "Inoltre, non è qualcosa di cui dovremo preoccuparci per molto tempo."

Lo guardò, ovviamente cercando di capire quanto si potesse fidare. Korum poteva praticamente vedere gli ingranaggi girarle nella testa. Amava questo di lei: la sua smisurata curiosità, il modo logico in cui la sua mente elaborava le informazioni. Era giovane e ingenua, ma era anche molto intelligente, e lui non aveva dubbi sul fatto che un giorno avrebbe lasciato il segno nella società.

Per ora, però, Korum aveva bisogno di distrarla da quella particolare serie di domande. Sorridendo, allungò una mano e le spostò i capelli dal viso. "Allora, che te ne pare di Lenkarda finora? Stai cominciando a sentirti più a tuo agio o è ancora tutto molto strano per te?"

Gli rivolse un sorrisetto. "Non lo so, sinceramente. Non è così strano come dovrebbe essere. Non *ricordo* nulla, ma è come se lo conoscessi in qualche modo. Ed è la stessa cosa con te—"

"Ti sembra di conoscermi come ti sembra di conoscere i mobili?" la stuzzicò Korum, osservando il suo sorrisetto ampliarsi fino a diventare un vero e proprio sorriso.

"Tu sei..." Rise mestamente. "Non capisco come funzioni tutto questo, ma non sei così spaventoso come dovresti essere. Non lo sei affatto, per qualche ragione."

Korum sentì il petto espandersi per riempirsi di qualcosa di molto simile alla felicità. "Mi fa piacere, dolcezza" disse, accarezzandole la morbida guancia. "Non dovresti aver paura di me. Non ti farei mai del male. Sei tutto per me; sei tutto il mio mondo. Preferirei morire che farti del male. Credimi, non c'è motivo di aver paura..."

Mentre parlava, vide il sorriso di Mia svanire, sostituito da un'espressione stranamente vulnerabile. "Tu—" deglutì, con la gola che si mosse: "—mi ami?"

"Sì" rispose Korum senza esitazione. "Più di chiunque altra io abbia mai amato in vita mia."

"Ma perché?" Sembrava sinceramente confusa. "Sono solo una normalissima umana, e tu—" Si fermò, arrossendo di nuovo.

"Io cosa?" insistette Korum, volendo vederla avvampare ancora di più. Non sapeva come mai lo trovasse così attraente, ma ogni volta si eccitava. Ma in realtà lo eccitava semplicemente respirando, quindi non era poi così sorprendente che trovasse le sue guance arrossate irresistibili.

Il colorito sul viso della ragazza si accentuò. "Sei uno splendido K che esiste fin dalla notte dei tempi" disse tranquillamente. "Che cosa potresti vedere in me?"

Korum sorrise, scuotendo la testa. Il suo piccolo tesoro non si era mai reso conto del proprio fascino, non si era mai reso conto di quanto fosse attraente per un maschio di entrambe le specie. Tutto di lei, dai morbidi ricci folti sulla testa alla morbidezza della pelle, sembrava fatto apposta per il tocco di un uomo. Non sarà stata una bellezza classica, ma nel suo delicato modo era davvero bella, con quegli occhioni azzurri e i capelli scuri.

Col senno di poi, Korum doveva aver capito che sarebbe stato meglio non lasciarla lavorare così vicino a un altro maschio single. Non poteva biasimare Saret per averla voluta, per aver bramato qualcosa da cui lui stesso era così ossessionato. Voleva fare a pezzi il suo ex amico per quello che aveva fatto, ma capiva—almeno in parte—perché Saret lo avesse fatto. Se i ruoli fossero stati invertiti, e Mia fosse stata la charl di qualcun altro, Korum non sapeva fino a che punto si sarebbe spinto per farla sua, quanti tabù avrebbe infranto nel tentativo di possederla.

Naturalmente, il fascino fisico di Mia era solo una parte di questo. Allungandosi, Korum le prese di nuovo la mano. "Vedo in te la donna che amo" disse, senza nemmeno tentare di nascondere la profondità delle sue emozioni. "Vedo una ragazza bellissima e intelligente, che è dolce e impavida e ha il coraggio delle sue convinzioni. Vedo qualcuno che farebbe qualsiasi cosa per quelli che ama, che si spingerebbe fino al limite o oltre per proteggere chi ha a cuore. Vedo qualcuno con cui non posso vivere senza, qualcuno che illumina ogni momento della mia esistenza e mi rende più felice di quanto non sia mai stato in vita mia."

Mia sospirò, con gli occhi che si riempirono di lacrime. "Oh, Korum..." Le dita sottili dell'umana si contrassero nella sua presa. "Korum, non so nemmeno cosa dire—"

"Non devi dire niente" la interruppe, ignorando il dolore del suo involontario rifiuto. "So di essere ancora un estraneo per te. Non mi aspetto che provi le stesse cose che provavi per me. Non ancora, almeno—"

Annuì, e una lacrima le rigò il viso. "Detesto questo" confessò, con la voce che si incrinò per un secondo.

"Detesto che una parte così grande della mia vita sia scomparsa, che abbia perso tutto ciò che ci ha portati fino a questo punto. Ho bisogno di te, ma non ti conosco, e sto impazzendo. Ti amavo anch'io, non è vero? Nonostante tutte le cose che sono successe tra noi, eravamo ancora innamorati, vero?"

"Sì" disse Korum, stringendole la mano intorno al palmo. "Sì, eravamo molto innamorati, tesoro mio." E non riuscendo più a trattenersi, le avvolse dolcemente un braccio intorno alla schiena, avvicinandola a sé. Affondò il viso nella spalla dell'alieno, e lui poté sentire l'umidità delle sue lacrime sulla pelle nuda. Il dolce profumo dei suoi capelli gli stuzzicò le narici, con quella vicinanza che gli fece indurire di nuovo il cazzo.

Non essere un animale. Ha bisogno di conforto adesso, si disse Korum. E, ignorando la lussuria che imperversava nel suo corpo, lasciò che Mia piangesse, sapendo che aveva bisogno di quella liberazione emotiva.

Un minuto dopo, si staccò, guardandolo attraverso le ciglia bagnate dalle lacrime. "Scusa" sussurrò: "Non volevo piangerti addosso..."

Korum sorrise, asciugandole l'umidità sulle guance con le nocche. "Puoi piangermi addosso ogni volta che vuoi." Le sue lacrime erano preziose quanto i suoi sorrisi. Detestava vederla triste, ma gli piaceva la sensazione del suo esile corpo tra le braccia, gli piaceva essere l'unico in grado di calmarla, di far sparire il suo dolore.

Anche se, il più delle volte, era stato lui la causa di quel dolore.

~

TRASCORSERO il resto della giornata insieme sulla spiaggia, con Korum che le spiegò pazientemente tutto ciò che Mia aveva dimenticato sui Krinar. Le parlò della dipendenza dal sangue e degli xenos, della Celebrazione dei Quarantasette e dell'importanza della "posizione" nella società Krinar. Lo ascoltava attentamente, facendo domande, e Korum rispondeva volentieri, sapendo quanto lei avesse bisogno di recuperare.

"Quindi, avete il concetto del denaro? Come funziona la vostra economia?" I suoi occhi erano brillanti e curiosi, mentre continuavano la discussione durante la cena.

"Sì, assolutamente, abbiamo sicuramente il concetto di denaro." Korum fece una pausa per assaggiare un boccone di spaghetti soba al gusto di arachidi. "Lavoriamo e siamo pagati per i contributi che apportiamo alla nostra società. Maggiore è il contributo, maggiore è la retribuzione, indipendentemente dal campo. Tuttavia, la ricchezza non è tanto importante per noi quanto lo è per gli umani. La nostra economia non è né capitalista, né governativa; è una specie di mix delle due. Diciamo che ognuno riesce a soddisfare i propri bisogni fondamentali. Non esistono i senzatetto o la fame su Krina. Persino il Krinar più pigro vive abbastanza bene secondo gli standard umani. Ma, per avere qualcosa oltre al cibo, al riparo e alle necessità quotidiane, devi fare qualcosa di produttivo nella tua vita—devi contribuire in qualche modo alla società."

Sembrava molto interessata, così Korum continuò con la sua spiegazione. "Le ricompense finanziarie sono solo una parte del motivo per cui le persone lavorano, però. La motivazione principale è la necessità di essere rispettati, di essere riconosciuti per i nostri risultati. Pochi Krinar vogliono vivere la vita, mentre altri li guardano dall'alto in basso. Vedi, per noi avere una posizione bassa equivale quasi a essere degli emarginati. Chi non ha mai fatto niente di utile nella propria vita alla fine verrà trattato con disprezzo dagli altri. Avere una posizione elevata è molto più importante dell'essere ricchi—anche se le due cose di solito vanno di pari passo."

"Quindi, i Krinar ricchi hanno una posizione di rilievo, e viceversa?" chiese Mia.

"No, non necessariamente. Uno potrebbe essere ricco grazie all'eredità o alla famiglia, ma ciò non significa che quella persona avrà una posizione elevata. Rafor, il figlio di Loris, ne è un esempio. Suo padre gli ha donato tutta la ricchezza di cui avrebbe potuto aver bisogno, ma non ha potuto donargli una buona posizione. Questa può essere ottenuta—o persa—solo attraverso i propri sforzi."

Mia sembrò perplessa. "Aspetta, come si può perdere la posizione nonostante gli sforzi?"

"Ci sono diversi modi" spiegò Korum. "Commettendo un crimine, ovviamente. Oppure facendo qualcosa di disonorevole, come tradire la propria compagna. Inoltre, è possibile perdere la posizione fallendo in qualcosa di importante. Ad esempio, Loris si è preso questo rischio, assumendo il ruolo di Protettore per suo figlio e per i Keith. Una volta che saranno giudicati colpevoli, la sua posizione sarà molto inferiore e non farà più parte del Consiglio. Ecco perché oggi mi ha sfidato nell'Arena—perché a questo punto ha ben poco da perdere."

Mia sgranò gli occhi per la sorpresa. "Che vuol dire che ti ha sfidato?"

Korum esitò. Forse non avrebbe dovuto menzionarlo, ma ormai era troppo tardi. "Ricordi che ti ho parlato dell'Arena oggi?" chiese.

"Hai detto che è un modo per risolvere le divergenze inconciliabili..." Un lieve cipiglio apparve sul suo viso.

"Sì" confermò Korum. "Esattamente. Ed è quello che abbiamo io e Loris: una divergenza di opinione inconciliabile. Penso che suo figlio sia un vigliacco traditore, e lui non è d'accordo."

"Quindi, ti ha sfidato a combattere? Ma pensavo avessi detto che è pericoloso—"

"Lo è." Korum sorrise dall'attesa, con la familiare emozione che gli attraversò le vene. Ne aveva bisogno a volte: il pericolo, l'adrenalina, la sfida fisica per soggiogare un avversario. Per quanto gli piacesse lottare durante gli incontri di defrebs, sapeva sempre che si trattava solo di un gioco, che tutti ne sarebbero usciti con solo qualche graffio e livido. Non c'era una tale garanzia nell'Arena, e questo lo rendeva emozionante.

"Quindi, potresti essere ucciso?" Gli occhi di Mia cominciarono a riempirsi di lacrime, e Korum si rese conto che lei trovava l'idea più che inquietante. Sicuramente non avrebbe dovuto rivelarlo.

"C'è una piccola possibilità" disse con attenzione, non volendo turbarla ulteriormente. "Anche se uccidere è tecnicamente illegale, di solito è perdonato se avviene nell'impeto di una battaglia nell'Arena. Ma non devi preoccuparti, dolcezza. So prendermi cura di me stesso."

Non sembrava convinta. "Hai detto che ti odia." Le tremò leggermente la voce. "Non *cercherebbe* di ucciderti?"

"Sicuramente ci proverà" disse Korum. "Ma non glielo permetterò. Non hai nulla di cui preoccuparti—"

"Non è un buon combattente?"

"Lo è" ammise Korum. "O almeno lo era. Non so quale sia il suo attuale livello di abilità."

"Non farlo" disse, allungandosi per afferrargli la mano. "Per favore, Korum, evita questo combattimento—"

"Mia..." sospirò, coprendole la mano con la sua. "Ascoltami, tesoro, una volta lanciata una sfida, non può essere annullata. Non posso evitare questa lotta, e nemmeno Loris. Siamo entrambi obbligati, lo capisci?"

"No" disse testardamente. "Non lo capisco. Non voglio che rischi la vita in quel modo—"

"Non è un grosso rischio come pensi" disse Korum. "Quando mi ha aggredito oggi, ho impiegato dieci secondi ad arrivare alla sua gola. Se fosse stato un combattimento nell'Arena, a quel punto sarebbe stato dichiarato un perdente." Era altrettanto probabile che Loris sarebbe morto, ma Korum non voleva dirlo a Mia. Le donne umane e la violenza in genere non stavano bene insieme—soprattutto quando la donna in questione era una ragazza che conduceva una vita protetta.

"Quindi, quando si terrà questa lotta?" Sembrava ancora sconvolta.

Korum sospirò. Avrebbe davvero dovuto tacere. "Dopodomani" rispose. "A mezzogiorno."

CAPITOLO UNDICI

Mia era nella stanza circolare che fungeva da box doccia, lasciando che i getti d'acqua le colpissero ogni centimetro del corpo. In circostanze normali, le sarebbe piaciuta la novità di fare una doccia in un'abitazione aliena. Come ogni altra cosa della casa, la doccia era intelligente, e si adattava automaticamente alle sue esigenze. Tutto quello che doveva fare era stare lì e lasciare che la straordinaria tecnologia la lavasse, la strofinasse, la insaponasse e la massaggiasse. Era meravigliosamente rilassante—o lo sarebbe stato, se solo avesse potuto spegnere il cervello e non pensare a quello che Korum le aveva detto durante la cena.

Era stato sprezzante del pericolo in merito al combattimento imminente, ma Mia non riusciva ad essere così indifferente. Quando aveva accennato alla sfida di Loris, le si era gelato il sangue, con le immagini fredde e raccapriccianti di corpi smembrati che le inondavano la mente. E se fosse successo qualcosa a Korum? Non era veramente immortale; poteva essere ucciso, proprio come suo nonno.

Il pensiero che Korum potesse morire era insopportabile, inimmaginabile. Non importava che Mia lo conoscesse solo—o ricordasse di conoscerlo— da un giorno.

Quel giorno era stato il migliore della sua vita cosciente.

Trascorrere del tempo con Korum era stato incredibile. Non aveva mai provato quel tipo di legame con nessun altro, non si era mai sentita così magicamente viva in presenza di un altro uomo. Andava oltre il desiderio sessuale, oltre il semplice bisogno fisico. Era come se ogni parte di lei desiderasse stare con lui, immergersi nella sua essenza. Lo voleva con una disperazione che non aveva senso, con una passione che faceva quasi paura nella sua intensità.

Da qualche parte nel profondo della sua mente, Mia sapeva che si stava comportando in modo irrazionale, che non era da lei. Una persona normale in quel tipo di situazione avrebbe chiesto a Korum di riportarla a casa, a New York o in Florida, dove avrebbe potuto riprendersi gradualmente dalla perdita di memoria e tornare ad avere una vita normale—come prima. Non avrebbe dovuto desiderare di aggrapparsi a un extraterrestre, non avrebbe dovuto essere così calma vivendo nella sua casa, lontana da tutti e da tutto ciò che ricordava.

Eppure non voleva chiederglielo, non voleva

pensare di lasciarlo nemmeno per un momento. Non aveva dubbi sul fatto che i compagni di psicologia avrebbero avuto una giornata campale analizzando le sue strane reazioni, dalla facilità con cui aveva accettato l'impossibile alla malsana dipendenza da un uomo che conosceva solo da pochissimo tempo. Ma a lei non importava; tutto quello che sapeva era che aveva bisogno di Korum—e che anche lui sembrava aver bisogno di lei.

Il suo ex capo—Saret—sapeva che sarebbe stato così? Si era reso conto che cancellarle una parte della memoria non aveva distrutto qualunque cosa l'avesse legata a Korum? In qualche modo, Mia ne dubitava. Se ciò che Korum le aveva detto sulle intenzioni di Saret era vero, l'esperto della mente sarebbe rimasto spiacevolmente sorpreso dal suo permanente attaccamento a Korum e dalla mancanza di interesse verso di lui.

Dopo aver fatto la doccia, Mia uscì dalla cabina circolare, lasciando che l'acqua gocciolasse sulla strana sostanza spugnosa del pavimento che continuava a massaggiarle i piedi. Korum le aveva spiegato che tutto quello che doveva fare era stare lì e lasciare che la tecnologia si occupasse della routine del bagno, e Mia lo stava prendendo in parola.

I caldi getti d'aria le asciugarono rapidamente il corpo, mentre un piccolo tornado sembrò inghiottire la zona intorno alla testa, soffiando aria intorno a ogni ciocca dei capelli e riempiendole la bocca con qualcosa di gradevolmente pulito. Quando ebbe finito, Mia era asciutta dalla testa ai piedi, con i ricci definiti e modellati alla perfezione, come se fosse appena uscita da un parrucchiere di grido. Inoltre, era come se si fosse appena lavata i denti.

Carino.

Non le restava che vestirsi. Indossando la morbida vestaglia che Korum le aveva premurosamente dato, si guardò allo specchio che apparve da una delle pareti, notando il luccichio negli occhi e il rossore che le colorava le guance. Il suo cuore batteva forte dall'attesa, e sembrava che lo stomaco stesse ospitando un'intera colonia di farfalle.

Se c'era anche solo una piccola possibilità che avrebbe potuto perdere Korum tra due giorni, allora ogni momento che passavano insieme era prezioso. E, per quanto quel pensiero la rendesse nervosa, Mia voleva conoscere a fondo il suo amante—per rivivere ciò che aveva dimenticato.

Voleva che Korum la portasse a letto.

~

KORUM SI SEDETTE sul bordo del letto, aspettando che Mia finisse di fare la doccia. Lui l'aveva già fatta, usando il pugno per alleviare la lussuria che lo aveva sopraffatto per tutto il giorno.

Trascorrere così tanto tempo con lei, toccandola, odorandola—lo aveva quasi fatto impazzire. In circostanze normali, avrebbero fatto sesso un paio di volte in spiaggia o dopo essere tornati a casa prima di cena. E invece, aveva dovuto accontentarsi di qualche lieve tocco e carezza che aveva solo peggiorato la sua fame, facendo prudere la pelle e gonfiare il cazzo dal bisogno. Se non si fosse masturbato sotto la doccia, avrebbe davvero rischiato di saltarle addosso quella sera. In realtà, Korum si sentiva ancora piuttosto nervoso, e sperava di smaltire un po' dell'energia in eccesso con una sessione di defrebs al mattino presto—o di notte, come gli umani definivano le ore tra le tre e le quattro del mattino.

Erano già le undici di sera, che era l'ora in cui Mia di solito andava a dormire. Korum non era affatto stanco, ma voleva stringerla e abbracciarla fin quando non si fosse addormentata—anche se questa sarebbe stata un'ulteriore tortura. Era importante che cominciasse ad abituarsi a lui, che si sentisse a proprio agio con il suo tocco... perché Korum non sapeva per quanto tempo avrebbe potuto continuare a farne a meno.

Per distrarsi, abbassò lo sguardo sul palmo, inviando una domanda mentale per controllare i progressi della ricerca di Saret. I guardiani avevano trovato tracce della presenza di Saret in Germania, ma poi le avevano di nuovo perse. In qualunque modo si stesse muovendo, lo stava facendo evitando i satelliti Krinar e altri dispositivi di spionaggio—una prodezza che Korum un po' ammirava, anche se il pensiero di Saret in libertà gli faceva vedere rosso.

"Che cosa stai facendo?" La domanda sottovoce di Mia lo distolse dai pensieri sulla ricerca.

Alzando lo sguardo, Korum sorrise vedendo che era lì, con i piedi piccoli e nudi e la vestaglia avvolta intorno al corpo snello. Le mani si contorsero in un gesto che tradiva il suo nervosismo. "Sto solo controllando un paio di cose" rispose. "Com'è andata la doccia? Ti è piaciuta?"

L'umana inumidì le labbra, attirando la sua attenzione sulla bocca. "È stata fantastica" disse. "Come tutto il resto."

"Bene" disse Korum, osservandola attentamente. Aveva paura di stare vicino a un letto con lui? Addolcendo il tono, disse: "Vieni, andiamo a dormire, dolcezza mia. Hai avuto una giornata intensa. Devi essere molto stanca."

Annuì, incerta, e si avvicinò a lui, con i movimenti carichi di un'inconsapevole sensualità che faceva parte di lei come quei bellissimi ricci. Korum si spostò e sollevò leggermente il ginocchio, cercando di nascondere l'erezione che tendeva nuovamente i pantaloncini.

Quando Mia fu a mezzo metro di distanza, si fermò, e lui sentì il suo rapido battito del cuore. Un profumo caldo e femminile raggiunse le sue narici, inviando più sangue verso l'inguine.

Non aveva paura, realizzò Korum. Era eccitata.

~

OSANDO A MALAPENA RESPIRARE, allungò una mano e le prese la sua, avvicinandola a sé fin quando non fu seduta sul letto accanto a lui. Alla sua azione, le sentì il battito del cuore palpitare, con un mix di apprensione ed eccitazione stampato sul volto.

"Mia" le chiese dolcemente: "Sei sicura?"

Lei annuì, con la morbida bocca tremante. "Sì" sussurrò. "Sono sicura..."

Il suo corpo reagì a quelle parole con dolorosa intensità, e il cazzo si indurì ulteriormente, con le palle che si strinsero al corpo. Ma quando si chinò per baciarla, tenne le labbra delicate, tenere—come avrebbe dovuto essere la prima volta della ragazza.

Era venuta anche l'altra prima volta, ma l'aveva fatto come una sfida, come un modo per affermare la sua indipendenza e disprezzarlo, in qualche modo. Allora non gli era importato, felice di averla semplicemente lì, nel suo appartamento, nel suo letto. E nella fretta di prenderla, le aveva fatto male, strappandole la verginità con tutta la brutalità di una bestia in calore.

Quella era la sua occasione per riparare. Lei era di nuovo vergine—mentalmente, se non nel corpo. E Korum era determinato a fare in modo che non provasse dolore questa notte, solo piacere.

La baciò dolcemente, solo con le labbra all'inizio, accarezzandole i capelli e la schiena con movimenti rilassanti. Aveva un sapore fresco e dolce, un profumo familiare e seducente. Le sue piccole mani si sollevarono, piegandosi intorno alla nuca dell'alieno, infilandogli le dita nei capelli e provocandogli brividi di piacere lungo la spina dorsale. Non volendo approfondire il bacio, Korum spostò le labbra sulla sua guancia, poi sul lato inferiore della mascella, assaporandone la pelle sensibile.

Lei gemette, piegando la testa all'indietro, esponendo di più la sua pallida gola alla bocca dell'extraterrestre, e Korum la baciò anche lì, combattendo l'impulso di prenderle il sangue contemporaneamente. Lo avrebbe fatto, ma non oggi, non per quella prima volta.

Con attenzione, per non spaventarla, le tolse la vestaglia, aprendola, mentre continuava a baciarla, spostando la bocca sulla clavicola e poi più sotto.

Il corpo dell'umana era bello, magro e con le curve nei punti giusti, con la pelle liscia e invitante al tatto. Korum le passò lentamente la mano sui seni e sul ventre piatto, meravigliandosi per la delicatezza della sua struttura. Il palmo della mano poteva quasi coprirle l'intera cassa toracica, con la pelle straordinariamente scura rispetto alla sua pallida perfezione.

Poteva vederle le pulsazioni battere rapidamente sul lato del collo, sentire il respiro accelerare, e capì che era tanto ansiosa quanto eccitata. Alzando la testa, Korum la sorprese a fissarlo, con il viso rosso e le labbra leggermente socchiuse.

"Ti amo, Mia" mormorò, allungando la mano per spostarle quel riccio scomposto dal viso. "Lo sai, vero?"

Annuì timidamente, continuando a guardarlo con gli occhioni azzurri. Quegli occhi gli facevano venir voglia di fare a pezzi dei draghi per lei, di distruggere chiunque avesse osato farle del male.

"Non aver paura, tesoro" disse, facendole scivolare un braccio sotto le ginocchia e un altro dietro la schiena. Sollevandola, la mise con cura in mezzo al letto. "Andrà tutto bene, te lo prometto..." Fermandosi un secondo, Korum tolse la maglietta e i pantaloncini, liberando l'erezione.

Prima che lei avesse la possibilità di fare qualcosa di più che rivolgergli un'occhiata apprensiva, Korum le salì sopra, strofinandole nuovamente il collo e la spalla fino a farla gemere. Poi, iniziò lentamente a farsi strada lungo il suo corpo, ignorando l'insistente pulsazione del cazzo. Ci sarebbero state altre volte in cui l'avrebbe presa con forza e durezza, ma non quella. Quella sera avrebbe fatto qualsiasi cosa per soddisfarla.

Afferrandole un globo rotondo del seno, ne ammirò la solidità, il modo in cui il capezzolo si induriva sotto il suo palmo. I seni non erano grandi, ma erano perfettamente modellati, adatti al suo esile fisico. Piegando la testa, assaggiò il capezzolo, passandoci la lingua, e poi lo succhiò con una decisa strattonata.

Lei gemette di nuovo, inarcandosi verso di lui, e Korum riservò lo stesso trattamento all'altro seno, godendo del conseguente aspetto dei capezzoli: tutti rosa e lucenti.

Seguì il suo stomaco, e le baciò la morbida pelle lì, toccando l'ombelico e sentendo i muscoli addominali irrigidirsi, mentre la bocca continuava a muoversi più in basso. Teneva le gambe chiuse, così Korum le separò le cosce, ignorando la difficoltà nel suo respiro, quando vide quelle pieghe umide e il triangolo scuro dei ricci lì sopra. Come il resto di Mia, la sua figa era piccola e delicata, più dolce di qualsiasi altra cosa lui avesse mai assaggiato.

Abbassando la testa, Korum respirò il suo profumo inebriante e poi leccò delicatamente la zona intorno al clitoride, stuzzicandola, lasciandola lentamente eccitare. Mentre continuava, la sentiva ansimare ogni volta che la sua lingua si avvicinava al nocciolo sensibile, percepiva il modo in cui i fianchi della ragazza continuavano a sollevarsi dal letto verso la sua bocca. Sapeva che era molto vicina al limite, ma non era pronto a lasciarle raggiungere l'orgasmo. Non ancora almeno.

Muovendo la mano, utilizzò l'indice per penetrarla lentamente, scivolando nel suo canale, distendendola attentamente e preparandola per lui. Era così piccola all'interno che sembrava perfino stretta attorno al suo dito, e Korum soppresse un gemito torturato, mentre il cazzo si contraeva contro le lenzuola per la dolorosa eccitazione.

Lei gridò, mentre il dito dell'alieno scivolava più in profondità, sfregando contro quel punto che la faceva sempre impazzire, e poi Korum sentì la convulsione di Mia, mentre le pareti interiori pulsavano attorno al suo dito, raggiungendo l'orgasmo.

Non potendo più aspettare, si sistemò nuovamente sopra di lei, tenendole le cosce aperte con il ginocchio. Sostenendosi con un gomito, usò l'altra mano per dirigersi verso la sua piccola apertura, facendo scivolare dentro la punta del cazzo, e poi facendo una pausa per farla abituare alle sue dimensioni.

Al suo ingresso, Mia inspirò bruscamente e gli afferrò le spalle, fissandolo. Sforzandosi per il rigido controllo che stava cercando di mantenere, Korum cominciò a spingere di più, mantenendo la penetrazione graduale e lenta per evitare di farle male. Man mano che il cazzo scendeva più in profondità, il suo corpo si ricoprì di perle di sudore e il respiro divenne più duro, più irregolare. Era calda, bagnata e stretta—e Korum pensò che sarebbe potuto letteralmente esplodere.

Sfruttando tutta la propria forza di volontà, si fermò, quando fu completamente dentro, lasciando che si abituasse alla sensazione di lui nella profondità del corpo. "Stai bene?" riuscì a chiedere con un bisbiglio sommesso, guardandola.

L'umana si leccò le labbra. "Sì."

"Bene" sospirò Korum. Non era sicuro che sarebbe riuscito a fermarsi, se avesse risposto diversamente. Era a pochi secondi dall'orgasmo, con le palle attaccate al corpo e la schiena che gli prudeva per la familiare tensione pre-orgasmica.

Ma non voleva ancora venire, non prima di averla soddisfatta un'altra volta. Usando la mano destra, Korum si allungò tra i loro corpi, trovando il punto in cui si univano e stimolandole leggermente il clitoride con le dita. Allo stesso tempo, cominciò a muoversi dentro di lei, ritirandosi parzialmente per poi spingere di nuovo.

Lei gemette un'altra volta, stringendogli le dita intorno alle spalle e scavando con le unghie affilate nella sua pelle. L'extraterrestre sentì il calore che emanava il corpo dell'umana, percepì il suo respiro cambiare, e capì che c'era quasi. Lasciandosi andare, cominciò a spingere con crescente velocità, cavalcando l'ondata sempre di più, con ogni muscolo del corpo che fremeva dall'intensità delle sensazioni. All'improvviso, lei urlò, con i muscoli interni che gli strinsero il cazzo, e lui esplose con un ruggito, con il seme che uscì in diversi spruzzi potenti.

Una volta finito, Korum rotolò giù da Mia e la tirò su di sé, lasciandola sdraiare parzialmente sul petto. Stavano entrambi respirando a fatica, con i corpi sfiniti e madidi di sudore.

Korum sapeva che avrebbe dovuto dire qualcosa, ma non riusciva a raccogliere i pensieri. C'era il sesso— e poi c'era quello che aveva vissuto con Mia. Non avrebbe mai immaginato di poter desiderare una donna così tanto, di poter trarre così tanto piacere semplicemente scopando.

Non era inesperto. Neanche lontanamente. Nei suoi secoli di esistenza, si era impegnato in atti sessuali di ogni tipo. Non c'era uno stigma associato ai comportamenti promiscui nella società Krinar, e gli individui single venivano incoraggiati a sperimentare il contenuto dei propri cuori.

Eppure, Korum non ricordava di aver mai provato quel genere di profonda soddisfazione che provava con Mia. Si era sempre chiesto come facessero gli individui accoppiati—o quelli che avevano un charl—a rimanere fedeli per tutta la vita. L'idea della mancanza di varietà gli sembrava strana e innaturale. Dopo aver conosciuto Mia, però, non riusciva a immaginare di voler stare con un'altra donna. Lei era tutto ciò che desiderava.

Finalmente il suo respiro si calmò, e Korum guardò la testa riccia sdraiata sul suo petto. Sentendosi felice, le accarezzò i capelli, sorridendo, quando sentì un tranquillo sbadiglio.

"Vuoi fare una rapida doccia per poi andare a dormire?" mormorò, continuando a sorridere mentre lei alzò lo sguardo.

Gli rivolse un'occhiata deliziosamente assonnata, poi sbadigliò di nuovo. "Certo, sarebbe bello..."

Ridacchiando, Korum le avvolse le braccia intorno e si alzò, portandola verso la doccia. Continuando a stringerla, entrò e inviò un rapido comando mentale ai controlli dell'acqua. Due minuti dopo erano puliti e asciutti, e Korum la riportò a letto, godendo del modo fiducioso con cui gli si era aggrappava per tutto il tempo.

Sistemandola sul letto, si sdraiò accanto a lei e la tirò nel suo abbraccio, piegando il corpo intorno a lei da dietro. Completamente rilassato, chiuse gli occhi e lasciò che il respiro rilassato di Mia facesse sprofondare nel sonno anche lui.

CAPITOLO DODICI

*L*a mattina seguente, svegliandosi lentamente, Mia si stiracchiò e sorrise, ricordando la notte scorsa. L'intera esperienza era stata straordinaria, come qualcosa che avrebbe potuto solo sognare. Il sesso era sempre così? O solo il sesso con Korum?

Dopo quella prima volta, l'aveva presa nuovamente a un certo punto della notte, svegliandola scivolando dentro di lei. In qualche modo, era già bagnata, e aveva raggiunto l'orgasmo nel giro di pochi minuti—cosa che pensava sarebbe stata difficile, visto quanto si era sentita soddisfatta dopo la volta precedente.

Ma a quanto pareva era insaziabile quanto il suo amante alieno.

Sorridendo come il gatto del Cheshire, Mia si alzò, indossò un prendisole color pesca e si dedicò alla routine del bagno mattutino. Korum se n'era già andato, così chiese alla casa una colazione gustosa e poi si sistemò su una delle panche fluttuanti che fungevano da divano. "Qualcosa da leggere, per favore" chiese, e rise, quando un dispositivo simile a un sottile tablet fluttuò verso di lei da una delle pareti.

Ieri, quando Korum le aveva parlato del suo ruolo nel laboratorio della mente, aveva accennato al fatto che era abituata a conservare documenti e registrazioni di lavoro su quel tablet. Mia era intensamente incuriosita, cercando di immaginare come avesse fatto a lavorare in un ambiente di lavoro Krinar, vista la sua scarsa familiarità con la loro tecnologia e la scienza. Da quello che Korum aveva spiegato, molte conoscenze le erano state trasferite attraverso lo stesso procedimento utilizzato per insegnare ai bambini Krinar, e lei segretamente sperava che ne avesse conservate un po' nonostante la cancellazione della memoria. Sicuramente si sentiva più a proprio agio a Lenkarda di quanto si aspettasse, ed era sicura di sapere cose sul cervello che andavano ben oltre ciò che aveva imparato al college.

Utilizzando un comando vocale per aprire uno dei file, Mia si mise comoda e iniziò il processo di riapprendimento di tutto ciò che aveva parzialmente o completamente dimenticato.

~

"Il Consiglio ha preso una decisione."

Le parole di Arus echeggiarono per la grande sala simile ad un'arena, dove si teneva la parte pubblica del processo. Quasi tutti i Krinar sulla Terra—e molti abitanti di Krina—erano presenti virtualmente o di persona.

Korum si chinò in avanti, aspettando di sentire le parole che avrebbero decretato il destino dei traditori. Davanti a lui, vide Loris lì in piedi, vestito di nero. I pugni del Protettore erano serrati, le nocche quasi bianche, mentre si preparava a sentire la sentenza sul figlio.

"Rafor, Kian, Leris, Poren, Saod, Kula e Reana" disse chiaramente Arus: "Il Consiglio ritiene che siate colpevoli di aver cospirato con il movimento della Resistenza, attaccando i Centri e mettendo in pericolo la vita di cinquantamila vostri concittadini. Siete anche ritenuti colpevoli di aver violato il mandato di non interferenza, condividendo la tecnologia Krinar con il suddetto movimento della Resistenza. Inoltre, Rafor, il Consiglio ti giudica colpevole di favoreggiamento nei confronti di un pericoloso individuo noto come Saret nel suo piano atto a commettere un omicidio di massa e a manipolare illegalmente le menti umane."

Il Protettore impallidì visibilmente, e i Keith avevano l'aspetto di chi aveva ricevuto un pugno allo stomaco. Un mormorio attraversò la folla, poi si affievolì, mentre gli spettatori tacquero per sentire il resto.

"La condanna per i suddetti crimini è la riabilitazione completa."

Korum si appoggiò allo schienale, ascoltando il tumulto del pubblico. In quel momento, provò un'insolita compassione per Loris, che aveva appena perso il suo unico figlio. A prescindere dalle loro divergenze passate, non era colpa di Loris se Rafor si era rivelato un fallimento e un criminale. Korum non poteva biasimare Loris per aver voluto difendere il figlio, sebbene quel figlio fosse immeritevole.

Tuttavia, Korum non aveva rimpianti sul ruolo che aveva svolto nella loro condanna. Rafor e i suoi amici avevano ottenuto esattamente ciò che meritavano: una cancellazione quasi totale delle loro personalità. Erano troppo pericolosi per essere sottoposti a una riabilitazione parziale, e le azioni commesse erano fin troppo atroci per poter essere perdonate. Se c'era una tipologia di persone che Korum disprezzava, erano coloro che cercavano di danneggiare la propria specie in nome dell'avidità e del potere—come avevano fatto quei traditori.

Il breve barlume di compassione che aveva provato per Loris si spense, quando il Protettore si voltò e lanciò a Korum un'occhiata carica di disprezzo. Il viso di Loris era incolore sotto la tonalità abbronzata della pelle, e gli occhi brillavano per qualcosa di simile alla follia. Era lo sguardo di chi non aveva nulla da perdere, e Korum comprese che l'avversario avrebbe fatto tutto il possibile per distruggerlo l'indomani. Certo, Korum non aveva intenzione di permettere che ciò accadesse. Non voleva uccidere Loris, ma avrebbe fatto il necessario per difendersi.

Dopo che il tumulto della folla si fu placato, i Keith vennero portati via e Korum si alzò, dirigendosi verso l'uscita. Quello che desiderava ora era Mia, ma non poteva ancora tornare a casa.

Doveva parlare nuovamente con gli Anziani per far avanzare il progetto—e per tenere d'occhio la sua petizione sui genitori di Mia.

~

"HAI UNA VISITA, MIA."

Sorpresa dalla sconosciuta voce femminile, Mia alzò lo sguardo dal dispositivo di lettura. Dalla parete trasparente, vide una giovane donna lì fuori. Tirando un sospiro di sollievo, Mia si rese conto che la voce che aveva appena sentito doveva appartenere alla casa intelligente di Korum, che l'aveva avvisata della presenza dell'ospite.

"Certo" disse Mia, come se avesse sempre parlato con la tecnologia aliena. "Puoi farla entrare?"

"Sì, Mia." E la parete di fronte alla visitatrice si dissolse, creando un ingresso.

Alzandosi dalla panca fluttuante, Mia sorrise alla ragazza con i capelli scuri, che con grazia attraversò l'apertura.

"Ciao" disse Mia, sapendo che probabilmente stava salutando una persona che già conosceva.

"Ciao, Mia" disse la ragazza, rivolgendole un sorriso gentile. "So che non ti ricordi di me, ma sono Delia. Ci siamo già viste un paio di volte. Anch'io sono una charl qui a Lenkarda."

"È un piacere rivederti, Delia." Mia era felice che

l'ospite sembrasse essere a conoscenza delle sue condizioni. "Mi scuso in anticipo per non riuscire a riconoscerti—"

"Non è colpa tua" la interruppe Delia, con i grandi occhi castani carichi di comprensione. "Come puoi scusarti per una cosa del genere? Sono passata a vedere come stavi, dopo quello che è successo. Dev'essere devastante svegliarsi non sapendo dove sei o come ci sei arrivata..."

Mia studiò la ragazza, notando la sua bellezza serena ma luminosa e la maturità che ne smentiva l'apparente giovinezza. "Grazie, Delia" disse. "In realtà sto benissimo. Non so perché, ma sembra che io stia prendendo tutto molto bene."

"E Korum?"

Mia le rivolse un'occhiata interrogativa. "Korum?"

"È—" Delia esitò un attimo. "È gentile con te?"

"Certo." Mia corrugò la fronte. "Perché non dovrebbe esserlo? È il mio... cheren, giusto?"

Delia le rivolse un sorriso radioso. "Naturalmente. Stavo andando alle cascate, dove io e te ci siamo incontrate la prima volta. Ti andrebbe di venire con me? È davvero un bel posto. Non so se Korum te l'abbia già mostrato..."

"No" ammise Mia. "E mi piacerebbe unirmi a te." La incuriosiva quella ragazza—quella charl—e sperava di saperne di più su Lenkarda e sulla sua vita lì.

"Fantastico" disse Delia, sempre sorridendo. "Andiamo, allora."

~

LA PASSEGGIATA verso le cascate durò poco più di venti minuti. Mentre si facevano strada nella foresta, Mia chiese a Delia quale fosse la sua storia, volendo scoprire come fosse diventata una charl. Poi, ascoltò scioccata e affascinata, mentre la ragazza greca le raccontava di aver conosciuto Arus sulle rive del Mediterraneo quasi ventitré secoli fa e di come la sua vita fosse stata stravolta da allora.

"Quando arrivai per la prima volta su Krina, gli umani erano trattati in modo molto diverso rispetto a oggi" spiegò Delia. "Duemila anni fa, molti Krinar ci ritenevano appena migliori dei primati, a causa della nostra mancanza di tecnologia e dei costumi sociali primitivi. Alcuni, come Arus, riconobbero che non eravamo molto diversi da loro, ma la maggior parte si rifiutava di considerarci una specie altrettanto intelligente. Tale atteggiamento persiste tuttora, sebbene il rapido ritmo dei progressi terrestri negli ultimi due secoli abbia colpito molti individui su Krina."

"Pensavano che fossimo come le scimmie?" Mia aggrottò la fronte, non piacendole affatto quello che stava sentendo.

Delia annuì. "Più o meno. Non posso biasimarli; dopotutto sono stati loro a crearci, facendoci diventare ciò che siamo oggi."

"Come hanno fatto?" chiese Mia, che si era posta la domanda da un po'. "Voglio dire, un Krinar può quasi passare per un umano, e viceversa. Per quanto riguarda l'aspetto, è come se fossero una razza umana diversa, piuttosto che una specie separata. So che hanno guidato la nostra evoluzione, ma è un po' strano..."

"In realtà non è poi così strano" disse Delia. "Hanno manipolato i nostri geni per milioni di anni, sopprimendo quei tratti che ci avrebbero fatto sembrare diversi da loro. Hanno permesso qualche sottile variazione—come il colore degli occhi, della carnagione e dei capelli—ma si sono assicurati che saremmo stati molto simili a loro. Era qualcosa che i loro Anziani volevano, credo."

Mia distolse lo sguardo, riflettendo per un po', mentre continuavano a camminare nella foresta. "Quindi, che cosa pensi che vogliano da noi ora?" chiese, una volta raggiunta la loro destinazione.

"I Krinar?" Delia si sedette su una zona erbosa vicino all'acqua e si voltò verso Mia.

"I loro Anziani" chiarì Mia, sedendosi accanto a lei.

"Chi lo sa?" Delia scrollò le spalle. "Persino il Consiglio non conosce appieno le motivazioni degli Anziani. Sono qualcosa di simile a degli dei, anche se i Krinar non hanno la religione nel senso tradizionale."

"Capisco." Mia rifletté su tutto ciò che aveva saputo finora. "Quindi, come ci considerano ora i Krinar? Korum ha detto che lavoravo in uno dei loro laboratori. Sicuramente non me l'avrebbero permesso, se mi avessero ritenuta solo una scimmia insolitamente intelligente. Per non parlare del fatto che ci sposano..."

"Sposano?" Delia sembrò sorpresa. "Che cosa vuoi dire?"

"Non significa questo essere charl? Non è un po' come essere sposati con uno di loro, solo senza la cerimonia ufficiale?" Era quella l'impressione che Mia aveva avuto ieri dopo la conversazione con Korum.

Delia la guardò con un'espressione pensierosa. "In effetti, potresti vederla in quel modo" disse lentamente. "Soprattutto se applichi la definizione di matrimonio del passato."

"Del passato?"

"Sì" rispose Delia. "Quando una moglie apparteneva legalmente al marito."

"Apparteneva? Che cosa intendi dire?"

"Secondo la legge Krinar, una charl appartiene al suo cheren, Mia. Non abbiamo alcun diritto qui. Korum non te l'ha detto?"

Mia scosse la testa, provando una spiacevole sensazione di oppressione al petto. "Stai dicendo che siamo le loro... schiave?"

Delia sorrise. "No. I Krinar non credono nella schiavitù, soprattutto non come veniva praticata ai miei tempi. La maggior parte delle charl sono trattate molto bene e amate dal loro cheren. Ci considerano davvero le loro compagne umane. Ma non è esattamente il tipo di relazione paritaria a cui una ragazza moderna come te sarebbe abituata."

Mia la fissò. "Come mai?"

"Beh, per esempio un Krinar non ha bisogno del tuo

permesso per renderti la sua charl. Arus me l'ha chiesto, ma molti cheren non lo fanno."

"Korum *me* l'ha chiesto?" Mia aspettò la risposta con il fiato sospeso.

"Non lo so" disse Delia, dispiaciuta. "Non sono mai stata al corrente dei particolari della vostra relazione. Tuttavia, da quello che so di Korum—e considerato che hai aiutato la Resistenza—credo che non fosse così rispettoso dei tuoi sentimenti come avrebbe dovuto essere."

Mia si accigliò. "Che cosa vuoi dire? Che cosa sai di Korum?"

Delia la guardò, come se stesse valutando se procedere o meno. "Il tuo cheren è un uomo molto potente e molto ambizioso" disse infine. "Molti nel Consiglio pensano che sia l'orecchio degli Anziani. È noto anche per essere abbastanza autocratico e spietato con i propri avversari. Ecco perché inizialmente ero preoccupata per te—perché non pensavo che Korum potesse essere un amante particolarmente premuroso. Ma credo di essermi sbagliata. Da quello che ho potuto vedere, sembravi davvero felice con lui. L'ultima volta che ci siamo viste, al compleanno di Maria, eri praticamente allegra. E anche ora, mentre molte donne si sentirebbero perse e intimidite, sembra che tu stia prendendo tutto molto bene—e Korum dev'esserne l'unico responsabile."

Mia studiò l'altra ragazza, chiedendosi se ci fosse qualcos'altro che Delia non le stava dicendo. "Non ti piace il mio cheren, vero?"

"Non lo conosco personalmente" rispose Delia con attenzione. "So solo che lui e Arus hanno avuto delle divergenze in passato per una serie di questioni diverse. Ma sono contenta che si comporti bene con te. Quando ti ho vista per la prima volta, sembravi così giovane e vulnerabile... e non ho potuto fare a meno di preoccuparmi per te. Ora vedo che sei più forte di quanto pensassi all'inizio. Potresti addirittura influenzare positivamente Korum. Arus pensa che il tuo cheren ti ami davvero—cosa che non ci saremmo mai aspettati da lui."

"Capisco." Mia inspirò profondamente e distolse lo sguardo, cercando di riflettere su ciò che aveva appena scoperto. Forse il suo stupido pensiero sulla malvagità di Korum non era poi così inverosimile come sembrava. Per l'ennesima volta, desiderò di poter ricordare gli ultimi due mesi, in modo da poter comprendere meglio la complessa relazione in cui si trovava. Che cos'era esattamente Korum per lei? Che cosa significava essere la sua charl? E qual era il vero Korum? Il tenero amante della notte scorsa o lo spietato Consigliere che Delia aveva descritto?

Forse entrambi. Mia rifletté un minuto. Sì, le cose potevano stare proprio così. Dopotutto, lo stesso Korum le aveva detto di averla usata in passato per annientare la Resistenza. Eppure, sembrava amarla davvero ora—e Mia non poté fare a meno di evitare che quella sensazione di calore si diffondesse in lei al solo pensiero.

Voltandosi verso la ragazza greca, Mia la guardò.

"Delia" disse lentamente, sollevando un argomento che la preoccupava da ieri: "Sai che cosa succede durante un combattimento nell'Arena?"

"Sì." Delia le rivolse un'occhiata comprensiva. "Sai della sfida di Loris?"

"Korum me ne ha parlato ieri" disse Mia. "Hai mai assistito a uno di questi combattimenti? Sono comuni?"

"Non sono così comuni come lo erano un tempo, ma si verificano ancora con una certa regolarità. Di solito ci sono un paio di combattimenti all'anno, a volte di più."

"E quanto sono pericolosi?"

Delia esitò un secondo. "Il combattimento nell'Arena è la prima causa di morte tra i Krinar" disse infine. "Seguito da vari incidenti."

Mia si sentì come se fosse stata pugnalata allo stomaco. "Muore sempre qualcuno durante un combattimento?"

"No, non sempre. A volte il vincitore riesce a controllarsi abbastanza da fermarsi in tempo. In generale, però, gli uomini Krinar non hanno molto controllo sui propri istinti durante l'impeto della battaglia." La charl greca non sembrava particolarmente infastidita da ciò.

Mia deglutì. "Capisco."

"Ma per rispondere alla tua domanda di prima, penso che gli atteggiamenti dei Krinar verso gli umani stiano cambiando" disse Delia, tornando alla discussione precedente. "Duemila anni fa, l'idea che un'umana lavorasse in un laboratorio Krinar sarebbe stata impensabile. Hanno fatto molti passi in avanti da allora, e vedo che le cose migliorano sempre di più giorno dopo giorno. Il fatto che vivano qui sulla Terra, in mezzo a noi, sta cambiando molte cose. Ora ci vedono davvero come la loro specie *sorella*, vedono che abbiamo il potenziale per ottenere tanto quanto loro."

"Non ci considerano più solo delle scimmie intelligenti?" chiese Mia, scherzando solo in parte.

Delia sorrise. "Alcuni sì, ne sono sicura. Ma non è più l'idea prevalente. E più ci saranno relazioni come la tua e la mia, più gli umani saranno accettati dalla società Krinar." Si fermò un secondo. "Quindi vedi, Mia, non c'è bisogno che tu combatta i Krinar per aiutare la tua specie. Basta convincere uno di loro a innamorarsi di te."

~

A OTTOMILA CHILOMETRI DI DISTANZA, Saret si alzò e sorrise alla ragazza umana che giaceva nuda e raggomitolata in una piccola palla nel suo letto. Era minuta, alta non più di un metro e mezzo, e i suoi capelli castano scuro cadevano in morbide onde intorno al viso magro. A parte gli occhi castani, assomigliava molto a Mia. L'aveva trovata ieri a Parigi.

Lei lo fissò, e lui poté vedere la paura e l'odio sul suo viso. Era stata sfortunata ad essere fidanzata quando lui l'aveva incontrata, con il matrimonio in programma per il mese prossimo. Era stata comprensibilmente resistente alle sue attenzioni e non aveva avuto il tempo di sedurla adeguatamente.

Era stato sbagliato prenderla, naturalmente. Saret lo sapeva. A quel punto, tuttavia, non importava. Tutti lo consideravano già un mostro, e rubare un'umana era solo un innocuo scherzo nel grande schema delle cose. L'aveva morsa durante il sesso, quindi sapeva che anche lei aveva provato piacere. Non era Mia, ma si era divertito lo stesso a scoparla, fingendo che il corpo snello tra le sue braccia fosse quello che desiderava davvero.

Saret sapeva di non avere alcuna speranza di sfuggire ai guardiani ancora a lungo; era solo questione di tempo prima che venisse catturato. Ora che aveva avuto la possibilità di riflettere, si rese conto di come Korum avesse sempre saputo cosa aspettarsi. Era stato molto semplice, davvero. Il suo nemico doveva controllare la propria charl molto più di quanto avesse confessato a Saret. Con il senno di poi, Saret avrebbe dovuto aspettarsi qualcosa del genere; era colpa sua, se aveva sottovalutato l'ossessione di Korum per Mia.

No, Saret sapeva che non avrebbe potuto nascondersi ancora a lungo. Stava usando vari travestimenti, ma sentiva avvicinarsi i guardiani. Ieri aveva corso un rischio e si era collegato alla rete Krinar. Aveva cercato di nascondere la propria identità, ma era sicuro che Korum avrebbe trovato le sue tracce nel cyberspazio prima o poi. Tuttavia, Saret aveva bisogno di sapere cosa stesse succedendo a Lenkarda e se il Consiglio avesse scoperto il suo piano.

Ciò che aveva saputo lo aveva fatto arrabbiare ed entusiasmare al tempo stesso. Arrabbiare—perché i suoi dispositivi di dispersione nanometrica accuratamente piantati erano già stati scoperti e neutralizzati. Ed entusiasmare—perché finalmente sapeva come sbarazzarsi di Korum una volta per tutte.

L'incombente combattimento del suo nemico sarebbe stato l'ultimo.

Saret se ne sarebbe assicurato.

CAPITOLO TREDICI

La prima cosa che Korum vide quando entrò in casa era Mia, raggomitolata sul lungo divano fluttuante e assorta in qualunque cosa stesse leggendo sul suo tablet.

Vedendolo entrare, alzò la testa e sorrise, con il viso illuminato dall'emozione. "Ciao" disse. "Com'è andata la tua giornata?"

Korum sentì un'ondata di tenerezza, anche se il proprio corpo reagì in modo prevedibile alla sua vicinanza. "Ciao, dolcezza" disse, avvicinandosi e chinandosi per darle un bacio. Aveva pensato a lei tutto il giorno, rivivendo nella testa ogni momento della notte prima. Non vedeva l'ora di reintrodurla ai piaceri del fare l'amore, di assaggiarne il delizioso corpo più e più volte.

Voleva fare le cose con calma, ma non appena le sfiorò le labbra, Mia sollevò le braccia snelle, mettendole intorno al collo di Korum, e tutte le sue buone intenzioni svanirono in un istante. La bocca dell'umana era dolce e morbida, mentre lui approfondiva il bacio, con il profumo di lei caldo e femminile. Poté sentire il suo respiro accelerare, odorarne il desiderio, percepire il suo corpo inarcarsi verso di lui... e il sangue quasi gli ribollì nelle vene.

Senza riflettere coscientemente, abbassò la mano sul vestito, e il fragile tessuto si strappò, esponendole la delicata carne sottostante. Lei ansimò, e lui sentì le unghie della ragazza affondare nella parte posteriore del suo collo. La sua frequenza cardiaca aumentò, e lei gemette, mentre la mano di Korum si avvicinava alle sue cosce, spingendo tra di esse per raggiungere la stretta apertura.

Era calda e scivolosa intorno alle sue dita, e Korum sfruttò l'autocontrollo residuo per farle raggiungere l'orgasmo premendo ritmicamente il pollice sul clitoride. Non appena Mia iniziò a dimenarsi con un gemito sommesso, l'alieno capì di non poter resistere ancora a lungo. Strappandosi i vestiti, le afferrò le gambe e la tirò a sé, finché soltanto la parte superiore del corpo dell'umana rimase sul divano. Poi, affondò dentro di lei con una potente spinta.

Lei gridò, con il corpo che si irrigidì, e Korum gemette mentre i suoi muscoli interni gli stringevano l'asta. Mia sgranò gli occhi, concentrandosi su di lui, e Korum sostenne il suo sguardo, sapendo che poteva leggergli in faccia l'oscuro desiderio. Il cazzo pulsava nel suo canale accogliente, e non era abbastanza. L'animale dentro di lui aveva bisogno di possederla a un livello che andava al di là di quello sessuale, di imprimersi nella sua mente e nel suo corpo.

"Sei tutta mia" bisbigliò duramente, rendendosi conto a malapena di quello che stava dicendo. "Hai capito?"

Lo fissò, con il viso rosso e le labbra che si aprirono leggermente, e Korum poté sentire la sua temperatura alzarsi. Un'ondata di pura possessività lo attraversò. Serrò le natiche, mentre spingeva più in profondità dentro di lei, tenendole le cosce spalancate per facilitare la penetrazione. Lei ansimò, con i lineamenti del viso contorti per un misto di dolore e piacere, e lui sentì il respiro di Mia bloccarsi nella sua gola.

Chinandosi in avanti, le lasciò andare le gambe e le fece scivolare un braccio sotto la parte superiore della schiena, avvicinandola. Con l'altra mano si fece strada tra i suoi capelli, tenendole la testa parzialmente piegata all'indietro, con l'esile collo scoperto. "Dillo, Mia" ordinò, spinto da un primitivo bisogno di rivendicarla. "Di' che sei mia."

"Sono..." Sembrava avere qualche difficoltà a pronunciare quelle parole, con gli occhi azzurri che si offuscarono per una sconosciuta emozione, e la voglia di dominarla si rafforzò. Piegando la testa, le prese la bocca per un bacio selvaggio, con la mano che le scivolò sulle pieghe e il pollice che premette forte sul clitoride. Le pareti interne dell'umana si serrarono intorno al suo cazzo come un pugno, e gemette nella sua bocca.

"Sei mia" ripeté, fermandosi un attimo, e lei annuì, fissandolo, con le labbra gonfie e lucenti.

"Dillo."

"Sono tua." Il suo bisbiglio era a malapena udibile, ma sufficiente a soddisfare la brama dell'alieno per ora.

Abbassandosi, la baciò di nuovo, più dolcemente questa volta, anche se iniziò a spingere con un ritmo regolare. Le palle gli si attaccarono al corpo, mentre un piacere puro e genuino gli scorreva nelle vene, con tutta la beatitudine di stringere la piccola ragazza tra le braccia. Chiudendo gli occhi, Korum lasciò che le sensazioni lo inebriassero, godendosi il gusto, la sensazione della morbida pelle di Mia sotto le sue dita... la stretta del suo corpo intorno al cazzo.

E proprio quando il piacere divenne troppo intenso, la sentì contorcersi intorno a lui con un lieve grido, che gli fece raggiungere il climax.

~

POCHE ORE DOPO, Korum si svegliò con la familiare sensazione di Mia premuta contro il fianco. Il suo respiro era tranquillo e regolare, e sapeva che stava dormendo profondamente, consumata dalle sue richieste sessuali. Era riuscito ad astenersi dal berne il sangue, questa volta, dal momento che l'aveva prelevato abbastanza recentemente, ma non era riuscito a evitare di prenderla un altro paio di volte durante la notte.

Spesso si chiedeva se fosse normale il modo in cui la

bramava continuamente. Aveva sempre avuto una forte carica erotica, ma non aveva mai sentito l'impulso di avere una donna più e più volte. Con Mia, semplicemente non ne aveva mai abbastanza, e non era sicuro che gli piacesse essere così dipendente da una piccola ragazza umana.

In generale, la sua ossessione per lei lo infastidiva in diversi modi. Per quanto lo rendesse felice, la profondità dei suoi sentimenti per lei era inquietante. Se mai l'avesse persa... Korum non riusciva nemmeno a pensare a quella possibilità, con il petto che si strinse dal dolore.

Distaccandosi lentamente da lei, si alzò, cercando di essere il più silenzioso possibile per evitare di svegliarla. Aveva bisogno di molto più sonno rispetto a un Krinar, e si assicurava sempre che riposasse abbastanza. Nonostante i nanociti nel corpo, era ancora troppo fragile e vulnerabile, e non riusciva a stare tranquillo. Se fosse stato per lui, non sarebbe mai andata da nessuna parte, rimanendo sempre al sicuro al suo fianco.

Ma Korum sapeva che l'avrebbe odiato, se avesse limitato troppo la sua indipendenza. Era già risentita per le poche misure di sicurezza che lui aveva implementato. Vedeva i dispositivi di monitoraggio come un modo per controllarla, come un'invasione della privacy, non capendo quanto fossero importanti per lui la sua sicurezza e il benessere.

Erano già le cinque del mattino—un inizio della giornata tardivo per Korum. Normalmente, sarebbe già stato al lavoro a quell'ora, ma era andato a dormire solo tre ore prima, rimanendo alzato fino a tardi per soddisfare la voglia di Mia. Ne aveva bisogno più del solito, sentendosi nervoso e irrequieto in attesa della lotta imminente.

Non aveva paura. Anzi, l'idea del pericolo lo eccitava. Era sempre stato così; da giovane, aveva persino provocato un paio di risse solo per provare quella scarica di adrenalina. Tuttavia, con l'avanzare dell'età, aveva imparato a sopprimere quella parte della sua natura, a usare lo sport come sbocco per l'energia in eccesso. Di conseguenza, non era più rimasto coinvolto in una vera e propria lotta—ad eccezione dell'aggressione di Saur in Florida—per ben ottant'anni.

Era preoccupato di avere Mia nell'Arena, però. Il luogo sarebbe stato affollato, con quasi tutti i Krinar sulla Terra che avrebbero assistito all'evento di persona. Quelli su Krina l'avrebbero seguito virtualmente. L'idea di farla vedere in pubblico dopo tutto quello che era successo lo faceva sentire a disagio, pur sapendo che il pericolo reale era lieve. Il combattimento si sarebbe tenuto a Lenkarda, mentre Saret era da qualche parte nel mondo umano.

Tuttavia, Korum l'avrebbe tenuta lontana, se non fosse stato per il fatto che farlo avrebbe significato insultarla in pubblico. I combattimenti nell'Arena erano considerati una delle parti più importanti e interessanti della vita dei Krinar e tutti—comprese le charl—dovevano partecipare. Escludere volontariamente Mia avrebbe significato che Korum la stesse punendo per qualcosa—cosa che non poteva essere più lontana dalla verità.

Riflettendo ulteriormente, Korum decise di ingaggiare due guardiani per controllare Mia in ogni momento. Inoltre, l'avrebbe fatta sedere accanto a Delia, nel caso in cui la sua charl avesse avuto bisogno di essere rassicurata da un'amica più grande e più esperta. In questo modo, non avrebbe dovuto preoccuparsi di lei durante il combattimento—e quindi si sarebbe concentrato completamente sul proprio avversario. Anche un solo momento di disattenzione nell'Arena avrebbe potuto rivelarsi mortale.

Aveva ancora qualche ora a disposizione prima dell'evento principale. La cosa migliore da fare a quel punto era parlare con i progettisti e assicurarsi che stessero lavorando al prototipo della tecnologia di schermatura che aveva sviluppato di recente. Voret e il resto del Consiglio erano comprensibilmente preoccupati per l'utilizzo dei vecchi scudi ora, quindi quel progetto doveva avere la priorità.

Rivolgendo un'ultima occhiata alla charl addormentata, Korum uscì di casa.

CAPITOLO QUATTORDICI

Mia aspettò che Delia passasse a prenderla, con il piede che picchiettava nervosamente sul pavimento. Aveva quasi la nausea per l'ansia in previsione del combattimento, ed era felice che l'altra charl sarebbe stata con lei durante l'evento.

Per distrarsi, fece un respiro profondo e abbassò lo sguardo sul tessuto scintillante del suo abito bianco. Korum gliel'aveva lasciato in mattinata, e lei lo aveva indossato per l'evento. A differenza dei soliti vestiti Krinar leggeri e fluenti, il vestito di oggi aveva un tessuto rigido, relativamente spesso e aderente. Era anche luccicante, come i sandali. Korum le aveva anche regalato una bella collana da mettere intorno al collo. Se Mia non avesse saputo la verità, avrebbe pensato che stesse andando al suo matrimonio.

Quella mattina non aveva visto Korum, sebbene l'avesse chiamata e le avesse promesso di incontrarla nell'Arena prima dell'inizio ufficiale della battaglia.

Quando avevano parlato, aveva percepito una nota di malcelata eccitazione nella sua voce, e aveva capito che l'alieno non vedeva l'ora di partecipare a quel rituale barbarico.

Era ancora sorpresa di quanto si sentisse così in sintonia con lui dopo solo un paio di giorni. Poteva addirittura percepire alcuni dei suoi stati d'animo, distinguerne le emozioni. Poteva persino prevederne alcune reazioni. Quando era tornato a casa la scorsa notte, aveva capito esattamente che cosa sarebbe successo quando gli aveva avvolto le braccia attorno al collo e aveva trasformato un innocente bacio in qualcosa di più. Per quanto le fosse piaciuta la loro prima notte insieme, aveva capito che Korum si era trattenuto, che aveva cercato di tener conto della sua "inesperienza." E, pur apprezzandone l'autocontrollo, in qualche modo non era stato abbastanza. La scorsa notte, non aveva voluto la dolcezza e la gentilezza; lo avrebbe voluto selvaggio e fuori controllo, avrebbe voluto che le mostrasse la sua vera natura.

La sua possessività la spaventava e la eccitava. Se non lo avesse desiderato così tanto, sarebbe stata spaventata dalla sua passione, dalla sua insistenza nel dargli ogni parte di sé. Si chiese che cosa sarebbe successo se avesse mai provato a lasciarlo. L'avrebbe lasciata andare o le avrebbe impedito di tornare a casa? L'avrebbe fermata? Se quello che aveva detto Delia era vero, gli umani avevano pochissimi diritti negli insediamenti Krinar—un pensiero che infastidiva un po' Mia.

Naturalmente, nulla di tutto ciò aveva importanza ora, alla luce della lotta imminente. Guardando con impazienza il braccialetto-orologio da polso, vide che erano già le undici e quaranta. *Dov'era Delia?* L'attesa stava accrescendo l'ansia di Mia.

Due minuti dopo, vide finalmente una piccola capsula per il trasporto atterrare fuori, vicino alla casa. Delia scese dalla navicella e la salutò. Sollevata, Mia sorrise, felice di vedere l'altra ragazza. La charl di Arus indossava un vestito simile a quello di Mia, ed era splendida, con i capelli scuri lisci e intrecciati con dei gioielli dall'aspetto strano.

Uscendo rapidamente di casa, Mia si avvicinò alla ragazza greca. "Grazie per essere venuta a prendermi" disse, mentre si avvicinava.

"Prego" disse Delia. "L'avrei fatto anche se Korum non me l'avesse chiesto. Devi essere così spaventata ora."

"Sono più che spaventata" ammise Mia. "Mi viene voglia di vomitare, quando ci penso."

Delia sorrise. "Immagino. Ecco, vieni dentro, e andiamo lì."

"Arus è mai rimasto coinvolto in uno di questi combattimenti?" chiese Mia, seguendola nella capsula e sedendosi su uno dei sedili fluttuanti all'interno.

"Un paio di volte" rispose Delia, rivolgendole un'occhiata comprensiva. "E ogni volta pensavo che avrei avuto un infarto. Credimi, so esattamente cosa stai passando."

"Probabilmente per te è stato peggio" disse Mia. "Se

non altro, conosco Korum solo da un paio di giorni." Anche se tanto valeva che lo conoscesse da un paio d'anni, vista la paura quasi paralizzante che provava al pensiero di perderlo.

Facendo un respiro profondo, cercò di calmarsi studiando l'ambiente circostante. Dopotutto, non era mai stata su una navicella aliena—o, almeno, non ricordava l'esperienza. Con sua sorpresa, vide che l'interno della capsula somigliava moltissimo all'interno della casa di Korum, con colori chiari, pareti trasparenti e sedili fluttuanti. Non c'era una "tecnologia" ovvia, come era abituata a vederla nel mondo umano. Tutto sembrava funzionare senza fatica, quasi come per magia.

Mentre il velivolo decollava, Mia poté vedere la foresta verde attraverso il pavimento trasparente. In lontananza, le acque azzurre dell'Oceano Pacifico brillavano sotto al sole splendente. Era una bellissima giornata, e, in qualsiasi altra circostanza, Mia avrebbe gradito molto il viaggio. Ma, visto come stavano le cose, non riusciva a smettere di pensare a quello che sarebbe successo.

Un'altra domanda le passò per la mente, e alzò la testa, incrociando lo sguardo di Delia. "Quanto durano di solito questi combattimenti?" chiese Mia, con l'immaginazione che le evocò un'orrenda giornata sanguinosa.

"Da pochi minuti a un paio d'ore" rispose la ragazza greca. "Dipende molto dagli avversari che si affrontano. Prima c'è anche una breve cerimonia e ce n'è una più lunga dopo, durante la quale il vincitore festeggia."

"Festeggia come?"

Delia sorrise, e un malizioso scintillio apparve nei suoi occhi castani. "Beh, un maschio single sceglie spesso una o più femmine single, e si accoppiano nella *shatela*—una struttura simile a una tenda in mezzo all'Arena. Gli uomini impegnati di solito fanno la stessa cosa con la compagna."

Sesso in pubblico? Delia stava dicendo sul serio? Mia sentì che un furioso rossore le stava inondando il viso. "E quelli con le charl?"

Delia rise. "Dipende. Arus è molto premuroso quando si tratta della mia sensibilità umana, e di solito mi bacia semplicemente nell'Arena e aspetta che torniamo a casa per festeggiare come si deve. Altri trattano la propria charl proprio come le donne Krinar in questa situazione."

"Quindi, stai dicendo che se Korum vince potrebbe voler fare sesso davanti a tutti?"

"Forse" disse Delia, sogghignando. "Nessuno ti vedrebbe davvero, comunque, dato che sareste dentro la shatela. Potrebbero solo sentirvi."

"Oh, fantastico. Questo rende le cose migliori" mormorò Mia. Ricordò ciò che Korum le aveva detto sulla Celebrazione dei Quarantasette, e di quanto fosse stata felice che, essendo umana, non ci si aspettava che partecipasse allo spettacolo esibizionista. Ma ora sembrava che non ci fosse una via d'uscita—a meno che Korum non avesse "rispettato la sua sensibilità umana."

Solo un'altra cosa di cui avrebbe dovuto preoccuparsi durante il combattimento.

Prima che avesse la possibilità di riflettere ulteriormente, la capsula atterrò silenziosamente in una zona boscosa.

"Eccoci qui" disse Delia, alzandosi.

Anche Mia si alzò e la seguì fuori dalla navicella. Sembrava che fossero nel bel mezzo della foresta. "Qui dove?"

Delia si girò verso di lei, e Mia rimase scioccata nel vedere un lampo di eccitazione nei suoi occhi. "Nell'Arena" disse e indicò la collina coperta dagli alberi davanti a loro.

Mia sollevò le sopracciglia, ma non disse nulla mentre si dirigevano verso l'altura. Sentì un rombo sordo in lontananza, come quello di una grossa cascata. L'Arena era vicino a un fiume? Camminando con cautela, si concentrò per evitare gli insetti o qualsiasi altra cosa potesse strisciare nella giungla della Costa Rica. I sandali con la suola sottile non erano esattamente adatti alle escursioni, e Mia sperava sinceramente di non essere punta o morsa prima di giungere al luogo del combattimento. Se ricordava correttamente, le tarantole erano uno dei pericoli di quella zona del mondo—anche se ormai era apparentemente immune a tali pericoli, con i nanociti che circolavano in tutto il corpo e riparavano rapidamente qualsiasi danno cellulare.

Mentre risalivano la collina, Mia si rese conto che il suono che stava sentendo era il brusio sordo di una folla. Da qualche parte nelle vicinanze, migliaia di K erano radunati per assistere al combattimento. Apparentemente desiderosa di unirsi a loro, Delia corse su per il resto della collina, muovendosi quasi con la stessa grazia di un Krinar. "Eccoci arrivate" disse, girandosi verso Mia e indicando dritto davanti a sé.

Con il cuore che le batteva forte e le mani sudate, Mia si affrettò a raggiungere l'altra charl. Quando raggiunse la cima della collina, si fermò di colpo.

La verde vallata sottostante era uno spettacolo diverso da qualsiasi altro avesse mai visto in vita sua. Migliaia—no, decine di migliaia—di Krinar erano raccolti lì sotto. Alti e dalla pelle dorata, gli alieni indossavano abiti bianchissimi, che brillavano alla luce del sole. Anche se la maggior parte era seduta a terra, alcuni di loro occupavano sedili fluttuanti disposti in cerchi attorno a una grande radura. Era come un campo di calcio rotondo, solo che gli spettatori fluttuavano nell'aria invece di essere seduti sugli spalti —oppure come una versione high-tech di un antico anfiteatro romano. Quest'ultimo era probabilmente un paragone migliore, pensò Mia, dato quello che stava per accadere.

"Mia! Eccoti!"

Voltandosi alla sua destra, Mia vide Korum avvicinarsi a loro. A differenza di tutti gli altri, indossava i suoi soliti vestiti—una maglietta chiara e un paio di pantaloncini. Avvicinandosi, la tirò a sé per un rapido abbraccio e le baciò la fronte. "Come stai, dolcezza?" le chiese, guardandola con un caldo sorriso.

Mia poté sentire il cuore batterle più veloce per la sua vicinanza. "Sto bene. Sei pronto per il combattimento?"

"Certo." Le accarezzò la guancia con le dita, poi si girò verso Delia. "Grazie per aver portato Mia qui" disse, sorridendo all'altra ragazza. Il braccio sinistro era ancora avvolto intorno a Mia, tenendola premuta contro il suo fianco.

"È stato un piacere" disse Delia, facendo un cenno regale a Korum. "Vi lascio parlare. Mia, quando hai finito, unisciti a me. Siamo sedute laggiù." Indicò una fila di sedili fluttuanti più vicini alla radura.

"La porterò lì tra un minuto" promise Korum, sembrando vagamente divertito dai modi fieri dell'altra ragazza.

Non appena Delia scomparve tra la folla, chinò la testa e avvicinò Mia per un bacio più appassionato, con una grande mano che le prese la testa e l'altra che teneva la parte inferiore del corpo premuta contro di lui. Mia sentì la durezza della sua erezione sul ventre, la forza delle sue braccia che la circondavano, e il calore le inondò il corpo, culminando nella zona sensibile tra le gambe. Le labbra e la lingua le stuzzicarono e le accarezzarono la bocca, soddisfacendola, consumandola, finché non dimenticò la folla intorno a loro, travolta da un sensuale stordimento.

Quando finalmente le lasciò riprendere aria, si aggrappò disperatamente a lui, incurante del luogo pubblico.

"Cazzo" imprecò sottovoce, alzando la testa e fissandola con occhi dorati: "Non vedo l'ora che questo combattimento sia finito. A volte mi fai impazzire, lo sai?"

Mia si leccò le labbra, gustando il suo sapore. Era così eccitata che riusciva a malapena a sopportarlo, muovendo i fianchi involontariamente e cercando di sfregarsi contro di lui. Eppure, qualcosa la tormentava, dissipando la nebbia del desiderio che le offuscava il cervello.

Spinse le mani sul suo petto, cercando di frapporre una certa distanza tra loro in modo da poter pensare. "Delia ha detto..." Mia esitò, non sapendo come esprimersi. "Delia ha detto che il vincitore festeggia, uhm…"

"Scopando?" chiese Korum, con gli occhi ancora carichi di un bagliore dorato. "È questo che ti ha detto?"

Mia annuì, con le guance in fiamme.

Korum fece un piccolo passo indietro, continuando a stringerla. "È vero" disse, con voce bassa e roca. "Se vinco, dovrò festeggiare in quel modo. Sarebbe un problema?"

Mia lo fissò. "Vuoi dire... Vorresti farlo in pubblico?"

"Non è esattamente in pubblico, dolcezza" disse, piegando un angolo della bocca verso l'alto. "Saremmo in una shatela—una struttura appositamente pensata per questo. Ma sì, mi piacerebbe molto scoparti dopo il combattimento. Il tuo dolce corpo sarebbe la mia ricompensa."

~

KORUM VIDE le pupille della ragazza espandersi, facendo sembrare i suoi occhi azzurri più scuri. Aveva il respiro irregolare e le guance erano di un bel colore rosa. Era eccitata, quasi quanto lui in quel momento. Se il combattimento si fosse già concluso, era certo che Mia non avrebbe protestato, se l'avesse portata in una shatela, se le avesse tolto quell'abito aderente e le avesse immerso il cazzo tra le cosce. Gli piaceva l'idea di rivendicarla davanti a tutti; richiamava qualcosa di primitivo dentro di lui.

"Korum, io—"

"Shhh" disse, portando il dito alle labbra in un gesto che aveva visto fare agli umani. "Non preoccuparti ora. Non ti obbligherò a fare nulla che non vuoi."

E Korum diceva sul serio. Non aveva cercato di dimostrare niente, baciando Mia, ma la reazione della ragazza aveva chiaramente dimostrato la sua suscettibilità nei confronti dell'extraterrestre. Nonostante la perdita di memoria, era attratta da lui quanto prima—una consapevolezza che lo riempiva di una profondissima soddisfazione maschile. Non l'avrebbe mai costretta, ma probabilmente non ce ne sarebbe stato bisogno. Sospettava che la sua piccola charl fosse più avventurosa di quanto lei pensasse di essere.

Lo guardava ancora con diffidenza, così chinò la testa e le baciò di nuovo la deliziosa bocca. Solo un breve assaggio questa volta, non più di un semplice sfregamento delle labbra sulle sue. Il suo corpo gli gridava di fare di più, di prenderla, ma non c'era tempo. Doveva andare a prepararsi per il combattimento.

Ma anche un semplice bacio era stato sufficiente a distrarla in quel momento. I suoi occhi sembravano di nuovo dolci, annebbiati dal desiderio. Korum dovette sforzarsi di distogliere lo sguardo per riprendere il controllo.

"Vieni" disse con voce roca: "Ti porto al tuo posto. Devo andare ora, ma voglio assicurarmi che tu sia al sicuro accanto a Delia, prima che me ne vada."

"Certo." Sembrava di nuovo ansiosa, impallidendo leggermente. "Comincerà a mezzogiorno?"

"Sì" disse Korum, prendendole la mano e cominciando a guidarla tra la folla. "Tendiamo ad essere puntuali, quindi abbiamo esattamente dieci minuti prima dell'inizio della cerimonia."

Camminarono verso la prima fila, dove Delia e Arus erano già seduti. Solo un sedile accanto a Delia era libero, e Korum condusse Mia lì. Man mano che si avvicinavano, la folla si aprì, lasciandoli passare. I suoi conoscenti rivolsero cortesi cenni col capo, al loro passaggio, mentre altri fissavano lui e la sua charl con malcelata curiosità. Questo non infastidiva Korum neanche un po'. Essendo un membro del Consiglio con una certa reputazione, era abituato a quel tipo di attenzioni. Anche Mia era una figura di interesse, viste le voci sul suo coinvolgimento con la Resistenza. I Krinar non consideravano maleducato ricevere occhiate; al contrario, era un segno di rispetto guardare qualcuno direttamente.

"Oh, bene" disse Delia, quando arrivarono al suo sedile. "Ero preoccupata che non ce l'avresti fatta prima dell'inizio del combattimento."

"Non preoccuparti, siamo qui" disse Mia, arrossendo un po'. Korum soppresse un sorriso, consapevole che fosse imbarazzata per la loro sessione di baci in pubblico. Il suo piccolo tesoro era ancora così innocente; gli piaceva la sua timidezza quasi quanto gli piaceva curarla.

Arus guardò Korum. "Ci prenderemo cura di Mia, te lo prometto. Non devi preoccuparti per lei ora."

"Grazie" disse Korum, lieto che l'altro Consigliere comprendesse la sua inespressa preoccupazione. Pur sapendo che era al sicuro, si sentiva ancora a disagio a lasciare Mia da sola in pubblico. Ciò che era successo con Saret aveva lasciato un'impronta indelebile nella sua mente, e sapeva che avrebbe dovuto lavorare duramente per superare la paura di perderla.

Tutt'intorno a loro, gli altri Krinar si sistemarono sui sedili, liberando i corridoi e svuotando il campo dell'Arena. Mancavano meno di cinque minuti all'inizio della cerimonia, e Korum doveva ancora prepararsi, mentalmente e fisicamente, a quello che sarebbe accaduto.

"Devo andare" disse con riluttanza, scorgendo gli occhi di Mia riempirsi di lacrime alle sue parole.

"Fa' attenzione" sussurrò lei, guardandolo. "Ti prego, Korum, fa' attenzione." E avvolgendogli le braccia intorno alla vita, lo abbracciò forte, stringendolo per qualche lungo secondo.

Commosso, Korum ricambiò l'abbraccio e poi lentamente si distaccò. "Ti amo" disse, rivolgendole un ultimo sorriso.

"Ti amo anch'io" sussurrò Mia, mentre lui cominciava ad allontanarsi.

Korum si fermò, stentando a credere alle proprie orecchie. Voltandosi, vide che gli occhi dell'umana brillavano per le lacrime non versate. Voleva prenderla, chiederle se lo pensasse davvero, ma non c'era tempo. Così, le rivolse il sorriso più luminoso che poteva e proseguì verso una piccola struttura sul lato opposto dell'Arena.

La cerimonia stava per iniziare.

~

MIA SI SEDETTE sul sedile fluttuante, sentendosi come se una morsa le stesse stringendo il cuore. Nonostante tutte le rassicurazioni di Korum, sapeva che c'era una reale possibilità che lo stesse vedendo per l'ultima volta.

Quel pensiero era così angosciante che Mia non riuscì a respirare per un momento.

"Mia? Ascoltami, Mia. Andrà tutto bene, ok?" Era Delia, con la sua voce calma e tranquillizzante.

Mia sbatté le palpebre, sforzandosi di concentrarsi sull'altra charl. "Lo so" disse con una sicurezza che non sentiva. "Certo, lo so."

Anche il maschio Krinar che stava con Delia le rivolse un sorriso rassicurante. "Ha ragione, Mia" disse con voce profonda e pacata. "Il tuo cheren è molto bravo in questo. Non ha mai perso un combattimento finora. A proposito, io sono Arus. Non ci siamo mai incontrati di persona."

"Oh, ciao" disse Mia, allungando automaticamente la mano per una stretta. "È un piacere conoscerti."

Il sorriso di Arus si allargò. "Le strette di mano non sono permesse, temo" disse gentilmente. "Non vorrei essere il prossimo a finire su quel campo e sfidare Korum."

"Oh, giusto." Mia ritirò la mano, leggermente imbarazzata. "Scusa; me ne ero dimenticata. Korum mi ha parlato un po' delle vostre usanze."

"Non hai nulla di cui scusarti" disse Delia. "Sono molto colpita dalla rapidità con cui stai reimparando tutto. Ho impiegato molto tempo a sentirmi a mio agio come sembri sentirti tu ora."

"Sì, non so perché sia così" ammise Mia. "Forse ricordo le cose a un livello subconscio."

"Sembri provare già dei forti sentimenti per Korum" osservò Arus, con gli occhi scuri che si riempirono di congetture, mentre guardava Mia. "Più di quanto ci si aspetterebbe in questa situazione. Mi chiedo come mai. Non sono un esperto della mente, ma sembra abbastanza insolito."

"Davvero?" Mia si acagliò, perplessa. "Pensavo che forse una procedura di cancellazione della memoria non eliminasse completamente i ricordi..."

"Dovrebbe farlo" disse Arus. "Se si tratta di una cancellazione standard della memoria, dovresti tornare a qualche mese fa: con zero conoscenza del nostro mondo o di Korum. Il fatto che ti stia adattando così velocemente è... interessante, per non dire altro."

Mia lo guardò, chiedendosi cosa significasse tutto ciò. Da quando si era svegliata a Lenkarda, le sue reazioni e i sentimenti erano stati strani. Era possibile che Saret avesse fallito e non fosse riuscito a cancellarle completamente i ricordi, dopotutto?

Un forte suono, simile a un rintocco, distolse Mia dalle sue ipotesi.

La cerimonia pre-combattimento stava iniziando.

Un alto maschio Krinar con un insolito vestito blu uscì da una delle piccole strutture ai margini dell'Arena e si diresse verso il centro del campo.

"Quello è Voret" sussurrò Delia, appoggiandosi a Mia per un secondo. "È uno dei membri più anziani del Consiglio."

Mia annuì, con gli occhi incollati a quello che stava succedendo sotto di lei.

"Residenti della Terra e tutti voi che ci osservate da Krina" disse Voret, con la voce profonda che riempiva l'intero anfiteatro. "Benvenuti all'antico rito della Sfida nell'Arena. Come tutti voi sapete, il combattimento odierno è tra due dei nostri stimati membri del Consiglio: Loris e Korum. La causa di questa Sfida, come tutte le altre, è una divergenza che può essere risolta solo con il sangue."

Voret sollevò il braccio e una luce blu sembrò fluirgli dalla punta delle dita, trasformandosi in una gigantesca immagine tridimensionale che fluttuava a mezz'aria. Mostrava una strana foresta, con piante verdi, gialle, rosse e arancioni. "Per generazioni, ci siamo riuniti nell'Arena per assistere alla risoluzione di tali divergenze. Iniziò tutto dopo la Grande Guerra, quando ci facemmo quasi a pezzi a vicenda dopo la scomparsa dei *lonar*—la nostra fonte di sangue vivificante. Allora, la violenza era uno stile di vita—e lo sarebbe tuttora, se non fosse per le Sfide nell'Arena."

L'immagine fluttuante cominciò a cambiare, come se una telecamera stesse ingrandendo una particolare parte di quella foresta aliena. Mia osservò affascinata, mentre l'immagine mostrava un maschio Krinar, che indossava frammenti di tessuto color marrone, balzare tra gli alberi con una velocità che avrebbe suscitato l'invidia di Tarzan. Sotto di lui, delle piccole creature umanoidi correvano a terra, con i corpi coperti da peli biondo chiaro e nient'altro. Dovevano essere i lonar, si rese conto Mia, notando lo sguardo predatorio sul volto del maschio Krinar, mentre li seguiva da sopra. Non era bello come i moderni K; i suoi lineamenti erano più rudi, meno simmetrici, sebbene conservasse i tipici capelli scuri e la pelle dorata dei K.

"Ci siamo evoluti come cacciatori. Predatori." La voce di Voret echeggiò per tutta l'Arena. "Abbiamo bisogno della violenza. La desideriamo. Affinché una società rimanga pacifica, abbiamo bisogno di uno sfogo —di un modo per risolvere i disaccordi che altrimenti porterebbero a conflitti e guerre. L'Arena è quello sfogo."

Il Krinar nell'immagine balzò dall'alto dell'albero, saltando a terra davanti agli sventurati lonar. Essi gridarono dalla paura, con le urla stranamente simili a quelle delle scimmie, e si voltarono per fuggire, ma era troppo tardi. Una di loro—una femmina—era già intrappolata nella presa d'acciaio di un K, che le stava passando i denti aguzzi sul collo. Un intenso sangue rosso le colò lungo il collo e il petto, con un colore sorprendente sulla pelliccia chiara del primate.

"L'estinzione dei lonar ci ha quasi distrutti. Il fatto che siamo sopravvissuti è una testimonianza degli sforzi eroici di quegli scienziati che scoprirono un sostituto del sangue nel bel mezzo della guerra e del caos."

L'immagine cambiò ora, non mostrando più la foresta o il Krinar che si nutriva della femmina indifesa. Mostrava tre K con forti lineamenti mascolini e volti più simili a quelli dell'antico cacciatore che allo splendido Krinar che amava Mia.

"Nell'Arena, onoriamo tutti coloro che ci hanno preceduto—e tutti coloro che verranno. Con questo rito di violenza, onoriamo la pace—e le leggi che la rendono possibile."

Ora l'immagine fluttuante mostrava la stessa foresta di prima—solo che questa volta era popolata dalle pallide strutture oblunghe che fungevano da moderne abitazioni Krinar. Una coppia stava passeggiando per i boschi, un maschio e una femmina K, con gli abiti chiari a cui Mia era abituata. Erano bellissimi e felici, camminando insieme mentre si tenevano per mano. L'immagine indugiò per alcuni secondi, poi scomparve, lasciando Voret al centro dell'Arena.

Rimase in silenzio per un secondo, poi la sua voce risuonò di nuovo. "È giunto il momento che i combattenti si uniscano a me. Loris e Korum, vi prego di entrare nell'Arena."

Mia trattenne il fiato, quando i due K apparvero, Korum da una struttura a destra di Mia e Loris da una struttura a sinistra. Invece del solito abbigliamento Krinar—o dei formali vestiti bianchi degli spettatori— indossavano entrambi un paio di pantaloni lunghi fino al polpaccio che avevano il colore del sangue fresco. I piedi e il petto erano nudi, ad eccezione della vernice rossa che decorava le loro braccia e i busti.

Deglutendo per inumidire la gola asciutta, Mia fissò il suo amante, affascinata. Era stupendo—e assolutamente selvaggio. Seduta in prima fila, poteva vedere il colore giallo-oro dei suoi occhi, brillanti e luccicanti sulla tonalità bronzea della pelle. La semi-nudità accentuava la potenza del suo corpo; i muscoli si flettevano e si contraevano mentre camminava, con la postura aggraziata e minacciosa al tempo stesso.

L'altro Krinar era più alto di qualche centimetro, con una corporatura leggermente più robusta. L'espressione sui suoi lineamenti da falco era cupa e carica di disprezzo.

I due combattenti si avvicinarono alla figura vestita di blu al centro dell'Arena, fermandosi rispettosamente a un paio di metri di distanza. Voret si voltò verso Loris e gli disse: "Loris, hai deciso di sfidare Korum oggi. È così?"

"Sì" rispose il Krinar, con gli occhi che scintillarono con la stessa oscura attesa che Mia poteva scorgere sul viso di Korum.

Voret annuì, apparentemente soddisfatto. Rivolgendosi a Korum, chiese: "Accetti la sfida di Loris?"

"Sì" rispose Korum.

"Che il combattimento abbia inizio, allora."

CAPITOLO QUINDICI

Korum osservò Voret sollevare le braccia —il segnale dell'inizio. Allo stesso tempo, il sedile che si trovava sotto i piedi di Voret si attivò, sollevando il Consigliere in aria sopra l'Arena. Era l'unico modo in cui il Mediatore—il ruolo ricoperto da Voret oggi—poteva rimanere al sicuro durante il combattimento.

Con gli occhi incollati sul proprio avversario, Korum iniziò lentamente a girare intorno a Loris, cercando l'opportunità migliore per colpire. Sentì il cuore battergli più forte, con il sangue che circolava più velocemente nelle vene. La sua mente era lucida e affilata, concentrata completamente sul nemico. Era sempre così per lui nell'Arena; l'adrenalina aumentava la concentrazione di Korum, esaltandone i riflessi. Da qualche parte nella sua mente, era consapevole che Mia lo stava guardando in quel momento. Poteva sentire il suo sguardo sulla pelle, e questo lo eccitava ancora di più rispetto alla lotta imminente.

Loris reagì muovendosi in un cerchio altrettanto lento, con gli occhi scuri che bruciavano dall'odio. Korum gli rivolse un sorriso sarcastico, volendo farlo infuriare ulteriormente. Era uno dei principi di base del defrebs: il combattente che mantiene la calma vince. Quando Loris lo aveva aggredito nella sala riunioni del Consiglio, era stato ridicolmente facile per Korum sottometterlo—in parte perché il Protettore era completamente fuori controllo.

Un sorriso: una cosa così semplice, ma funzionò. Loris serrò la mascella, con il muscolo vicino all'orecchio che si contrasse. E poi colpì, scagliando il braccio destro, con le dita strette come un'arma letale.

Korum evitò il colpo di Loris con facilità, con il corpo che si piegò all'ultimo momento. Allo stesso tempo, diede un calcio, colpendo il ginocchio di Loris con una forza tale che Korum sentì l'articolazione dell'altro spezzarsi in due.

Loris urlò dal dolore, barcollando all'indietro, e Korum gli saltò addosso, sfruttando lo slancio del balzo per far cadere il Protettore a terra. Il combattimento ravvicinato era pericoloso, ma ora lo era meno, visto che l'avversario era parzialmente—anche se temporaneamente—claudicante. Il suo pugno si schiantò sul viso di Loris, una volta, poi ancora, con ogni movimento rapido come un lampo. Allo stesso tempo, il ginocchio di Korum colpì il fianco dell'avversario, danneggiandogli gli organi interni.

Non sarebbe stata una lotta lunga.

Anzi, sottomettere il Protettore era così facile che Korum avrebbe potuto evitare di ucciderlo del tutto.

~

DUE FILE DIETRO MIA, Saret aspettava il momento perfetto per colpire, con tutta l'attenzione rivolta ai combattenti. Era rischioso essere così vicino al palco, ma ciò massimizzava le sue probabilità di successo—e gli avrebbe consentito di afferrare Mia, se si fosse presentata l'opportunità.

Naturalmente, quando aveva scelto quel luogo, non sapeva che la charl di Korum sarebbe stata così strettamente sorvegliata. Non solo era seduta accanto ad Arus, ma c'erano almeno due guardiani a controllarla. Saret li aveva individuati prima. Cercavano di mimetizzarsi con la folla, ma i loro sguardi acuti tradivano il loro vero scopo: erano lì per proteggere Mia.

Saret si chiese se Korum sospettasse qualcosa o se fosse solo paranoico sulla sicurezza della sua charl. In ogni caso, sembrava che Mia fosse fuori dalla portata di Saret per ora—almeno finché Korum era vivo. Tuttavia, una volta eliminato il nemico, sarebbe stato diverso. A meno che un altro influente Krinar non avesse scelto Mia come sua charl, sarebbe stata condotta su Krina, dove Saret l'avrebbe rivendicata sotto l'altra identità.

L'interesse di Saret per le diverse identità era

iniziato diversi secoli fa, molto prima che iniziasse a sviluppare i suoi piani per gli umani. Era stato incaricato di riabilitare un criminale che era un maestro di travestimenti, fingendo di essere tre persone differenti contemporaneamente, con diverse sembianze, documenti legali e vite consolidate. Saret ne era rimasto così affascinato che aveva passato innumerevoli ore a imparare tutto sul mestiere dell'uomo. Il criminale era stato più che felice di rivelargli tutto quello che sapeva, in cambio di una versione più mite della riabilitazione rispetto a quella a cui era stato condannato.

La seconda identità di Saret era iniziata per scherzo, come un modo per vedere se potesse cavarsela con qualcosa del genere nella loro società tecnologicamente avanzata. E, con sua sorpresa, aveva scoperto che poteva; erano necessari solo gli strumenti giusti, la conoscenza di diversi database governativi e un paio di secoli per creare un nuovo personaggio convincente.

Saret—l'esperto della mente—ormai era considerato un criminale. Juron, tuttavia, era un cittadino rispettoso della legge di Krina, che stava facendo esplorazioni spaziali individuali nel sistema solare di Krina. Sarebbe stato Juron a rivendicare Mia come sua prossima charl.

Tutto ciò di cui Saret aveva bisogno era uccidere Korum in quel momento, e almeno quella parte del piano sarebbe stata portata a termine con successo. Poi, avrebbe potuto provare a riportare la pace sulla Terra.

Il suo attuale travestimento era un'altra identità che aveva iniziato a sviluppare qui sulla Terra. Non era perfetta come quella di Juron, ma era stata sufficiente a fargli superare tutta la sicurezza e a raggiungere Lenkarda in tempo per il combattimento. Nessuno sospettava che l'uomo seduto così vicino al palco fosse il Krinar più ricercato dell'universo.

Saret lanciò un'altra occhiata a Mia, poi distolse lo sguardo. Non sarebbe servito a niente fissarla apertamente, anche se molti altri stavano facendo la stessa cosa. Era ignara di tutto, con tutta la sua attenzione concentrata sulla lotta. Saret imprecò sottovoce. Sembrava che il piccolo esperimento gli si fosse ritorto contro, e che lei si stesse nuovamente affezionando a quel bastardo.

Non era giusto. Ora sarebbe rimasta più che turbata dalla morte dell'alieno.

Alzando lentamente la mano, Saret puntò il palcoscenico e attese il momento perfetto. Quando Korum saltò su Loris, Saret capì che era giunto il momento.

Facendo un respiro profondo, attivò l'arma.

~

Korum sollevò il pugno per scagliare un altro colpo, e in quel momento gli si bloccò il braccio.

Un'ondata di dolore lo attraversò, cominciando dalla nuca. Le sue membra erano incontrollabilmente pesanti, con i muscoli che tremavano dallo sforzo di sostenersi.

Un'arma stordente. Korum se ne rese conto con improvvisa certezza. Gli scanner dei guardiani erano progettati per catturare qualsiasi cosa pericolosa, ma questo tipo di storditore utilizzava una tecnologia più vecchia e semplice—una molto più difficile da rilevare a distanza.

Stringendosi di riflesso la nuca, Korum si sentì scivolare giù dal corpo di Loris. La schiena colpì il terreno, lasciandolo disteso e indifeso, incapace di muoversi per pochi secondi preziosi. Agli spettatori sembrava che Loris gli avesse riservato un colpo nascosto di qualche tipo; la possibilità di uno stordimento non sarebbe venuta in mente a nessuno.

Nonostante il pericolo—o forse proprio per questo —la mente di Korum operò con cristallina chiarezza, analizzando la situazione in un istante. C'era solo una persona abbastanza motivata da rischiare, facendo una cosa del genere.

Saret. Era lì ad assistere al combattimento.

Aveva colpito Korum alla nuca. Sapeva come ci si sentiva a essere colpiti da uno storditore, ne aveva già sperimentato gli effetti. Proprio come una pistola umana, era un'arma che doveva essere puntata da una posizione specifica.

Una posizione che potesse essere localizzata.

Ignorando il dolore e la debolezza che lo tormentavano, Korum inviò una domanda mentale al suo computer interno... e poi capì.

Il suo nemico era a pochi passi da Mia.

La paura, acuta e straziante, si insinuò nelle vene di Korum, seguita da una rabbia così intensa che il suo intero corpo tremò.

Non poteva salvarsi in quel momento, ma avrebbe fatto di tutto per proteggere Mia ancora una volta.

Chiudendo gli occhi, Korum si concentrò sulla connessione alla rete di comunicazione privata dei guardiani.

~

MIA SOFFOCÒ UN URLO, quando vide Korum agitarsi convulsamente per poi scivolare giù dal corpo di Loris. Finora, era sembrato invincibile, con la situazione del tutto sotto controllo. Aveva persino cominciato a rilassarsi, con la paura che era diminuita, mentre aveva assistito all'esibizione priva di sforzo del suo amante nell'Arena.

Poi, tutto era cambiato in un istante.

Che cos'era successo? Vide Korum stringersi la nuca, come se qualcosa lo avesse morso. Sembrava stordito, indebolito da qualcosa.

Che cazzo era successo?

Vide Loris alzarsi in piedi. Sembrava che stesse già meglio, con il suo corpo Krinar che si stava riprendendo dalle ferite che Korum gli aveva inflitto.

E Korum era ancora sdraiato lì, come se non riuscisse a muoversi. Persino gli occhi erano chiusi, impedendogli di vedere l'avversario.

"No!" Mia sentì il proprio urlo echeggiare nell'Arena. Delia l'afferrò per un braccio, impedendole di saltare giù dal sedile, mentre Loris attaccava il corpo prono di Korum.

Vide la gioia dell'altro K, mentre lo colpiva più volte, sentì l'odore metallico del sangue che trasformava i loro corpi dipinti in un rosso più luminoso.

Era il sangue di Korum.

"No!" Un altro grido agonizzante le sfuggì dalla gola. Ora si sentì il nauseante rumore di un pugno che si scagliava sulla carne, più e più volte. "No, basta!" Mia strappò il braccio dalla presa di Delia e balzò in piedi.

"Mia, no! Non puoi interferire—" La ragazza greca cercò di afferrarla di nuovo, ma Mia la scacciò come una mosca, con il disperato bisogno di entrare nell'Arena.

Riuscì a fare due passi prima che un braccio d'acciaio le avvolgesse la vita, premendola contro un duro corpo maschile. Mia graffiò quel braccio imprigionante, incurante di tutto tranne che del massacro che si stava consumando davanti ai suoi occhi. "Fermate la lotta! È una trappola! Non vedete? Non riesce a combattere! Qualcuno ha imbrogliato!" Il braccio la strinse ulteriormente. "Lasciami andare! Lasciami andare, cazzo!"

La ragazza era vagamente consapevole di urlare come una dannata, gridando qualunque cosa le passasse per la mente, ma non importava. Arus la stava trattenendo ora, e lei lo stava combattendo furiosamente, cercando di liberarsi della sua presa. Era impossibile vincere contro un Krinar, ma non importava.

Aveva superato ogni parvenza di razionalità.

~

KORUM SENTIVA i colpi del pugno di Loris, con il corpo in preda all'agonia, mentre le dita simili ad artigli del Protettore gli strappavano pezzi di carne.

Incoraggiato dall'evidente debolezza di Korum, il suo nemico si stava divertendo a torturarlo, prima di infliggere il colpo letale. Il dolore era scioccante, nauseante, ma Korum combatté contro le tenebre che minacciavano di sopraffarlo, sapendo che altrimenti tutto sarebbe andato perduto. Era vagamente consapevole del fatto che i suoi reni e la milza erano danneggiati, che le costole erano schiacciate e la clavicola sinistra rotta, ma non importava, perché poté sentire che l'effetto del colpo dello storditore stava cominciando a svanire.

Sullo sfondo, poté sentire Mia che urlava e piangeva, con il dolore nella sua voce che gli lacerava il cuore. Ogni secondo che passava, la debilitante debolezza che lo rendeva così indifeso si dissipava, con il corpo che riprendeva a funzionare con una parvenza di normalità.

Doveva sopravvivere ancora un po'. Ancora un po', e

forse avrebbe avuto una possibilità, invece di giacere lì come carne morta.

Per il momento, però, era ancora troppo debole. Combattere a quel punto sarebbe stato letale. Loris stava giocando con lui, dando spettacolo, cercando di riconquistare la posizione con quella dimostrazione delle sue abilità di combattimento—ma a qualsiasi segnale di ritrovata resistenza da parte di Korum, avrebbe mirato direttamente alla sua gola.

Così, Korum lasciò che i colpi piovessero su di lui, senza nemmeno gemere, quando Loris lo prese a calci. Ignorò il dolore delle ossa che si spezzavano e dei tendini che si laceravano, cercando solo di rimanere cosciente.

E quando Loris finalmente raggiunse la sua gola, Korum raccolse tutta la forza del proprio corpo ferito e lacerato... e lasciò che la rabbia prendesse il sopravvento.

Il braccio sinistro—l'unico arto rimasto semifunzionante—si agganciò alla gola di Loris con una presa letale, avvicinando il Protettore. E prima che l'avversario potesse reagire, i denti di Korum affondarono nella sua carne, mordendolo nella colonna vertebrale e interrompendo il collegamento con il cervello.

Il sangue schizzò dappertutto: negli occhi di Korum, nei suoi capelli, nella bocca... Era coperto di sangue, con il sapore e l'odore che lo consumavano, aggiungendosi alla furia nera che gli scorreva nelle vene. Non stava più pensando o ragionando; era assetato di sangue, lo bramava sempre di più. I suoi denti affondarono nuovamente nella gola di Loris, lacerandolo, facendolo a pezzi, finché non rimase più nulla.

CAPITOLO SEDICI

Saret osservò con stupore e rabbia incredula, mentre la testa mozzata di Loris rotolava per il campo. Gli occhi scuri del Consigliere erano aperti e spenti, con la bocca ricoperta di sangue.

Intorno a lui, la folla si stava scatenando. Le persone erano salite sui sedili, nei corridoi, urlando e sbattendo i piedi. Il nome di Korum fu ripetuto più e più volte, e Saret si sentì nauseato.

Doveva uscire di lì. Ora, prima che fosse troppo tardi. Avrebbe analizzato il fallimento in un secondo momento; tutto quello che importava a quel punto era andare via.

Alzandosi dal sedile, si unì agli spettatori urlanti nel corridoio. Con la coda dell'occhio, vide Mia che lottava contro Arus, cercando di raggiungere il suo amante. Saret desiderò disperatamente poterla prendere e portarla con sé, ma era troppo ben protetta. Sarebbe dovuto tornare per lei.

Facendosi strada tra la folla, si diresse lentamente verso l'uscita, facendo del proprio meglio per non attirare attenzioni eccessive su di sé. Ce l'aveva quasi fatta, quando provò un'improvvisa sensazione di tremolio nel corpo.

Stordito e indifeso, crollò sul pavimento, a malapena consapevole dei guardiani che lo circondavano.

~

KORUM NON SAPEVA per quanto tempo fosse rimasto in quello stato di rabbia insensata. Potevano essere passati minuti o ore. Quando tornò in sé, la testa di Loris era a diversi metri dal suo corpo, con gli occhi vuoti e il collo che sembrava essere stato assalito da un animale selvatico.

Morto. Il suo avversario era morto.

Il corpo di Korum era dolorante, e poté sentire l'oscurità che tentava nuovamente di avere la meglio. Solo la consapevolezza che c'era ancora qualcosa che doveva fare lo trattenne dalla dolcezza dell'oblio.

Il suo più grande nemico non era quello che giaceva sul campo; era quello nascosto in mezzo agli spettatori —e Mia era ancora in pericolo.

Gemendo dal dolore, riuscì ad alzarsi sulle mani e le ginocchia, con i muscoli che tremarono per lo sforzo. Era vagamente consapevole del fatto che la folla lo stesse applaudendo, che Voret lo stesse formalmente annunciando come il vincitore.

Niente di tutto ciò gli importava ora. Voleva solo raggiungere Mia, e andare da lei prima che lo facesse Saret. Il corpo di Korum stava guarendo, ma non abbastanza velocemente, e imprecò tra sé e sé, quando il femore fratturato si rifiutò di sostenere il peso, con la gamba che crollò sotto di lui, mentre cercava di alzarsi in piedi.

"Lo abbiamo preso. Va tutto bene; la ragazza è al sicuro." Delle mani forti lo stavano improvvisamente sostenendo, aiutandolo a rimettersi in piedi. Era Alir— il capo dei guardiani.

Korum si voltò, e si sentì nauseato, mentre il corpo danneggiato protestava per la nuova posizione verticale. "Dov'è?" riuscì a dire, con voce roca e rotta.

"Lì." Alir indicò l'uscita con la mano sinistra, sostenendo Korum con la destra.

Korum strizzò gli occhi in quella direzione, con il sole che lo accecò per un momento. Quando la vista si schiarì, vide un Krinar dall'aspetto poco familiare catturato da tre guardiani. I lineamenti dell'uomo erano completamente diversi da quelli di Saret, con gli occhi più grandi e il mento più prominente.

"Ha un ottimo travestimento" disse Alir, comprendendo la domanda inespressa di Korum. "Anche lo strato esterno del DNA è diverso, ed è per questo che non siamo riusciti a rilevare la sua presenza prima. Ma le coordinate del tiratore che ci hai inviato corrispondono perfettamente alla posizione di quest'uomo, e un campione interno di DNA ha dimostrato che è davvero Saret."

Un intenso sollievo si mescolò a un amaro rimpianto, lasciando Korum perplesso su quegli eventi. Avrebbe voluto essere lui a catturare Saret, a punirlo per quello che aveva fatto a Mia. Invece, il suo ex amico era ora nelle mani dei custodi della legge Krinar. Per quanto Korum volesse ucciderlo, Saret ora sarebbe stato processato.

"Korum!" La voce di Mia raggiunse le sue orecchie, distraendolo dagli oscuri pensieri. Alzando gli occhi, vide la sua piccola figura correre giù per il campo, con i capelli scuri che svolazzavano dietro di lei. La felicità che lo riempì a quella vista fu così acuta che dimenticò tutto su Saret e sul suo tradimento, concentrandosi solo sulla ragazza che amava.

Poi lo raggiunse, e lui poté vedere che era pallida e tremante, con il vestito strappato in un punto. Il bel viso era bagnato dalle lacrime. Un pallido braccio si sollevò verso di lui, con la mano tremante come se non fosse sicura di poterlo toccare. "Sei vivo" sussurrò, e lui riuscì a sentire la nota incredula nella sua voce. "Oh mio Dio, Korum, sei vivo..."

E Korum si rese conto esattamente di quello che lei stava vedendo. Era coperto di sangue, sia il suo che quello di Loris. Poteva sentirne il sapore metallico sulla lingua, odorarlo, e capì che era sui suoi capelli, sul viso, sulla bocca.

Fanculo. Doveva sembrare un incubo, soprattutto con le parti del corpo che stavano guarendo rapidamente, nei punti in cui Loris gli aveva strappato la carne.

Ricordando la reazione dell'umana davanti ai resti di Saur sulla spiaggia, Korum si maledisse mentalmente per aver permesso a Mia di vederlo in quelle condizioni. In parte, aveva sperato di poter evitare di uccidere Loris per questa ragione—perché non voleva traumatizzare la piccola umana, vedendo il suo amante uccidere brutalmente qualcuno. Quello avrebbe dovuto essere un combattimento facile, nel quale Korum si sarebbe trattenuto, avrebbe evitato di cedere agli istinti primitivi della sua specie. Se non fosse stato per l'interferenza di Saret, Korum avrebbe potuto sottomettere facilmente l'avversario, sconfiggendolo ma lasciandolo vivere. E invece, si era comportato come un selvaggio, come un animale stretto in un angolo.

Le gambe stavano già meglio, così Korum si liberò del sostegno di Alir e si allungò con cautela verso Mia, tirandola verso di sé. Sapeva che c'era la possibilità che lo trovasse ripugnante ora, ma aveva bisogno di lei. Aveva bisogno di sentire la sua morbidezza, di respirarne il profumo pulito e dolce.

Con sua sorpresa, gli avvolse le braccia intorno, stringendolo così forte da fargli male alle costole semi-guarite. Stava tremando, con il corpo snello vibrante nel suo abbraccio.

"Va tutto bene, dolcezza" mormorò, con una parte della tensione che svanì, quando si rese conto che non aveva paura di toccarlo. "Andrà tutto bene..."

"Credevo—" Con il viso sulla sua spalla, la voce di Mia era appena udibile. Le sue mani erano gelide sulla pelle nuda della schiena dell'extraterrestre. "Credevo che ti avesse ucciso... Oddio, Korum, credevo fossi morto—"

"No" la rassicurò, godendo della sua apparente preoccupazione per lui. "No, tesoro, non l'ha fatto. È finita ora—"

Un singulto le sfuggì dalla gola. "Ti ha fatto del male. L'ho visto farti del male, più volte. Korum, ti stava uccidendo—"

"Va tutto bene, sto bene" sussurrò Korum, con il cuore agonizzante per l'orrore nella sua voce. "Andrà tutto bene. Mi dispiace che tu abbia dovuto vederlo. Non doveva essere così, credimi..."

L'umana fece un respiro tremante e si tirò indietro per guardarlo. Aveva gli occhi arrossati, con le ciglia scure bagnate dalle lacrime. "Che cos'è successo? Ti ho visto cadere e poi è stato come se non riuscissi più a combattere. Loris ha imbrogliato in qualche modo? Ti ha fatto qualcosa?"

"Non è stato Loris" spiegò Korum, cercando di trattenere la furia nella voce. "È stato Saret. Era in mezzo al pubblico, a pochi posti da te. Mi ha sparato con un taser—un'arma simile a una pistola stordente—quindi, non ho potuto muovermi per un po'."

Ansimò. "Ha cercato di ucciderti? Il trambusto era dovuto a questo? Non stavo prestando attenzione—"

"Sì" rispose Korum. "Ho mandato i guardiani a prenderlo non appena ho capito che cosa stesse succedendo."

"Hai mandato i guardiani? Come?"

"Ricordi quando ti ho detto che ho un computer incorporato?" chiese Korum.

Mia annuì, fissandolo. Era ancora pallida, anche se i tremori che facevano oscillare la sua esile figura stavano cominciando a placarsi.

"L'ho utilizzato per contattare i guardiani."

L'umana sbatté le palpebre, e lui realizzò che non stava comprendendo le sue parole, con la mente ancora sconvolta da quello che era appena successo.

Alir si mise di fronte a lui, rendendo Korum nuovamente consapevole della sua presenza. "La cerimonia della vittoria sta per iniziare" disse lentamente il guardiano. "Riesci a partecipare?"

Korum rifletté un momento, tenendo Mia al proprio fianco, poi rivolse ad Alir un lieve cenno con il capo. "Dovrei farcela." Era ancora dolorante, ma era un tipo di dolore che stava guarendo. Il corpo si stava riparando dall'interno, con le cellule che si stavano rigenerando. Tra qualche minuto, sarebbe quasi tornato alla normalità.

Naturalmente, dato tutto quello che era successo, una normale cerimonia con un pubblico che reclamava la sua charl era fuori discussione. Anche se il corpo in via di guarigione stava cominciando a reagire alla vicinanza della ragazza, Korum era pienamente consapevole del suo aspetto attuale. Era sporco, sudato e ricoperto di sangue—non esattamente attraente per un'umana. Lei aveva anche subito un forte shock, e l'ultima cosa di cui aveva bisogno erano delle avance sessuali indesiderate da un uomo che probabilmente ora considerava un selvaggio assassino.

Alir inclinò la testa in segno di rispetto e uscì dal campo, con la sua figura alta e grossa che si muoveva con l'andatura di un guerriero. Korum aveva giocato a defrebs con quell'uomo diverse volte negli ultimi due anni, e aveva perso più di una volta. I guardiani erano combattenti straordinari, con la professione che richiedeva che rimanessero in perfetta forma, e Korum era contento di non aver mai dovuto affrontarne uno nell'Arena.

"Tutto quello che devi fare è restare con me ora" disse Korum a Mia, quando Alir fu più lontano. "Date le circostanze, la cerimonia post-combattimento sarà breve."

"Perché sei ferito?" chiese, e lui percepì la tensione nella sua voce.

"No, io starò bene. Ma tu non sei pronta per qualcosa come la celebrazione di una vittoria in questo momento" disse Korum dolcemente. "Abbiamo soltanto bisogno di andare a casa."

All'inizio della cerimonia, Mia cercò di concentrarsi sull'evento, ma la mente continuava a tornare alle macabre immagini del combattimento.

Flash. Korum disteso a terra, incapace di muoversi.

Flash. Sangue che spruzza ovunque. Quella terribile espressione gongolante sul viso di Loris.

Flash. Korum restituisce il colpo con la velocità di un cobra. L'improvviso terrore sul volto dell'altro Krinar.

Flash. Altro sangue.

Flash. La testa di Loris è staccata dal suo corpo.

No, basta! Mia voleva urlare, ma erano in pubblico, e non poteva farlo, non poteva imbarazzare Korum in quel modo. La teneva per mano, ed erano su un grande oggetto fluttuante nel bel mezzo dell'Arena. Lo stesso Krinar che aveva guidato l'inizio della cerimonia stava parlando di nuovo, dicendo qualcos'altro sulla storia dei combattimenti nell'Arena, ma Mia non stava prestando attenzione. C'era un senso di irrealtà in tutto quello; continuava a sentirsi come se fosse in un sogno —o, più precisamente, in un incubo.

Solo il tocco di Korum sembrava reale. Voleva strisciare nel suo abbraccio e non staccarsi mai. Quando l'aveva tenuta prima, aveva sentito un po' del proprio terrore diminuire, ma ora sentiva di nuovo freddo, con i denti che battevano nonostante il calore del luminoso sole della Costa Rica.

Era vivo. Mia non riusciva ancora a crederci. Doveva essere un miracolo. Com'era possibile sopravvivere a quel genere di ferite? Sapeva che i Krinar guarivano rapidamente, ma Korum era stato letteralmente fatto a pezzi. C'era stato così tanto sangue. *Oh Dio, il sangue.*

La ragazza deglutì a fatica, cercando di trattenere la nausea. Non avrebbe più potuto vedere il colore rosso per molto tempo. Non la stupiva che i Krinar preferissero i colori chiari nella vita quotidiana; probabilmente avevano bisogno del contrasto dopo i violenti spettacoli nell'Arena.

Korum era quasi morto oggi. Il suo amante alieno—così forte, così apparentemente invincibile—era stato quasi sconfitto dal traditore. Per qualche terribile momento, Mia era stata sicura che fosse morto per *davvero*—e anche lei aveva desiderato morire. Si era sentita come se le avessero squarciato il cuore, con ogni colpo sul corpo di Korum che distruggeva qualcosa di profondo nella sua anima. Non aveva mai provato un dolore simile e non avrebbe mai più voluto riviverlo.

Era vagamente consapevole del fatto che Voret aveva smesso di parlare, che si stava rivolgendo a Korum ora, chiedendogli della celebrazione. Vide che Korum cominciò a scuotere la testa, e le venne un'idea. Agendo puramente d'istinto, si avvicinò a Korum e gli sussurrò nell'orecchio: "Ti voglio. Per favore, Korum, ti voglio."

Girò la testa per guardarla, con un'espressione incredula, e gli strinse la mano, dicendogli implicitamente che andava bene, che avrebbe potuto festeggiare davanti alla sua gente.

Giusto o sbagliato che fosse, aveva bisogno di lui ora, e non le importava di nient'altro.

MIA VIDE le pupille di Korum dilatarsi, con le iridi che diventarono più brillanti. Con il sangue e la sporcizia che lo ricoprivano, sembrava un selvaggio, uno di quegli antichi cacciatori che Voret aveva mostrato all'inizio della cerimonia. Lo voleva così tanto che faceva male, con il corpo che aveva bisogno di affermare la vita nel modo più semplice possibile.

Esitò per un secondo, fissandola, e poi sollevò la mano, curvando il grande palmo attorno alla sua guancia destra. "Mia..."

"Ti prego, Korum." Sostenne lo sguardo dell'alieno, sapendo che lui poteva scorgere la sincerità delle sue intenzioni sul viso. Aveva bisogno di sentire il suo tocco sulla pelle, aveva bisogno che le facesse dimenticare l'orrore dell'ultima ora.

Con gli occhi scintillanti, si chinò in avanti e disse sottovoce: "Non hai idea di cosa stai chiedendo, dolcezza. Non posso essere... delicato ora."

Mia deglutì, con i muscoli interni che si strinsero alle sue parole. "Non voglio che tu lo sia."

La guardò per qualche secondo, e lei vide il battito del polso sul lato del collo muscoloso dell'extraterrestre. Poi, come se non riuscisse a trattenersi, piegò la testa e la baciò, avvolgendole le braccia intorno e sistemandola sul grembo.

Sullo sfondo, Mia sentì la folla ruggire, con gli spettatori che applaudivano e sbattevano i piedi, ma questo non la infastidiva. Tutto ciò su cui riusciva a concentrarsi era il calore della bocca dell'alieno che consumava la sua, la pressione della sua erezione contro le natiche, la sensazione delle sue forti mani che le strofinavano la schiena. C'era un debole sapore metallico che avrebbe dovuto disgustarle, ma che invece la fece eccitare ancora di più. L'uomo che la stava baciando in quel momento era un predatore, un assassino—e lei lo voleva esattamente com'era, senza alcuna preclusione.

Sollevando la testa, la fissò per un secondo, con il respiro pesante e la pelle arrossata sotto le striature di sudiciume e di sangue. Tutto intorno, la folla si stava scatenando, intonando i loro nomi. Mia pensò all'improvviso che le rock star dovevano sentirsi così, circondate dai fan in delirio.

Come in risposta a tutto ciò, una strana musica cominciò a suonare, con note così profonde che Mia poté sentire le vibrazioni nelle ossa. Il ritmo era irregolare, quasi scattante. Avrebbe dovuto sembrarle discordante, sgradevole, ma invece si aggiunse al calore pulsante tra le gambe, facendo sentire la sua pelle più tesa e facendole battere il cuore più velocemente.

Anche Korum reagì, con il cazzo che si indurì ancora di più, spingendole nella morbidezza del sedere. Continuando a tenerla, si alzò e cominciò a camminare verso una struttura simile a una tenda nel centro dell'Arena, portandola come un bottino di guerra.

Mia si aggrappò a lui, sentendosi quasi intossicata. Le girava la testa e tutto sembrava surreale, come se stesse accadendo in un sogno. La studentessa di psicologia in lei riconobbe che era la risposta del suo cervello al trauma, che non stava pensando lucidamente, ma non importava. Stava morendo dal bisogno, e Korum era la cura per ciò che la affliggeva.

Arrivarono alla tenda, e la mise in piedi, tenendola premuta contro il suo corpo. Invece di essere loro ad entrare, la tenda sembrò muoversi e scorrere intorno a loro, per lo più coprendoli dalla vista della folla. Mia era vagamente consapevole della sottigliezza delle pareti, del fatto che migliaia di curiosi occhi Krinar stavano osservando la struttura in quel momento, ma non rifletté completamente su quell'informazione. Avevano una sorta di privacy, e questo era abbastanza soddisfacente per lei.

Non appena le pareti della tenda si fermarono, Korum fece un passo indietro, liberandola dal suo abbraccio. "Togliti il vestito." La voce era insolitamente rude, e lei poté vedere la tensione nelle sue possenti spalle. Con gli occhi di un giallo brillante, sembrava selvaggio, più animale che uomo. "Spogliati, Mia."

Lei obbedì, liberandosi dell'abito, con l'eccitazione mista a un minimo briciolo di paura. Non l'aveva nemmeno toccata, ma capì che era già vicino a perdere il controllo.

Prima ancora che il vestito toccasse terra, era già su di lei, scavando con una mano tra le sue cosce e afferrandole i capelli con l'altra. La sua bocca si abbassò su quella di Mia, mentre il dito spingeva dentro, nella piccola apertura. Era rude, quasi frenetico, e Mia si rese conto che non aveva mentito sul fatto di non poter essere delicato. Era bagnata, ma i suoi muscoli si contrassero involontariamente, con il corpo che cercò di resistere alla penetrazione aggressiva.

All'improvviso, ritirò il dito e utilizzò la mano che

le teneva i capelli per spingerla giù, in ginocchio. Piccoli sassi e ghiaia le scavarono la morbida pelle delle rotule. "Succhialo" disse duramente, aprendo la parte anteriore dei pantaloni. "Voglio la tua bocca, subito."

La sua erezione si liberò, strofinandole la guancia. Mia aprì la bocca, lasciandolo entrare, e gemette quando le sue labbra si chiusero intorno alla punta del pene. Aveva un sapore salato, con la punta già ricoperta di liquido pre-eiaculatorio. Avvolse la lingua intorno all'asta, imitando ciò che aveva visto una volta in un porno. L'alieno emise un suono simile a un ringhio, e strinse le mani più duramente tra i capelli, tenendole la testa ferma, mentre iniziò a muovere i fianchi, a scoparle la bocca con il cazzo.

Mia si concentrò sul prendere piccoli respiri, cercando di non soffocare, mentre la maggior parte della lunghezza le spingeva nella bocca, premendo contro la parte posteriore della gola. L'extraterrestre spinse più e più volte, e poi venne con un gemito duro, con il seme che esplose in ondate calde e salate. Quando ebbe finito, lentamente si ritirò da lei, con il cazzo ancora semi-duro.

Deglutendo, Mia si leccò le labbra e lo fissò, stranamente eccitata da ciò che era appena accaduto. Soddisfarlo in quel modo l'aveva fatta eccitare, quasi come se l'avesse toccata.

L'alieno sostenne il suo sguardo, e lei poté vedere che i suoi occhi erano ancora luminosi, con il desiderio più forte che mai. Il sesso di Korum era ancora fremente, duro davanti al suo viso. Aveva appena raggiunto l'orgasmo, realizzò lei, mentre la tirò su.

Quando la toccò di nuovo, fu più delicato, con il desiderio più controllato. Le mani e la bocca scesero lungo il suo corpo, accarezzando e adorando ogni centimetro di pelle. Mia chiuse gli occhi, con silenziosi gemiti che le sfuggirono dalla gola, man mano che una piacevole tensione cominciava a radunarsi nel ventre. Poi si inginocchiò davanti a lei, con il viso al livello dei suoi fianchi e le mani che le afferrarono le curve lisce delle natiche. Portandola verso di lui con una mano, usò l'altra per penetrarla con un dito, stavolta molto più attentamente. Allo stesso tempo, scavò con la bocca tra i soffici riccioli sull'apice delle cosce, con la lingua che si allungò tra le pieghe per accarezzarle il clitoride.

Mia sobbalzò per la sorprendente sferzata di sensazioni, con tutto il corpo che si irrigidì, quando il dito di Korum le sfregò il punto sensibile in profondità. Poté sentire la crescente pressione, e le ginocchia iniziarono a tremare, con le gambe improvvisamente troppo deboli per sostenere il peso. Se non fosse stato per il dito dentro di lei e la mano sul sedere, sarebbe crollata, cadendo a terra accanto a lui.

"Vieni per me" sussurrò, con l'alito caldo che le inumidì il sesso, e lei lo fece, con quelle parole che la spinsero oltre il limite, fornendo quel qualcosa di inafferrabile che non sapeva nemmeno di desiderare. Tutto dentro di lei si irrigidì e si rilassò, con il piacere così forte da sembrare un'esplosione lungo le sue terminazioni nervose.

Quando le pulsazioni cessarono, lui ritirò il dito e la spinse di nuovo giù. Questa volta erano entrambi in ginocchio sul terreno duro. Guardandola, sollevò la mano e si leccò lentamente il dito, quello che era appena stato dentro di lei. "Adoro il tuo sapore" mormorò, con gli occhi così carichi di quella fame che la sua bocca si seccò. "Mi fa venir voglia di scoparti per sempre, solo per averlo sulla lingua."

Mia fece un respiro tremante, con il sesso che si strinse dal bisogno.

Prima che lei potesse aggiungere qualcos'altro, l'alieno si sdraiò a terra, sollevandola e mettendola a cavalcioni sulle sue cosce. Il cazzo era di nuovo completamente duro, ritto sul suo corpo. "Cavalcami, Mia" disse, guardandola con le palpebre socchiuse.

"Sì" sussurrò lei: "Lo farò." E afferrandogli la spessa lunghezza con la mano destra, Mia lo guidò verso la sua apertura, chiudendo gli occhi, mentre la punta larga cominciò a spingere dentro. Si abbassò lentamente, stuzzicando entrambi, e fu ricompensata da un basso gemito che gli sfuggì dalla gola.

Quando fu tutto dentro, aprì gli occhi, incontrando il suo sguardo ardente. Con il viso rigato dal sudiciume e dal sangue, sembrava pericoloso—addirittura crudele. L'umana stava letteralmente cavalcando una tigre—un predatore che avrebbe potuta farla a pezzi in un batter d'occhio. Invece di spaventarla, il brivido potenziava solo il desiderio che le scorreva nelle vene.

Mentre cominciò a muoversi, tenne gli occhi puntati su di lui, osservando le minuscole gocce di sudore comparire sulla fronte e un muscolo che gli pulsava nella mascella dall'apparente sforzo di trattenersi. Le strinse le mani sui fianchi, con le dita che affondarono nella carne morbida, e poi la sollevò su e giù sul suo cazzo, andando sempre più a fondo ad ogni colpo.

La tensione dentro di lei aumentò, e Mia piegò la testa all'indietro, con la bocca aperta per un urlo sommesso. Un potente orgasmo la attraversò, mentre Korum continuava a spingere sempre più velocemente, cercando il rilascio. Quando arrivò, i movimenti inarrestabili del suo bacino intensificarono i residui dell'orgasmo di Mia, lasciandola completamente sfinita. Respirando a fatica, la ragazza si accasciò sul suo petto, con i muscoli in poltiglia e la mente svuotata da ogni pensiero.

Era così rilassata che non reagì neppure quando la tirò su, avvicinando il collo alla sua bocca. Fu solo quando sentì uno strano dolore, simile a un taglio, che Mia capì cosa stava succedendo... e il suo mondo si dissolse in una frenesia di sangue e sesso.

PARTE TRE

CAPITOLO DICIASSETTE

Korum si svegliò con l'inconsueta sensazione di una superficie dura sotto la schiena. Ancora prima di aprire gli occhi, ricordò tutto ciò che era accaduto, compresa la volontaria partecipazione di Mia alla celebrazione.

Sentiva il suo leggero peso sul braccio, il respiro calmo, e capì che stava dormendo profondamente, logorata dal doppio sconvolgimento della lotta e della celebrazione. Muovendosi con attenzione, Korum liberò il braccio, abbassandole dolcemente la testa a terra. Poi, si alzò e creò degli abiti nuovi per entrambi. Un paio di pantaloncini per sé e una vestaglia per Mia —quel tanto che bastava per offrir loro una copertura nel caso in cui qualche spettatore fosse rimasto nell'Arena.

Aveva fame e sete, ma a parte questo stava benissimo, con il corpo che praticamente sprizzava energia. Gli scienziati avevano detto che non c'era alcun bisogno fisiologico di sangue umano o dei lonar, vista la correzione genetica, ma molti su Krina pensavano che fosse rimasto una sorta di bisogno psicologico. Korum non sapeva se crederci o meno, ma sapeva che raramente si sentiva soddisfatto come le volte in cui prelevava il sangue di Mia.

Tenendo la vestaglia, si accovacciò accanto a lei e la studiò per alcuni secondi, godendo della vista del suo corpo nudo. Raramente aveva la possibilità di vederla così; di solito il suo bisogno per lei era così intenso che non riusciva a guardarle la carne nuda senza scoparla subito dopo. Persino ora, dopo la maratona sessuale della scorsa notte, poteva sentire i caldi stimoli del desiderio—anche se non era niente in confronto all'usuale bramosia.

Era distesa sulla schiena, con un esile braccio disteso sopra la testa e l'altro piegato sul petto. Affascinato dal seno, Korum allungò una mano e accarezzò un pallido globo, sorridendo quando il capezzolo si indurì al suo tocco. La pelle era morbida come nessun'altra cosa avesse mai toccato, con la consistenza setosa che era un richiamo costante per le sue dita.

Avvolgendola con la soffice vestaglia, la sollevò. Non si mosse nemmeno, con un sonno così profondo che rasentava l'incoscienza. Era sempre così dopo averle preso il sangue: il suo corpo umano aveva bisogno di riprendersi dall'eccesso di sensazioni.

E anche il suo, anche se in misura minore. Korum aveva visto come gli altri fossero diventati dipendenti dalle loro charl; il sangue di Mia era una potente tentazione per lui, con un effetto più potente di quello di qualsiasi droga. Un tempo pensava che i dipendenti dal sangue fossero deboli, ma ora Korum si chiedeva se ci fosse davvero tanta differenza tra la dipendenza fisica e quella psicologica. Sicuramente non poteva immaginare di aver bisogno di Mia più di quanto non ne avesse già.

Portandola fuori dalla shatela, Korum si diresse verso la zona erbosa dove aveva lasciato la capsula per il trasporto. Non si era preoccupato di disassemblarla prima, quindi li stava aspettando.

Guardandosi intorno, vide che l'Arena era completamente deserta. Era anche presto, con il sole che stava appena iniziando a sorgere. Sorridendo, Korum si rese conto che doveva essere rimasto nella shatela molto più a lungo del solito. Era la prima volta che festeggiava con un'umana, ed era stata di gran lunga la migliore esperienza che avesse mai avuto.

Raggiunsero la navicella, e Korum inviò un rapido comando mentale per far sì che li portasse a casa. Un minuto dopo, entrarono in casa sua, con Mia ancora addormentata tra le braccia.

Appena furono dentro, Korum si diresse verso la stanza di purificazione—il bagno, in termini umani. Era ancora coperto di terra, sangue rappreso e sudore, e parte della sporcizia era stata cancellata dalla pelle di Mia, lasciandola segnata da strisce scure.

Un altro comando mentale da parte sua, e l'acqua si aprì, con getti caldi che massaggiarono dolcemente i loro corpi, eliminando ogni traccia delle attività di ieri. Korum godé della sensazione; era sia energizzante che rilassante. Pochi minuti dopo, sia lui che Mia erano puliti e asciutti, e la portò a letto, sapendo che aveva bisogno di dormire ancora. Era così sfinita non si era svegliata nemmeno durante il lavaggio.

Poggiandola sul letto, Korum le fece scorrere il materiale intelligente intorno e poi la coprì con un lenzuolo morbido, sapendo che le piaceva la sensazione delle coperte. Baciandole la fronte, rivolse un'ultima occhiata alla ragazza che amava e uscì per cominciare la giornata.

~

"Si rifiuta di parlare con noi" disse Alir a Korum, mentre si dirigevano verso l'altro lato dell'edificio dei guardiani. "Dice che parlerà solo con te."

"Davvero?" chiese Korum, senza preoccuparsi di nascondere il sarcasmo nella voce. "E che cosa gli fa credere di essere nella condizione giusta per fare richieste?"

Alir scrollò le spalle. "Non lo so. Ma sembra convinto che ti interesserà ascoltare ciò che ha da dire. Dice che ha a che fare con Mia."

Le mani di Korum si strinsero a pugno alla menzione della sua charl. Il fatto che Saret avesse osato nominarla—

"Il resoconto per gli Anziani è pronto" disse Alir, cambiando argomento. "Vuoi leggerlo?"

"Sì" rispose Korum. "Inviamelo. Ne parlerò al Consiglio."

Alir annuì. "Lo farò."

Raggiunsero la destinazione, e Alir si fermò prima di entrare. "Vuoi che rimanga?"

"No." Korum ne era certo. "Voglio parlargli da solo."

"Allora è tutto tuo." Voltandosi, Alir tornò indietro, lasciando Korum da solo.

Korum attese che il capo dei guardiani se ne fosse andato, e poi fece un passo in avanti, verso la parete che nascondeva il nemico alla sua vista. La parete si dissolse, formando un ingresso, e lui entrò.

Saret era seduto su un sedile fluttuante, con un collare intorno alla gola. Korum sorrise, vedendolo. Ricordò di aver avuto una discussione con Saret riguardo ai collari alcune centinaia di anni fa, con il suo ex amico che aveva cercato di convincerlo che i collari fossero umilianti e inutili. Korum non era d'accordo, credendo che la vergogna del collare di un criminale fosse parte del deterrente per i potenziali criminali.

Era bello vedere che Saret ne indossava uno ora, soprattutto alla luce delle sue opinioni al riguardo.

"Vedo che non sei travestito ora" osservò Korum, studiando i familiari tratti del nemico. "Non hai fatto bene i tuoi conti, vero?"

Saret gli rivolse un sorriso freddo. "A quanto pare, ho sottovalutato quanto Loris ti disprezzasse. Se avessi saputo che avrebbe cercato di prolungare la tua agonia, ti avrei sparato due volte."

"Sbagliando si impara" disse Korum. "Non è quello che dicono gli umani?"

"Certo." Gli occhi di Saret brillarono per qualcosa di oscuro.

Korum gli rivolse un'occhiata beffarda e si sedette su un altro sedile, allungando le gambe in segno di mancanza di rispetto. "Volevi parlare con me" disse freddamente. "Quindi, sputa il rospo."

"Va bene" disse Saret. "Lo farò. A proposito, come sta Mia? Sembrava un po' turbata ieri."

Korum sentì riaffiorare un'ondata di rabbia, ma mantenne un'espressione calma, divertita. "Sì. Ma ora è felice, come sono sicuro che tu possa immaginare."

"Certo" disse Saret. "E si sta adattando benissimo a vivere qui, non è vero? È quasi come se non avesse perso completamente la memoria, vero? È come se ti conoscesse ancora, forse ti ama, addirittura. E accetta tutto. Niente la affligge. È incredibile, no?"

Korum si bloccò un secondo, con un brivido che gli attraversò la schiena. L'unico modo in cui Saret poteva saperlo era—

"Sì" disse Saret. "Vedo che sei sulla buona strada. Ho di nuovo valutato male, vedi. Mia sarebbe dovuta finire con me, non con te."

"Che cosa le hai fatto?" chiese Korum tranquillamente, con i peli che gli si rizzarono sulla nuca.

Saret rise. "Nulla di troppo orribile, credimi. Mi sono semplicemente assicurato che sarebbe stata ricettiva. È ancora se stessa... per lo più."

"Che cos'hai fatto?" Senza nemmeno rendersi conto di quello che stava facendo, Korum si ritrovò giù dal sedile, con la mano attorno alla gola di Saret.

Saret emise un gemito soffocato, con la mano che tirava le dita di Korum, e Korum si sforzò di rilasciarlo, facendo un passo indietro. Stava tremando dalla rabbia, e sapeva che avrebbe ucciso Saret, se non avesse frapposto una certa distanza tra loro.

"Si chiama ammorbidimento" disse Saret, massaggiandosi la gola. La sua voce era roca, dopo che Korum gli aveva quasi schiacciato la trachea. "È una nuova procedura che ho sviluppato appositamente per gli umani. Una mente ammorbidita non avverte la paura in modo acuto. È anche più aperta alle nuove impressioni, alle nuove idee." Saret fece una pausa teatrale. "Ai nuovi legami. Anzi, una mente del genere cerca qualcosa—o piuttosto qualcuno—a cui *attaccarsi*."

Korum fissò Saret, con il ghiaccio che si diffondeva nelle vene.

"E quel qualcuno può essere chiunque, vedi. Dovevo essere io—ma, invece, sei tu."

Stai mentendo. Korum voleva urlare, negare ciò che aveva appena sentito, ma non poteva. Aveva troppo senso. La ragazza che aveva conosciuto a New York non avrebbe accettato niente di tutto ciò con quella facilità, non l'avrebbe invitato nel suo letto dopo averlo conosciuto solo da qualche giorno. Sarebbe stata spaventata e diffidente, e lui avrebbe dovuto riguadagnarsi la sua fiducia e il suo affetto. E invece, sembrava amarlo con quasi nessuno sforzo da parte sua.

Ma non lo amava. Nient'affatto. I suoi sentimenti per lui non erano reali. Nulla di tutto ciò era reale. Il suo comportamento, il suo apparente attaccamento a lui—era tutto il risultato della procedura di Saret.

"Ha ancora i suoi ricordi?" Korum seppellì il dolore in profondità, dove non poteva offuscargli il pensiero. "O li hai cancellati completamente?"

Saret sorrise, visibilmente deliziato dalla domanda. "No, i ricordi sono scomparsi. Sembra che ci siano, perché assorbe tutto come una spugna, imparando con un ritmo incredibile. Molto presto, sarà più abituata al nostro mondo di quanto non lo fosse prima—se non lo è già."

"Puoi annullarlo?" Korum sapeva che era inutile, ma doveva chiederlo lo stesso.

"Che cosa? L'ammorbidimento o la perdita di memoria?"

"Entrambi."

Il sorriso di Saret si allargò. "Non posso. E anche se potessi, non lo farei. Potresti averla ora, ma non l'avrai mai davvero. Non saprai mai se quello che prova per te è sincero—o se avrebbe provato le stesse emozioni per qualsiasi altro uomo che avesse passato del tempo con lei al risveglio."

Korum guardò l'uomo che un tempo aveva considerato un amico. I ricordi della loro infanzia, felice e spensierata, gli attraversarono la mente, lasciando il posto all'amaro retrogusto del rimpianto. "Perché?" chiese tranquillamente.

"Perché ti odio?" Saret sollevò le sopracciglia. "O perché ho fatto tutto questo?"

Korum continuò a guardarlo.

"La risposta è la stessa per entrambe le domande" disse Saret, con il sorriso che svanì. "Ero stanco di vivere sempre nella tua ombra. A prescindere dai miei successi, dai miei sforzi, ero sempre l'amico di Korum. Korum l'inventore, Korum il progettista, Korum che ci ha portati qui sulla Terra. La tua ambizione non conosceva limiti—e nemmeno il mio odio per te."

"Eppure mi sostenevi" disse Korum, con il dolore del tradimento in qualche modo distante, non avendolo ancora raggiunto completamente. "Eri sempre dalla mia parte nel Consiglio. Mi hai aiutato a portarci qui, sulla Terra."

"Sì" concordò Saret. "Perché sapevo che sarebbe stato sciocco fare diversamente. Persino gli Anziani sono dalla tua parte ultimamente, no?"

Korum decise di non rispondere. Così, rivolse a Saret un'occhiata carica di disprezzo. "Quindi, tutti i tuoi grandiosi piani per gli umani, il tuo presunto desiderio di pace nel mondo, era solo il frutto della tua meschina invidia?"

"No" disse Saret con gli occhi socchiusi. "Ho visto un modo per plasmare la storia, e ho colto l'occasione. Quale potrebbe essere una conquista più grande della pace per un intero pianeta? Pensi che uno qualsiasi dei tuoi gadget possa essere paragonato a questo?"

"Una conquista che avrebbe comportato la morte di cinquantamila Krinar."

"Sì" disse Saret, ed ebbe la faccia tosta di sembrare dispiaciuto per un momento. "Sarebbe stato spiacevole. Inevitabile, ma spiacevole."

"Spiacevole?" Korum non riusciva a credere alle proprie orecchie. "Che cosa c'è che non va in te, Saret? Come hai potuto diventare così?"

Saret stava iniziando ad arrabbiarsi. "Che cosa c'è che non va in *me*? Mi chiedi questo, mentre tu sei lì, con il sangue di Loris ancora fresco sulle mani? Pensi che ci sia qualcosa di sbagliato in me, perché volevo migliorare la vita di miliardi di persone uccidendone alcune migliaia? Quanti Krinar hai ucciso nell'Arena, Korum? Venti, trenta? E cosa mi dici degli umani? Pensi che non sappia che ti piace uccidere, proprio come al resto della nostra specie del cazzo?"

Korum lo fissò, cercando di comprendere l'uomo che conosceva da una vita. "Ti sbagli" disse lentamente. "Non mi piace uccidere. Non volevo uccidere Loris ieri —e non l'avrei fatto, se tu non avessi interferito. Mi piacciono i combattimenti, non il risultato finale. E la nostra specie del cazzo è fatta così, come sai, dal momento che l'esperto della mente sei tu. Amiamo il pericolo e la violenza—li desideriamo ardentemente— ma non siamo degli assassini."

"Eppure lo siamo" disse Saret. "Puoi ingannare te stesso quanto vuoi, ma in definitiva siamo esattamente questo. Siamo venuti sulla Terra e migliaia di umani sono morti durante il Grande Panico di conseguenza. E quello che vuoi fare ora provocherà altre morti. Non ti perdonerà per questo, lo sai."

"La tua procedura non si occuperà di questo?" domandò Korum, con la bocca piegata per un sorriso amareggiato. "Non hai detto che non mi amerà mai a prescindere da tutto?"

Saret scosse la testa. "No. Se la provocherai troppo, il suo amore si trasformerà in odio. Aspetta e vedrai."

CAPITOLO DICIOTTO

Mia si svegliò urlando, con il cuore che le batteva forte e la pelle ricoperta dal sudore freddo.

Nel sogno, il corpo di Korum veniva mutilato, fatto a pezzi, mentre sguazzava in un fiume di sangue. Aveva provato a salvarlo dalle onde, a portarlo a riva, ma era stato inutile. La corrente era troppo forte, strappandoglielo dalle mani e portandolo via, giù fino alle cascate, dove l'acqua era scura come sangue raggrumato.

Mettendosi seduta, Mia cercò di tenere il respiro sotto controllo. Era stato solo un brutto sogno. Korum aveva vinto il combattimento. Era al sicuro.

Era al sicuro—e pienamente guarito, a giudicare dalla celebrazione di ieri.

Al ricordo della sua guarigione, si sentì immediatamente molto meglio. La resistenza del suo amante era letteralmente straordinaria. Il piacere che le aveva dato era stato incredibile, quasi più di quanto potesse sopportare. Non si era mai sentita così estasiata come quando l'aveva morsa; non avrebbe mai immaginato che esistessero tali sensazioni.

Sorridendo, scese dal letto e si diresse verso la doccia. La lotta era finita, Saret era stato catturato e non c'era nient'altro di cui temere.

Lei e Korum erano finalmente al sicuro.

Gemendo, lasciò che la tecnologia di pulizia facesse la propria parte, mentre era lì a pensare al suo amante —e a quanto fosse diventato fondamentale per lei.

Quando fu pulita e asciutta, andò in cucina e fece preparare la colazione. Secondo le informazioni sul tablet, il collega di laboratorio, Adam, sarebbe dovuto tornare oggi dalla vacanza di una settimana—il che significava che Mia avrebbe potuto iniziare a reimparare tutto ciò che aveva dimenticato sul suo apprendistato.

Il laboratorio non sarebbe stato aperto, visti i recenti eventi, ma sperava che ci fosse un modo per poter continuare a imparare e conoscere la mente. L'argomento l'affascinava più che mai.

KORUM CAMMINÒ senza meta lungo la riva dell'oceano, lasciando che il ruggito delle onde martellanti soffocasse la confusione nella testa. Per la prima volta in vita sua, si sentiva perso. Perso e senza speranza... e arrabbiato.

La rabbia era diretta principalmente a se stesso, anche se una buona parte era riservata a Saret. Korum non si era fermato a riflettere sul tradimento dell'amico, troppo concentrato su Mia e sulla sua perdita di memoria. Poi, il combattimento aveva consumato la sua attenzione. Ora, però, non c'era nulla che lo distraesse dal fatto che l'uomo che aveva considerato un amico si era rivelato il suo più grande nemico.

Korum sapeva di non essere universalmente apprezzato. Non gli era mai importato. Era rispettato e temuto, ma c'erano solo pochi individui che aveva sempre considerato amici. La maggior parte era rimasta su Krina, impegnata con la propria vita e la carriera. Saret era stato l'unico ad accompagnarlo sulla Terra.

Anche da piccolo, Korum era sempre stato autosufficiente. Aveva scoperto l'interesse per la progettazione durante l'infanzia, e quella passione gli aveva consumato la vita—prima di conoscere Mia. Ora aveva due passioni: il lavoro e la ragazza umana che era la sua charl. Non era un solitario, ma raramente sentiva il bisogno della compagnia altrui. A differenza della maggior parte della gente, Korum era altrettanto felice da solo—o trascorrendo del tempo con Mia—quanto lo era circondato da persone.

Il tradimento di Saret si era dimostrato doloroso in più di un senso. Korum si era fidato di Saret; si era confidato con lui per secoli, condividendo i suoi obiettivi e i sogni. Giocavano insieme da piccoli, discutevano delle conquiste sessuali da adolescenti e spesso lavoravano verso un obiettivo comune come membri del Consiglio. Da quando Saret aveva iniziato a odiarlo? O era sempre stato così e Korum era stato troppo cieco per vederlo? Poteva fidarsi di alcuni dei suoi amici o erano tutti come Saret, che aspettavano solo di colpirlo alle spalle?

Quei pensieri erano sia dolorosi che inquietanti. L'insicurezza non era mai stata nella natura di Korum, ma non poté fare a meno di chiedersi se la colpa fosse stata sua. Sapeva che a volte poteva essere duro e arrogante—persino spietato, quando si trattava di raggiungere i propri obiettivi. Aveva fatto qualcosa per far sì che Saret lo odiasse a tal punto? O si trattava semplicemente di invidia, come aveva sottinteso Saret?

Raggiunto l'estuario dove si era seduto con Mia sulle rocce, Korum si tolse i vestiti e si immerse nelle onde, lasciando che l'acqua lo rinfrescasse. Aveva sempre trovato l'oceano terapeutico. La potenza delle onde lo affascinava, e gli piaceva soprattutto quando la corrente era forte, come lo era adesso con l'alta marea. Si lasciò cullare, facendosi trasportare in acque profonde, e galleggiò finché la riva non fu a pochi chilometri di distanza. Poi ricominciò a nuotare verso la sponda, con la resistenza della corrente che sembrava una sfida. L'insensato sforzo di nuotare cominciò a schiarirgli le idee, e si sentì un po' meglio, quando alla fine emerse dall'acqua.

Sedendosi sulle rocce, lasciò che il sole splendesse sulla sua pelle nuda, riscaldandolo di nuovo. La cosa peggiore del tradimento di Saret non era ciò che aveva fatto a Korum: erano le conseguenze per Mia. Non solo aveva perso i suoi ricordi, ma anche la libertà di pensiero. Qualunque cosa provasse per Korum ora era involontaria, un effetto collaterale di quell'"ammorbidimento" che le aveva fatto Saret. La sua dolce, bellissima ragazza non era più la stessa persona; la sua mente era stata manomessa nel modo più imperdonabile.

Mia ne aveva avuto paura, ricordò Korum. Quando era arrivata per la prima volta a Lenkarda, era sembrata riluttante all'impianto linguistico, timorosa di avere una tecnologia aliena nel cervello. Korum ne era rimasto divertito, ma a quanto pareva lei aveva avuto ragione a temerlo. Saret era sempre stato pericoloso.

E Korum non era riuscito a proteggerla. Quel pensiero lo corrodeva, consumandolo dall'interno. Lui, che non aveva mai fallito, non era stato in grado di proteggere la persona più importante. Mia avrebbe mai potuto perdonarlo? E se avesse potuto, come avrebbe fatto lui a sapere se i suoi sentimenti fossero reali? Se Saret aveva detto la verità, ora l'umana avrebbe accettato la maggior parte delle cose con equanimità, e le sue reazioni sarebbero state diverse da quelle del passato.

Alzandosi, Korum si infilò i vestiti e iniziò a camminare verso casa. Sarebbe stata una lunga camminata, ma non aveva fretta. Mia era lì e, per la prima volta, era meno desideroso di vederla.

Le avrebbe detto tutto ciò che aveva saputo oggi. Lei avrebbe voluto saperlo, avrebbe voluto decidere autonomamente cosa fare.

E se avesse scelto di lasciarlo, avrebbe dovuto lasciarla andare.

Anche se farlo lo avrebbe devastato.

~

MIA USCÌ di casa e si diresse verso la navicella che la stava aspettando. Aveva mandato un messaggio ad Adam dal braccialetto-orologio da polso, e il K aveva accettato di incontrarla, inviando la capsula a prenderla per portarla al laboratorio.

Entrando, Mia si sistemò su uno dei sedili fluttuanti, sentendo che si stava adattando intorno a lei. Si stava talmente abituando alla tecnologia K che non aveva nemmeno bisogno di pensare a come usare le cose—tutto stava iniziando a sembrarle perfettamente naturale.

Era curiosa di incontrare l'ex collega e di riacquistare quella parte della sua vita a Lenkarda. Aveva trovato alcune registrazioni in cui Adam spiegava qualcosa, ed era rimasta colpita non solo dalla sua intelligenza, ma anche dalla capacità nel prendere argomenti complessi e parlarne in termini semplici e facili da capire.

Due minuti dopo, atterrò su una radura di fronte a un edificio di medie dimensioni che sembrava aver attraversato qualcosa di straordinario. Le pareti erano parzialmente sparite, come se qualcosa le avesse fuse dall'alto verso il basso, ma l'interno sembrava perfettamente intatto.

Adam era lì, ad aspettarla. Quando Mia uscì dalla capsula, le sorrise—con un sorriso luminoso e sincero che gli illuminò il bel viso. Aveva quelle che Mia stava imparando a considerare le tipiche caratteristiche dei K: capelli e occhi scuri e quella pelle meravigliosamente abbronzata.

"Beh, ciao, cara collega" disse, con gli occhi che si incresparono in modo attraente agli angoli. "Ho sentito dire che il nostro capo si è rivelato essere il Dottor Male e che ha praticato parte del suo mestiere su di te."

Mia sorrise, apprezzando immediatamente quel Krinar. "Sì, hai sentito bene. Parti per una settimana e guarda che cosa succede."

"Quindi, non ti ricordi di me ora?" chiese, con un'espressione che si fece più seria. "Quanto ha cancellato?"

"Quando mi sono svegliata qui un paio di giorni fa, i miei ultimi ricordi risalivano a marzo" spiegò Mia, osservando la mascella serrata del K.

"Quel fottuto bastardo" disse Adam, con la rabbia che si insinuò nella sua voce. "Mi dispiace, Mia. Avrei voluto essere stato qui—"

Mia agitò la mano con fare sprezzante. "Non essere sciocco. Nessuno sospettava niente; è stato troppo astuto. Ieri è persino riuscito a intrufolarsi nella lotta e ha quasi ucciso Korum."

"Sì, ne ho sentito parlare" disse Adam. "Ho visto la registrazione del combattimento stamattina."

"Oh, giusto." Mia cercò di non arrossire. Se Adam aveva visto il combattimento, forse aveva visto anche la celebrazione che ne era seguita.

"Vuoi entrare?" chiese Adam, indicando l'edificio in rovina. "Penso che potremmo estrarre molti file e dati. Ho parlato con gli altri apprendisti, e per loro non c'è problema."

"Certo" disse Mia velocemente, grata per il cambio di argomento.

Entrando nell'edificio, salirono attraverso l'apertura lacera in una delle pareti. Il consueto meccanismo di dissolvimento della parete sembrava difettoso—il che era ben poco sorprendente, considerando le condizioni dell'edificio.

"Che cosa succederà al laboratorio?" chiese Mia, quando furono dentro. "Qual è il normale protocollo per qualcosa di simile?"

Adam scrollò le spalle. "Non esiste un normale protocollo. Questo laboratorio è di Saret, quindi tecnicamente stiamo violando la sua proprietà. Anche se credo che sia il governo a possederlo ora, visti i crimini che Saret ha commesso. Non so bene come funzionino queste cose. Suppongo che la maggior parte delle informazioni verranno trasferite ai laboratori negli altri Centri—e forse qualche altro esperto della mente vorrà aprire un nuovo laboratorio qui a Lenkarda."

"E tu? Perché non lasciano che sia tu a subentrare nel laboratorio?"

"Io?" Adam sollevò le sopracciglia. "Sono troppo giovane e inesperto per loro."

"Davvero?" Mia lo guardò sorpresa. Sembrava un uomo nel pieno della vita, esteriormente simile a Korum. "Quanti anni hai?"

"Oh, è vero, mi ero quasi dimenticato che non ricordi." Adam sorrise. "Ventotto, ho solo pochi anni più di te. Inoltre, sono quasi un nuovo arrivato nei Centri. Sai, sono cresciuto in una famiglia umana."

"Davvero?" Mia sgranò gli occhi. "Come?"

"Sono stato adottato da piccolo" spiegò Adam. "Ora, perché non cominciamo a esaminare alcuni dei file di Saret per vedere se c'è qualcosa di utile? Forse possiamo far luce sulle tue condizioni."

Mia moriva dalla voglia di fare altre domande sulle origini di Adam, ma lui non sembrava essere dell'umore giusto per parlarne, così si concentrò sul compito a portata di mano. Adam le mostrò come azionare alcune apparecchiature del laboratorio, e iniziarono a scavare tra le montagne di informazioni, alla ricerca di qualsiasi cosa relativa alla memoria.

Sei ore dopo, Mia si alzò e si massaggiò il collo, sentendo che il cervello le sarebbe esploso per tutto quello che aveva imparato oggi. Adam era ancora concentratissimo, esaminando un file dopo l'altro senza mostrare alcun segno di stanchezza.

Sentendo i movimenti di Mia, alzò lo sguardo dall'immagine che stava studiando e le rivolse un caloroso sorriso. "Dovresti andare a casa, Mia. Si sta facendo tardi. Lavorerò ancora un po', e poi me ne andrò anch'io."

Mia esitò. "Sei sicuro?" Era mentalmente esausta e affamata, ma si sentiva male all'idea di lasciarlo da solo.

"Certo" disse Adam. "Vai. È abbastanza per oggi."

~

KORUM CAMMINAVA AVANTI e indietro nel salone, troppo nervoso per stare seduto. Quando era arrivato a casa un'ora fa e aveva trovato la casa vuota, il suo primo pensiero era stato che qualcosa fosse successo a Mia—che Saret avesse trovato un modo per raggiungerla dopotutto.

Naturalmente, le cose non erano andate così. Un rapido controllo aveva rivelato la posizione della ragazza, e quindi era stato facile accedere alle immagini satellitari e vederla parlare con Adam fuori dal laboratorio di Saret parecchie ore prima. Tuttavia, quei pochi secondi prima che Korum si fosse assicurato della sua sicurezza gli avevano fatto venire i brividi.

Ora, stava combattendo l'impulso di andare al laboratorio e portare a casa Mia. Voleva abbracciarla e sentire il calore del suo corpo tra le braccia, forse per l'ultima volta. Non appena le avesse raccontato la verità sulle sue condizioni, sarebbe stata più che giustificata nel volerlo lasciare. Per quanto fosse stata terribile la sua perdita di memoria, l'altra procedura era stata molto più invasiva, alterandole il cervello in un modo che probabilmente avrebbe trovato imperdonabile. Ora non avrebbe mai saputo se quello che provava nei confronti di Korum—o di qualsiasi cosa in generale—fosse reale o se fosse il risultato di ciò che aveva procurato Saret.

Un'oscura tentazione consumava Korum. E se non gliel'avesse detto? E se l'avesse lasciata nella beata ignoranza, felice della sua vita così com'era? A parte Saret e Korum, nessun altro conosceva la verità. Poteva tenerla, e lei lo avrebbe amato—e lui sarebbe stato l'unico a sapere che non era vero amore.

Un paio di mesi prima, Korum non aveva esitato. L'aveva voluta e l'aveva semplicemente presa, ignorando i suoi desideri. Se fosse stato messo davanti a quel dilemma, sarebbe stata una decisione facile da prendere: l'avrebbe tenuta e avrebbe maledetto tutto il resto. Ma non poteva più farlo, non poteva trattarla come una bambina o un animale domestico, come una volta lo aveva accusato di fare. Voleva che rimanesse, ma doveva farlo di sua spontanea volontà—anche se quel libero arbitrio in qualche modo era stato alterato.

No, doveva dirglielo, e doveva farlo presto.

~

ALLA FINE, Korum vide una capsula atterrare fuori. Mia uscì e la navicella decollò, tornando verso qualunque luogo provenisse.

Nonostante l'umore nero, Korum non poté fare a meno di sorridere, quando lei entrò in casa. Indossava un vestito color crema che le lasciava quasi tutta la schiena nuda, e i capelli scuri erano tirati su in modo disordinato. Quell'acconciatura era sorprendentemente sexy, esponendole la delicata nuca e attirando l'attenzione dell'alieno sull'elegante colonna della sua gola.

"Tesoro, sono tornata" disse, con un sorriso smagliante.

Non riuscendo a trattenersi, Korum rise e la prese in braccio, dandole un bacio appassionato.

Quando la rimise giù, il suo sorriso era quasi accecante. Lo guardava come se fosse tutto il suo mondo—e Korum sentì che il cuore si sarebbe spezzato in un milione di pezzi.

"Com'è andata la tua giornata, dolcezza?" chiese, continuando a tenerle le mani sulla vita.

"È stata grandiosa" disse, sempre sorridendo. "Ho rivisto Adam. È molto carino. Mi piace molto."

Korum provò un'ondata di gelosia, ma la scacciò, rifiutandosi di cedere all'emozione. A Mia era sempre piaciuto il collega, ma, per quanto lui ne sapeva, i suoi sentimenti erano del tutto platonici. Inoltre, il giovane K aveva già un'umana da cui era ossessionato; Korum l'aveva scoperto durante un controllo che aveva effettuato su Adam poco dopo che Mia aveva iniziato a lavorare con lui.

"Abbiamo fatto un sacco di ricerche sui file di Saret" continuò Mia, con gli occhi luccicanti dall'emozione. "Adam pensa che potremmo scoprire qualcosa di utile sulla mia condizione in questo modo."

In quel momento, il suo stomaco rumoreggiò e le guance avvamparono, facendo sorridere Korum. "Credo che qualcuno abbia fame" la prese in giro.

"Hai indovinato" disse lei, ridendo.

Sorridendo, Korum la lasciò andare e si diresse verso la cucina. Qualche minuto dopo, si sedettero per consumare un pasto a base di panini ripieni di verdure grigliate e salsa all'avocado.

Mia rapidamente divorò tutto, e così fece lui, con un forte appetito dopo la nuotata del mattino. Per dessert, Korum fece preparare alla casa una torta di mango e kiwi in crosta di noce di macadamia macinata —e del tè per Mia.

Mentre si godevano il pasto, Korum allungò il braccio sul tavolo e le prese la mano, accarezzandole il palmo con il pollice. "Mia" disse sottovoce: "C'è una cosa che dovrei dirti."

Si bloccò un secondo, apparentemente reagendo alla nota seria nella voce dell'extraterrestre. "Di cosa si tratta?"

"Ho parlato con Saret oggi" disse Korum, stringendole le dita attorno al palmo. "Non ha semplicemente cancellato i tuoi ricordi recenti. Ha fatto anche qualcosa per farti... accettare le cose più facilmente."

~

MIA FISSÒ IL SUO AMANTE, incapace di credere a quello che stava sentendo. "Che cosa? Che cosa significa?"

"L'ha chiamato 'ammorbidimento'" spiegò Korum, con un'espressione triste sul volto. "A quanto pare, era un modo per renderti più sensibile alle sue avances. Se non ha mentito, non provi la paura di prima... e sei anche più aperta a nuove esperienze."

Mia si accigliò. "Non capisco. In che modo questo avrebbe aiutato Saret?"

"Perché non solo sei più aperta a nuove esperienze —il che spiega come mai tu ti stia abituando così bene —ma sei anche incline a nuovi legami." La bocca di Korum era serrata dalla rabbia.

"Nuovi legami?" E poi comprese tutto. "Pensava che mi sarei innamorata di lui? È assurdo!" Scoppiò a ridere, invitandolo a prenderla come una battuta.

Korum non reagì, e il suo divertimento svanì. "Aspetta un attimo" disse lentamente. "Stai dicendo quello che penso tu stia dicendo?"

"Mi dispiace, Mia. Vorrei davvero che non fosse così."

Scuotendo automaticamente la testa, Mia ritrasse la mano dalla sua presa e si alzò in piedi. "Ma è ridicolo" disse. "Stai dicendo che non sono me stessa? Che tutto ciò che penso e sento è il risultato della procedura di un pazzo? Che quello che provo per *te* non è reale?"

Anche Korum si alzò. "È tutta colpa mia" disse, con la voce carica di senso di colpa. "Avrei dovuto fermarlo. Avrei dovuto proteggerti da lui—"

"No." Mia rifiutava di crederci. "Come fai a essere sicuro che non abbia mentito? Non potrebbe averlo fatto?"

"Sì" disse Korum. "E avrebbe tutto il senso del mondo. Ed è per questo che voglio farti visitare dal laboratorio della mente in Arizona. Ci andremo domani."

"Ma non pensi che abbia mentito."

"No." Korum le rivolse un'occhiata sofferente. "Non credo."

"Perché no?" sussurrò Mia, con la voce che cominciò a tremare.

"Perché non sei pienamente te stessa, dolcezza" disse sottovoce. "Le differenze sono sottili, ma ci sono. Le hai notate anche tu, vero?"

Mia trattenne il fiato. Sì. Certo che le aveva notate. Si era domandata come fosse possibile che si stesse adattando al suo nuovo mondo così rapidamente, a vivere in una colonia aliena con un amante che aveva appena conosciuto. Un amante che ormai era necessario come il cibo e l'aria.

"Non potrebbe esserci una spiegazione diversa?" Mia sapeva che si stava arrampicando sugli specchi, ma l'alternativa era troppo dolorosa per soffermarcisi. "E se i miei ricordi non fossero spariti del tutto? E se fossero ancora lì, soppressi in profondità da qualche parte? Questo spiegherebbe tutto: perché mi sento così a mio agio qui, perché sto imparando così in fretta, perché mi sono innamorata di te..."

Korum chiuse gli occhi per un momento. Quando li riaprì, il suo sguardo era cupo. "Non è così, Mia. Non ti sei innamorata di me. Mi conosci appena."

"Ma se ti ricordassi ancora a un certo livello—"

Fece un profondo respiro. "No, dolcezza. Ellet ha eseguito degli esami su di te, prima che ti svegliassi, e ha riscontrato segni di danni coerenti con una perdita di memoria. Vorrei davvero che le cose non stessero così, credimi."

Mia sbatté le palpebre, deglutendo a fatica per contenere il crescente nodo nella gola. Korum pensava che fosse danneggiata. Difettosa. Incapace di provare emozioni vere. "E allora?"

"È una tua decisione" disse Korum, con voce stranamente piatta. "Puoi restare con me o tornare alla tua vecchia vita."

"Tornare alla mia vecchia vita?" Riuscì a malapena a pronunciare quelle parole. "Tu... T-tu vuoi che me ne vada?"

"Che cosa? No!" Sembrava sorpreso. "Certo che non voglio che tu te ne vada. Sei tutta la mia vita ora, non lo capisci?"

Mia quasi rabbrividì dal sollievo. La voleva ancora, nonostante il danno causato dalla procedura.

"Anche tu sei tutta la mia vita" gli disse. "So che pensi che il mio modo di sentire sia il risultato di ciò che ha fatto Saret, ma non ci credo. Ti ho amato prima, nonostante tutto quello che era successo tra noi, e mi sono nuovamente innamorata di te in questi ultimi giorni. Potresti pensare che non sia reale, ma conosco la mia mente. Sì, ho notato che non sto reagendo alle cose come mi sarei aspettata, ma che cosa significa? Non è positivo che io stia imparando così in fretta? Che mi senta così a mio agio a Lenkarda come mi sentivo una volta a New York? Anche se è il risultato della procedura di Saret, questo non cambia il fatto che io sia così ora—che pensi e provi questo. Ciò non rende le mie emozioni meno forti... o meno vere."

Mentre lei parlava, i piccoli solchi della tensione ai lati della bocca dell'alieno cominciarono a sciogliersi. "Sei sicura, Mia?" chiese, con gli occhi che si riempirono del familiare calore dorato. "È questo che vuoi davvero?"

"Stare con te? Sì!" Mia non era mai stata più sicura di qualcosa in vita sua. Il pensiero di lasciarlo, di tornare a casa e di non rivederlo mai più era insopportabile. Quando aveva creduto che fosse morto, aveva desiderato di morire anche lei. La vita senza Korum non valeva la pena di essere vissuta.

"Allora starai con me." La sua voce era roca, con le mani che si affrettarono a raggiungerla e a stringerla tra le braccia.

La sua bocca era famelica, come se volesse consumarla, e Mia reagì in modo gentile, con un desiderio corrispondente al suo. Bramava il suo tocco, il suo abbraccio. L'estasi sconvolgente del sesso dopo il combattimento nell'Arena l'aveva lasciata sfinita, esausta, eppure desiderava già di più. Più di Korum, più magia.

Le mani dell'alieno erano frenetiche sul suo corpo, strappandole l'abito, lasciandolo a brandelli sul pavimento. I suoi indumenti ebbero lo stesso destino. Prima che lei potesse battere ciglio, si ritrovò premuta contro il muro, con le cosce divaricate, mentre la sollevava, massaggiando l'erezione sul suo sesso nudo.

"Cazzo" ringhiò. La sua espressione era quella di un uomo sofferente, con il respiro rapido e irregolare. "Devo entrare dentro di te, Mia. Subito."

"Sì" sussurrò lei, sostenendo il suo sguardo infuocato. "Sì… ti prego..."

Come se gli avesse dato il permesso, si immerse dentro di lei, con l'asta insopportabilmente spessa e lunga, dilatandola, riempiendola fino all'orlo. Mia gridò, con il piacere-dolore del suo possesso intenso e inquietante al tempo stesso. Nel modo in cui la stringeva, era completamente aperta a lui, incapace di controllare la profondità della penetrazione in alcun modo. Era così in profondità che poteva sentirlo sbattere contro la cervice, con il canale che si strinse dall'inutile sforzo di respingerlo.

Si fermò per un breve attimo, lasciandole riprendere fiato, e poi cominciò a martellare dentro, con i colpi che la spingevano contro il muro. Mia gemette, con il corpo travolto dalle sensazioni. Non ci fu un lento crescendo, nessuna transizione graduale dal disagio al piacere; raggiunse l'orgasmo all'improvviso, con i muscoli interni che fremettero intorno al suo cazzo senza preavviso.

Lui gemette, aumentando ulteriormente il ritmo, e lei raggiunse di nuovo il culmine con un urlo, incapace di controllare l'impotente reazione del corpo. La sua pelle era troppo calda, e ansimò, senza fiato, ma lui era implacabile, portandola verso il terzo picco pochi minuti dopo il secondo.

E proprio quando Mia pensò di non poterlo più sopportare, Korum venne con un ruggito selvaggio, con la testa piegata all'indietro e il cazzo che pulsava profondamente dentro di lei.

~

IL MATTINO SEGUENTE, Korum attese con impazienza che Haron—l'esperto della mente del Centro dell'Arizona—esaminasse attentamente Mia.

Era sdraiata su un tavolo fluttuante, con gli occhi chiusi e l'espressione rilassata. Era stata leggermente sedata per consentire un esame più approfondito del cervello. Haron le sistemò i capelli indietro, esponendole la fronte per attaccarci l'apparecchiatura.

Korum aveva dato il permesso all'altro maschio di toccarla in questo caso, ma continuava ad avere voglia di farlo a pezzi. Si era sentito ugualmente arrabbiato sapendo che Arus l'aveva trattenuta durante il combattimento, pur sapendo che lo aveva fatto unicamente per proteggere Mia. L'istinto territoriale era primitivo—e completamente irrazionale viste le circostanze—ma Korum non poteva farci niente. Quando si trattava di Mia, non era più evoluto di un'ameba.

Terminato l'esame, Korum era di cattivo umore. "Beh?" chiese, non appena Haron mise via l'apparecchiatura.

L'esperto della mente alzò le spalle larghe. "Non lo so" disse, rivolgendo a Korum un'occhiata perplessa. "Il suo cervello è sano, ma mostra ancora i segni della recente cancellazione della memoria. C'è anche qualcos'altro, qualcosa che non ho mai visto prima."

"La procedura di ammorbidimento" disse Korum. "Pensi che possa essere questo?" Aveva detto ad Haron delle affermazioni di Saret, e l'esperto della mente era rimasto molto incuriosito.

"Potrebbe essere" disse Haron. "Sinceramente non avevo mai visto niente di simile. Se Saret ha detto di aver inventato la procedura, allora avrebbe senso." Sembrava ammirarlo, e a Korum venne di nuovo voglia di fargli qualcosa di violento.

"Puoi guarirla?" Korum conosceva già la risposta, ma doveva chiederlo.

Haron scosse la testa. "Non credo, non senza rischiare un vero e proprio danno al suo cervello. Ogni volta che scopriamo qualcosa di nuovo, facciamo molti esami approfonditi in un ambiente simulato, prima di sperimentare con i soggetti reali. Potrei provare, naturalmente, se vuoi—"

"No." Korum non avrebbe mai voluto correre quel rischio con Mia. "Scordatelo."

~

MENTRE la loro navicella tornava a Lenkarda, Korum tenne Mia sulle ginocchia. Era sveglia, ma un po' intontita, e sembrava felice di essere semplicemente seduta lì, con la testa appoggiata sulla sua spalla. Le accarezzò i capelli, godendosi la sensazione dei morbidi ricci sotto le dita.

La loro conversazione di ieri era andata molto diversamente da quello che lui aveva temuto. Mia era rimasta scioccata e incredula per quello che Saret aveva fatto, ma ciò che l'aveva turbata di più era stata l'idea di lasciarlo. E Korum ne era rimasto contento. Era rimasto dannatamente felice e sollevato dal fatto che lei volesse restare. Sinceramente non sapeva cosa avrebbe fatto, se avesse detto di voler tornare a casa. Voleva credere che l'avrebbe lasciata andare... ma, nel profondo, sapeva che non l'avrebbe fatto. Non riusciva s sopportare il pensiero di stare lontano da lei per un giorno; come sarebbe potuto sopravvivere senza di lei?

Non ci sarebbe riuscito. Era semplice. Avrebbe provato, se quello fosse stato ciò che lei voleva, ma le probabilità di fallimento sarebbero state alte. Korum non si faceva illusioni su se stesso. L'altruismo non era nella propria natura. Avrebbe sofferto per un po'—a causa dei sensi di colpa per aver lasciato che le facessero del male, per il desiderio di rimediare agli errori del passato—ma alla fine sarebbe tornato per lei.

Si mosse tra le braccia dell'alieno, interrompendo le sue riflessioni. Alzando la testa, gli rivolse un sorriso assonnato. "Dove stiamo andando?"

"A casa, tesoro mio" rispose Korum, con i residui del cattivo umore che svanirono, mentre fissava il suo bel viso. Per quanto desiderasse arrestare la procedura di Saret e annullare qualsiasi danno avesse causato a quella stupenda creatura, era felice di averla, nonostante tutto. Anche se forse ora non lo amava veramente, sperava che avrebbe sviluppato dei sentimenti sinceri col passare del tempo.

E Korum si sarebbe assicurato che l'amore della ragazza non si sarebbe trasformato in odio, non appena avesse saputo la verità sui suoi piani.

CAPITOLO DICIANNOVE

Il mese successivo volò via. Korum si ritrovò ad essere più impegnato del solito, con i suoi progettisti che finalizzavano i nuovi scudi per i Centri e il Consiglio che cercava di decidere il destino di Saret.

Dopo diversi incontri, venne stabilito che un processo come quello dei Keith non avrebbe funzionato in questo caso. Dato che Saret era stato per molto tempo un membro del Consiglio, nessuno era completamente imparziale e le emozioni erano alle stelle. Korum non era l'unico ad aver considerato Saret un amico. L'esperto della mente in generale piaceva, con la sua personalità apparentemente tranquilla e amichevole. La vastità del suo tentativo di crimine aveva dell'incredibile, e persino la riabilitazione completa sembrava una punizione troppo lieve per ciò che aveva intenzione di fare. Alla fine, il Consiglio si rivolse agli Anziani per chiedere suggerimenti—

un'iniziativa di cui Korum assunse il comando, poiché aveva anche altre cose di cui discutere con gli Anziani.

Tra questo e il suo normale lavoro, trovava a malapena il tempo per dormire—perché voleva anche passare più tempo possibile con la propria charl. L'attaccamento di Mia a lui sembrava crescere giorno dopo giorno, e Korum non dubitava più della forza dei suoi sentimenti. Come gli aveva detto, qualunque cosa Saret le avesse fatto, ormai lei era quella che era—ed entrambi dovevano accettarlo.

Tra i lati positivi, Korum continuava a rimanere sorpreso del modo in cui Mia si stava adattando a tutto... e di quanto stesse diventando indipendente.

Prima della perdita di memoria, era riluttante a vagare per Lenkarda da sola, diffidava della gente ed era intimidita da alcune delle loro tecnologie. Oltre ad andare al laboratorio e in alcuni luoghi panoramici che le aveva mostrato, di solito rimaneva a casa con lui. Anche il tempo libero era più limitato, viste le rigide ore di lavoro che Saret aveva fissato per i suoi apprendisti. Ora, tuttavia, dal momento che lei e Adam stavano imparando molto da soli, Korum scoprì che la sua charl sembrava avere sete di avventura—e sfruttava ogni occasione.

Un giorno andò a nuotare nell'oceano vicino all'estuario, un giorno in cui la corrente era relativamente debole. Nonostante ciò, Korum—che aveva preso l'abitudine di controllare ogni ora dove si trovasse—aveva sentito il sangue ghiacciarsi nelle vene, quando aveva capito che si era allontanata di circa quattrocento metri dalla riva. Era andato subito lì, solo per vederla nuotare tranquillamente, chiaramente divertita. Quando era uscita dall'acqua, era riuscito a calmarsi abbastanza da avere una discussione razionale sui pericoli di quel particolare luogo, e lei aveva accettato di stare più attenta le prossime volte—ma Korum aveva continuato a sentirsi scosso per diversi giorni dopo l'incidente.

Le altre sue escursioni furono meno pericolose. Aveva sviluppato una passione per l'escursionismo e la fotografia/registrazione di video della fauna locale con il suo braccialetto-orologio da polso. Scimmie urlatrici, iguane, persino alcuni grossi insetti—li registrava tutti e inviava le immagini come fotografie e video alla famiglia, per condividere più informazioni con loro sulla sua nuova casa.

Si era anche avvicinata a Delia, incontrandola spesso per le passeggiate mattutine sulla spiaggia. Korum aveva incoraggiato l'amicizia con lei, felice che Mia stesse costruendo altre relazioni a Lenkarda. A volte si univa anche Maria, e Korum aveva deciso di invitare lei e Arman a cena un paio di volte.

Il loro principale disaccordo ruotava intorno allo stato di Mia come charl. "Non capisci come mi sento, sapendo che legalmente ti appartengo solo perché sono umana?" gli disse una volta. "Non vedi quanto questo sia troglodita?"

Korum non la vedeva affatto così. Sì, era sua—sua da proteggere, da amare e da venerare. Avere una charl era un serio impegno per la vita. In base alla legge Krinar, Korum era responsabile delle azioni di Mia. Se mai lei avesse infranto il mandato, ad esempio, sarebbe stato lui a rispondere di questo agli Anziani. Mia non sarebbe mai più stata una normale umana, non con i nanociti nel sistema; anche se lo avesse lasciato, Korum avrebbe sempre dovuto vegliare su di lei, per assicurarsi che non rivelasse alcuna informazione non pubblica sui Krinar. Un charl non era né uno schiavo, né un animale domestico, e la maggior parte dei cheren li vedeva come compagni umani—cosa che Mia non riusciva a capire.

"Come potrei essere la tua compagna, se non ho alcun diritto qui?" disse la ragazza, e la sua testardaggine gli fece venire voglia di metterla in ginocchio e sculacciarle il grazioso sederino. "Non ho mai accettato di essere la tua compagna—o la tua charl —vero? Inoltre, non possiamo nemmeno avere figli insieme..."

Korum non voleva mai discutere su quest'ultimo punto, e il problema dei charl rimaneva irrisolto, incombendo su di loro e rispuntando occasionalmente fuori durante alcune conversazioni più accese— sebbene quelle stessero diventando sempre più rare con l'evolversi della relazione.

Vedendo che Mia si sentiva sempre più a proprio agio con la tecnologia Krinar, Korum le donò un fabbricatore—una versione più avanzata di quello che aveva realizzato per il compleanno di Maria. Era abbastanza potente da riuscire a creare tutto ciò di cui

Mia aveva bisogno nel corso della giornata, inclusa una capsula per il trasporto.

La sua contentezza per quel regalo fu indescrivibile.

"Grazie! Oh mio Dio, Korum, grazie! È fantastico!" Quasi lo soffocò con i baci, con gli occhi che brillavano e tutto il corpo che vibrava dall'emozione. Durante le ore successive, giocò ininterrottamente con il fabbricatore, creando e dissolvendo una cosa dopo l'altra, mentre Korum si crogiolava nella gioia.

Poco dopo, Mia decise di andare a New York—su una navicella che lei stessa aveva creato. Korum le diede il modello; era una macchina più complicata di quella che utilizzava per spostarsi nel Centro. Creò la navicella mentre lui la guardava con un sorriso, orgoglioso di quanto avesse già imparato.

Andarono a New York insieme, dal momento che Korum era riluttante a lasciarla andare così lontano da sola. Sapeva che era illogico; dopotutto, aveva vissuto senza problemi nella città umana per anni prima di conoscerlo, e sia la minaccia di Saret che quella della Resistenza erano state eliminate. Tuttavia, non riusciva a scacciare l'irrazionale paura per la sua sicurezza. O sarebbe andato con lei o le avrebbe vietato di partire, e Korum sapeva che la ragazza non avrebbe preso bene la seconda opzione.

~

LA MATTINA DEL VIAGGIO, Mia utilizzò il fabbricatore per creare vestiti umani.

"Hmm, vediamo" disse, sorridendo maliziosamente. "Che ne dici di una maglietta rosa per te?"

"Certo." Korum soffocò una risata davanti alla sua espressione mortificata. "Mi piacerebbe una maglietta rosa." La specie dell'alieno non associava i colori al genere, e a lui piacevano tutte le sfumature pastello. Sapeva che lei avrebbe sperato che lui si irritasse per quello che considerava un indumento femminile, ma a Korum non importava—purché non gli facesse indossare una gonna. La gonna oltrepassava il suo limite.

"Bene" borbottò lei. "Non sei divertente." Ma creò comunque una maglietta rosa, che Korum indossò senza alcuna esitazione. Per fortuna, i jeans che gli porse erano della normale varietà di blu scuro.

"Sai" gli disse pensierosa, studiandolo dopo che si furono vestiti entrambi. "Il rosa è davvero sexy su di te."

Korum rise. "Grazie, dolcezza. Sono lusingato." Anche lei era molto sexy, con un paio di jeans aderenti, gli stivaletti alti che le coprivano la caviglia e una canotta argentata che le esponeva le braccia e le spalle toniche. Con i nanociti nel corpo, ora Mia aveva molta più resistenza quando si trattava di praticare attività fisica, e il suo recente interesse per l'escursionismo e il nuoto aveva fatto meraviglie per il corpo snello. Korum l'aveva sempre trovata irresistibile, ma ora riusciva a malapena a staccarle gli occhi—e le mani—di dosso.

"Hai detto a Jessie che atterreremo sul suo tetto?" le chiese, mentre entrarono nella navicella.

"Sì. Sa che stiamo arrivando e che abbiamo

addirittura ottenuto il permesso dall'amministratore dell'edificio."

Per risparmiare tempo, avevano deciso di andare direttamente da Jessie, invece di volare verso una delle apposite aree di atterraggio Krinar. L'idea alla base di queste aree era quella di ridurre al minimo il disagio della popolazione umana nelle grandi città. Ancora oggi, la vista delle navicelle Krinar spesso provocava incidenti automobilistici. A quanto pareva, i guidatori umani spaventati tendevano a essere distratti. Essendo un membro del Consiglio, Korum poteva permettersi di non seguire quella linea guida per l'atterraggio, ma continuava a essere cauto nelle grandi città come New York.

Jessie li salutò dal tetto, quando atterrarono. Era lì con un giovane maschio umano che non poteva che essere Edgar, il suo nuovo fidanzato. Korum ricordò di averlo già visto, nella discoteca in cui aveva trovato Mia a ballare con un altro uomo. Quell'incidente non era uno dei ricordi preferiti di Korum.

Tuttavia, sorrise a Jessie ed Edgar, determinato a stare al gioco. Sapeva che l'ex coinquilina di Mia era preoccupata per lei. Era stata la testimone del burrascoso inizio della relazione di Korum con Mia, e continuava ad essere diffidente nei suoi confronti—cosa a cui Korum intendeva rimediare oggi.

Anche Mia sorrise, e lui capì che era sinceramente felice di rivedere la sua amica. Era anche nervosa, a giudicare dalla stretta delle dita attorno al suo palmo. Per qualche ragione, non aveva ancora detto agli amici o alla famiglia della perdita di memoria. Quando Korum gliene aveva parlato, gli aveva dato una vaga risposta sul non voler far preoccupare nessuno, e lui si era accontentato.

"Mia!" Jessie si precipitò da lei non appena scesero dalla capsula, e le due ragazze si abbracciarono, ridendo e strillando.

Korum sorrise davanti a quell'esuberante riunione, poi fece un passo avanti, stringendo la mano di Edgar in un gesto di saluto umano. "Ciao. Non credo che ci siamo mai presentati formalmente."

"No, hai ragione" disse Edgar, accettando la stretta di mano. "L'ultima volta che ti ho visto, la tua mano era avvolta intorno alla gola del mio amico Peter. Ho pensato che quello non fosse il momento giusto per le presentazioni."

"Effettivamente" esclamò Korum, socchiudendo leggermente gli occhi. Quell'umano aveva osato ricordargli quel giorno? Peter era stato fortunato che il K fosse riuscito a controllarsi così bene. Ogni volta che l'extraterrestre ripensava a quel ragazzo che aveva baciato Mia, vedeva rosso. *Comportati bene*, ricordò a se stesso, e addolcì i lineamenti in un'espressione più amichevole. "E così, sei un attore" disse, spostando la conversazione verso un argomento che l'umano avrebbe sicuramente apprezzato.

"Proprio così." Edgar abboccò. "Sono in quella nuova serie su CBS. Si chiama *The Vortex*. Forse ne hai sentito parlare?"

"Ho visto tutti gli episodi" rispose Korum. "In realtà,

sono un grande fan. Non potevo credere a quello che è successo ad Eva la scorsa settimana—non mi sarei mai aspettato che sua sorella si rivelasse in quel modo."

Gli occhi di Edgar si illuminarono. "Oh, è straordinario! Segui la serie? È popolare tra i K?"

Era popolare per un particolare K che aveva bisogno di seguirla come preparazione per quel viaggio. "Certo" disse Korum. "Ci piace l'intrattenimento tanto quanto piace agli umani."

Mia finì di abbracciare Jessie e si avvicinò a Edgar. "Ciao, Edgar" disse. "È bello rivederti."

Korum nascose un sorriso. Piccola bugiarda. Non ricordava affatto il ragazzo, ma stava recitando molto bene. Edgar non era l'unico attore oggi.

"Ciao, Korum." Era Jessie. C'era un familiare accenno di sfiducia sul suo bel viso, e Korum sospirò interiormente. Tra tutti, quella particolare amica di Mia sarebbe stata la più difficile da conquistare. Lo vedeva dall'inclinazione ostinata del suo mento, mentre lo guardava. Era risentita per averle portato via Mia—e per la prepotente tattica iniziale.

Era positivo che Korum fosse sempre pronto per una sfida. "Ciao, Jessie." Rivolse alla ragazza umana un caloroso sorriso.

Entrarono nell'appartamento che le due ragazze avevano condiviso. Korum sapeva che molti studenti della NYU vivevano nell'edificio per via della sua vicinanza al campus e di un affitto ragionevole (per New York), ma aveva sempre pensato che il luogo non fosse adatto come abitazione. La vernice nei corridoi si stava scrostando, e sentiva l'odore del marciume nelle vecchie pareti ammuffite. Quando aveva incontrato Mia per la prima volta, si era ripromesso di tirarla fuori da lì e di sistemarla nel suo confortevole attico.

Jessie aveva preparato un piatto vegetariano, una birra e delle patatine come spuntino, e si sedettero tutti e quattro nel soggiorno. Poi, Korum programmò di portarli tutti fuori per un pasto al ristorante, ma per il momento, quello era il luogo ideale dove fermarsi.

Korum si sedette di proposito accanto alla padrona di casa. Mia si sedette dall'altra parte, ed Edgar si accomodò su una poltrona davanti a Korum. Dopo un paio di birre, ogni traccia di imbarazzo iniziale si era dissipata e la conversazione andava avanti liberamente. Per essere dei giovani umani, gli amici di Mia in realtà erano piuttosto interessanti, e Korum si ritrovò a essere inaspettatamente divertito. Jessie ed Edgar avevano un ottimo feeling insieme, ridendo e scherzando, e poté vedere la tensione iniziale di Mia svanire, dato che nessuno sembrava sospettare qualcosa della sua mancanza di memoria.

Quando tutti furono sufficientemente rilassati, Korum iniziò la sua campagna per ingraziarsi Jessie. Cominciò chiedendole dell'estate, e poi l'ascoltò attentamente mentre gli parlava del suo tirocinio presso una grande casa farmaceutica. Korum lo sapeva già, dal momento che aveva fatto le sue ricerche prima di venire a New York. Tuttavia, sapeva anche che alle persone piaceva parlare di sé, così continuò a fare domande a Jessie. Nel frattempo, Edgar mostrò a Mia i poster del suo ultimo spettacolo dall'altra parte della stanza.

"Questa casa farmaceutica è quello che desideravi come impiego a tempo pieno?" chiese Korum a Jessie, e lei annuì, con un'espressione speranzosa sul viso.

"È quello che desidera chiunque non voglia frequentare la scuola di medicina" spiegò. "Dal momento che vorrei fare la ricercatrice, questo sarebbe il posto giusto per iniziare. C'è molta concorrenza, ovviamente. Assumono gli stagisti in un numero dieci volte superiore ai ricercatori a tempo pieno di cui avranno bisogno per l'anno successivo, quindi anche frequentare uno stage lì non garantisce l'assunzione."

E così, Korum capì immediatamente che cosa doveva fare. "Non devi preoccuparti" disse gentilmente. "Metterò una buona parola per te con il direttore."

"Davvero?" Jessie lo guardò stupita. "Conosci il direttore della Biogem?"

"Sì" disse Korum. Non era una gran bugia, dato che presto l'avrebbe conosciuto.

"Oh, wow. Non c'è bisogno che tu lo faccia, Korum" protestò lei debolmente, ma Korum sapeva che le avrebbe fatto molto piacere. Lo desiderava ardentemente, e lui glielo avrebbe consegnato su un piatto d'argento.

"Lo farò" disse con fermezza. "Ovviamente ti meriti questa opportunità, e so che Mia vorrebbe che tu l'avessi."

Jessie sorrise, incerta. "Beh, in tal caso, grazie. Gradirei qualsiasi aiuto in quella direzione."

E l'Operazione Jessie era completata.

Quando la birra e gli snack non furono più sufficienti, uscirono per una cena anticipata. Korum li portò in un nuovo ristorante francese che stava ricevendo recensioni entusiastiche—e che era noto per i piatti tradizionali a base di carne a prezzi astronomici. Si attenne alla sua solita dieta a base vegetale, ma Mia e i suoi amici ordinarono qualcosa del regno animale. A Korum non dava fastidio se una volta ogni tanto si concedevano la carne. I Krinar erano particolarmente preoccupati per l'impatto ambientale delle abitudini alimentari umane, ma il consumo occasionale di carne non era disastroso per il pianeta come quello che gli umani nei Paesi sviluppati avevano fatto in passato.

Dopo cena, uscirono per un drink. Sapendo che le ragazze volevano un po' di privacy, Korum si avviò discretamente insieme a Edgar verso l'estremità del bar, lasciando Mia e Jessie da sole vicino alla finestra. Continuò a tenerle d'occhio, solo per assicurarsi che non fossero disturbate da nessuno, ma, a parte questo, si concentrò soprattutto sulla conversazione con Edgar.

"Pratichi qualche sport?" chiese a Edgar, quando arrivarono le birre. Quella era una delle tante cose che i Krinar avevano in comune con gli umani: i giochi che richiedevano abilità e doti fisiche.

L'attore annuì. "Giocavo a calcio al college, e lo pratico ancora di tanto in tanto per divertimento.

Recentemente ho anche iniziato a praticare pugilato, allenandomi per il mio prossimo ruolo."

"Oh, davvero?" disse Korum. "Parliamone."

~

MIA SORRISE, vedendo Korum ed Edgar dall'altra parte del bar. Sapeva esattamente che cosa stava facendo e perché: il suo amante voleva che lei e Jessie trascorressero un po' di tempo tra sole ragazze.

"Wow, Mia" disse Jessie, dopo che il barista porse loro i cocktail. "Devo ammettere che sto iniziando a capire come mai ti sei innamorata di lui. È molto più gentile di quanto pensassi inizialmente."

Mia sorrise. "Sì, è fantastico." Non aveva idea di come fosse stato Korum quando si erano conosciuti, ma aveva alcuni sospetti in base a quello che lui le aveva detto—e a ciò che lei aveva capito dalle interazioni con gli altri nell'ultimo mese. L'amore della sua vita sicuramente non era qualcuno che avrebbe voluto come nemico.

"Anche tu sembri diversa" disse Jessie. "Più forte, più sicura... e ancora più bella. Qualunque cosa stia facendo per te sembra funzionare."

"Mi rende felice" le disse Mia. "Oh, Jessie, mi rende così incredibilmente felice. Non avrei mai pensato di potermi innamorare così tanto. È come se una fiaba fosse diventata realtà."

"Una fiaba che include un Principe Azzurro extraterrestre?"

Mia rise. "Certo." Korum non era esattamente un Principe Azzurro, ma non aveva intenzione di dirlo a Jessie. Le piaceva la nuova dinamica amichevole tra il suo amante e i suoi amici, e non aveva intenzione di sconvolgerla.

No, sapeva che Korum era tutt'altro che perfetto. Lo amava, ma non era cieca davanti ai suoi difetti. Era estremamente possessivo, paranoico riguardo alla sua sicurezza—e manipolatore, quando doveva esserlo. Aveva capito che l'alieno aveva volontariamente trascorso del tempo con Jessie, rendendola più docile. Aveva funzionato; la sua ex coinquilina sembrava avere un'opinione molto migliore di lui ora.

"Non ti dà fastidio che abbia tutti quegli anni più di te?" chiese Jessie, con gli occhi scuri luccicanti di curiosità. "Edgar ha ventisei anni, e scherza dicendo che sono più giovane. Non posso nemmeno immaginare come sia frequentare una persona dell'età di Korum..."

"Non è così vecchio per essere un Krinar, che tu ci creda o meno" disse Mia, sorridendo. "Ce ne sono alcuni molto, molto più anziani. Ma sì, a volte la differenza di età è una sfida. Ci sono sicuramente momenti in cui mi sento come se fosse divertito da me. Non mi fa mai sentire stupida o qualcosa del genere, ma so che mi ritiene molto giovane."

"Non ti tratta come una bambina?"

"No." Mia scosse la testa. "No. È assolutamente iperprotettivo, tutto qui."

Jessie la guardò, pensierosa. "Credi che questa sia

una relazione a lungo termine per te?" chiese, con un piccolo cipiglio che le increspò la fronte levigata. "Voglio dire, il matrimonio e tutto il resto? Come funzionerebbe con un K, se non invecchiano come noi?"

Mia bevve un gran sorso del suo cocktail e tossì, quando le scese lungo la trachea. "Uhm, non credo che siamo arrivati a quel punto" disse, quando finalmente riuscì a respirare. Korum le aveva detto che nessuno al di fuori di Lenkarda avrebbe dovuto sapere del prolungamento della durata della sua vita. Aveva qualcosa a che fare con un mandato stabilito dai loro Anziani. La ragazza detestava quella restrizione, ma sapeva che era meglio non infrangere quelle regole. Come aveva spiegato Korum, agli umani che sapevano troppe cose venivano cancellati i ricordi—e Mia non avrebbe mai voluto sottoporre qualcuno dei suoi amici o familiari a quella procedura.

"Però?" insistette Jessie. "Ci hai pensato? Se rimarrete insieme, che cosa succederà quando invecchierete? E i figli?"

Mia scrollò le spalle. "Ne parleremo, quando sarà il momento." Non voleva pensare ai figli in quel momento. Quella era l'unica cosa che sicuramente le avrebbe rovinato il buon umore. Le differenze di DNA tra umani e Krinar erano troppo grandi per consentire una prole biologica—un fatto che aveva senso, ma che rendeva doloroso pensarci.

"Comunque sia" disse Mia, volendo cambiare

argomento. "Che mi dici di te ed Edgar? Quant'è seria la cosa?"

Il sorriso di Jessie era brillante come il sole. "Ho conosciuto i suoi genitori la settimana scorsa" confessò. "E la settimana prossima, lo porterò a conoscere i miei."

"Wow... Jessie, è straordinario!" Per quanto ne sapeva Mia, quella era la prima volta che l'amica avrebbe presentato un ragazzo alla sua famiglia. Sebbene i genitori di Jessie vivessero in America da molto tempo, conservavano ancora alcune usanze e tradizioni cinesi. Portare a casa un fidanzato era una cosa seria, e il ragazzo in questione doveva essere pronto a rispondere ad alcune domande molto insistenti sulla carriera e sui piani di vita futuri.

"Sì" disse Jessie ironicamente. "Ho avvertito Edgar del fatto che lo metteranno sulla graticola, ma a lui sta bene."

All'improvviso, Mia sentì un leggero tocco sul braccio nudo. "Posso offrirvi un drink, signorine?" chiese una sconosciuta voce maschile, e la ragazza girò la testa per vedere un attraente uomo con i capelli scuri, che sembrava avere una trentina d'anni.

"Siamo qui con i nostri ragazzi" disse rapidamente Jessie, con una nota ansiosa nella voce.

"Ok, nessun problema" disse il ragazzo, e sparì tra la folla.

Mia guardò Jessie, sollevando le sopracciglia. La sua amica era stata insolitamente rude, e non riusciva a capire perché. E poi seguì lo sguardo di Jessie.

Korum le stava fissando, con la mascella serrata e gli occhi di un brillante giallo dorato. Mia sorrise e gli fece un cenno con la mano, volendo sciogliere la tensione. Sapeva che non gli piaceva che qualche altro uomo la toccasse, ma il ragazzo era stato innocuo.

"Non perderà di nuovo la testa, vero?" Jessie sembrava spaventata.

"Che cosa? No, certo che no" disse automaticamente Mia, e poi ricordò che Korum le aveva parlato di un incidente avvenuto in una discoteca nei primi giorni della loro relazione. Le aveva detto che lei e Jessie erano uscite da sole, e che un tizio l'aveva baciata. Notando la reazione di Jessie, Mia pensò che Korum avesse minimizzato la sua reazione.

"Uh-uh" disse Jessie, dubbiosa.

"Non lo farà" disse Mia con sicurezza, guardando Korum. Sapeva perfettamente che lui poteva sentirla.

La fissava. I suoi occhi avevano ancora quei pericolosi riflessi dorati, ma un angolo della bocca si piegò, con un abbozzo di sorriso che gli attraversò il viso. Mia continuò a guardarlo, socchiudendo gli occhi, e il sorriso dell'alieno si ampliò, trasformandogli i lineamenti da semplicemente a incredibilmente sexy. Poi si voltò e continuò a parlare con Edgar, come se non fosse accaduto niente.

"Santo cielo" sospirò Jessie, sgranando gli occhi. "Ce l'hai fatta! Mia, cazzo, ci sei riuscita..."

"A fare cosa?"

"A domare un K."

CAPITOLO VENTI

$\mathcal{P}$assarono altre due settimane dopo il viaggio a New York. Mia si ritrovò ad amare la sua nuova vita... e cominciò a pensare di non tornare per terminare l'ultimo anno di scuola.

Lenkarda era quanto di più vicino al paradiso potesse immaginare. L'estate era la stagione delle piogge in quella regione della Costa Rica, il che significava soleggiate mattinate e pioggia tropicale nel pomeriggio. Come conseguenza di tutta quella pioggia, tutto divenne verde e lussureggiante, con cascate e fiumi che si ingrossarono. Mia spesso passava le mattine a esplorare i boschi vicini, fotografando la fauna locale, e la seconda parte della giornata lavorava nel laboratorio con Adam.

Haron, l'esperto della mente dell'Arizona, aveva accettato di rilevare il laboratorio di Saret come soluzione temporanea per tenere aperto il sito. Lì si erano svolte troppe ricerche importanti per poterlo chiudere. Mia aveva conosciuto il K per la prima volta durante il loro breve viaggio in Arizona e non era sicura che le piacesse. Aveva la sensazione che la considerasse una sorta di curiosità medica, a causa delle sue condizioni. Tuttavia, non gli dava fastidio che lei continuasse a lavorare in laboratorio, e lasciava lei e Adam soli per la maggior parte del tempo—cosa che andava benissimo a Mia.

Ogni giorno che passava, amava sempre più la propria vita a Lenkarda. La sua amicizia con Delia continuò a svilupparsi, e le due ragazze spesso andavano a nuotare e a fare immersioni insieme—cosa che tranquillizzava i loro cheren. "Almeno Delia può chiedere aiuto, se ti succede qualcosa e viceversa" disse Korum una sera, mentre stavano a letto. "E sa quali zone evitare."

L'iperprotettività di Korum faceva impazzire Mia. Quando se ne lamentava con Delia, la ragazza più grande rideva. "Oh, faresti meglio ad abituarti. Arus è esattamente così, credimi. Potresti pensare che dopo secoli passati insieme si sia reso conto che sono capace di prendermi cura di me stessa, ma no. Se fosse per lui, non uscirei mai di casa da sola."

"Come riesci a sopportarlo?" chiese Mia, studiandosi le mani. Sapeva dei dispositivi di localizzazione, e li *detestava*. Quando aveva saputo dell'irradiazione—dopo aver chiesto a Korum come facesse sempre a sapere esattamente dove fosse—si era sentita furiosa e aveva insistito affinché l'alieno rimuovesse i dispositivi. Lui si era rifiutato, spiegando che doveva assicurarsi che lei fosse al sicuro. Ebbero una lunga discussione che culminò con Korum che la portò a letto. I dispositivi erano ancora lì per ora, ma Mia aveva tutte le intenzioni di rimuoverli alla prima occasione.

Delia scrollò le esili spalle. "Non lo so" disse. "So che Arus mi ama e che ha paura di perdermi. Sono tanto necessaria alla sua esistenza quanto lui lo è per la mia— e cerco di essere accomodante. Col passare del tempo, abbiamo imparato entrambi il valore del compromesso, e lo farete anche tu e Korum."

Avere Delia per amica era come avere un mentore e una confidente in un unico aggraziato pacchetto. A volte, era saggia e misteriosa come una sfinge, ma, altre volte, era proprio come qualsiasi altra giovane donna dell'età di Mia, e si comportava come una ragazzina. Questo insolito mix di personalità era piuttosto comune tra i Krinar, scoprì Mia. Vivevano a lungo, ma non si sentivano mai *vecchi*. I loro corpi erano sani a diecimila anni come lo erano a venti, e tutti intorno a loro condividevano quella longevità, quindi raramente subivano il decadimento di un umano insolitamente longevo.

"Sai, non incarni lo stereotipo di un essere immortale meditabondo" disse Mia a Korum una volta, dopo una sessione di gioco particolarmente divertente nella loro camera a gravità zero. "Non dovreste essere tutti lunatici e odiare la vita invece di godervela così tanto?"

Korum sorrise, con i denti bianchi che

lampeggiarono. "Come potrei odiare la vita, quando ho te?" disse, sollevandola e facendola roteare per la stanza.

Quando finalmente la rimise a terra, Mia era senza fiato dalle risate.

"La vita va goduta, dolcezza" disse, continuando a stringerla, con un'espressione sul viso inaspettatamente seria. "Ecco perché ti amo così tanto. Mi *godo* te, Mia—tu migliori ogni momento della mia esistenza. Il tuo sorriso, la tua risata—persino la tua testardaggine—mi rendono più felice di quanto non sia mai stato prima d'ora. Anche quando non siamo insieme, pensare a te mi fa sentire contento, perché so che sei qui, che quando torno a casa, posso abbracciarti, sentirti—" i suoi occhi si fecero più luminosi "—scoparti."

Mia lo fissò con i capezzoli induriti, mentre un brivido di eccitazione l'attraversava.

"Sì" disse, con voce bassa e roca. "Non dimentichiamo l'ultima parte. Mi diverto molto a scoparti. Adoro il modo in cui gemi quando sono dentro di te, il rossore sulle tue guance quando sei eccitata... Adoro il tuo profumo, il tuo sapore. Voglio gustarti come un dessert..." Allungò una mano tra le sue gambe, dilatandole le pieghe con le dita, accarezzandola lì, diffondendo l'umidità intorno alla sua apertura. "La tua figa è più dolce di qualsiasi frutto" sussurrò, inginocchiandosi e sollevandole l'orlo del vestito. "Più deliziosa del cioccolato..."

E Mia quasi raggiunse l'orgasmo al primo tocco

della sua lingua. Gemendo, gli affondò le dita tra i capelli, aggrappandosi a lui, mentre la sua abile bocca la portava al culmine, soddisfacendola fino a frantumarla in un milione di pezzi.

~

"Ripetilo" ordinò Korum, fissando Ellet.

"Penso di aver trovato qualcuno che possa arrestare la procedura di Saret e annullare la perdita di memoria di Mia" ripeté Ellet, incrociando le lunghe gambe. Erano seduti nel laboratorio di Ellet, dove Korum aveva portato Mia dopo averla salvata dalle grinfie di Saret.

"Chi?"

"Un'apprendista emergente del laboratorio di Baranil. A quanto pare, ha appena sviluppato un modo per annullare quasi ogni procedura mentale. È tutto molto segreto, ecco perché non lo sapevamo prima. Puoi immaginare le implicazioni di qualcosa di simile. Chiunque abbia subito un qualsiasi tipo di riabilitazione lo vorrebbe."

"Il laboratorio di Baranil" disse Korum fissando Ellet. "Su Krina."

"Sì."

"Capisco." Korum si alzò e iniziò a camminare.

"Ne hai ancora bisogno?" chiese Ellet, fissandolo con i suoi grandi occhi scuri. "Mia sembra abbastanza felice così com'è... e anche tu." C'era una nota un po' malinconica nella sua voce.

Korum la guardò. Sebbene fossero stati amanti, non aveva mai provato sentimenti profondi per Ellet—ed era certo che lo stesso valesse per lei.

Come per rispondere alla sua domanda inespressa, Ellet sorrise. "Sono felice per te" disse dolcemente. "Lo sono davvero. Quello che c'è stato tra noi è finito molto tempo fa. È solo che non avrei mai pensato che sarebbe stata una ragazza umana a farti sentire così."

Korum sospirò, passandosi una mano tra i capelli. "Nemmeno io, Ellet. Credimi, è abbastanza scioccante anche per me."

"Oh, ti credo" disse Ellet, continuando a sorridere. Era bellissima—obiettivamente, Korum lo riconosceva—ma il suo aspetto ora lo lasciava indifferente. Ogni donna che vedeva in questi giorni veniva confrontata con Mia e ne usciva sconfitta—un altro effetto collaterale della sua ossessione per la propria charl.

"Puoi mettermi in contatto con quest'apprendista?" chiese Korum, tornando sull'argomento. "Mi piacerebbe parlarle."

~

Lasciando Ellet, Korum si diresse verso il suo laboratorio, dove lavoravano i progettisti. Anche se potevano lavorare in remoto, incontrandosi solo in ambienti virtuali, qualcosa circa la vicinanza fisica tendeva a favorire il processo creativo, con conseguente miglioramento della coesione del team e risultati più innovativi.

Entrando nel grande edificio color crema, Korum salutò Rezav, uno dei principali progettisti, e andò nel suo ufficio, uno spazio privato in cui di solito svolgeva il lavoro migliore. La scorsa settimana era stata tranquilla, con i dipendenti che si erano rilassati dopo la corsa dello scorso mese per finalizzare i progetti per i nuovi scudi. Normalmente, per Korum questo sarebbe stato il momento perfetto per lavorare sui propri progetti—ma le ultime due settimane erano state tutt'altro che normali.

Assicurandosi che nessuno potesse entrare nel suo ufficio, Korum attaccò un nodo della realtà virtuale alla tempia e chiuse gli occhi. Quando li riaprì, era accanto a un grande fiume, circondato dalle familiari sfumature verdi, rosse e dorate della vegetazione di Krina.

Il sole era luminoso, persino più caldo dell'equatore terrestre. Korum ne sentiva i raggi sulla pelle nuda delle braccia, e godeva della piacevole sensazione. Respirando profondamente, lasciò che i polmoni si riempissero di aria pura e pulita e dell'aroma inebriante delle piante in fiore.

"È molto diverso dalla Terra, vero?" disse una voce profonda alla sua destra, e Korum si girò per vedere Lahur, a meno di un metro di distanza. Non aveva sentito l'Anziano avvicinarsi—ma nessuno era in grado di muoversi alla velocità di Lahur. Il vecchio Krinar era l'ultimo predatore, con la sua velocità e la forza leggendarie come l'uomo stesso.

"Sì" disse Korum semplicemente. "Molto diverso." Se c'era una cosa che aveva imparato durante le sue recenti interazioni con gli Anziani, era l'importanza di dire il meno possibile. Lahur—il più anziano di tutti—amava il silenzio e sembrava disprezzare quelli che parlavano inutilmente.

Il fatto stesso che Lahur stesse parlando con lui era incredibile. Korum non era un estraneo per gli Anziani, essendosi rivolto a loro numerose volte per varie questioni del Consiglio. Tuttavia, tutte le sue precedenti comunicazioni erano state effettuate attraverso i canali ufficiali, e gli Anziani non si erano quasi mai visti con i Consiglieri di persona—virtualmente o nel mondo reale. Così, quando Korum aveva contattato gli Anziani per conto di Mia alcune settimane fa, non si era mai aspettato che la sua richiesta venisse presa sul serio, tanto meno che avrebbero acconsentito a un incontro virtuale.

Un incontro virtuale che in qualche modo si era trasformato in un'intera serie di interviste nelle settimane successive.

Lahur lo fissò, con gli occhi scuri e impenetrabili. Come Korum, era stato concepito naturalmente, non in un laboratorio, e i lineamenti asimmetrici erano più simili a quelli degli antichi Krinar che a quelli moderni.

"Abbiamo preso in considerazione la tua richiesta" disse l'Anziano, con lo sguardo impassibile concentrato su Korum.

Korum non disse niente, inclinò solo leggermente la testa. La pazienza era fondamentale. La pazienza e il rispetto.

"Desideri che la famiglia della tua charl venga

portata nella nostra società. Per condividere con lei una durata di vita prolungata."

Korum rimase in silenzio, sostenendo lo sguardo di Lahur.

"Non accetteremo la tua richiesta."

Korum cercò di nascondere la delusione. "Perché?" chiese con calma. "Si tratta solo di alcuni umani. Che male farebbe portarli a Lenkarda e permettere loro di condividere pienamente la vita della mia charl?"

Gli occhi di Lahur si rabbuiarono, diventando neri come la pece. "Vuoi discutere per loro?"

"No" disse Korum, ignorando il modo in cui le sue pulsazioni erano aumentate. "Discuto per lei—per Mia."

Lahur lo fissò. "Perché? Perché una di quelle creature è così importante per te?"

"Perché è così" disse Korum. "Perché lei significa tutto per me." Sapeva di aver praticamente esposto la gola a Lahur, ma non gli importava. Non era un segreto che Mia fosse la sua debolezza, e cercare di nasconderlo a un Anziano di dieci milioni di anni era inutile come sbattere la testa contro un muro.

Con shock di Korum, un debole sorriso fece piegare le labbra di Lahur, addolcendogli le rughe del viso. "Molto bene" disse l'Anziano. "Mi hai convinto—e ti darò la possibilità di convincere gli altri. Porta qui gli umani e lasciali parlare." Fece una pausa per un secondo, lasciando che il pieno impatto delle sue parole colpisse Korum. "Mi piacerebbe conoscere questa tua Mia."

CAPITOLO VENTUNO

"Qual è il problema?" chiese Mia, quando Korum tacque per la seconda volta, come se fosse assorto nei suoi pensieri.

Era tardi e stavano cenando in spiaggia—una gita romantica che Korum aveva suggerito il giorno prima. Mia si aspettava qualcosa di straordinario... ed ottenne proprio questo. Tutt'intorno a loro, centinaia di minuscole luci fluttuavano nell'aria, somiglianti a stelle e lucciole che si inseguivano. Il sole era già calato, e queste luci, insieme alla nuova luna crescente, erano le uniche fonti di illuminazione.

Per il pasto, Korum aveva preparato dozzine di piccoli piatti, per lo più stuzzichini. Spaziavano dai panini ripieni di una deliziosa pasta di carciofi ad alcuni frutti esotici che Mia non aveva mai assaggiato. Era un pasto adatto a un re. A Mia era piaciuto tutto—finché non notò l'atteggiamento stranamente distratto di Korum.

"Che cosa ti fa pensare che ci sia qualche problema?" chiese, con le labbra che si piegarono in un sorriso sensuale, ma Mia non era stupida. C'era sicuramente qualcosa che non andava.

"Non credi che ormai riesco a capire quando sei preoccupato per qualcosa?" Mia inclinò la testa di lato, fissando il suo amante. Poteva essere ancora un mistero per lei, a volte, ma imparava a conoscerlo meglio giorno dopo giorno.

La guardò, con fare quasi... calcolatore. "Hai ragione, dolcezza" disse alla fine. "C'è una cosa di cui ho bisogno di parlarti."

Mia deglutì. L'ultima volta in cui Korum aveva avuto bisogno di parlarle di una cosa, aveva scoperto che la sua mente era stata manipolata. Di cosa poteva trattarsi questa volta?

"Non è niente di brutto" disse Korum, apparentemente comprendendo la sua preoccupazione. "Anzi, ho una buona notizia per te."

"Sarebbe?" Mia non riusciva a scacciare la sensazione di disagio.

"Abbiamo trovato qualcuno su Krina in grado di arrestare la procedura di Saret" disse Korum, osservandola attentamente. "Questa persona può annullare tutto quello che lui ti ha fatto—compresa la cancellazione della memoria."

"Oh mio Dio..." Mia non sapeva nemmeno cosa dire. "Ma Korum, è straordinario!"

Le sorrise. "Già. E c'è qualcos'altro."

"Che cosa?"

"Ricordi la mia petizione agli Anziani riguardo alla tua famiglia?"

Mia smise quasi di respirare. "Per renderli immortali come me?"

"Sì."

"Certo che mi ricordo" disse Mia, con il cuore che cominciò a batterle nel petto con un selvaggio mix di speranza e apprensione.

"C'è una possibilità che possano concederla."

Questa volta, Mia non riuscì a trattenere un urlo emozionato. Saltando in piedi e ridendo, si lanciò contro Korum, che si era alzato appena in tempo. "Grazie! Oh mio Dio, Korum, grazie!"

"Aspetta, tesoro" disse lui, allontanandola cautamente. "Non è così semplice. È necessaria una cosa che potresti non voler fare."

Mia lo fissò, mentre l'emozione svaniva. "Che cosa?"

"Dovremmo andare su Krina e portare la tua famiglia con noi."

~

QUELLA NOTTE, la ragazza non riuscì a dormire. Continuava a svegliarsi ogni ora, con la mente che frullava per un milione di domande e preoccupazioni varie. Come aveva spiegato Korum, il viaggio su Krina avrebbe avuto due scopi: annullare la procedura di Saret e presentare il caso di Mia davanti agli Anziani. "Vogliono conoscervi" aveva detto, scioccando Mia e facendola sprofondare nel silenzio.

Un grande corpo caldo le premeva contro la schiena, distogliendola dalle riflessioni. "Sei di nuovo sveglia" mormorò Korum, tirandola tra le sue braccia. "Perché non dormi, tesoro?"

"Perché gli Anziani vogliono questo?" Mia non riusciva a smettere di pensarci. "Perché vogliono vederci? Pensavo che fossero come i vostri dei o qualcosa del genere. Che cosa potrebbero volere da me e dalla mia famiglia?"

Korum sospirò, e lei sentì il movimento del suo petto. "Non sono degli dei. Sono dei Krinar, come me— solo molto, molto più vecchi. Per quanto riguarda il motivo per cui vogliono vedervi, non lo so. Hanno sviluppato un insolito interesse per la mia petizione, parlandomi diverse volte e facendo molte domande su di te e sui tuoi genitori."

"E non hanno detto che avrebbero accettato la tua richiesta, vero?" Mia si rigirò tra le sue braccia per guardarlo in faccia.

"No" disse Korum, con il debole bagliore della luce lunare filtrante dal soffitto trasparente che si rifletteva nei suoi occhi. "Non l'hanno detto. Però, Lahur ha spiegato che ci darebbe una possibilità in più—facendo capire che sarebbe dalla nostra parte."

"Lahur è il più vecchio?"

"Sì. È quello che vive da oltre dieci milioni di anni."

Mia rabbrividì, con la pelle d'oca che comparve sulle sue braccia.

"Hai freddo?" Korum la tirò a sé, sistemando una coperta sopra di lei.

"No, non proprio." Il corpo nudo dell'alieno era come una fornace, che generava così tanto calore che la ragazza non aveva mai freddo quando dormiva accanto a lui. La temperatura nella casa di Korum era sempre confortevole—più fresca durante la notte, più calda durante il giorno. Era stata adattata specificamente per soddisfare le loro esigenze. Quando Mia viveva in Florida, aveva sempre detestato l'aria condizionata; l'aria fredda era troppo forte dopo il caldo esterno, e di solito era troppo alta per i suoi gusti. A Lenkarda, le strutture intelligenti mantenevano l'interno degli edifici a una temperatura perfetta, creando microzone di clima attorno a ciascuna persona.

"Non c'è bisogno di andare, lo sai." Korum le accarezzò delicatamente la schiena. "Possiamo rimanere qui. Ti sei abituata a tutto così bene. Se la perdita di memoria non ti dà fastidio, allora non serve cambiare nulla—"

"No" disse Mia, giocando col suo petto. "Se fosse solo questo, allora potremmo restare. Ma i miei genitori, mia sorella... Se c'è anche una sola possibilità che possano vivere più a lungo, dobbiamo farlo. Non me lo potrei mai perdonare altrimenti."

"Lo so, tesoro" disse Korum dolcemente. "Lo so."

"Non potremmo incontrare gli Anziani virtualmente?" Mia indietreggiò per guardarlo in faccia. "È così che hai parlato con loro, non è vero?"

"Sì" disse Korum. "Ma loro non lo considerano un vero e proprio incontro. Quando Lahur ha detto che voleva conoscerti, intendeva dire di persona, nella vita reale."

"È un po' all'antica, vero?" disse Mia ironicamente.

Korum rise. "All'antica è solo un eufemismo."

Mia tacque, pensando di nuovo al viaggio imminente. "Pensi che torneremo presto?" chiese dopo qualche secondo.

"Non lo so" rispose Korum. "Dipende da cosa vogliono gli Anziani."

IL GIORNO seguente Korum osservò Mia suonare il campanello della casa dei suoi genitori. Sapeva che era preoccupata per quella parte: dire alla sua famiglia delle capacità dei Krinar di estendere la durata della vita e convincerli a recarsi su Krina.

Indossava abiti umani oggi, un paio di pantaloncini e una maglietta. Per quanto a Korum piacesse vederla con degli abiti interi, doveva ammettere che i pantaloncini le stavano bene, mettendone in evidenza le gambe affusolate. Forse avrebbe dovuto vestirsi in quel modo più spesso.

La madre di Mia aprì la porta con un enorme sorriso sul viso leggermente arrotondato. "Mia! Korum! Oh, sono così felice di rivedervi!" Abbracciò prima Mia, e poi Korum si ritrovò avvolto in un forte abbraccio.

Sorridendo, diede un bacio sulla guancia di Ella Stalis ed entrò in casa, seguendo le due donne all'interno. Mocha, la cagnolina che Mia aveva definito un Chihuahua, uscì da una delle stanze, abbaiando allegramente e cercando di saltare addosso a Korum. Lui si chinò e accarezzò l'animaletto, che rotolò immediatamente sul dorso e gli mostrò il ventre—apparentemente per farsi strofinare anche quello.

"Wow, Korum, le piaci" disse Mia meravigliata. "Non riesco a credere che si comporti così con te. Di solito è timida con gli estranei..." E per dimostrare la sua tesi, Mia allungò la mano verso il cane, che immediatamente si voltò e corse via.

Korum sorrise. Sembrava che le piccole creature graziose avessero un debole per lui.

I genitori di Mia vivevano in una casa incantevole—l'epitome di ciò che lui considerava tipico degli umani americani. Aveva un'atmosfera confortevole, vibrante, con divani imbottiti che mostravano lievi segni di usura e fotografie di famiglia ovunque. A Korum piaceva soprattutto vedere quelle di Mia da piccola. Era una bambina carina, con lunghi ricci e grandi occhi azzurri. Per un secondo, ebbe una stretta al petto immaginando di avere una figlia tutta sua, con i lineamenti di Mia—uno strano ed impossibile impulso che non aveva mai avvertito.

Il padre di Mia entrò nel soggiorno proprio quando si sedettero sul divano. Mia balzò in piedi. "Papà!"

"Oh, Mia, tesoro, sono così felice di rivederti!" Dan Stalis abbracciò la figlia, baciandola sulla guancia.

Anche Korum si alzò in piedi e tese la mano per un saluto umano. "Ciao, Dan."

"Korum, è bello rivedere anche te" disse il padre di Mia, stringendogli la mano. Era un po' più freddo di quanto non fosse stato con Mia, e Korum capì che il genitore era ancora leggermente indeciso riguardo alla loro relazione. Korum non poteva biasimarlo; se fosse stato nei panni dell'umano, non avrebbe accettato facilmente qualcuno che gli avesse portato via sua figlia.

"Dov'è Marisa?" chiese Mia, quando tutti si sedettero di nuovo. "Sta arrivando?"

"Sì, dovrebbe essere qui tra pochi minuti" rispose sua madre, ancora raggiante per la felicità di avere a casa la figlia. Anche Mia era felice. Osservandoli, Korum fu ancora più convinto che mai di aver fatto la cosa giusta rivolgendosi agli Anziani. La sua charl sarebbe stata infelice, se i genitori fossero invecchiati e avvizziti, sapendo che per tutto il tempo Korum aveva avuto il potere di impedire che ciò accadesse.

"Posso offrirti un tè? Forse un po' di frutta?" chiese Ella, rivolgendosi a Korum. "Avete fame? Ieri ho preparato una deliziosa insalata di barbabietole—"

"Sto bene, grazie" disse Korum, addolcendo la risposta con un sorriso. "Abbiamo mangiato appena prima di venire qui."

"Prendo un po' di tè" disse Mia. "Ma non ti preoccupare, mamma—lo preparo io." Alzandosi, andò in cucina, lasciando Korum da solo con i due umani più anziani.

Ella e Dan Stalis lo osservavano in modo strano, quasi in attesa, e Korum ebbe un improvviso lampo di intuizione. Pensavano che lui e Mia si stessero per sposare—e probabilmente si aspettavano che avrebbe chiesto loro il permesso, secondo i vecchi usi umani.

Korum sentì un lampo di inaspettato rimorso per averli delusi. Non era quello il motivo per cui lui e Mia erano venuti oggi, né l'idea era mai passata loro per la testa. Per quanto ne sapeva, nessun Krinar aveva mai sposato un'umana; semplicemente non era mai accaduto. Rivendicando Mia come sua charl, Korum si era già impegnato con lei—anche se lei non la vedeva necessariamente allo stesso modo.

Con suo sollievo, il campanello suonò di nuovo, creando un momento imbarazzante. Entrambi gli umani si alzarono e si affrettarono verso la porta, lasciando entrare la figlia maggiore e suo marito. Anche Mia uscì dalla cucina, con un largo sorriso sul volto.

Korum si alzò per salutarli mentre varcavano la porta. Baciò Marisa sulla guancia e strinse la mano a Connor, sinceramente felice di rivedere la giovane coppia. La sorella di Mia aveva appena iniziato a farsi vedere in giro, con la pancia rotonda a causa del bambino che portava in grembo, e sembrava radiosa.

Strofinandole leggermente le labbra sulla guancia, Marisa arrossì, con la pelle chiara e sensibile come quella di Mia. Korum soppresse un sorriso. Sapeva che le donne umane lo trovavano attraente, e gli piaceva avere quell'effetto su di loro. Era meglio che farle rabbrividire dalla paura, come a volte facevano per quello che era.

A Connor non sembrava importare della reazione di sua moglie, sorridendo con la stessa calma di prima. Korum non riusciva a comprendere la sua tranquillità. Se Mia fosse arrossita al tocco di un altro uomo, quell'uomo avrebbe avuto i minuti contati. Gli umani erano decisamente più rilassati su tali argomenti; alcuni maschi erano possessivi quanto i Krinar quando si trattava delle loro donne, ma la maggior parte non lo era.

Poi, fu il turno di Mia, che li salutò, e tutti tornarono nel soggiorno.

"Bene, sorellina" disse Marisa, sedendosi sul divano. Suo marito si sedette accanto a lei. "Dicci che cosa sta succedendo."

Mia fece un respiro profondo e Korum le strinse la mano per incoraggiarla. "Sono immortale" disse coraggiosamente. "Ora posso vivere quanto Korum—e se verrete con noi su Krina, potreste diventarlo anche voi."

~

Per un momento, calò il silenzio sulla stanza. Poi, tutti iniziarono a parlare contemporaneamente. Nella cacofonia delle voci, era impossibile sentire una domanda specifica. Solo Dan Stalis era silenzioso, appoggiato a un tavolo a osservare gli avvenimenti con mite curiosità sul viso.

"Non sembri sorpreso" disse Korum, guardando il padre di Mia.

"No" confermò Dan. "Non lo sono."

"Perché no?" chiese Korum.

"Perché ha tutto il senso del mondo" rispose Dan Stalis. "Altrimenti, come potreste stare insieme tu e Mia? Non ha mai parlato di un futuro con te, eppure non sembra mai turbata quando ne discutiamo. Come potrebbe non esserlo, se ti ama e vuole stare con te? E poi, hai curato le mie emicranie con una semplice pillola. Non è difficile immaginare che la vostra gente sia in grado di curare altre cose, come il cancro o le malattie cardiache." Fece una pausa per un secondo. "Forse anche l'invecchiamento."

Korum sorrise, involontariamente colpito dall'umano.

"Dan, non mi hai mai detto niente." Il tono di Ella era sbigottito. "Tutte le volte che abbiamo discusso di Mia, non hai mai sollevato questi sospetti!" Alzò la voce sul finale, socchiudendo gli occhi mentre fissava il marito.

"È sempre stata solo un'ipotesi" disse Dan con tono rassicurante. "Ella, tesoro, non volevo illuderti, nel caso mi fossi sbagliato."

"E così, ora sei una K?" Marisa stava guardando sua sorella con un'espressione scioccata sul viso. "Bevi anche sangue?"

"Aspettate" disse Connor. "Possiamo tornare alla parte in cui possiamo diventare tutti immortali, se andiamo su Krina?"

Mia aprì la bocca per rispondere, e Korum le strinse di nuovo la mano. "Lascia che provi a spiegare io, dolcezza" disse. "E poi risponderemo a qualsiasi altra domanda che potrebbe avere la tua famiglia."

Rimasero tutti in silenzio, a fissarlo, e lui continuò: "Abbiamo i mezzi per curare il cancro—l'invecchiamento e qualsiasi altra malattia che possa affliggere gli umani. Lo facciamo inserendo nanociti—nanomacchine che imitano le funzioni delle cellule in un corpo umano. Essi riparano qualsiasi danno cellulare in corso e consentono una rapida guarigione delle ferite. Questo è tutto ciò che fanno; non c'è trasformazione da una specie all'altra.

"Mia ha questi nanociti nel corpo. Glieli ho impiantati un paio di mesi fa. E hai ragione, Dan. Questo è l'unico modo per poter stare insieme nel lungo termine."

Korum fece una pausa ed esaminò la stanza. "Il motivo per cui Mia non vi ha detto niente prima—e per il quale non ne avevate mai sentito parlare—ha a che fare con qualcosa che si chiama mandato di non interferenza. È stato deciso dai nostri Anziani. Non è permesso far nulla che possa alterare in modo significativo il corso del naturale progresso umano. Ecco perché non condividiamo la nostra tecnologia o la scienza con voi: perché farlo è proibito. Le uniche eccezioni a questa regola sono gli umani che definiamo charl: quelli come Mia, con cui stabiliamo relazioni serie."

"Ma perché?" chiese Connor, accigliato. "Perché esiste questo mandato?"

"Non lo so" ammise Korum. "Ci sono molte teorie,

la più popolare delle quali è che gli Anziani stiano ancora conducendo un esperimento riguardo alla vostra evoluzione. Hanno assistito alla nascita della vostra specie, e vogliono vedere come progredite senza la minima interferenza da parte nostra—"

"Che cosa vuol dire 'alla nascita'? Quanti anni hanno questi vostri Anziani?" interruppe Dan, guardando Korum.

"Sono vecchi" rispose Mia per lui. "Molto vecchi. Hanno circa dieci milioni di anni."

Il padre di Mia impallidì visibilmente. "Dieci *milioni* di anni?"

"Sì" rispose Mia. "Quando Korum ha detto che hanno assistito alla nascita della razza umana, non stava scherzando. Due degli Anziani avevano la responsabilità di sorvegliare la nostra evoluzione fin da quei tempi. Vero?" Guardò Korum.

"Sì, esattamente" confermò.

"Quindi, se questo mandato è ancora in vigore, perché ci stai raccontando queste cose adesso?" chiese la madre di Mia, confusa. "E cos'hai detto prima sul fatto di andare su Krina?"

"Ho fatto una petizione agli Anziani a vostro nome" spiegò Korum. "Per sottoporvi alla stessa procedura di Mia. Non hanno esattamente accettato, ma hanno fatto una richiesta molto insolita: vedere di persona Mia e la sua famiglia."

"Gli Anziani vogliono vederci?" Ella Stalis sembrò sul punto di svenire.

"Sì" rispose Korum. "Vogliono vedere voi e Mia di persona."

"Perché?" Era di nuovo Dan.

"Non lo so" disse Korum sinceramente. "Vorrei potervelo dire."

"Allora, fammi capire... vogliono che veniamo su Krina, ma non garantiscono che ci daranno questi nanociti?" chiese Connor, accigliato. "Ci stanno chiedendo di lasciare le nostre vite qui nella remota possibilità che ciò accada?"

"Sì." Korum non provò nemmeno a indorare la pillola.

"Che cosa accadrebbe, se disobbedissi a questi Anziani?" chiese Marisa, contorcendo le piccole mani. "Se infrangessi il mandato di non interferenza?"

"Dipende" disse Korum. "Un'infrazione minore si tradurrebbe nella perdita della posizione—che è qualcosa di simile alla nostra reputazione—e spesso ci sono sanzioni economiche e di altro tipo. Se è qualcosa di più serio, viene trattato come un reato alla pari dell'omicidio."

"Oh" disse Marisa debolmente.

"Fammi capire bene" disse Dan Stalis. "Ci stai dando la possibilità di avere una durata di vita infinitamente lunga, ma solo se veniamo con te su un altro pianeta."

"Sì."

"E se ci rifiutassimo?" chiese Connor, con un'espressione ostinata. "Se non volessimo sradicare le nostre vite per volare nello spazio?"

Korum scrollò le spalle. A dire il vero, non aveva

idea di cosa sarebbe successo se qualcuno della famiglia di Mia avesse deciso di declinare l'invito degli Anziani. Normalmente, se gli umani scoprivano qualcosa che non dovevano, una parte dei loro ricordi sarebbe stata cancellata. Ma ora era diverso, e non sapeva quali linee guida avrebbero applicato in questo caso.

"No, Connor, non puoi rifiutare" disse Mia, guardando storto il cognato. "Non capisci? Se gli Anziani esaudissero la nostra richiesta, tu e Marisa—e vostro figlio—potreste vivere per migliaia di anni. Come potresti rifiutare qualcosa del genere? E, mamma, papà, voi sareste di nuovo giovani. Non sarebbe fantastico?" Lanciò un'occhiata supplichevole per tutta la stanza. "Vi prego, non fatemi assistere alle vostre morti solo perché siete spaventati. Korum vi sta offrendo l'immortalità. Come potete rifiutare?"

CAPITOLO VENTIDUE

Le due settimane successive passarono in un turbinio di preparativi per la partenza. I genitori di Mia, Marisa e Connor chiesero un permesso di lavoro e sistemarono le loro finanze. Tra tutti, Connor sembrava il più esitante, anche se Marisa lo convinse che dovevano andare—se non altro per il bene del bambino. Dopo molte discussioni, decisero che se gli Anziani non avessero concesso l'immortalità, sarebbero tornati alle loro vite normali—dopo aver firmato un accordo per non rivelare alcuna informazione confidenziale sui K. Tuttavia, se la petizione si fosse conclusa con successo, allora Lenkarda sarebbe stata la loro nuova casa, proprio come lo era per Mia.

Per scacciare ogni preoccupazione sul viaggio della sorella durante la gravidanza, Mia parlò con Ellet e le fece esaminare Marisa un'ultima volta. "È perfettamente sana" li rassicurò Ellet. "E il viaggio nello spazio non dovrebbe rappresentare alcun problema. Se dovesse andare a esplorare nuove galassie, sarei preoccupata, ma un semplice viaggio tra Krina e la Terra—è la cosa più sicura che ci sia ultimamente."

Mia chiamò Jessie e le parlò, spiegando che sarebbe stata via per un po' e che non sarebbe tornata per l'anno scolastico. Jessie non fu minimamente sorpresa, anche se pianse quando Mia disse che non sapeva quando sarebbe tornata. Dal momento che l'amica non poteva rivelare a Jessie le vere ragioni del viaggio, doveva lasciare che pensasse che fosse l'attività di Korum a portarli via.

"Può venire anche Jessie?" chiese Mia a Korum dopo quella conversazione da cardiopalma. "So che hai detto solo la famiglia, ma lei è come un membro della famiglia per me—"

"No, dolcezza" disse Korum con rammarico. "Gli Anziani hanno già esitato con Connor. Ho dovuto insistere per convincerli che un cognato è l'equivalente di un vero fratello. Se i genitori di Connor fossero stati ancora in vita, non credo che avrebbe potuto funzionare—avrebbero dovuto fare un'accezione per troppi umani."

Mia deglutì. Non si era resa conto di quanto fosse stata vicina a perdere sua sorella, che probabilmente avrebbe scelto di restare con il marito. Per la prima volta, la mancanza di famiglia di Connor era in qualche modo un vantaggio. Mia si era sempre sentita dispiaciuta per il cognato, perché sua madre, un genitore single, era morta a causa del cancro al seno sette anni fa... ma ora quel fatto forse avrebbe permesso alla famiglia di Mia di rimanere unita.

Adam preparò una pila di fogli e registrazioni da farle portare al laboratorio della mente di Krina. "Non dimenticarti di darli a quell'apprendista" disse a Mia. "Contengono tutto quello che ho trovato nei file di Saret sulla perdita di memoria e sull'ammorbidimento. Non è molto—deve aver distrutto la maggior parte dei dati prima—ma potrebbe aiutarli a comprendere la tua condizione."

"Grazie, Adam." Mia sorrise al K. "È stato fantastico averti come collega."

Adam sorrise, con i denti bianchi che lampeggiarono. "Grazie, penso lo stesso di te, collega. Mandami un messaggio, quando atterrate e vi sistemate; mi piacerebbe sapere come va l'incontro con gli Anziani."

"Certo" disse Mia. Sapeva che Adam aveva un buon motivo per voler conoscere l'esito della petizione di Korum: tutta la sua famiglia adottiva era umana—come la misteriosa ragazza di cui non parlava mai.

~

"Saret sarà sulla navicella insieme a noi" disse Korum a Mia, mentre camminavano sulla spiaggia la sera prima della partenza. "Il Consiglio lo rivuole su Krina in modo che gli Anziani possano processarlo personalmente."

Lo stomaco di Mia si contorse ripensando alla

passata paura. Di tanto in tanto aveva ancora degli incubi sul combattimento nell'Arena—orribili sogni in cui Korum non ne usciva vincitore. Saret era quasi riuscito a uccidere il suo amante, e non avrebbe mai potuto dimenticare il dolore dei momenti in cui aveva pensato di aver perso Korum.

Come se leggesse nel pensiero, Korum disse: "Non c'è niente di cui preoccuparsi, dolcezza. Sarà rinchiuso per l'intero viaggio."

"Che durerà solo un paio di settimane, giusto?" domandò Mia.

"Sì" confermò Korum. "Allontanarsi sufficientemente dalla Terra è ciò che impiegherà più tempo. Questo è un sistema solare molto affollato e dobbiamo assicurarci che nulla interferisca con le capacità di curvatura della nostra navicella."

Mia rise, dimenticando tutto su Saret per il momento. "Capacità di curvatura? Come quella della nostra fantascienza—la cosa che permette di andare più veloce della luce?"

"Sì" rispose Korum. "Molto simile a quella. Si piega nello spazio-tempo, permettendoci di viaggiare da un punto all'altro dell'universo quasi istantaneamente."

"Come fa?" chiese Mia affascinata. Non era mai stata un genio della fisica, ma persino lei sapeva che accadevano cose strane durante i viaggi alla velocità della luce e che quelli più veloci della luce erano considerati impossibili fino all'arrivo dei K.

Korum sorrise, apparentemente soddisfatto del suo interesse. "Non posso spiegarlo completamente senza entrare in complicate questioni di matematica, ma posso darti un'idea approssimativa" disse. "In sostanza, le nostre navicelle creano un'enorme bolla di energia che provoca una contrazione nello spazio-tempo di fronte ad essa e un'espansione nello spazio-tempo dietro di essa. Questo è ciò che ci spinge da un posto all'altro—la forza a favore e contraria dello spazio-tempo stesso. Non abbiamo bisogno di raggiungere la velocità della luce in nessun punto; la aggiriamo del tutto."

"Una cosa del genere non richiederebbe molta energia? Che cosa utilizzate come carburante?"

"Beh, la bolla di energia attorno alla navicella utilizza una combinazione di energia positiva e negativa" spiegò Korum. "L'energia negativa è qualcosa che i vostri scienziati hanno appena iniziato ad esplorare. E sì, hai assolutamente ragione: la curvatura dello spazio-tempo richiede un'enorme quantità di energia. Fortunatamente, ne abbiamo in abbondanza. Sfruttiamo anche l'antimateria come fonte di carburante; questo è ciò che alimenta la nostra navicella, quando non siamo in modalità curvatura."

Mia sgranò gli occhi. "Antimateria?"

"È la fonte di energia più potente che ci sia" spiegò Korum.

Mia rimase in silenzio, pensando alla grandezza di ciò che stava per fare. L'indomani avrebbe lasciato la Terra per un periodo di tempo ancora indeterminato, con un amante che non era nemmeno umano. Stava affidando il destino dell'intera famiglia nelle sue mani.

Quello avrebbe dovuto essere un pensiero spaventoso, ma in qualche modo non lo era. Anzi, era quasi stordita dall'emozione. A quante persone veniva offerta una possibilità del genere? Vedere un pianeta diverso, andare su Krina—l'origine di tutta la vita? E incontrare gli Anziani Krinar... Non riusciva ancora a crederci. Lei, una normale ragazza umana, avrebbe conosciuto i veri creatori dell'umanità.

A chiunque sarebbero venute le vertigini.

LA MATTINA dopo andarono in Florida a prendere la famiglia di Mia, volando su una grande capsula per il trasporto che Korum aveva creato appositamente per quello scopo. Tutti erano già riuniti nella casa dei genitori di Mia, con i bagagli pronti. Anche se Korum aveva spiegato che non avrebbero avuto bisogno di molte cose, gli umani insistettero nel portare vestiti e altre cose che ritenevano necessarie.

Questa volta, Korum fece atterrare la navicella sulla strada di fronte alla casa degli Stalis. Mia gli aveva spiegato che i suoi genitori avevano già detto a tutti i vicini del viaggio imminente (senza, tuttavia, comunicarne la ragione), e nessuno sarebbe rimasto troppo scioccato vedendo una navicella aliena atterrare nel loro tranquillo quartiere.

Scendendo dalla capsula, Korum e Mia si avvicinarono alla porta e suonarono il campanello. Intorno a loro, le persone stavano lentamente uscendo dalle loro case, spinte dalla curiosità per il rapporto extraterrestre dei loro vicini. Korum sentì i loro bisbigli, le risatine e i sussulti di emozione e paura. Una coppia di anziani a poche case di distanza era al telefono con i propri figli, lamentandosi del fatto che il "malvagio K" fosse arrivato a Ormond Beach. Probabilmente pensavano che non potesse sentirli, non rendendosi conto di quanto fossero acuti i sensi dei Krinar.

Nulla di tutto questo disturbava Korum. In passato, aveva cercato di essere rispettoso, di assicurarsi che la sua presenza nella piccola città non attirasse troppa attenzione sulla famiglia della charl. Ora, però, non importava. Se gli Anziani avessero accettato la loro richiesta, i parenti di Mia non sarebbero mai tornati alle loro normali vite.

Marisa aprì la porta per farli entrare. "Ciao ragazzi" esclamò vivacemente. "Entrate! Siamo quasi pronti."

"Fantastico!" Mia aveva un enorme sorriso sul viso, mentre varcavano la porta. "Sei emozionata? Io tantissimo—"

"Oh mio Dio, mi chiedi se sono emozionata? Stai scherzando? Non dormo da due giorni..."

Korum sorrise e seguì le due sorelle, che continuarono a chiacchierare fino in cucina. I genitori di Mia e Connor erano già riuniti lì, a fare colazione.

"Korum!" esclamò Ella, con gli occhi che brillavano. "Vuoi unirti a noi? Ho preparato dei pancake di patate con la marmellata di mirtilli freschi."

"Certo" disse Korum, sedendosi al tavolo. "Mi

piacerebbe un pancake." Lui e Mia avevano mangiato circa un'ora fa, ma era curioso di provare il piatto che Mia definiva la specialità di sua madre.

In quel momento, la ragazza si avvicinò alla sua sedia da dietro e gli baciò la guancia, con i capelli che gli fecero il solletico sulla schiena. "Hai già fame?" scherzò, massaggiandogli delicatamente le spalle con le mani. La sua facile dimostrazione di affetto gli fece venir voglia di abbracciarla. Non sapeva quanto ne avesse bisogno fin quando lei non aveva iniziato a toccarlo in quel modo nelle ultime settimane. Prima, era quasi sempre stato lui a iniziare il contatto fisico, sia quello di tipo sessuale che quello più informale.

Naturalmente, quando gli stava così vicino, si induriva, ma il disagio era un piccolo prezzo da pagare. Korum si spostò sulla sedia, sollevando leggermente il ginocchio nel caso qualcuno dei suoi compagni umani avesse sbirciato sotto il tavolo.

"Mia, tesoro, e tu?" chiese sua madre. "Vuoi un pancake anche tu?"

"Mi piacerebbe, mamma, grazie." Mia lasciò andare le spalle di Korum e si sedette accanto a lui. Korum si allungò e le prese la mano, desiderando ancora il suo tocco.

"Ooh, è davvero squisito" disse Connor, masticando un pancake. "Guarda quei due, Marisa."

"Sta' zitto, Connor" disse sua moglie, alzandosi per far bollire l'acqua. "Sembrano una vecchia coppia sposata come noi." Ma c'era un grande sorriso sul suo viso mentre lo diceva, e Korum capì che stava scherzando. Da quello che aveva visto, Marisa e suo marito erano molto affettuosi l'uno con l'altra.

A Korum non dava fastidio che Connor lo prendesse in giro; amava Mia e non aveva intenzione di nascondere i propri sentimenti alla sua famiglia, di mostrare quanto gli importasse di lei. Dopotutto, ormai si fidavano di lui abbastanza da lasciare le loro vecchie vite alle spalle.

Sperava che gli Anziani non gli avrebbero negato i nanociti. Detestava l'idea di deludere la famiglia di Mia —e Mia stessa. In qualche modo, quasi impercettibilmente, Korum si era affezionato a quelle persone. Nelle ultime due settimane, aveva interagito molto con ciascuno dei parenti di Mia, rispondendo alle loro domande su Krina e su cosa aspettarsi durante il viaggio—e aveva scoperto che gli piacevano davvero. Vedeva tracce di Mia nei suoi genitori e in sua sorella, e spesso trovava divertente la compagnia di Connor. Se qualche mese fa qualcuno avesse detto a Korum che avrebbe pensato questo di un gruppo di umani, gli avrebbe riso in faccia. Ma da quando aveva conosciuto Mia, la sua prevedibile vita era finita.

Ella Stalis portò i pancake e servì tutti. Degustando la porzione, Korum si complimentò immediatamente per la sua cucina, amando la combinazione della marmellata dolce con la patata saporita. Lei sorrise, ovviamente compiaciuta. In quel momento, Korum capì quanto dovesse esser stata bella da giovane—e probabilmente lo sarebbe stata di nuovo dopo la procedura.

Alla fine, tutto il cibo venne consumato e i piatti furono messi via. Korum aiutò a ripulire, caricando tutto nella lavastoviglie. Per qualche ragione, gli apparecchi umani lo avevano sempre interessato; erano primitivi e sgraziati, eppure riuscivano a fare il proprio lavoro la maggior parte delle volte.

In quel momento, la cagnolina corse fuori da una delle stanze, abbaiando e saltando di nuovo addosso a Korum. Prima che avesse la possibilità di fare qualcosa, Marisa la sollevò dal pavimento. "Mocha!" sgridò l'animale. Rivolgendosi a Korum, gli rivolse un sorriso di scusa. "Mi dispiace. L'avevamo chiusa in camera in modo che non desse fastidio mentre preparavamo le valigie, ma in qualche modo è riuscita a sgattaiolare—"

"Non fa niente; non ti preoccupare" la rassicurò Korum. Poi gli venne in mente un pensiero improvviso. "Che cos'hai intenzione di fare con il cane quando te ne andrai?"

Marisa lo fissò. "Verrà con noi, ovviamente."

Korum sbatté le palpebre lentamente. "Capisco."

"Non è un problema, vero?" chiese Marisa con ansia. "So che i miei genitori morirebbero senza di lei—"

"No, non è un problema" disse Korum. Era inaspettato, ma non era un problema. Avrebbe dovuto immaginare che avrebbero voluto portare anche la creatura pelosa; gli umani spesso si affezionavano in modo innaturale agli animali domestici. Avrebbe dovuto apportare alcune modifiche dell'ultimo minuto alla disposizione della navicella per adattarla alla presenza del cane, ma non sarebbe stato un grosso problema.

Venti minuti dopo, erano tutti pronti per partire. Korum portò fuori cinque grandi valigie e le caricò sulla capsula, ignorando le occhiate incuriosite dei vicini.

"Fa' attenzione, sono pesanti" lo ammonì Dan Stalis, e Korum soppresse un sorriso. Il padre di Mia chiaramente non capiva la portata delle differenze tra i corpi Krinar e quelli umani. Le valigie per lui non erano più pesanti di quanto fosse la borsetta di Ella per lei. Tuttavia, la sua preoccupazione era piuttosto commovente.

Quando furono tutti all'interno della navicella, Mia si assicurò che fossero comodamente seduti sui sedili. La madre teneva il cane in grembo, stringendolo con una disperazione che tradiva il suo nervosismo.

"Addio, Ormond Beach. Addio, Terra" sussurrò la sorella di Mia mentre la capsula decollava, trasportandoli verso l'alto, oltre l'atmosfera terrestre, dove la grande astronave li attendeva per il viaggio interplanetario.

CAPITOLO VENTITRÉ

Mentre la navicella saliva, Mia osservava gli edifici e i monumenti sottostanti. Le pareti e il pavimento trasparenti della capsula consentivano una vista a 360 gradi. Nel giro di pochi secondi, essa era sopra le nuvole e l'accecante luce del sole filtrò all'interno, costringendo Mia a socchiudere gli occhi finché Korum non fece qualcosa per attenuare il bagliore.

"Wow" sospirò Marisa, facendo eco alle sensazioni di Mia. "Non è come viaggiare in aereo..."

"Ci stiamo muovendo molto più velocemente rispetto ai vostri aerei" spiegò Korum. "Tra qualche minuto, raggiungeremo la nostra destinazione proprio al di fuori dell'atmosfera terrestre."

Mia si allungò e gli strinse la mano. Il cuore le batteva forte per l'emozione e la trepidazione, e poteva solo immaginare come si sentissero gli altri. Suo padre era un po' pallido e sua madre teneva Mocha così forte che la cagnolina si stava contorcendo. Persino Connor era insolitamente silenzioso, con un'espressione di meraviglia sul viso.

"Andrà tutto bene, dolcezza" disse Korum, chinandosi per baciarle la tempia. "Andrà tutto benissimo."

"Lo so" disse Mia sottovoce. "È solo incredibile, tutto qui."

Le sorrise, mostrando quella fossetta sexy sulla guancia sinistra. Lo rendeva ancora più bello del solito, e Mia desiderò disperatamente di essere da sola con lui in quel momento, invece che circondata dalla famiglia.

Come se le leggesse nel pensiero, Korum le sussurrò: "Più tardi" e Mia sentì le guance avvampare. Il sorriso dell'alieno cambiò, diventando più provocante, e lei in risposta gli pizzicò il braccio.

Sollevò le sopracciglia con fare interrogativo, e Mia lo guardò con un cipiglio. "Non davanti ai miei genitori" espresse con un semplice movimento della bocca, e il sorriso dell'extraterrestre si ampliò ancora di più.

Determinata a non permettergli di farla arrossire, Mia guardò in basso, osservando con emozione a malapena controllata mentre si allontanavano sempre di più dalla Terra. Da piccola, sognava di diventare un'astronauta, di andare sulle stelle e di esplorare galassie lontane. Come la maggior parte dei bambini, l'aveva superato, scegliendo una professione più adatta a lei. Ora, tuttavia, le era stata offerta la possibilità di vivere quel sogno infantile, e questo era assolutamente sorprendente.

Ben presto furono così lontani da riuscire a vedere la Terra nella sua interezza—un bellissimo pianeta blu che sembrava troppo piccolo per poter ospitare miliardi di persone. Guardandolo, Mia non poté fare a meno di rendersi conto di quanto fosse vulnerabile l'intera razza umana, legata com'era a quell'unico luogo che sembrava così indifeso nella vastità dello spazio.

"A cosa stai pensando?" chiese Korum, allungandosi per accarezzarle un ginocchio.

"Stavo pensando che ora capisco perché i Krinar vogliono la diversificazione" disse Mia. "Perché non volete rischiare la vostra sopravvivenza su un altro pianeta. Sembra così fragile..."

"Sì, vero?" La mano di Korum le strinse il ginocchio. Quando alzò la testa per guardarlo, notò che la stava osservando con una strana espressione sul viso. Prima che potesse chiedergli qualcosa al riguardo, però, sentì sua mamma sussultare.

"Oh wow, Korum!" esclamò Ella Stalis. "Quella è la tua astronave?"

Mia alzò lo sguardo. Si stavano avvicinando a qualcosa che sembrava un grosso proiettile. Di colore scuro, era sorprendentemente semplice, completamente diversa da qualsiasi astronave avesse mai visto nei film di fantascienza.

"È quella?" chiese, cercando di mantenere la delusione fuori dalla voce. Le capsule per il trasporto dei Krinar sembravano più avanzate e futuristiche di quell'astronave che a quanto pareva poteva andare più veloce della luce.

"Esatto." Korum sorrise. "Non è proprio come la vostra gente la immaginava, vero?"

"No" disse Connor, parlando per la prima volta da quando la navicella era decollata. "Come hanno potuto entrare lì dentro tutte quelle migliaia di Krinar? Sembra un po' piccola..."

"Oh, questa non è l'astronave che ci ha portati qui" spiegò Korum. "Hai ragione; quella è molto più grande. Questa l'ho realizzata appositamente per il nostro viaggio. Solo una settantina di noi andranno su Krina questa volta; non c'era bisogno di utilizzare un'astronave più grande per così poche persone."

"Potete farlo?" chiese il padre di Mia, fissando incredulo Korum. "Potete creare un'astronave in grado di andare su una galassia diversa?"

"Korum può farlo" rispose Mia, comprendendo la confusione di suo padre. "Non tutti i Krinar possono. Lui è quello che ha realizzato il progetto. Vero?" Guardò Korum.

"Sì" confermò il suo amante. "Questo progetto è mio. Abbiamo avuto astronavi con capacità più veloci della luce, naturalmente, ma queste sono di ultima generazione. Sono più sicure e più facili da usare."

"Capisco" disse Dan, guardando Korum con un mix di shock e rispetto. Le stesse emozioni erano riflesse sul viso di Ella. Apparentemente, i genitori di Mia non avevano ancora capito la portata delle abilità tecnologiche di Korum.

Mentre la capsula si avvicinava all'astronave, Mia poté vedere uno dei suoi lati dissolversi per lasciarli entrare. Dato che tutte le abitazioni Krinar erano dotate di una simile tecnologia d'ingresso, non rimase sorpresa a quella vista. La sua famiglia, tuttavia, la trovò molto impressionante.

"Come funziona esattamente questa roba intelligente?" chiese Marisa. "Le pareti ragionano davvero autonomamente?"

"No" rispose Korum. "Questa non è intelligenza artificiale nel vero senso della parola. Non è autonoma in alcun modo. Quando dico 'tecnologia intelligente' quello che intendo è che è un oggetto in grado di svolgere la sua funzione specifica in un modo che imita le capacità di un essere intelligente. Quindi, ad esempio, la mia casa può preparare i pasti, mantenere la temperatura adatta ai nostri corpi, tenere fuori i visitatori indesiderati e pulirsi da sola. Svolge quei compiti come farebbe un umano o un Krinar—ma non si può davvero portare avanti una conversazione con essa."

"È straordinario" disse Connor. "Avete anche dei robot con cui *potete* parlare?"

Korum sorrise con indulgenza. "Sì, quelli erano popolari qualche migliaio di anni fa, ma non vanno più di moda. Ora sono usati principalmente per intrattenere i bambini piccoli, sebbene piacciano anche ad alcuni adulti."

Prima che Connor potesse fare altre domande, la navicella toccò il suolo dell'astronave, atterrando dolcemente. Marisa applaudì. "Bravo! È stato il viaggio più tranquillo di sempre."

Korum rise, alzandosi dal proprio posto. "Eccoci qui" disse. "Finché non raggiungeremo la nostra destinazione, questa sarà la vostra nuova casa."

~

QUANDO SCESERO, Korum fece fare a tutti un tour dell'astronave. Nonostante il modesto strato esterno, l'interno del velivolo spaziale era decorato meravigliosamente, come qualsiasi abitazione Krinar. Colori chiari, arredi fluttuanti, piante esotiche—l'astronave aveva tutto ciò a cui Mia si era abituata a Lenkarda, e si sentì immediatamente a casa.

I genitori di Mia erano più che sorpresi. "Korum, è davvero meravigliosa" continuava a ripetere sua madre. "E il panorama! Oh Dio, che panorama!"

Il panorama era davvero incredibile. Le pareti esterne dell'astronave erano visibili dall'interno, proprio come nella maggior parte degli edifici Krinar, e c'erano molte zone in cui era possibile osservare lo spazio in tutta la sua maestosità. Senza l'interferenza dell'atmosfera, tutto era più nitido, più chiaro, le stelle sembravano più luminose di qualsiasi cosa Mia avesse mai visto sulla Terra.

Korum aveva preparato degli alloggi speciali per la famiglia di Mia, che imitavano accuratamente l'interno della casa dei suoi genitori. "Spero che vi piacciano" disse loro. "Altrimenti, posso sostituirli con qualsiasi altra cosa preferiate."

"Oh, no, sono perfetti" disse il padre di Mia, andando a sedersi su un grande divano imbottito. "Tutta quella roba fluttuante è un po' inquietante, ad essere sinceri."

"Bene, sono contento che vi piaccia." Korum sorrise, e Mia ebbe voglia di baciarlo per la sua premura. "Ho preparato anche una zona speciale per Mocha, in modo che possa correre e andare al bagno lì."

I pochi K che incontrarono durante la visita furono gentili con la famiglia di Mia, essendo stati già informati della loro presenza da Korum. Li fissavano tutti, ovviamente, ma Mia era già abituata. Due femmine dell'equipaggio sembravano particolarmente affascinate dalla cagnolina, che la mamma di Mia insisteva nel portarsi dietro.

"È così carina!" esclamò una di loro, allungando una mano per accarezzare Mocha. "Oh, non ne avevo mai vista una da così vicino!"

Il cane tollerò le attenzioni, ma Mia capì che non ne era felice. Sembrava che Korum fosse l'unico K che piacesse davvero a Mocha.

Dopo la visita, la famiglia di Mia decise di riposare. Sua sorella era particolarmente stanca, sfinita per tutte quelle emozioni. "È l'ora del pisolino" disse Connor, sorridendo a sua moglie, e lei annuì, soffocando uno sbadiglio.

Mia e Korum erano finalmente soli.

~

"A QUANTO PARE, SIAMO SOLI ORA" disse Mia, sorridendo a Korum. Erano appena entrati nel loro alloggio privato, dotato di un grande letto circolare simile a quello della casa di Korum.

"Proprio così." I suoi occhi cominciarono a brillare per una familiare luce dorata.

Sostenendo il suo sguardo, Mia lentamente e volontariamente agganciò i pollici sotto le bretelline che sorreggevano il prendisole e le spinse giù sulle spalle. "Ops" sussurrò. "Non riesco a toglierlo. Avrei bisogno del tuo aiuto..."

Le narici di Korum si dilatarono, e lei vide la tensione invadergli i muscoli. "Vieni qui" ringhiò.

Mia scosse la testa. "No. Vieni qui tu." Sapeva esattamente che cosa voleva, e Korum non avrebbe preso il sopravvento questa volta.

L'alieno socchiuse gli occhi. Sembrava minaccioso ora, come un selvaggio predatore che non riusciva a controllarsi, e il cuore dell'umana iniziò a battere più forte per il brivido di ciò che aveva intenzione di fare. "Vieni" ripeté, piegando il dito verso di lui.

Lui venne. Anzi, praticamente saltò dall'altra parte della stanza. In un secondo, la raggiunse, con il corpo muscoloso grande e intimidatorio, e la spinse contro il muro. "Hai bisogno di aiuto con il vestito, vero?" Le dita strattonarono le bretelline sottili, con il tessuto leggero che quasi si strappò nelle sue mani forti.

"Sì" sospirò Mia, guardandolo. "Sii delicato, però. E dopo averlo fatto, voglio che ti spogli anche *tu*."

Gli occhi dell'alieno diventarono quasi gialli. "Davvero?"

"Sì" disse Mia. "E poi voglio che ti stendi sul letto." Il cuore le batteva così forte che ebbe la sensazione di essere sul punto di esplodere, e il corpo si stava sciogliendo dal bisogno. Lo voleva disperatamente... ma alle sue condizioni.

Per un secondo, pensò che lui non avrebbe acconsentito, ma poi fece un passo indietro. "Va bene" disse, con voce insolitamente dura. "Girati."

Mia soppresse un sorriso trionfante e fece come aveva chiesto. L'abito che indossava era in stile umano, con una cerniera nella parte posteriore, e le dita dell'extraterrestre erano calde sulla sua pelle nuda mentre tirava giù la lampo completamente. Non appena ebbe finito, Mia si spostò di lato e lasciò cadere il vestito sul pavimento. Sotto, indossava un minuscolo perizoma blu—un indumento che aveva indossato quella mattina proprio pensando a Korum.

Trattenne il fiato. "Mia... Mi vuoi stuzzicare..."

Sollevò le sopracciglia. "Non ti piace?" Fece una piroetta, facendo finta di non vedere il calore esplosivo nel suo sguardo mentre la fissava.

Un muscolo gli pulsava nella mascella. "Mi stai torturando?"

"Non lo so" mormorò Mia. "Lo sto facendo?" Dandogli le spalle, si chinò e lentamente spinse giù il perizoma, come aveva visto fare nei film. Poi ne uscì fuori. Quando si voltò di nuovo verso di lui, sembrava quasi feroce, con gli occhi che scintillavano e le mani strette a pugno.

"Tocca a te" disse Mia, guardandolo affascinata. Avrebbe perso il controllo e le sarebbe saltato addosso? Le piaceva quando riusciva a farlo entrare in quello stato, completamente preso e desideroso di lei. La sua passione selvaggia non la spaventava; anzi, lo bramava ancora di più.

Korum fece un respiro profondo, poi un altro, e lei vide le sue mani che si aprirono lentamente. Poi, continuando a fissarla con uno sguardo ardente, tolse la maglietta da sopra la testa e si sbottonò i jeans, spingendoli lungo i fianchi. Non indossava la biancheria intima, ed era già completamente eccitato, con l'erezione che sporgeva in modo aggressivo.

Mia rimase a bocca aperta davanti a quella vista. Il suo amante era la perfezione maschile in persona. Ogni muscolo del suo potente corpo era chiaramente definito, con la levigatezza della pelle dorata contaminata solo in pochi punti da una lieve spolverata di peli scuri. Voleva saltargli addosso e leccarlo dappertutto.

"Sdraiati sul letto" riuscì a dire, con la voce carica di desiderio.

Fece come le aveva chiesto, ma la ragazza poté vedere che il suo autocontrollo non sarebbe durato a lungo. All'improvviso, le venne un'idea. "Il mio fabbricatore, per favore" disse ad alta voce, sapendo che l'astronave intelligente avrebbe capito che cosa voleva.

Infatti, pochi secondi dopo, una delle pareti si dissolse e il dono di Korum fluttuò direttamente nelle mani di Mia.

"Che cosa stai facendo?" chiese Korum, guardandola con diffidenza dal letto, e lei gli rivolse un sorriso malizioso.

"Vedrai."

Tenendo il fabbricatore in mano, disse al gadget: "Manette con una chiave, per favore" e poi attese che le nanomacchine facessero il loro lavoro.

Korum si mise a sedere, fissandola con un'espressione illeggibile sul volto. "E che cosa pensi di fare con quelle?"

Mia posò il fabbricatore e prese le manette. "Metterle su di te, ovviamente."

"Oh, davvero?"

"Sì, davvero" disse Mia fermamente, salendo sul letto accanto a Korum. "Ora, dammi i polsi."

Lui esitò un secondo, poi tese le mani, con la lussuria sul viso ormai mitigata dal divertimento. "Pensi che quelle mi terranno?"

"Probabilmente no" ammise Mia, mettendogli le manette. Ciascuno dei polsi era grosso quanto i suoi combinati, con gli avambracci muscolosi. "Ma non è questo il punto."

"Qual *è* il punto, dolcezza?" le chiese gentilmente, guardandola con le palpebre pesanti. "Stai cercando di dimostrare qualcosa?"

Invece di rispondere, Mia gli diede una leggera spinta, facendolo sdraiare sulla schiena con le braccia ammanettate sollevate sopra la testa. Poi salì sopra di lui, mettendosi a cavalcioni sul suo stomaco finché l'erezione non fu a soli pochi centimetri dall'apertura dell'umana. Chinandosi, si poggiò sul suo petto e gli sussurrò nell'orecchio: "Il punto è che tu sei mio, e io posso fare tutto quello che voglio con te."

Fece un profondo respiro e inarcò i fianchi, cercando di avvicinare il cazzo al suo ingresso. "E questo include lasciarmi entrare nella tua fighetta stretta?" La sua voce era roca, tesa dal bisogno.

"Oh, sì." Mia si spostò verso il basso finché la sua asta non fu tra le labbra delle parti basse, con il clitoride che gli sfregava il fianco. La pelle che gli copriva il cazzo era morbida, quasi delicata, e lei chiuse gli occhi, assaporandone la sensazione sul sesso.

"Mia..." gemette, muovendosi sotto di lei. "Mettilo dentro. Ora."

Decidendo di non continuare a torturarlo—e di non torturare nemmeno se stessa—Mia avvolse la mano intorno alla sua lunghezza e lo guidò dentro di lei. Mordendosi il labbro per la sensazione di stiramento, si abbassò lentamente finché il cazzo non fu quasi completamente dentro. Fece una pausa, abituandosi al suo spessore, e poi lo prese più in profondità, senza fermarsi finché non fu entrato fino in fondo.

Korum gemette di nuovo, flettendo i muscoli del braccio nello sforzo di evitare di raggiungerla in quel momento, e il suo cazzo scattò dentro di lei. Mia capì che lui stava morendo dalla voglia di prendere il controllo, di far venire entrambi, e rimase sorpresa da quell'insolita compostezza.

Non rimase sorpresa a lungo. Prima che potesse muoversi di nuovo, si ritrovò di schiena, con il grande corpo dell'alieno che la premeva contro il materasso. I suoi occhi erano selvaggi, lo sguardo sfocato. Era riuscito a spezzare gli anelli metallici che gli tenevano insieme le manette, e aveva le mani sulle sue cosce, tenendole spalancate per le spinte.

Gridando, Mia gli avvolse le braccia attorno al collo, a malapena in grado di sorreggersi mentre lui la colpiva, guidato unicamente dall'istinto primitivo di accoppiamento. Il corpo della ragazza scivolava avanti e indietro sul materasso ad ogni movimento dei suoi fianchi potenti, e il letto intelligente si addolcì intorno a loro, assomigliando più a un cuscino, e proteggendola da eventuali ferite.

Il suo primo orgasmo l'attraversò come un treno merci, e Mia urlò, dimenandosi tra le braccia dell'extraterrestre, ma era spietato, assolutamente inesorabile. Il secondo, pochi istanti dopo, le fece letteralmente vedere le stelle, eppure continuò a scoparla, feroce nel suo bisogno.

Era troppo. Mia si sentiva come se si stesse per spezzare, come se si stesse lacerando dall'intensità delle sensazioni. Il suo corpo non era più suo, la sua mente non era più sua. C'erano solo il calore e il sudore, e il corpo di Korum sopra di lei, in lei, intorno a lei. Erano fusi insieme, fusi dall'estasi incandescente della loro unione.

Quando rabbrividì su di lei, Mia sembrò incoerente, con la voce roca per le urla e il corpo tremante a causa delle infinite ondate di piacere. E proprio quando pensò che fosse finita, sentì i denti dell'extraterrestre fenderle la vena del collo... mandandola ancora più in estasi.

CAPITOLO VENTIQUATTRO

Se qualcuno avesse detto a Mia che un viaggio intergalattico sarebbe stato facile come andare in crociera, avrebbe riso a crepapelle. Eppure le cose stavano proprio così. Trascorsero quasi una settimana volando via dalla Terra ad una velocità inferiore a quella della luce—in modo da non causare alcun disturbo con la distorsione dello spazio-tempo— e poi attivarono la propulsione a curvatura, atterrando su Krina dopo pochi giorni di volo. Era filato tutto così liscio che Mia non aveva sentito niente. Fu solo quando Korum le disse che erano in una galassia diversa che capì che l'astronave aveva fatto il salto.

"Andremo subito dagli Anziani?" chiese Mia, mentre erano sdraiati nel letto la sera prima del loro arrivo. Dal momento che erano entrambi meno impegnati con le altre faccende, lei e Korum avevano passato molto tempo insieme durante il viaggio. Mia si stava prendendo una pausa dall'apprendimento della conoscenza della mente, e Korum non aveva alcun problema urgente del Consiglio da risolvere. Mia dormiva fino a tardi, trascorreva la mattinata con la famiglia e passava la maggior parte della giornata con Korum—un'attività che culminava in parecchie ore di beatitudine sessuale.

"No" rispose Korum. "Andremo a parlare prima con l'esperta della mente, per ripristinarti la memoria." E per annullare l'ammorbidimento, ma quella parte era implicita. Mia sapeva che temevano entrambi l'annullamento della procedura, non sapendo bene che cosa sarebbe cambiato tra loro di conseguenza.

Fissando la parete trasparente nella loro camera da letto, Mia poté vedere stelle e costellazioni sconosciute nel cielo. Erano già nel sistema solare di Krina, un luogo strano e bellissimo con dieci pianeti che circondavano una stella che era circa 1,2 volte la dimensione del sole della Terra. Krina era il quarto pianeta in termini di distanza dal suo sole, ed era sorprendentemente simile alla Terra per dimensioni, massa e composizione geochimica. "Ecco perché la Terra è così importante per noi" spiegò Korum. "È più simile a Krina di qualsiasi altro pianeta in cui ci siamo imbattuti in tutti gli anni di esplorazione dell'universo."

La principale differenza tra i due pianeti stava nelle lune. La Terra ne aveva solo una, mentre Krina ne aveva un totale di tre—una delle dimensioni di quella della Terra e due più piccole. "Abbiamo delle maree spettacolari" le disse Korum. "Somigliano a dei piccoli tsunami. La Terra è migliore in questo senso; nella maggior parte dei luoghi, si può vivere proprio vicino all'oceano, senza preoccuparsi di qualcosa in più di un occasionale uragano. Su Krina, l'oceano è più pericoloso, e non abbiamo insediamenti a meno di trenta chilometri dalla riva."

Con sorpresa di Mia, apprese che quando Korum faceva riferimento all'oceano su Krina, intendeva l'Oceano—cioè, un enorme specchio d'acqua. A differenza della Terra, dove il supercontinente originario della Pangea si era separato creando diversi continenti, Krina aveva una gigantesca massa continentale, che fungeva da unico continente per tutti i Krinar. Tinara, l'aveva chiamata Korum.

Questo fatto spiegava anche una cosa che aveva lasciato perplessa Mia: la relativa assenza di varietà nell'aspetto esteriore dei Krinar. La specie del suo amante tendeva ad avere i capelli scuri e la pelle abbronzata, e, pur essendoci variazioni nella colorazione, c'erano poche differenze significative tra i K rispetto agli umani di razze diverse. I Krinar erano più omogenei—cosa che aveva senso, se si erano evoluti tutti insieme in quel supercontinente.

"Allora, come mai tua cugina Leeta ha i capelli rossi?" chiese Mia. Aveva incontrato la bella donna Krinar un paio di volte in seguito alla perdita di memoria. "C'è un gene per quello nella popolazione K?"

Korum scosse la testa. "No, non proprio. Alcuni di noi hanno capelli con una sfumatura leggermente ramata, ma niente a che vedere con quella attuale di Leeta. Ha alterato la struttura delle sue molecole di capelli da quando è arrivata sulla Terra, probabilmente perché le piace quel colore."

"E non esistono Krinar biondi e con gli occhi azzurri?"

"No" rispose Korum. "Niente Krinar con i capelli ricci come i tuoi. Con i tuoi ricci e gli occhi azzurri, ti distinguerai davvero su Krina."

"Oh, bene" mormorò Mia. "Mi noteranno ancora di più."

Korum sorrise. "Sì. Ma non è una brutta cosa."

Mia scrollò le spalle. Sapeva che i Krinar non consideravano rude fissare gli altri, ma continuava a sentirsi a disagio con quella specifica differenza culturale. "Quindi, quando incontreremo la tua famiglia?" chiese, cambiando argomento. "Saranno lì ad aspettarci quando arriveremo?"

"No. Ho detto loro che saremmo andati a trovarli dopo il recupero della tua memoria. Hai già conosciuto i miei genitori una volta e probabilmente ti sentirai meglio, se ricorderai l'incontro originario."

Mia sbadigliò e si voltò, premendo la schiena contro il petto di Korum e lasciando che la cullasse da dietro. Lui la strinse, tirandola più vicino. "Dormi, dolcezza" le mormorò nell'orecchio, e Mia si addormentò, sentendosi calda e al sicuro nel suo abbraccio.

~

"Oh mio Dio, siamo arrivati? Quella è Krina?" Marisa

si alzò in piedi, indicando il pianeta che diventava sempre più grande davanti ai loro occhi. Anche Mia lo stava fissando, con il cuore che batteva come un tamburo dall'attesa e dall'emozione.

"Sì" confermò Korum, sorridendo. "È proprio Krina."

Erano tutti seduti intorno a un tavolo fluttuante, a fare colazione. Quello era l'ultimo pasto sull'astronave prima del loro arrivo. Connor era tornato ad essere insolitamente silenzioso, e Mia si accorse che i suoi genitori stavano a malapena toccando il cibo, apparentemente troppo nervosi per mangiare normalmente.

Erano seduti in una delle stanze con una parete rivolta verso l'esterno dell'astronave, una parete fatta dello stesso materiale trasparente delle abitazioni Krinar. Korum l'aveva scelto apposta, per permettere loro di godersi l'avvicinamento a Krina per la prima volta.

L'astronave si muoveva con incredibile velocità, e presto il pianeta divenne visibile in maggior dettaglio. "Veniamo da Tinara—il lato del supercontinente" spiegò Korum. "Ecco perché non vedete molta acqua, rispetto alla Terra."

Ed era vero. La vista davanti a loro era molto diversa dalle immagini della Terra riprese dalla NASA nello spazio. Mia poteva vedere solo un sottile anello blu; invece, tutto era dominato da una gigantesca massa continentale marrone al centro—il supercontinente. Man mano che si avvicinavano, si rese conto che ciò che aveva scambiato per una tonalità marrone era in realtà una combinazione di verde, rosso e giallo.

Ben presto entrarono nell'atmosfera, e Mia notò un debole bagliore rossastro intorno all'astronave. "Questi sono i nostri scudi di forza che ci proteggono dal caldo e dall'attrito" spiegò Korum. "Ci stiamo ancora muovendo velocemente; quindi, se non fosse per i nostri scudi, rimarremmo carbonizzati."

A poco a poco, il bagliore svanì e l'astronave rallentò. Appena superarono la coltre di nubi, Mia vide una grande foresta sotto di loro, straordinariamente colorata... e insolitamente immacolata. Dove ci si sarebbe aspettato di vedere città e grattacieli, c'erano solo alberi e altri alberi.

"Ci stiamo dirigendo verso una zona di atterraggio speciale per le astronavi intergalattiche" disse Korum, apparentemente anticipando le loro domande. "È piuttosto distante da tutti i nostri Centri."

"Perché non utilizziamo una navicella per scendere, come abbiamo fatto per salire sull'astronave?" chiese il padre di Mia. "Perché atterrare con quest'astronave?"

"Bella domanda, Dan" disse Korum. "Quando eravamo sulla Terra, abbiamo utilizzato la capsula per il trasporto, perché non ci sono aree di atterraggio idonee per astronavi come questa. Ciò potrebbe cambiare in futuro, ma per ora è più semplice mantenere questi tipi di astronavi in orbita intorno alla Terra. Qui su Krina siamo equipaggiati per questo, quindi non c'è motivo di non atterrare."

Ora Mia vide una grande radura davanti, con alcune strutture che assomigliavano a funghi giganti. Doveva essere il campo di atterraggio. Infatti, l'astronave si diresse lì e pochi minuti dopo toccarono terra.

Erano ufficialmente su Krina.

~

MENTRE USCIVANO DALL'ASTRONAVE, Mia sentì un'esplosione di calore che le ricordava il clima della Florida. Era anche difficile respirare, e si sentì stordita, mentre cercava di mandare giù più aria. Afferrando la mano di Korum, attese che l'ondata di vertigini passasse.

"Stai bene?" le chiese, avvolgendole un braccio intorno alla schiena per sostenerla.

"Sì" disse Mia. "L'aria è più fina qui, credo." Era anche insolitamente e piacevolmente profumata, come i fiori che sbocciano e i frutti dolci.

"È più fina" confermò Korum. "La nostra atmosfera in generale contiene un po' meno ossigeno di quello a cui sei abituata, e questa regione in particolare sembra essere a un'altitudine maggiore. Dovresti abituartici presto, però, grazie ai nanociti."

Mia stava già iniziando a sentirsi meglio, ma ora aveva una nuova preoccupazione. "E i miei genitori? E Marisa e Connor? Come faranno ad abituarsi?" La sua famiglia stava scendendo dall'astronave, circa dieci metri dietro di loro.

"La maggior parte degli umani tollera bene la nostra atmosfera, dopo un periodo iniziale di acclimatamento" disse Korum. "Ma non preoccuparti; so che i tuoi genitori non sono in ottima forma, così mi sono assicurato che le nostre esperte di medicina fossero a portata di mano." Indicò una piccola capsula che era appena atterrata vicino all'astronave. "Aiuteranno la tua famiglia con qualsiasi tipo di problema."

In quel momento, due donne Krinar uscirono dalla capsula. Alte, con i capelli scuri e aggraziate, si avvicinarono a Korum e sorrisero. "Io sono Rialit, e questa è la mia collega Mita" disse la donna più bassa sulla destra. "Bentornato su Krina."

Korum inclinò la testa. "Grazie, Rialit. E Mita. Vorrei che aiutaste i miei compagni umani. La mia charl sta bene, ma i suoi parenti potrebbero aver bisogno del vostro aiuto."

"Certo" disse Rialit, girandosi verso Ella e Dan. Loro e Marisa sembravano un po' pallidi, e Connor sembrava che stesse cercando di mandar giù quanta più aria possibile.

Le esperte di medicina si affrettarono, con dei piccoli dispositivi e, un minuto dopo, tutti sembrarono tornare alla normalità. Korum ringraziò le due donne e loro se ne andarono, facendo decollare la navicella pochi minuti dopo.

"Wow" disse la madre di Mia, fissando il velivolo spaziale in partenza. "Non posso credere che abbiano passato quei piccoli dispositivi su di noi, e che ora respiriamo di nuovo. Che cosa ci hanno fatto?"

"Credo che abbiano creato un piccolo campo di ossigeno intorno a voi" disse Korum. "In questo modo, vi abituerete in modo più graduale. Il campo si dissiperà nei prossimi due giorni, ma lo farà lentamente, così i vostri corpi si abitueranno a respirare la nostra aria."

"È straordinario" esclamò Dan. "Semplicemente straordinario."

Mia sorrise. "Non è vero?"

Mentre parlavano, Korum aveva iniziato il procedimento di creazione di una capsula di trasporto per portarli alla loro destinazione finale: la sua casa. La sorella di Mia ansimò quando la navicella cominciò a prendere forma, mentre Connor e i genitori rimasero semplicemente a guardare scioccati. Mia sorrise notando le loro reazioni; non era passato molto tempo da quando tutto ciò che Korum le aveva mostrato le era sembrato un miracolo. Ora anche lei poteva fare molte di quelle cose, pur non comprendendone la tecnologia alla base. Ma la maggior parte della gente non capiva come funzionavano i telefoni e i televisori, pur sapendo utilizzarli—proprio come Mia sapeva utilizzare il suo fabbricatore.

Una volta completata la navicella, tutti salirono e si sistemarono sui sedili fluttuanti. "Adoro queste cose" disse Marisa, con un'espressione felice sul viso, mentre il sedile si adattava alla sua forma. Mia immaginò che sua sorella stesse già iniziando a provare i fastidi e i dolori legati alla gravidanza, e decise che ne avrebbe parlato con le esperte di medicina. Marisa probabilmente era troppo timida per farlo da sola.

Mentre la loro capsula decollava, Mia guardò il pavimento trasparente, con il respiro che le si fermò in gola per la consapevolezza di essere davvero lì. Su Krina.

Sul pianeta che era stato l'origine di tutta la vita sulla Terra.

CAPITOLO VENTICINQUE

Il volo verso la casa di Korum durò appena due minuti, con la navicella che volava troppo velocemente, perché Mia potesse vedere qualcosa di più di una macchia di vegetazione esotica di sotto. Appena atterrati, balzò in piedi, desiderosa di vedere Krina da vicino.

"Aspetta, tesoro" disse suo padre, prendendole il braccio mentre stava per correre fuori dalla navicella. "È un pianeta alieno. Non sai che cosa c'è in quei boschi."

"Ha ragione, dolcezza" disse Korum. "Ho bisogno di mostrarvi alcune cose prima, per evitare possibili problemi. Rimanete vicino a me per ora, e non toccate niente."

Uscendo dalla capsula, li guidò verso una struttura color avorio visibile tra gli alberi.

Mentre camminavano, Mia rimase meravigliata dalla bellissima vegetazione che li circondava. Anche se il verde dominava, c'erano molte più piante rosse e gialle rispetto a quelle che si trovavano sulla Terra. In alcuni punti riusciva persino a vedere delle brillanti foglie viola, che facevano capolino in mezzo ad una distesa erbosa simile a un prato che ricopriva il suolo della foresta. Qua e là, fiori di ogni sfumatura dell'arcobaleno aggiungevano un tocco festoso a tutto. Quei fiori sembravano i responsabili del profumo che Mia aveva notato al loro arrivo.

Anche i tronchi degli alberi erano di vari colori. Il marrone era comune, ma lo erano anche il bianco e il nero. Un albero che Mia amava particolarmente aveva rami bianchi e foglie rosso vivo con il centro giallo. "È stupendo!" esclamò, e Korum rise, scuotendo la testa.

"Stupendo, ma velenoso" le disse. "Qualunque cosa facciate, non permettete alla linfa degli alberi di entrare in contatto con la vostra pelle—è come l'acido."

"Davvero?" Mia fissò l'ambiente circostante con rinnovata cautela. I suoi genitori sembravano spaventati, e Connor mise un braccio con fare protettivo intorno a Marisa, tirandola più vicino a sé.

"Non dovete aver paura" disse Korum. "Dovete solo sapere di non toccare l'albero *alfabra*. La stessa cosa vale per quella pianta laggiù—" Indicò un cespuglio verde dall'aspetto grazioso coperto da fiori bianchi e rosa. "Ama mangiare tutto ciò che si posa su di esso, ed è noto per consumare animali piuttosto grandi."

Qualcosa volò vicino all'orecchio di Mia, e lei lo schiacciò di riflesso, ansimando quando sentì un improvviso pizzico leggero. Abbassando la mano, lo fissò incredula. "Oh mio Dio, Korum, che cos'è?"

Una creatura blu-verde era in mezzo al suo palmo, con gli enormi occhi grandi quasi la metà delle dimensioni del suo corpo di sette centimetri. Aveva solo quattro zampe, ma sembrava avere centinaia di dita su ognuna, tutte affondate nella pelle di Mia. Aveva anche delle piccole ali che non sembravano abbastanza grandi da permetterle di volare.

"È una *virta*" disse Korum, sollevando delicatamente la creatura dal palmo di Mia e gettandola via. "È innocua—l'hai appena spaventata e lei ti ha afferrata. Si nutrono di foglie e a volte di *mirat*."

"Mirat?" chiese Connor.

"Sì, mirat" disse Korum, indicando uno dei tronchi d'albero marroni.

Quando Mia osservò meglio, vide che quello che aveva scambiato per il legno solido era in realtà un tipo di sostanza gelatinosa—che tremava e si muoveva, espandendosi e contraendosi in modo inquietante.

"I mirat sono simili alle vostre api, anche se non pungono" spiegò Korum. "Sono insetti socievoli, e costruiscono queste complesse strutture attorno agli alberi. I nostri scienziati adorano studiarli. Si discute molto sull'intelligenza superiore mostrata dai mirat. Non li disturbiamo mai, e loro generalmente evitano noi e le nostre dimore. Se toccate il loro alveare, vi verrà un capogiro per il fumo che emettono, quindi è meglio starci alla larga."

"È pazzesco" disse Marisa, sembrando preoccupata.

"C'è qualcos'altro del genere che dovremmo sapere?" Si strinse lo stomaco in un gesto protettivo.

"Sì" rispose Korum. "Quella, laggiù—" indicò una piccola cosa rossa simile a un insetto sul terreno "—è un'altra cosa a cui dovete prestare attenzione. Morde e adora scavare nella pelle. Non è velenosa, ma estrarla è molto spiacevole. Ci sono anche alcuni grandi predatori, ma è improbabile incontrarli in questa zona. Hanno paura dei Krinar e di solito evitano i nostri territori."

Connor era accigliato. "Korum, senza offesa, ma c'è un sacco di roba di cui dobbiamo preoccuparci qui. Non credo che ci fossimo resi conto che saremmo vissuti nel bel mezzo di una giungla aliena."

Korum non sembrava minimamente offeso. "La nostra giungla è molto meno pericolosa delle vostre città, a patto di non attraversarla ciecamente" disse con calma. "E la mia casa è assolutamente sicura e priva di animaletti. Tra pochi giorni saprete esattamente a cosa fare attenzione e potrete uscire senza di me. Fino ad allora, vi accompagnerò ovunque e non avrete problemi."

Connor aprì la bocca per dire qualcosa, ma la madre di Mia lo interruppe, esclamando: "Oh, wow, Korum, quella è la tua casa?"

Mentre stavano parlando, avevano raggiunto l'abitazione color avorio, con forma oblunga. Agli occhi di Mia, sembrava molto simile alla casa di Korum a Lenkarda—un luogo che ora considerava casa sua. Agli altri, però, doveva sembrare strana e aliena.

"Sì" rispose Korum, sorridendo. "Esattamente."

"Non ha porte o finestre?" chiese suo padre, esaminando la struttura con visibile curiosità.

"No, papà" disse Mia. "Ha pareti intelligenti, proprio come l'astronave che ci ha portati qui. Probabilmente sono trasparenti dall'interno. Vero, Korum?"

"Vero" confermò il suo amante, e Mia sorrise, sentendosi esplodere dall'emozione. Era davvero su Krina!

~

KORUM FECE un rapido tour della casa, mostrando alla sua famiglia come usare tutto. I genitori di Mia sembravano un po' sconvolti, così creò per loro una suite 'umanizzata' separata, proprio come aveva fatto sull'astronave. Sua sorella e il cognato, tuttavia, decisero di rimanere nella parte principale della casa, preferendo il comfort della tecnologia K ai mobili più familiari in stile umano.

"Adoro questa cosa." Marisa era distesa sul letto intelligente nella sua stanza, con un'espressione felice sul viso per il massaggio che stava ricevendo. "Non voglio più lasciarla."

"È fantastica, vero?" Mia si sedette accanto a sua sorella. "Tutta la loro roba è incredibilmente meravigliosa, proprio come quella. La prima volta che mi sono addormentata su un letto come questo, ho pensato di essere morta e di trovarmi in Paradiso."

"Assolutamente." Marisa chiuse gli occhi, gemendo dal piacere. "È così dannatamente straordinario..."

"Ti lascio stare, allora" disse Mia, sogghignando. "Riposati, ok?"

Marisa non rispose, e Mia capì che sua sorella si stava già addormentando, con il corpo gravido che richiedeva più riposo del solito.

Connor stava facendo la doccia, e anche i suoi genitori si stavano rilassando, così Mia andò a cercare Korum. "Sono pronta" gli disse. "Ora è il momento perfetto."

Si alzò dal sedile nel soggiorno su cui era seduto, con il corpo alto e muscoloso aggraziato come quello di una pantera. "Sei sicura?" chiese, e lei poté scorgere la preoccupazione sul suo bellissimo viso.

"Sì" disse Mia, sollevando la mano per accarezzargli i folti capelli scuri. "Sono sicura."

Le prese la mano e la portò alle labbra, baciando teneramente ogni nocca. "Allora facciamolo" disse dolcemente. "Ripristiniamo la tua memoria e la vecchia personalità."

~

Un'atletica donna Krinar con i capelli castani girò intorno a Mia, attaccandole piccoli punti bianchi sulla fronte, sulle tempie e sulla nuca. Mia si aspettava che l'avrebbero addormentata per l'annullamento della procedura di Saret, ma l'apprendista della mente—Laira—disse che doveva essere cosciente.

"Ecco" disse Laira con soddisfazione. "Fatto. Ora, per favore, siediti. Puoi sistemarti anche sul grembo di Korum, se vuoi." Fece l'occhiolino, e Mia rise, apprezzando quella donna K. Secondo Korum, Laira era giovane—doveva avere meno di duecento anni—ed era già considerata una stella nascente nel campo degli studi sulla mente.

Korum sorrise e sistemò Mia sulle ginocchia. "Certo, sarei felice di tenerla qui."

"Non ne dubito." Laira sorrise. "È una charl molto carina."

"Scusa" disse Mia, mettendo un braccio con fare possessivo intorno al collo di Korum. "Anche il mio *cheren* è molto carino."

"Vero, vero" disse Laira ridendo. Poi, la sua espressione divenne più seria. "Va bene, Mia, per ora puoi aspettarti questo: ti sembrerà che la tua mente si stia svuotando. Poi sentirai un afflusso di immagini e impressioni, mentre la memoria ritorna e la procedura viene annullata. Man mano che i ricordi riaffiorano, voglio che ti concentri su di essi uno alla volta, in modo da assorbirli lentamente. Ecco perché devi rimanere sveglia per questo, anche se so che sarà spiacevole per te."

"Le farà male?" chiese Korum, stringendo le braccia attorno a Mia.

"No, si sentirà solo a disagio, come ho detto" rispose Laira. "Sei pronta, Mia?"

"Sì." Mia si preparò.

"Bene, allora."

All'inizio, Mia sentì una piacevole debolezza avere la meglio e chiuse gli occhi. Si sentì come se si stesse addormentando. Provò una strana sensazione di nulla, di vuoto.

All'improvviso, fu come se una bomba le fosse scoppiata nel cervello, con un'esplosione di colori, sentimenti e forme, che apparvero tutti insieme. Ansimò, scavando con le dita nel braccio di Korum, mentre cercava di affrontare l'assalto. Era troppo, come un film IMAX 3D con eccessivi effetti speciali, trasmessi direttamente nel suo cervello.

Da qualche parte, in lontananza, poteva sentire la voce di Korum. Era furioso, insistente. "Smettila! Smettila subito! Non vedi che sta soffrendo?"

"Lo supererà..." Era la voce di Laira, calma e rassicurante. Mia si aggrappò ad essa, avendo bisogno di qualcosa di stabile nel vortice che le stava inghiottendo la mente.

All'inizio era insopportabile, e lei urlò senza voce, troppo sopraffatta per emettere qualche suono reale. Laira non aveva mentito. Non c'era dolore; c'era solo sofferenza. Era come se il cervello di Mia si stesse riempendo fino all'orlo, con il cranio che si allungava e si dilatava per contenere tutto.

E proprio nel momento in cui pensò che la sua testa sarebbe letteralmente esplosa, la sofferenza iniziò ad attenuarsi, con quei colori e forme che si separarono in immagini, con quelle immagini ed emozioni che si trasformarono in eventi specifici. I ricordi iniziarono a fondersi, prendendo forma uno alla volta, finché riuscì ad afferrarli, integrandoli in quelli che già conosceva.

C'era la festa alla fine di marzo, poco prima che incontrasse Korum. Jessie l'aveva trascinata, e Mia aveva finito per divertirsi dopo un paio di drink. Aveva ballato con alcuni ragazzi, scambiando addirittura il numero di telefono con uno di loro, ma non ne era venuto fuori niente. Se solo avesse saputo quale strana svolta avrebbe assunto la sua vita...

Il ricordo del suo primo incontro con Korum le passò per la mente, e Mia rivisse il forte sentimento della paura, mescolato ai primi turbamenti del desiderio. L'uomo che la stava stringendo così amorevolmente l'aveva terrorizzata all'inizio, con l'arroganza e il disprezzo per le sue volontà che l'avevano portata a pensare il peggio sulla sua specie.

Altri ricordi... La prima volta nel letto di Korum, John che le spiegava il significato di charl, l'incidente nel locale in cui Korum aveva quasi ucciso Peter... Korum che l'abbracciava mentre piangeva, Mia che lo portava a conoscere i suoi genitori per la prima volta... I ricordi buoni, belli, brutti—ricordava tutto, ed era come se un vuoto dentro di lei stesse scomparendo, con il prima e il dopo che si scontrarono, facendola sentire intera per la prima volta dall'aggressione di Saret.

Saret! Ricordava anche lui. Le piaceva, lo considerava il suo capo e il suo mentore. Era stato lui a donarle l'impianto linguistico, a lasciare che svolgesse l'apprendistato nel suo laboratorio su richiesta di

Korum. Rivisse l'emozione che aveva provato quando Korum le aveva parlato dell'opportunità, l'entusiasmo di apprendere ciò che migliaia di scienziati umani potevano solo sognare di fare.

E poi il suo ultimo ricordo del passato: Saret che la stringeva in un angolo del laboratorio. Mia ricordò il suo terrore, lo shock nell'apprendere le sue intenzioni per la razza umana... Il suo disgusto quando aveva ammesso di volerla, la sensazione di malessere nello stomaco quando le aveva raccontato dei suoi piani per i Krinar... E quella terribile oscurità che aveva preso il sopravvento quando le aveva spazzato via una parte importante della vita, alterandole il cervello.

Ora il presente e il passato erano di nuovo uniti. Mia si accorse che Korum le stava accarezzando i capelli, dandole dolci baci sul viso. Continuando a tenere gli occhi chiusi, Mia rivisse gli eventi più recenti, dal risveglio nel letto di Korum al viaggio verso Krina. Cercò di confrontare quelle emozioni con quello che provava ora—e con quello che era sempre stata.

Saret non aveva mentito. Quando Mia si era svegliata senza i ricordi, non si era sentita completamente se stessa. Era davvero più tollerante, più aperta a nuove esperienze. Poteva vederlo ora. Comunque, era stata una buona cosa. Nel suo tentativo di addolcire Mia per sé, Saret aveva inavvertitamente creato le condizioni perfette per farle superare il dolore e la confusione causati dalla perdita di memoria.

Invece di soffrire, Mia si era abituata. Invece di preoccuparsi, aveva imparato.

E invece di temere nuovamente Korum, si era innamorata di lui. Si era davvero innamorata del bellissimo e tenero Krinar, che l'aveva salutata al risveglio. Il Korum degli ultimi mesi non era la stessa persona che aveva incontrato nel parco quel giorno di aprile; la sua arroganza era stata mitigata dall'affetto, l'indifferenza verso i suoi desideri si era trasformata nel desiderio di renderla felice. L'amava, Mia non aveva dubbi su questo ora. L'amava con la stessa intensità, con la stessa disperazione con cui lei amava lui.

Mentre il presente e il passato si univano, lo stesso valeva per i suoi sentimenti e le emozioni. Tutto ciò che aveva provato venne ingigantito, rafforzato dalle prove e dalle tribolazioni degli ultimi due mesi.

Aprendo gli occhi, Mia sorrise al suo amante K.

CAPITOLO VENTISEI

Vedendo il suo sorriso, Korum rabbrividì dal sollievo. "Mia, dolcezza, stai bene?" Negli ultimi dieci minuti era stata rigida come una tavola, con il viso pallido e persino le labbra prive di colore. Non aveva reagito a nulla, come se fosse stata in coma.

"Sta bene. Vero, Mia?" Laira si avvicinò, chinandosi per sbirciare la faccia di Mia, e Korum lottò contro l'impulso di strangolare l'apprendista. La sua charl aveva ovviamente sofferto, e l'alieno capì che non avrebbe mai perdonato Laira per questo.

"Sto bene ora" disse Mia dolcemente, come se comprendesse i suoi sentimenti. Sollevando la mano, gli accarezzò la guancia, con quel tenero gesto che raffreddò parte della sua rabbia.

"Ricordi qualcosa?" La voce di Laira li interruppe di nuovo.

"Sì" disse Mia, guardandola. "Ricordo tutto. Grazie."

Ricordava. Ricordava tutto. Korum si sentì come se potesse respirare di nuovo, con il terribile senso di colpa dentro di lui che si attenuava per la prima volta da quando aveva saputo del tradimento di Saret.

"E la procedura di ammorbidimento?" chiese a Laira, stringendo inconsciamente le braccia attorno alla ragazza sulle sue ginocchia.

"Anche quella dovrebbe essere stata annullata" rispose Laira. "Mia, ti senti diversa in questo senso?"

"Non lo so" rispose la ragazza, con un piccolo cipiglio che apparve sul suo viso. "Ho capito che le mie reazioni erano un po' esagerate, quando mi sono svegliata a Lenkarda, ma non mi sento diversa ora."

"No?" chiese Korum, e Mia sorrise.

"No" disse lei, con gli occhi dolci. "Non mi sento diversa."

Un altro peso si sollevò dalle spalle di Korum, facendolo sentire più leggero dell'aria. Fino a quel momento, non aveva capito quanto avesse temuto la risposta a quella domanda. Mia lo aveva amato prima della perdita di memoria, lo sapeva, ma una parte di lui aveva ancora avuto paura che i suoi sentimenti per lui dopo la procedura di Saret non fossero altrettanto reali —e che l'annullamento di essa avrebbe distrutto qualsiasi amore lei pensasse di provare per lui.

Mia fece per alzarsi, e lui si sforzò di lasciarla andare, anche se avrebbe voluto continuare a stringerla per sempre.

Alzandosi, si voltò verso Laira e le rivolse un cenno di ringraziamento. Sebbene la procedura avesse funzionato, Korum non riusciva ancora a dimenticare l'espressione torturata sul viso di Mia durante quei terribili dieci minuti. Si era sentito impotente, incapace di fare qualsiasi cosa per alleviarle la sofferenza, e non l'avrebbe dimenticato molto presto.

Non meno turbata dal suo evidente dispiacere, Laira gli sorrise. "A quanto pare, hai riavuto la tua charl, tutta sana e salva."

"Sì" disse Korum, mettendo un braccio intorno a Mia per sostenerla, dato che sembrava ancora troppo pallida. "Direi proprio di sì."

IL LORO VOLO di ritorno a casa di Korum durò una ventina di minuti, dal momento che il laboratorio di Laira si trovava a poche migliaia di chilometri dalla sua regione natale di Rolert. Korum notò che Mia era affascinata dal panorama al di fuori della capsula di trasporto, e ordinò al velivolo di volare a una quota più bassa e con una velocità inferiore, per darle la possibilità di osservare meglio.

Cercò di vedere Krina come l'avrebbe vista lei, e dovette ammettere che il suo pianeta nativo era bellissimo. La gigantesca massa continentale di Tinara ospitava un'enorme varietà di flora e fauna e, dall'alto, la vegetazione sembrava un variopinto tappeto verde, con sfumature rosse e dorate. C'erano grandi laghi e fiumi, alcuni azzurri e chiari come i Caraibi, e altri di un ricco blu-verde.

Gli insediamenti Krinar erano sparsi, per lo più raggruppati attorno a questi specchi d'acqua. Non c'erano vere e proprie città, solo Centri che fungevano da punti focali di commercio e affari. La maggior parte dei Krinar viveva alla periferia di questi Centri, facendo i pendolari per lavoro e altre attività.

La casa di Korum era accanto a Banir—un Centro di medie dimensioni situato nella regione di Rolert, vicino al centro del supercontinente e all'equatore. Quando Korum aveva portato Mia e la sua famiglia lì, al mattino presto, tutti avevano commentato su quanto fosse caldo il clima—persino più caldo di quello della Florida durante l'estate. Il caldo non infastidiva Korum, ma sapeva che gli umani erano più sensibili, quindi si era assicurato di farli entrare rapidamente. In serata, quando la temperatura si raffreddò, li condusse al vicino lago per nuotare e osservare alcuni degli animali selvatici locali.

"Quella è Viarad" disse Korum a Mia mentre sorvolavano un Centro particolarmente grande. "È la cosa più vicina che abbiamo a una capitale planetaria. Lì si effettuano molte ricerche, ed è anche il luogo in cui si svolgono i combattimenti nell'Arena e altri importanti incontri."

Mia lo guardò, con occhi luminosi e curiosi. "Le vostre città non sono come le nostre" osservò. "Non vedo nemmeno molti edifici, figuriamoci grattacieli e simili."

"Ce ne sono" la rassicurò Korum. "Non grattacieli, ma ci sono molti grandi edifici per vari scopi commerciali. Dall'alto non si vedono a causa degli alberi. La foresta che circonda Viarad ha alcuni degli alberi più alti di Krina, con molti di essi che superano i venti piani di altezza."

Sgranò gli occhi. "Venti piani?"

"Come minimo" disse Korum. "Forse di più. Quegli alberi sono antichi; alcuni di loro esistono da oltre cento milioni di anni."

"È incredibile." La sua voce era carica di meraviglia. "Korum, il tuo pianeta è fantastico."

Sorrise, divertito dal suo entusiasmo. "Lo è, non è vero?"

Pur volando a una velocità inferiore, raggiunsero la sua casa pochi minuti dopo. Korum condusse Mia all'interno della casa, dove la sua famiglia si stava rilassando dopo il viaggio. "Preparerò la cena" le disse. "Puoi riposare un po' se vuoi. Hai passato una giornata dura oggi."

"Sto bene" disse Mia, e lui capì che non stava mentendo. Il colore delle sue guance era tornato, e sembrava essersi completamente ripresa dalla precedente esperienza. "Esco con i miei genitori, se non ti dispiace."

"No, certo che no, vai pure" disse Korum. "Ci vediamo presto."

~

LA CENA preparata da Korum era insolita e deliziosa, e consisteva in un po' di semi locali, frutta e verdura preparati in modo creativo. Mia e ciascun membro della sua famiglia scoprirono qualcosa di nuovo che consideravano davvero ottimo.

Uno dei piatti consisteva in un ortaggio a forma di lacrima con la buccia viola il cui sapore assomigliava a un incrocio tra un pomodoro e una zucchina. Era farcito con granelli al gusto di nocciola che avevano una consistenza simile a bollicine. Il padre di Mia adorava quel piatto, optando per una seconda e una terza porzione non appena ebbe finito. Nel frattempo, Mia e Marisa impazzivano entrambe per lo stufato kalfani, con il sapore ricco e delizioso, mentre la madre e Connor continuavano a mangiare il frutto esotico, che era il loro dessert. "Tutto questo cibo è sicuro per il consumo umano" disse Korum. "Non tutto su Krina lo è, ma mi sono assicurato che questi alimenti specifici fossero idonei al vostro apparato digerente."

Dopo cena, Korum li portò al lago che era vicino a casa sua. Il sole stava tramontando, e Mia poté vedere le tre lune che cominciavano ad apparire nel cielo, nonostante ci fosse ancora molta luce.

Mentre camminavano, l'extraterrestre mostrò loro varie piante e insetti, parlandone un po'. "Quella è una *nooki*" disse, indicando una grossa creatura gialla simile a un ragno con quelle che sembravano centinaia di zampe. "Estraggono i nutrienti dal terreno, quasi come le piante. Ai nostri figli piace giocarci, perché fanno cose divertenti quando le spaventi." Batté le mani accanto alla creatura, ed essa si gonfiò, con ogni zampa che raggiunse quasi il triplo dello spessore e il busto che diventò rosso vivo. "È assolutamente innocua, quindi non dovete averne paura."

Mia sorrise e allungò la mano verso la creatura, curiosa di scoprire se si lasciasse toccare. Scivolò via, sembrando una goffa palla dai colori vivaci.

Korum le sorrise, e Mia rise, sentendosi incredibilmente felice. Alzandosi in punta di piedi, gli poggiò le mani sulle guance e portò il suo viso verso di lei, dandogli un rapido bacio sulle labbra. "Ti amo" disse, sostenendo il suo sguardo, e le si strinse il cuore scorgendovi l'amore.

"Ehi, piccioncini, date un'occhiata a questo!" urlò Connor, e Mia ebbe voglia di dargli un pugno per aver interrotto il momento.

Korum le rivolse un sorriso triste e andò a vedere di cosa stesse parlando Connor. Mia lo seguì, ancora arrabbiata col cognato. Non appena arrivò lì, tuttavia, dimenticò tutto il dispiacere. "Oh, wow" sussurrò. "Che cos'è?"

Sul ramo di un albero a pochi metri dal suolo della foresta, parzialmente nascosta dalle foglie, c'era una piccola creatura pelosa che sembrava un incrocio tra un lemure e un gattino. Di colore marrone, aveva enormi occhi blu e una coda corta e soffice.

"È un piccolo *fregu*" disse Korum dolcemente. "Sono molto carini, ma a volte mordono, quindi non provate ad accarezzarlo."

"Fregu?" Quella parola suonava familiare per qualche motivo. Poi, Mia ricordò. "Ehi, avevi detto che ti ricordavo uno di questi!" disse a Korum in tono accusatorio, poi scoppiò a ridere perché lei stessa poté notare la somiglianza.

Il fregu fu solo il primo dei loro incontri con la fauna selvatica Krinar. C'erano uccelli con quattro ali, insetti che avevano le dimensioni di un piccolo uccello e piante che si comportavano più come animali. Una volta, Connor quasi calpestò una creatura simile a un serpente che gli urlò contro e rotolò via, con il corpo lungo e stretto che si muoveva come un mattarello.

Alla fine, raggiunsero il lago. Era uno specchio d'acqua piuttosto grande, probabilmente largo circa tre chilometri e lungo diversi chilometri. La riva del lago era coperta di sabbia fine e grigia e piccole rocce nere. Facevano sembrare l'acqua stessa scura e misteriosa.

"Ci si può nuotare?" chiese Marisa, togliendo il sandalo e immergendo un dito per verificarne la temperatura.

"Sì" le disse Korum. "Ci sono alcuni predatori pericolosi lì dentro, ma nessuno si avvicina troppo alla riva. Questo lago è molto profondo e ci sono moltissimi tipi di animali che ci vivono, ma generalmente non si addentrano in acque poco profonde. Per ogni evenienza, però, indossa questo." Le porse un braccialetto sottile e trasparente che aveva creato solo un secondo prima. "Respinge gli animali acquatici, emettendo un suono che trovano molto sgradevole."

Mia e gli altri ricevettero lo stesso tipo di braccialetto, e poi andarono a fare una nuotata, godendosi la rinfrescante fuga dal caldo.

CAPITOLO VENTISETTE

Mia si svegliò la mattina dopo con una fastidiosa sensazione di disagio nel petto. Per qualche ragione, continuava a sognare Saret e quel giorno nel laboratorio. Nel suo sogno, Saret la stava toccando, facendole accapponare la pelle dal disgusto, e non c'era nulla che lei potesse fare al riguardo, se non gridare senza voce nella propria testa perché era paralizzata e impossibilitata a muoversi.

Troppo agitata per tornare a dormire, si alzò e andò a fare una doccia. Korum era via da qualche parte, e Mia non sapeva se la sua famiglia stesse ancora dormendo o meno. A giudicare dalla posizione del sole all'esterno, dovevano essere le prime ore del mattino.

Mettendosi sotto al getto dell'acqua, sbadigliò, sentendosi insolitamente stanca. Forse non avrebbe dovuto ancora alzarsi. Lo stupido sogno era ancora ben impresso nella mente, e si lavò accuratamente la pelle, cercando di scacciarlo. In realtà, Saret l'aveva a malapena toccata, quindi non sapeva perché il suo subconscio si fosse spinto fin lì quella notte.

Per dissipare le sensazioni persistenti del sogno, rivisse mentalmente gli eventi reali di quel giorno, a partire da quando, uscendo, si era imbattuta in Saret. Era sembrato così felice di parlarle dei suoi piani, di dirle tutto ciò che intendeva fare agli umani e agli amici Krinar. Mia immaginò che non fosse stato facile per lui, non essendosi mai confidato con nessun altro, avendo sempre cercato di interpretare un ruolo per nascondere la sua vera natura. Con lei, dal momento che pensava che non avrebbe mai ricordato la loro conversazione, si era sentito sicuro di lasciar cadere la maschera che normalmente indossava.

Con il senno di poi, era stato quasi divertente, con tutte quelle folli farneticazioni sul portare la pace sulla Terra e sull'agire come un salvatore per il suo popolo. Aveva anche provato a convincerla che Korum avesse dei piani malvagi sulla conquista del suo pianeta. Era così ridicolo che Mia ridacchiò tra sé e sé. Aveva davvero pensato che sarebbe stata solidale con la sua causa? Che siccome aveva creduto al peggior Korum una volta avrebbe commesso lo stesso errore?

Uscendo dalla doccia, lasciò che la tecnologia di asciugatura facesse il proprio lavoro. Poi, sentendosi leggermente meglio, tornò in camera per prendere il fabbricatore e vestirsi.

Con sua sorpresa, Korum era lì, seduto sul letto. Indossava un tipico completo Krinar con pantaloncini chiari e una maglietta senza maniche. Per qualche ragione, aveva i capelli bagnati.

"Sei sveglia" disse, guardando il suo corpo nudo con un familiare scintillio sensuale negli occhi. "Sono andato a nuotare nel lago, perché pensavo che avresti dormito per un po'. Perché ti sei alzata così presto?"

"Brutto sogno." Mia si sedette accanto a lui. Le mani dell'alieno le presero subito il seno, stringendolo leggermente, come se non potesse fare a meno di toccarla.

"Perché, dolcezza? Che genere di sogno?" Vide un'espressione preoccupata sul bel viso dell'extraterrestre, anche se le mani continuavano a giocare con il seno della ragazza, con i pollici che le sfioravano i capezzoli in un modo che le inviava il calore fino al nucleo.

Mia non riusciva a pensare lucidamente con lui che le faceva questo. "Uhm... solo quella cosa con Saret..." La sua testa cadde all'indietro, piegando il collo, mentre lui si chinò per mordicchiarle il punto sensibile vicino alla clavicola.

"Quale cosa?" mormorò, facendole scivolare una mano tra le cosce, accarezzandole il sesso dolorante.

"Solo quella... conversazione..." ansimò Mia, mentre il dito di Korum scivolava dentro di lei, con il pollice che le premeva il clitoride, mentre l'altra mano continuava a giocare con il suo capezzolo.

"Cioè?" sussurrò, con l'alito caldo che le bagnò il collo, provocandole la pelle d'oca dappertutto.

"Io non... non lo so" riuscì a dire Mia, con i muscoli

interni che si strinsero attorno al suo dito, mentre un'ondata di calore le attraversava il corpo. Era così vicina... così vicina...

Korum ritirò il dito e la spinse giù, in modo che fosse sdraiata sulla schiena con le gambe appoggiate al lato del letto. Inginocchiandosi sul pavimento, le tirò le gambe sulle spalle e portò il sesso verso la sua bocca.

Al primo tocco della sua lingua calda e umida sul clitoride, Mia si frantumò in un milione di pezzi. Il rilascio fu così potente che si inarcò sul letto, chiudendo gli occhi mentre ondate di piacere si diffondevano in ogni parte del corpo.

Prima che le ondate potessero svanire, lui era già dentro di lei, con i pantaloncini strappati sull'inguine e la spessa lunghezza sepolta profondamente nel suo piccolo canale. Ansimando per l'ingresso improvviso, Mia lo afferrò per le spalle, tenendosi forte mentre lui cominciò a spingere, stimolandole le terminazioni nervose ancora sensibili dopo l'orgasmo. Ansimando, riaprì gli occhi e incontrò il suo sguardo dorato.

La stava fissando con occhi carichi di desiderio sul viso. Piegando la testa, le prese la bocca per un bacio selvaggio, devastandola con la lingua, mentre il cazzo continuava a spingere dentro di lei da sotto. Una mano le teneva i capelli, tenendo la testa immobile, mentre l'altra scivolava lungo il fianco, toccando le pieghe. Il dito le strofinò l'ingresso, raccogliendo l'umidità lì, e poi quello stesso dito si sistemò tra le sue natiche e spinse nell'altra apertura.

Sopraffatta dalle sensazioni, Mia gemette, impotente. Dato che la stringeva in quel modo, non poteva far altro che sentirlo. Era sopra di lei, dentro di lei, su di lei, e non riusciva a riprendere fiato, con il battito del cuore che salì vertiginosamente, mentre la tensione dentro di lei aumentava sempre di più. Il suo dito nel sedere sembrava incredibilmente grande, invasivo; eppure, c'era anche un piacere oscuro, un'insolita sensazione di pienezza che si aggiungeva alla sensualità del momento.

Senza alcun preavviso, tutto dentro di lei si fece più forte e convulso, e Mia venne, con il corpo che si contorse, e tremò tra le sue braccia. Lui gemette, digrignando contro di lei, cercando di scendere ancora più in profondità, e l'umana sentì il suo cazzo pulsare dentro di lei, quando raggiunse l'orgasmo.

Dopo un paio di minuti, si allontanò lentamente da lei. "Va tutto bene?" chiese piano, e Mia annuì, troppo sfinita e rilassata per muoversi.

Lui sorrise e la sollevò, portandola nella doccia per un altro rapido risciacquo, e poi si vestirono e si prepararono per la colazione con la sua famiglia.

~

A COLAZIONE, Mia si ritrovò a farsi domande, con la mente che vagò nuovamente, ripensando a quel sogno e a quella conversazione con Saret. Dopo alcuni minuti di riflessione, si rese conto di cosa la preoccupava.

Perché Saret aveva sostenuto che Korum fosse il cattivo? Era delirante o pensava che Mia sarebbe stata così ingenua da credere alle sue bugie? E perché mentirle, se aveva pianificato di cancellarle la memoria poco dopo? Provò a riflettere sulle sue parole esatte, qualcosa sul fatto che Korum volesse riappropriarsi del suo pianeta. Che cosa diavolo significava? I Krinar erano già lì, sulla Terra, a condividerla con gli umani—e quella era la loro intenzione, aveva detto Korum.

Tuttavia, Mia non riusciva a scacciare quella sensazione di disagio. Sapeva che il suo amante era spietato—e sapeva che era fedele alla propria gente. Quella lealtà poteva estendersi fino al punto di volersi sbarazzare di un'intera specie rivale per ottenere una risorsa preziosa? Korum le aveva detto che la Terra era unica, che tra tutti i pianeti là fuori era quello più simile a Krina. E ora che Mia era lì, poté vedere che era davvero così; se mai qualcosa fosse accaduto sulla Terra, gli umani sarebbero stati più che felici di vivere su Krina—e probabilmente lo stesso valeva per i Krinar.

Mettendo giù la posata simile a una pinza, Mia studiò il suo amante, mentre conversava e scherzava con la famiglia. Sembrava impossibile che potesse esserci qualcosa di sinistro nascosto sotto il suo bellissimo aspetto esteriore e il caldo sorriso. Poteva amarla e contemporaneamente desiderare di distruggere la sua gente? Fino a che punto si estendeva la sua ambizione?

Assaggiando un boccone di cibo, provò a pensarci

razionalmente. Sicuramente l'avrebbe saputo, se si fosse innamorata di un mostro. Nessuno avrebbe potuto nascondere tale oscurità così a lungo. Korum non era un angelo—e non necessariamente aveva il massimo rispetto per la sua specie—ma non si sarebbe spinto fino al punto di portar via il loro pianeta.

O forse sì?

Il cibo che aveva appena inghiottito si posò pesantemente sullo stomaco di Mia. Scusandosi, si alzò e andò in bagno a rinfrescarsi. Spruzzandosi un po' d'acqua sul viso, fissò lo specchio, scorgendo il malcelato panico nei suoi occhi.

Aveva bisogno di parlare con Korum e aveva bisogno di farlo subito, prima che i vecchi dubbi e i sospetti avessero la possibilità di avvelenare nuovamente la loro relazione. Se c'era una cosa che Mia aveva imparato dal fallimento della Resistenza, era la follia di saltare alle conclusioni e presupporre il peggio. Non era più la ragazza troppo spaventata per parlare con l'amante K per paura di tradire la sua gente. Korum ora le apparteneva tanto quanto lei apparteneva a lui, e, in un modo o nell'altro, avrebbe saputo la verità.

~

La colazione sembrò non finire mai. Mia sorrise e chiacchierò con la sua famiglia, continuando a contorcersi dall'impazienza. Notò che di tanto in tanto Korum le lanciava delle occhiate interrogative, e immaginò che doveva aver capito che qualcosa non andava, che i suoi sorrisi avevano un fragile confine.

Finalmente, terminò. Marisa tornò nella sua camera per un sonnellino post-pranzo—cosa che aveva iniziato a fare recentemente per combattere la stanchezza dovuta alla gravidanza—e Connor la raggiunse, non volendo separarsi dalla moglie. Anche i genitori di Mia si ritirarono nella loro stanza per leggere e guardare alcuni spettacoli su Krina che Korum aveva preparato per loro.

"Ti va di andare a fare una passeggiata?" chiese Mia a Korum non appena i suoi genitori furono fuori dalla portata d'orecchio.

Sollevò le sopracciglia. "Non fa troppo caldo per te adesso?"

"Dovrebbe andar bene." Mia non sapeva se sarebbe andata bene o meno, ma voleva uscire di casa e allontanarsi dalla famiglia.

"Ok, certo." Korum si alzò in piedi come solo un Krinar poteva fare. "Andiamo."

L'esplosione di calore colpì Mia non appena uscirono di casa. Erano circa le undici del mattino e il sole era incredibilmente luminoso nel cielo senza nuvole. Intorno a loro, Mia sentiva il cinguettio e il canto di insetti, uccelli e altre creature, alcune apparentemente familiari, altre strane ed esotiche.

Camminarono per qualche minuto verso il lago, seguendo lo stesso percorso che avevano fatto ieri. Alla luce del giorno, l'ambiente circostante era ancora più bello e sorprendente di quanto non fosse stato al crepuscolo, ma Mia non poteva concentrarsi su quello ora. Aveva lo stomaco in subbuglio e si sentiva nauseata, come se avesse mangiato qualcosa che le aveva fatto male.

"E va bene, Mia." Korum si fermò in una zona in ombra, quando raggiunsero il lago, e la tirò giù per farla sedere accanto a lui su una fitta macchia di piante simili all'erba. "Cosa c'è che non va, dolcezza? Che cos'hai stamattina?"

Mia guardò l'uomo che amava più della vita stessa. "Voglio sapere se c'è qualche verità su ciò che ha detto Saret."

Mantenne lo sguardo fisso e non batté ciglio. "Quale parte?"

"La parte..." La sua voce si spezzò a metà frase. "La parte su di te che vuoi strapparci la Terra."

Per un momento, ci fu solo il silenzio, durante il quale si fissarono l'un l'altra. Poi, l'alieno disse dolcemente: "Vogliamo condividere il vostro pianeta con voi. Te l'ho detto."

"Allora perché Saret ha detto che vuoi portarcelo via?" Qualcosa non tornava per davvero. "Era solo una follia sua o c'è qualcosa che dovrei sapere? Quali sono le tue vere intenzioni, Korum? In che modo pensi di condividere il nostro pianeta, quando il vostro sole sarà morto?"

Rimase di nuovo in silenzio per qualche secondo, con espressione dura e illeggibile. "Ancora non ti fidi di me, vero?" disse, infine. "Dopotutto, pensi ancora che io sia il cattivo."

Mia fece un respiro tremante, con la sgradevole sensazione nello stomaco che peggiorò. "No, Korum. Non penso questo. Non voglio pensarlo. Voglio solo sapere la verità. Tutta." Sembrava ancora irremovibile, così aggiunse: "Ti prego, Korum... Se mi vuoi bene per davvero, dimmi tutto."

CAPITOLO VENTOTTO

"Eva bene." La sua voce era più fredda di qualsiasi altra cosa gli avesse sentito dire da molto tempo. "Però, dolcezza, tieni a mente che nessuno al di fuori del Consiglio e degli Anziani è al corrente di quello che sto per dirti. Non puoi condividerlo con nessun altro, hai capito?"

Mia annuì, trattenendo il fiato.

"Non vi strapperemo la Terra" disse. "Prenderemo Marte. E poi daremo agli umani la possibilità di trasferirsi lì, una volta che avremo creato le condizioni adeguate per la vita."

Mia lo fissò scioccata. "Che cosa? Marte? Ma... ma è inabitabile."

"Ora è inabitabile" precisò Korum. "Non appena avremo finito, sarà come il paradiso. Il pianeta ha già acqua sotto forma di ghiaccio. Lo scalderemo, creeremo un'atmosfera e daremo a Marte un campo magnetico per mitigare le radiazioni solari e impedire che l'atmosfera finisca nello spazio. Anche il differenziale di gravità può essere sistemato; i nostri scienziati hanno recentemente trovato un modo per migliorare la gravità della superficie e renderla simile a quella della Terra e di Krina."

"Ma—" Mia si ritrovò senza parole. "Aspetta, quindi volete Marte, non la Terra?"

Korum sospirò. "No, Mia. Vogliamo un posto in cui la nostra specie possa continuare a prosperare, quando il nostro sole comincerà a oscurarsi. È spiacevole, ma non possiamo impedire alla nostra stella di morire. Forse un giorno scopriremo un modo per sistemare anche quello, ma per ora dobbiamo organizzarci per il peggio. La Terra sarebbe la nostra seconda scelta, dopo Krina, e Marte sarebbe la terza."

"Quindi, volete la Terra?" Mia sentiva che qualcosa non tornava.

"Sì." Il suo sguardo ambrato era freddo e uniforme. "Certo che la vogliamo. Almeno le parti più calde di essa. Ma non abbiamo intenzione di uccidere gli umani per questo o qualunque altra cosa Saret abbia insinuato. Daremo alla tua razza la possibilità di rimanere sulla Terra o di trasferirsi sul trasformato Marte in cambio di ricchezza significativa e altri vantaggi."

"Corromperete gli umani per spingerli a lasciare la Terra?" Mia lo fissò incredula.

"Sì." Un sorrisetto apparve sulle sue labbra. "Potresti vederla così. Ci sono molte zone della Terra che sono povere, dove l'esistenza quotidiana è una lotta.

Offriremo a queste persone la possibilità di trasferirsi in un luogo che è molto simile al paradiso, dove tutti i loro bisogni di base sarebbero soddisfatti e vivrebbero come dei re. Non pensi che questo sarebbe attraente per qualcuno che vive nelle aree rurali dell'India o nello Zimbabwe?"

Mia sbatté le palpebre. Riusciva a capire la sua logica—ma riusciva anche a intravedere un grosso problema in quello che stava dicendo. "Se Marte sarà così straordinario" disse lentamente "perché i Krinar non vogliono viverci da soli e lasciare il nostro pianeta?"

"Alcuni di noi probabilmente vorranno vivere su Marte" disse Korum. "Non è escluso che tu ed io non ci trasferiremo lì a un certo punto. Ma ci saranno sempre quelli che si sentono a disagio con ciò che considerano una natura artificiale, quelli che preferirebbero vivere in un pianeta che ha attraversato miliardi di anni di evoluzione naturale—anche se quel pianeta è stato in qualche modo inquinato e danneggiato dagli umani."

"Così, verranno a vivere con noi—con gli umani, voglio dire—sulla Terra?"

"Sì" disse Korum. "Esattamente. Costruiremo altri Centri sulla Terra, in modo che alcuni Krinar possano viverci. E in cambio degli umani che ci cedono questo spazio, daremo loro un ambiente molto più lussuoso su Marte. Sarà un vantaggio per entrambe le specie."

"E se gli umani non volessero cedere quello spazio?"

Socchiuse gli occhi. "Perché non dovrebbero? Credi davvero che un agricoltore di sussistenza del Ruanda rifiuterebbe la possibilità di non dover mai più svolgere un lavoro così faticoso? Rifiuterebbe di poter nutrire la propria famiglia ogni giorno con cibo gustoso e nutriente? Chiunque accetterà di vivere su Marte avrà accesso all'assistenza sanitaria gratuita, all'istruzione, all'alloggio... a qualsiasi cosa di cui abbia bisogno. Non faremo alla tua specie ciò che gli Europei fecero ai Nativi Americani. Non è da noi."

"Non hai risposto alla mia domanda" disse lentamente. "Se le persone rifiutassero di andare, verrebbero trasportate con la forza su Marte? Avete intenzione di strappar loro la terra ad ogni costo?"

"Faremo tutto il necessario per assicurare la sopravvivenza—e il continuo benessere—della nostra specie, Mia" disse, con gli occhi freddi e brillanti sotto le ciglia scure. "Proprio come farebbe la vostra."

Un brivido attraversò la schiena di Mia. "Capisco."

"Che cosa ti aspettavi di sentirti dire, dolcezza?" Il suo tono era leggermente beffardo. "Volevi che ti mentissi, che ti dicessi che non prenderemmo mai ciò di cui abbiamo bisogno, se non potessimo prenderlo in un altro modo?"

"No" disse Mia. "Non volevo che mi mentissi. Non l'ho mai voluto." Alzandosi in piedi, si avvicinò all'acqua, fissando la superficie color blu scuro con sguardo assente. Non sapeva cosa pensare, come iniziare ad affrontare quella situazione.

Ciò che Korum aveva appena descritto sembrava relativamente innocuo, persino generoso rispetto a ciò che avevano fatto i conquistatori umani nel corso della storia. Ma Mia sapeva che non sarebbe stato così semplice. L'arrivo dei Krinar avvenuto diversi anni fa aveva causato un gigantesco panico, che aveva portato alla nascita del movimento della Resistenza e provocato migliaia di morti. Era follia pensare che la stessa cosa non sarebbe accaduta, quando la gente avesse saputo delle intenzioni dei K riguardo a Marte. Anche se i Krinar avessero trasferito solo coloro che lo accettavano volentieri, la popolazione generale sarebbe rimasta profondamente sospettosa—e probabilmente a ragione. Non appena i Krinar avessero avuto un posto dove poter spostare con la coscienza pulita gli umani, cosa avrebbe impedito loro di farlo?

Korum le si avvicinò da dietro e le avvolse le braccia attorno al petto, tirandola a sé in modo che la sommità della testa si rannicchiasse sotto al suo mento. "Mi dispiace, Mia" disse dolcemente. "Non volevo essere duro con te. Ma hai il diritto di sapere—e non dovrei biasimarti per non esserti fidata di me dopo il nostro primo incontro. Non voglio fare del male alla tua specie. Davvero—soprattutto non ora che mi sono innamorato di te e che ho conosciuto la tua famiglia. Faremo del nostro meglio per assicurarci che tutto proceda senza intoppi, che tutti i governi siano pienamente informati su ciò che sta accadendo. Nessuno si farà male. Ci assicureremo che tutti ne traggano vantaggio."

Mia voleva sciogliersi nel suo abbraccio, lasciare che la tranquillizzasse sul fatto che tutto sarebbe andato bene, ma non poteva essere uno struzzo che nascondeva la testa nella sabbia. "Quando avete intenzione di farlo?" La sua voce suonò spenta, vuota. "Quando pensate di trasformare Marte?"

"Presto" disse Korum, stringendole le braccia intorno. "Ho appena ricevuto il via libera definitivo dagli Anziani per procedere."

"Ma perché proprio Marte?" Mia non riusciva a capire quella parte. "Perché i Krinar non prendono semplicemente un pianeta in un altro sistema solare? Se potete fare questo, questo genere di cose—"

"Terraformazione" disse Korum. "Si chiama terraformazione."

"Giusto" disse Mia. "Se potete terraformare Marte, perché non farlo con un altro pianeta? Perché dev'essere così vicino alla Terra?"

"Perché la vicinanza alla Terra renderà il progetto più semplice" spiegò tranquillamente. "Non abbiamo mai fatto qualcosa di così grande, e avremo bisogno di una base da cui i nostri scienziati e altri esperti possano operare. La Terra può fungere da base per ora. Non sarà un compito facile. Occorreranno anni—forse decenni—per rendere Marte abitabile, e sarà bello avere i nostri Centri sulla Terra nelle vicinanze in caso di emergenze. Non appena avremo elaborato tutti i dettagli del procedimento, allora potremo terraformare altri pianeti situati in zone abitabili nelle diverse galassie."

"Altri pianeti oltre alla Terra e a Marte?" Mia si voltò tra le braccia dell'alieno, incrociando il suo sguardo. Per la prima volta, si rese conto della profondità della sua ambizione—e questo la scioccava come non mai. "Stai costruendo un impero, vero?" sussurrò. "Un vero e proprio impero intergalattico... Terra, Marte, gli altri pianeti in futuro—i Krinar domineranno tutti, vero?"

"Sì." I suoi occhi brillarono. "Proprio così."

~

KORUM POTÉ VEDERE lo shock sul viso della ragazza, e addolcì il tono. "Sarebbe una cosa così brutta, dolcezza? Anche la tua specie ne trarrà vantaggio. Se qualcosa dovesse accadere sulla Terra, gli umani sopravvivrebbero e prospererebbero al nostro fianco."

Poteva sentire la tensione nel delicato corpo dell'umana, e maledisse Saret per aver seminato dubbi nella sua mente quel giorno. Korum aveva programmato di dire tutto a Mia a tempo debito, di spiegare le proprie intenzioni nel modo più rassicurante possibile. Sapeva che c'era una possibilità che gli avrebbe fatto domande dopo aver riacquistato la memoria, ma non aveva previsto la reazione alle sue domande. La sfiducia, la propensione a pensare il peggio di lui—ricordava fin troppo bene l'inizio, quando lo aveva spiato e tradito con la Resistenza. Le ferite di quel tempo erano ancora troppo fresche perché potesse rimanere calmo e rilassato come avrebbe sperato.

"Al vostro fianco—e sotto il vostro controllo, giusto?" Fece una mossa per liberarsi, e Korum lasciò cadere le braccia, facendo un passo indietro per concederle un po' di spazio. Non si preoccupò di rispondere alla sua domanda; la risposta a ciò era ovvia.

Un impero intergalattico... Di solito non ci pensava in quei termini, ma non era una brutta descrizione per quello che sperava di realizzare nella propria vita. Da quando poteva ricordare—da quando era piccolo— Korum aveva sognato di esplorare e colonizzare altri pianeti. Lo vedeva come il loro destino. Per quanto Krina fosse bello, era pur sempre un piccolo pianeta tra migliaia di miliardi—un pezzo di roccia dipendente dalla sua stella e vulnerabile a vari disastri cosmici.

La Terra lo aveva sempre affascinato, con le sue caratteristiche simili a quelle di Krina e una specie straordinariamente simile agli stessi Krinar. In gioventù, Korum, come molti altri, aveva considerato gli umani inferiori, con i loro corpi deboli e fragili e il modo di vivere primitivo. Solo negli ultimi secoli aveva iniziato a capire che erano esseri intelligenti e pieni di risorse come gli stessi Krinar. In passato, ciò che Mia temeva sarebbe stata una preoccupazione legittima: il Korum di mille anni fa non avrebbe esitato a strappare la Terra alla sua gente. Ora, tuttavia, non voleva privare gli umani del loro pianeta; voleva solo assicurarsi che anche i Krinar avessero una casa.

Non aveva mai ritenuto che la sua ambizione fosse particolarmente oltraggiosa. Sapeva che gli altri lo pensavano, però. A volte, perfino il suo stesso padre sembrava intimidito dall'ambizione di Korum, non capendo che il figlio voleva semplicemente il meglio per la loro specie. Un gruppo di pianeti popolati e controllati dai Krinar era il logico passo successivo nella loro evoluzione, e Korum non vedeva nulla di sbagliato nell'impegnarsi verso quell'obiettivo.

Ora doveva solo far vedere le cose alla charl dal suo punto di vista. "Mia, ascoltami" disse Korum, guardandola attentamente. "So che hai paura, ma non ti sto mentendo. Non ti ho mai detto niente di tutto questo perché è l'equivalente di un'informazione riservata—non perché stavo cercando di nascondere qualcosa di malvagio. Ho appena ricevuto l'autorizzazione finale dagli Anziani per Marte, e poi contatteremo i vostri governi per informarli delle nostre intenzioni. In questo modo, possono preparare adeguatamente la popolazione e stroncare sul nascere qualsiasi voce potenzialmente pericolosa. Nessuno deve farsi male in questo—e faremo del nostro meglio per assicurarci che ciò non accada."

La ragazza tirò fuori la piccola lingua sexy per leccarsi le labbra, e trovò gli occhi dell'extraterrestre incollati alla sua bocca, immaginando che quella lingua stesse leccando qualcos'altro. *Dannazione, concentrati.* Con sforzo, Korum alzò lo sguardo per incontrare il suo, ignorando il movimento nel cazzo. Non era quello il momento di pensare al sesso; doveva convincerla che non avrebbe sterminato la sua specie, né avrebbe derubato il loro pianeta.

"Lo giuri?" La voce dell'umana era dolce, tremante, e lui scorse la speranza in conflitto con il dubbio sul suo viso. Voleva fidarsi di lui, ma aveva bisogno di maggior rassicurazione. "Giuri che non intendi danneggiare la mia gente? Che quando costruirai il tuo impero, non sarà a scapito del benessere della mia specie?"

"Sì, tesoro" disse Korum. "Lo giuro. A meno che gli umani non ci colpiscano, non faremo niente per danneggiarli. Coloro che desiderano lasciare la Terra saranno ben ricompensati per la loro scelta, e vivremo insieme al tuo popolo sulla Terra, su Marte e su qualsiasi altro pianeta che troveremo. Non sarà così male, dolcezza. Te lo prometto."

E facendo un passo verso di lei, la tirò di nuovo nel suo abbraccio, tirando un sospiro di sollievo quando sentì anche le sue braccia avvolgergli la vita.

CAPITOLO VENTINOVE

ia indossò la collana di pietre luccicanti che Korum le aveva donato e si esaminò criticamente nello specchio tridimensionale della camera da letto. Indossava abiti formali Krinar: un abito bianco scintillante simile a quello che aveva indossato al combattimento. Aveva i capelli raccolti e coperti da una retina argentata, che si abbinava ai sandali ai piedi. Sembrava allegra—e pronta ad affrontare gli Anziani.

Di norma, avrebbe dovuto essere nervosa. Dopotutto, stava per incontrare i più antichi Krinar esistenti, i cui nomi erano leggenda tra i K e il cui mandato determinava il destino dell'umanità. I Krinar che avrebbero deciso la durata di vita della sua famiglia. Eppure si sentiva stranamente calma, come se niente avrebbe potuto sfiorarla in quel momento.

La sua mente continuava a soffermarsi sulla conversazione di quella mattina con Korum, rivivendola più e più volte. Marte, la Terra, un intero impero intergalattico... Le ambizioni del suo amante non conoscevano limiti. Mia non aveva dubbi sul fatto che Korum avrebbe raggiunto il suo obiettivo—e che sarebbe stato al timone di quell'impero che stava per costruire.

E lei sarebbe stata al suo fianco. Le girava la testa al solo pensiero. Lei, che non aveva mai desiderato altro che una vita tranquilla e ordinaria, avrebbe assistito alla formazione dell'impero Krinar, al fianco—e nel letto—dell'uomo che l'avrebbe creato.

Questo la rendeva una traditrice per il suo popolo? O era come aveva detto Delia, secondo la quale il fatto che Korum si fosse innamorato di lei aveva già aiutato l'umanità più di qualsiasi sforzo della Resistenza?

Gli aveva creduto, quando lui aveva promesso che i Krinar non avrebbero fatto del male agli umani di proposito. Aveva sempre mantenuto le promesse. La ragazza non sapeva come sarebbero andate le cose, non appena le persone avessero scoperto le intenzioni dei K su Marte. Ci sarebbero stati nuovi movimenti anti-K? La popolazione umana sarebbe entrata nel panico e avrebbe tentato di colpire gli invasori, spingendo i Krinar a vendicarsi? Mia sarebbe stata devastata, in questo caso.

Ma il pensiero di lasciare Korum era insopportabile. Non poteva vivere senza di lui; le cose stavano così. Lo amava con ogni fibra del suo essere, e sapeva che lui l'amava altrettanto. Forse questo la rendeva una traditrice... o forse la rendeva la donna più fortunata del mondo. Solo il tempo avrebbe potuto dirlo.

Per ora, doveva concentrarsi sull'incontro con gli Anziani.

~

"È MEGLIO che lasciate parlare me per la maggior parte del tempo" disse Korum, mentre si avvicinavano a una radura nel bel mezzo della foresta. "A loro non piacciono le conversazioni inutili."

"Certo" disse Mia. "Non diremo una parola."

"No, forse dovrete" le disse. "Probabilmente vorranno parlare direttamente con te e la tua famiglia —e in questo caso, vi consiglio caldamente di rispondere alle loro domande in modo sincero e conciso."

Mia annuì, essendo d'accordo con lui. Con la coda dell'occhio, poteva vedere i suoi genitori tenersi per mano mentre camminavano. Sua madre era pallida e suo padre sembrava cupo, come se stesse per andare al patibolo. Marisa e Connor li seguivano, sembrando nervosi ed emozionati al tempo stesso.

A differenza di Mia, gli altri indossavano abiti umani. Era stata una loro scelta. "Che cosa? Dovrei indossare una cosa del genere alla mia età?" aveva detto sua madre, indicando il vestito aderente e aperto di Mia. Korum non aveva obiettato; dal momento che nessuno di loro era un charl, non erano considerati parte della società Krinar e quindi potevano indossare qualunque cosa volessero. Suo padre indossava giacca e cravatta, così come il marito di Marisa. Sua madre e Marisa indossavano abiti semi-formali e tacchi alti. Mia sperava che non si sentissero troppo a disagio, trascinandosi per la foresta conciati in quel modo con quel caldo.

Il fatto che gli Anziani volessero vederli all'aperto—e non all'interno di un edificio—non sorprendeva affatto Mia. I K erano notevolmente in sintonia con la natura, e Korum le aveva detto che alcuni Anziani evitavano del tutto le abitazioni artificiali, scegliendo di vivere come i loro antenati primitivi: nei tronchi cavi di alberi giganti o in formazioni rocciose simili a caverne nelle montagne. Inoltre, custodivano gelosamente il territorio, non permettendo a nessuno di avvicinarsi a meno di una decina di chilometri dalle loro aree prescelte. Quel luogo nel bosco era considerato un terreno neutro, un posto in cui gli Anziani si incontravano spesso per discutere di varie questioni e socializzare tra loro.

"Pochissimi Krinar hanno mai avuto il privilegio di incontrare gli Anziani di persona, come state per fare voi" disse Korum, mentre si fermarono davanti alla radura. "È l'onore più grande che ci sia."

Mia fece un respiro profondo, cercando di controllare il leggero tremore delle dita. Ora che erano davvero lì, la sua precedente calma l'aveva abbandonata, e il cuore le batteva freneticamente nel petto. E se avesse accidentalmente fatto o detto qualcosa che avrebbe irritato gli Anziani? In tal caso, probabilmente avrebbero negato la petizione di Korum o peggio. Non aveva idea di che cosa fossero capaci quei vecchi Krinar.

"Pronta, dolcezza?" chiese Korum, e lei annuì, mettendo la mano nella sua. Poi, camminarono insieme nella radura, seguiti dalla famiglia.

~

C'ERANO NOVE K, tre donne e sei uomini. Stavano tutti guardando Mia e la sua famiglia, con volti assolutamente inespressivi. Fisicamente, sembravano essere nel periodo migliore della vita, non più vecchi di Korum o di qualsiasi altro Krinar Mia avesse mai incontrato. Tutti i maschi erano alti e robusti, e anche le femmine sembravano più forti del solito. La più bassa delle donne Anziane probabilmente era alta poco più di un metro e ottanta, con muscoli magri e ben definiti che le coprivano il corpo. Con sorpresa di Mia, indossavano tutti moderni vestiti Krinar, con gli abiti chiari in contrasto con la tonalità bronzea della carnagione.

Sebbene le donne fossero belle come principesse-guerriere, gli uomini avevano un aspetto più variegato. Un maschio K in particolare assomigliava alla replica degli antichi molto più di quanto non valesse per gli altri Krinar. Anche se i suoi lineamenti aspri e spigolosi erano piuttosto attraenti, sembrava troppo duro per essere considerato bello. Mia si chiese se qualcuno degli Anziani avesse un compagno, o se fossero sopravvissuti per milioni di anni senza alcun legame profondo.

Korum lasciò andare la mano di Mia e piegò la testa con fare rispettoso, senza dire nulla. Mia seguì il suo esempio, mantenendo lo sguardo puntato sugli Anziani per tutto il tempo. Nella cultura Krinar, era considerato maleducato guardare dall'alto in basso, quando si incontrava una figura autorevole; bisognava guardarli negli occhi.

Una delle donne si fece avanti, con movimenti disinvolti e armoniosi. Avvicinandosi a Mia, le strofinò le nocche sulla guancia nel tradizionale saluto tra femmine. Mia sorrise e ricambiò, sperando che non stesse facendo qualcosa di sbagliato. A giudicare dal bagliore di approvazione negli occhi di Korum, aveva fatto esattamente la cosa giusta.

Dopo aver salutato Mia, la donna girò intorno agli altri umani, studiandoli con evidente curiosità. Non disse una parola, né fece alcun gesto verso di loro, ma Mia vide delle gocce di sudore sulla fronte del padre. Doveva essere molto nervoso, perché di solito non sudava molto dal caldo.

Sempre in silenzio, la donna tornò verso gli Anziani e riprese la sua posizione iniziale vicino alle altre due femmine. Poi, nove paia di occhi scuri li guardarono semplicemente, osservandoli con un'intelligenza fredda e profonda, che sembrava distintamente inumana.

Mia li guardò, cercando di capire quali fossero i due coinvolti nel guidare l'evoluzione umana. In un certo senso, stava incontrando degli dei in carne ed ossa, i creatori della razza umana. L'idea era così sconvolgente che non ci si soffermò troppo. Probabilmente sarebbe collassata, se avesse pensato a quegli Anziani come a qualcosa di più che delle semplici versioni più vecchie di Korum. E sinceramente, per una ventunenne, non c'era un'enorme differenza tra qualcuno che aveva duemila anni e qualcuno che ne aveva due milioni. Erano entrambi incredibilmente vecchi—o almeno così continuava a ripetersi.

Alla fine, dopo quella che sembrava un'ora, il maschio dall'aspetto duro si fece avanti, avvicinandosi a Mia e Korum. "E così, questa è la tua charl" disse, con voce bassa ed eccezionalmente profonda. Mia pensò che la sua camminata assomigliasse a quella di un leone, con tutta quella massa muscolare magra e l'intensità predatoria.

Korum inclinò la testa. "Sì."

"Insolito" disse l'Anziano, piegando la testa di lato mentre studiava Mia. "Molto insolito."

Mia combatté l'impulso di nascondersi da quello sguardo penetrante. Si sentiva come se l'antico K la stesse spogliando, scorgendone ogni paura e vulnerabilità.

"Perché pensi che dovremmo fare un'eccezione per la tua famiglia, Mia?" chiese improvvisamente l'Anziano, rivolgendosi direttamente a lei.

Mia deglutì per sbarazzarsi del nodo in gola. Si era preparata mentalmente per l'interrogatorio, eppure si sentì presa alla sprovvista. Tuttavia, quando parlò, la sua voce era sorprendentemente regolare, e non tradiva nulla del tumulto interiore. L'adrenalina le scorreva nelle vene, affilando la concentrazione, e le parole che le uscirono dalla bocca furono insolitamente nitide e chiare.

"Non credo che dovreste fare un'eccezione per la mia famiglia" disse, guardando l'Anziano. "Credo che dovreste condividere la vostra tecnologia con l'intera razza umana. Se non lo farete, per qualsiasi ragione, allora pensateci: stando con Korum, ora condivido la sua durata di vita. Dato che è una cosa che tu e i tuoi colleghi avete permesso, dovete vedere la logica in questo. Senza i nanociti nel mio corpo, invecchierei e morirei tra qualche decennio, mentre Korum rimarrebbe lo stesso—e questo sarebbe insopportabile per entrambi, perché ci amiamo." Fece una pausa, facendo un respiro profondo. "E sarebbe altrettanto insopportabile per me vedere le persone che amo—" fece un gesto verso la sua famiglia "—ammalarsi e morire."

L'antico K continuava a guardarla, e lei scorse un barlume di divertimento sul suo viso. Addolcì leggermente i lineamenti, cosa che lo fece sembrare solo un po' meno intimidatorio. Mia voleva aggiungere dell'altro, ma ricordava l'ammonizione di Korum sull'essere concisi nel rispondere alle domande, e decise di tacere. Aveva detto tutto quello che c'era da dire; a parte ripetere i suoi punti e fare appello al loro senso dell'etica e della moralità, non c'era altro da aggiungere.

L'Anziano la fissò per qualche altro secondo e poi si voltò. Mia poté percepire una sorta di comunicazione senza parole tra lui e gli altri, e poi si girò verso Mia e Korum.

"Presto prenderemo la nostra decisione" disse, rivolgendosi a Korum questa volta.

Poi tornò verso il resto degli Anziani, e tutti svanirono nella foresta, lasciando Korum, Mia e la sua famiglia da soli nella radura.

~

"QUELLO ERA LAHUR" disse Korum alla sua charl durante il viaggio di ritorno verso casa. "È quello di cui ti ho parlato—il più vecchio Krinar esistente. La donna che si è avvicinata a te e ai tuoi genitori è Sheura; è una biologa evolutiva, è stata coinvolta nel progetto sugli umani fin dall'inizio."

"Oh, non mi stupisce che sembrasse così incuriosita da noi! Pensi che lo faranno? Pensi che accetteranno?" Mia era appollaiata su un sedile accanto a lui, con gli occhi luminosi per l'emozione. Korum sapeva che probabilmente era ancora in preda all'adrenalina dopo l'incontro, e le sorrise, orgoglioso del modo in cui si era comportata con gli Anziani. Sapeva che si era sentita nervosa, naturalmente, ma aveva mantenuto la compostezza per tutto il tempo—meglio di quanto avrebbe fatto qualunque Krinar al suo posto.

"Non lo so, dolcezza" disse sinceramente. "Nessuno può prevedere quello che faranno gli Anziani. Spero che abbiano visto qualunque cosa volessero vedere oggi. Tutto quello che possiamo fare ora è aspettare."

"Dobbiamo rimanere su Krina mentre decidono?" chiese la madre di Mia, e Korum notò che ora sembrava molto più calma, sollevata che il calvario si fosse concluso.

"Sì" rispose Korum. "Probabilmente sarebbe meglio. Hanno detto presto, quindi non dovrebbero metterci molto. Inoltre, non avete ancora conosciuto i miei genitori. So che stanno morendo dalla voglia di vedervi." Korum aveva anche un altro motivo per volere la famiglia di Mia su Krina, ma ora non era il momento giusto per discuterne.

"Oh, ci piacerebbe tanto conoscerli!" esclamò Ella. "Non sarebbe fantastico, Dan?"

"Certo" disse il padre di Mia. "Ci farebbe davvero piacere conoscerli."

"Bene" disse Korum. "Allora organizzerò l'incontro."

CAPITOLO TRENTA

Canticchiando sottovoce, Mia si vestì e si preparò per andare a casa dei genitori di Korum. Ricordava che le erano piaciuti Riani e Chiaren durante il loro incontro virtuale, e non vedeva l'ora di rivederli. Era convinta che anche ai suoi genitori sarebbero piaciuti, sebbene probabilmente sarebbero rimasti sbalorditi dalla loro giovinezza e bellezza.

Se gli Anziani avessero dato il consenso, anche i genitori di Mia avrebbero riguadagnato la giovinezza. Lo desiderava così tanto. Aveva visto le foto dei genitori quando avevano l'età di Mia, ed erano una bella coppia, con suo padre alto e attraente e la madre carina e spensierata. Voleva vederli così nella vita reale, sani e vigorosi, senza i vari dolori e gli acciacchi causati dalla mezza età.

Proprio mentre si stava vestendo, Korum entrò in camera. Era più splendido che mai, con il viso che brillava per un'emozione sconosciuta. Avvicinandosi a Mia, chinò la testa per darle un bacio sulle labbra. "Sei bellissima, dolcezza" disse gentilmente, infilandole un riccio dietro l'orecchio.

"Grazie." Mia gli sorrise. "Anche tu."

"Ho una cosa che mi piacerebbe indossassi" disse, guardandola con un sorriso misterioso. "Un altro gioiello."

"Oh, certo." Mia aveva già indossato la collana di pietre brillanti per l'incontro con i suoi genitori, ma non le dispiaceva indossare qualcos'altro—o un altro accessorio in aggiunta a quello. Riempirsi di accessori non era mai stato il suo forte, anche se aveva tutte le intenzioni di imparare a farlo. Era già diventata più brava a vestirsi alla moda; i gioielli sarebbero stati il passo successivo.

Con suo completo e totale shock, Korum fece un passo indietro e si mise in ginocchio. Nella sua mano c'era una scatolina nera. Mentre lei la fissava, la scatolina si aprì, rivelando l'anello più bello che avesse mai visto in vita sua. Piccolo e delicato, sembrava fatto dello stesso materiale iridescente della collana, con un brillante più grande incastonato nel mezzo.

"Mia" disse Korum sottovoce, guardandola con quegli incredibili occhi color ambra. "So che le cose tra noi non sono sempre state facili, e non posso prometterti che non ci saranno difficoltà d'ora in avanti. Ma posso dirti una cosa. Ti voglio, ora e per sempre, più di quanto abbia mai desiderato qualcuno in tutti i miei anni di esistenza. Ti voglio nella mia vita, nel mio letto e al mio fianco finché saremo entrambi vivi. Voglio amarti e proteggerti; voglio mettere il mondo ai tuoi piedi. Voglio che il tuo viso sia il primo che vedo quando mi sveglio e l'ultimo prima di andare a dormire. Voglio renderti felice come fai tu con me. Mia, dolcezza, sono follemente innamorato di te. Mi farai l'onore di diventare mia moglie?"

La ragazza aprì la bocca, ma non le uscirono parole. Invece, sentì una strana sensazione di bruciore negli occhi. "Tu... vuoi che ti sposi?" riuscì finalmente a sussurrare, temendo che in qualche modo avesse frainteso. "Ma—" deglutì "—sei un Krinar! Non puoi sposare un'umana!" La sua voce si alzò per l'incredulità verso la fine.

"Posso fare tutto ciò che voglio" disse Korum, e lei non poté fare a meno di sorridere tra sé e sé per la nota arrogante nella voce dell'alieno. Anche in ginocchio, sembrava il re del mondo. "Solo perché nessun altro l'ha fatto, questo non significa che non si possa. Voglio che tu sia mia in tutti i sensi della parola—secondo la legge Krinar e la legge umana. Mia, tesoro, vuoi sposarmi?"

Il bruciore negli occhi dell'umana aumentò, e una lacrima uscì e rotolò lungo il suo viso. "Sì" disse, quasi impercettibilmente, con la vista appannata dall'umidità. Il petto le sembrava troppo stretto, e non riusciva a riprendere fiato. "Sì, amore mio, ti sposerò."

Il sorriso di risposta dell'extraterrestre era

accecante quanto il sole dei Krinar. Alzandosi in piedi, allungò la mano sinistra e le fece scivolare l'anello sull'anulare. Si adattò perfettamente, riflettendo ogni colore dello spettro visibile.

"Oh, Korum... è—" Mia stava piangendo apertamente, con le lacrime di felicità che le scorrevano lungo le guance. "È bellissimo..."

"Mai quanto te" disse dolcemente, tirandola nel suo abbraccio. "Niente potrebbe mai essere bello quanto te." E prendendole il viso tra le grandi mani, le baciò le lacrime sulle guance, con labbra tenere e premurose sulla sua pelle.

~

ACCETTARONO di condividere la notizia con i genitori di Mia, quando entrambe le famiglie si sarebbero riunite, e Korum ora osservava divertito mentre la ragazza faceva del proprio meglio per nascondere la mano sinistra tra le pieghe del vestito durante il viaggio verso la casa dei genitori dell'alieno. Le aveva detto che per il momento poteva togliersi l'anello, ma lei aveva rifiutato con veemenza. "E se lo perdo?" gli aveva detto in tono inorridito, e Korum non aveva obiettato. Gli piaceva vedere il gioiello sul suo dito, era contento di sapere che c'era un simbolo visibile del loro impegno reciproco.

Non sapeva bene quando gli fosse venuta l'idea di sposarla alla maniera umana. Durante quella visita a casa dei suoi genitori, il pensiero gli si era fissato nella mente, ed era lì già da un mese. Sapeva che Mia si sentiva ancora a disagio per essere la sua charl; secondo lei, lui deteneva tutto il potere nella loro relazione. Rappresentava una continua fonte di litigio, e Korum sapeva che non sarebbe mai stata completamente felice, finché avesse continuato a sentirsi priva di diritti tra la sua gente.

Più Korum rifletteva sul problema, più sembrava che il matrimonio potesse essere la soluzione. Sposando pubblicamente Mia su Krina, avrebbe elevato la sua posizione nella loro società. Non sarebbe più stata soltanto una charl, un'umana che gli apparteneva; sarebbe stata l'equivalente della sua compagna molto prima della Celebrazione dei Quarantasette.

Inoltre, in quel modo sarebbe appartenuta ufficialmente a lui agli occhi della sua gente. A Korum piaceva l'idea. Se qualche maschio umano avesse osato guardarla, avrebbe visto l'anello al dito e avrebbe capito che quella donna era stata presa. Quegli anelli erano un'abitudine intelligente, aveva capito Korum di recente. Permettevano a un uomo di marcare il proprio territorio in modo molto civile. Mia ora era la sua fidanzata, proprio come presto sarebbe diventata sua moglie—e nessuno avrebbe avuto dubbi su questo.

Naturalmente, il loro matrimonio avrebbe anche tranquillizzato i genitori di Mia. Sebbene la famiglia Stalis avesse accettato la loro relazione, Korum sapeva che sarebbero stati molto più felici se avessero potuto definirlo con qualcosa di diverso dal fidanzato della figlia. Ora sarebbe stato il genero, un legame molto più forte ai loro occhi, e si sarebbero sentiti più rassicurati dal suo impegno nei confronti di Mia.

La capsula di trasporto atterrò davanti alla casa dei suoi genitori, e condusse Mia all'interno, con i genitori, la sorella e il cognato alle loro spalle. La sua famiglia umana, pensò l'alieno ironicamente. Era così improbabile che riusciva a malapena a crederci, ma quelle persone erano importanti per Mia—e stavano diventando sempre più importanti anche per lui.

Riani e Chiaren li stavano aspettando. Quando Korum entrò in casa, vide prima sua madre, con un enorme sorriso sul viso, e la presenza più austera di suo padre immediatamente dietro di lei. Erano rimasti scioccati quando aveva parlato con loro di Mia per la prima volta, pur essendone contenti. Korum a volte si chiedeva se i suoi genitori pensassero che avrebbe passato tutta la vita senza mai trovare qualcuno da amare.

Facendo un passo in avanti, abbracciò Riani e salutò suo padre con il più formale tocco sulla spalla. Poi, rivolgendosi alla famiglia di Mia, li presentò ai genitori.

Con sua sorpresa, i due gruppi di genitori fecero amicizia quasi immediatamente. Nel giro di pochi minuti, stavano chiacchierando animatamente, scambiandosi storie sulle imprese giovanili dei figli. "Oh mio Dio, è imbarazzante" sussurrò Mia nell'orecchio dell'alieno, arrossendo quando Ella rivelò ridendo l'abitudine della figlia di liberarsi dei pannolini e di gattonare nel loro cortile dietro gli scoiattoli.

"Che cosa sono gli scoiattoli?" chiese curiosamente Riani, e il padre di Mia spiegò tutto sul piccolo mammifero con la coda folta.

Marisa e Connor, che stavano osservando l'intera scena con meraviglia, andarono a sedersi accanto a Korum e Mia dall'altra parte della stanza. "Wow, vanno proprio d'accordo, vero?" disse Marisa a sua sorella, e Mia rise, con gli occhi che brillavano per la felicità.

Sembrava il momento perfetto per l'annuncio.

Alzandosi, Korum tirò su anche Mia. Tutti gli occhi si voltarono immediatamente verso di loro. "C'è qualcosa che vorremmo condividere con voi" disse Korum, guardandosi intorno nella stanza. I suoi genitori sembravano perplessi, mentre gli umani lo fissavano con gioia appena celata. "Ho chiesto a Mia di sposarmi, e lei ha accettato."

Mia sorrise e sollevò la mano sinistra, mostrando l'anello luccicante al dito.

La stanza esplose. Risate, grida e congratulazioni riempirono l'aria. Sembrava che tutti stessero abbracciando tutti gli altri, e i suoi genitori si unirono all'emozione, anche se Chiaren continuava a lanciare sguardi interrogativi nella sua direzione. Come aveva detto Mia, nessun Krinar aveva mai sposato un'umana, e il concetto stesso di matrimonio era estraneo alla sua gente. L'unione di accoppiamento segnata dalla Celebrazione dei Quarantasette era l'equivalente Krinar più vicino. Korum intendeva spiegare il proprio pensiero ai genitori più tardi; per ora, era sufficiente che sapessero quanto amasse la sua charl.

Dopo l'affievolirsi del trambusto iniziale, Korum disse ai genitori di Mia: "Non sapevo se prima avessi dovuto chiedere il vostro permesso o meno. Per quello che ne so di questa usanza, si fa raramente nei tempi moderni. Spero non vi dispiaccia—"

"Dispiacerci?" esclamò Ella. "Nient'affatto!" I suoi occhi brillavano dalle lacrime, e Korum si chiese come mai il matrimonio rendesse le donne umane così emotive.

Il resto del loro tempo trascorso insieme venne dedicato alla discussione delle possibili date per il matrimonio (Korum insistette affinché si celebrasse entro la settimana seguente), il luogo (a Mia piaceva il lago vicino alla casa dell'extraterrestre) e la logistica di una cerimonia di matrimonio umana su un pianeta così lontano dalla Terra.

"Non c'è bisogno che qualcuno vi sposi?" chiese Connor. "Un prete, un rabbino, un giudice, qualcuno? E per poter essere legalmente riconosciuto a casa, non è necessario registrarlo da qualche parte sulla Terra?"

Korum aveva già pensato a quegli ostacoli. "Una charl che vive su Krina era in realtà un giudice del Missouri" disse a tutti. "L'ho già contattata per chiedere la sua assistenza. Per quanto riguarda la registrazione, trasmetteremo le nostre firme elettronicamente all'Addetto della Corte Distrettuale di Daytona Beach. Sono certo che faranno un'eccezione per noi, date le circostanze."

~

A Mia, i cinque giorni successivi sembrarono passare in un batter d'occhio. Non appena si diffuse la notizia del loro fidanzamento, ci fu una sfilza infinita di visitatori in casa di Korum, tutti desiderosi di conoscere lei e la sua famiglia.

Gli amici, i conoscenti, i dipendenti, i contatti di lavoro di Korum, persino i membri del Consiglio... Mia conobbe così tanti K durante il suo breve fidanzamento che non riusciva a tener traccia di tutti i nomi e i volti. Con sua sorpresa, riuscì a percepire gli echi dello stesso rispetto che mostravano verso Korum nel loro atteggiamento nei suoi confronti. Era sottile, ma evidente. La sua opinione veniva chiesta più spesso, e le parlavano direttamente, spesso evitando Korum. Dopo averci riflettuto per un paio di giorni, Mia si rese conto che ora la trattavano più come la compagna di Korum e meno come la sua charl. Ai loro occhi, non era più solo un'umana che apparteneva a uno di loro; sarebbe stata una parte vera e propria della loro società.

A Mia piacquero in particolare Jalet e Huar, gli amici di lunga data di Korum. Come i genitori di Korum, Jalet era un tuttofare. Intelligente e simpatico, sembrava conoscere tutto dell'universo, e Mia adorava ascoltare le sue storie della vita su Krina. Huar, invece, era silenzioso e serio. Era considerato un esperto di studi oceanici. Sia Huar che Jalet erano stati anche amici di Saret, ed erano rimasti inorriditi dopo aver scoperto la sua vera natura.

"Noi quattro eravamo come i vostri moschettieri" le disse Jalet, riferendosi al classico romanzo di Dumas. "Ci siamo cacciati in tantissime avventure durante la nostra gioventù. Avevo pensato di accompagnare Saret e Korum sulla Terra, ma sono rimasto bloccato su un progetto e il tempismo non l'ha permesso."

"Probabilmente è stato meglio così." Korum sorrise al suo amico. "Per quanto ne sappiamo, avrebbe potuto tentare di uccidere anche te."

"Sai" disse Huar pensieroso. "Ora che ci penso, non è poi così sorprendente che Saret ce l'avesse con te, Korum. Era piuttosto ambizioso, ma molto riservato. Tu hai sempre saputo cosa volevi e lo perseguivi apertamente, ma a Saret piaceva fare progetti e manovrare dietro le quinte, quindi nessuno sapeva chi fosse veramente. Sospettavo che potesse essere invidioso di te, ma non mi ero mai reso conto di quanto fosse profonda questa invidia."

"Nessuno di noi sapeva chi fosse veramente" disse Korum. "Saret è riuscito a ingannare tutti, specialmente me." Mia sentì la nota amareggiata nella sua voce, che le fece male al cuore. Non ne parlava mai molto, ma la ragazza sapeva che l'alieno si sentiva ancora in colpa per averla messa in pericolo.

"Amore mio, sai che probabilmente era uno psicopatico, vero?" Poggiando una mano con fare rassicurante sul ginocchio di Korum, gli rivolse un'occhiata seria. "Era abbastanza intelligente da nasconderlo, ma lo era. Tutto fascino in superficie e una completa mancanza di rimorso sotto. Era anche in gamba, abbastanza da indossare una maschera per secoli." Mia ricordò di aver letto degli psicopatici in una delle sue lezioni universitarie, ed erano una specie davvero affascinante. Non sapeva se Saret rientrasse nella definizione del libro di testo—o se i K potessero essere dei veri psicopatici in senso medico—ma sicuramente mostrava alcuni tratti, inclusa una grandiosa autostima.

Korum sorrise, abbracciandola, ma lei realizzò che sarebbe passato molto tempo prima che le ferite inflitte dal tradimento di Saret si sarebbero rimarginate.

Oltre a tutti i visitatori, c'era molto da fare per la preparazione del matrimonio stesso. Con l'aiuto virtuale della cugina di Korum, Leeta, Mia creò un bellissimo abito bianco che incorporava alcuni elementi di entrambe le culture. Realizzò anche abiti lusinghieri per la sua famiglia—per lo più in stile Krinar—ma prese in considerazione le loro preferenze personali.

Nel frattempo, Korum fabbricò un'enorme sala cerimoniale che fluttuava sul lago vicino a casa sua. Con la grandezza di uno stadio olimpico, era stato progettato per ospitare oltre centomila persone—un numero che faceva girare la testa di Mia ogni volta che ci pensava.

"Quanto sarà grande questo matrimonio?" ansimò, quando vide la gigantesca struttura.

"Quanto dev'esserlo" replicò Korum, guardandola, e

Mia si rese conto che avrebbe fatto una dichiarazione pubblica. Sposandola davanti a tutta Krina, stava proclamando che gli umani erano ufficialmente arrivati, che non erano più una specie inferiore che poteva esistere solo ai margini della società Krinar.

Korum stava affrontando le preoccupazioni della ragazza riguardo al suo posto nel mondo dell'alieno.

CAPITOLO TRENTUNO

Il giorno prima della celebrazione del matrimonio, gli Anziani presero finalmente una decisione su Saret. Non appena Korum venne a sapere la notizia, andò a trovare il suo ex amico, sentendo uno strano bisogno di vederlo per l'ultima volta.

Saret era confinato a Viarad, in un edificio fortemente sorvegliato, in cui i pericolosi criminali attendevano il processo. Gli ultimi due mesi non erano stati piacevoli per lui. Se Korum non lo avesse conosciuto meglio, avrebbe pensato che Saret fosse invecchiato in qualche modo. Il suo sguardo era cupo e vuoto, e la pelle sembrava stranamente color cenere. Era come se avesse perso ogni speranza e, per un breve momento, Korum provò pietà per il suo nemico, ripensando alla loro infanzia trascorsa insieme.

Ma poi ricordò ciò che Saret aveva fatto a Mia—e cosa intendeva fare a tutti loro—e il sentimento di pietà svanì. Korum non aveva mai conosciuto il vero Saret; tutti i bei momenti che avevano passato insieme erano falsi come l'amicizia di Saret.

"Sei venuto a gongolare, vero?" La voce di Saret ruppe il silenzio. "Suppongo che tu abbia saputo della mia condanna." Contorse le labbra amaramente, strattonando con le dita il collare da criminale intorno alla gola.

"No" disse Korum sinceramente. "Non sono venuto a gongolare."

"Allora perché sei qui?"

"Non lo so" ammise Korum. "Credo di aver bisogno di una conclusione."

"Una conclusione?" Saret rise, con un suono aspro che irritò le orecchie di Korum. "Che genere di conclusione?"

Korum scrollò le spalle, non sapendo bene come rispondere.

"Jalet e Huar sono venuti a trovarmi ieri" disse Saret, con gli occhi incollati al viso di Korum. "Mi hanno raccontato tutto sulla tua piccola sposa umana e su come il vostro matrimonio sarà il più grande evento del millennio. Complimenti. Immagino che tu le abbia fatto un lavaggio del cervello migliore di quanto io avrei mai potuto. Anche se quella puttana di Laira ha annullato la mia procedura, Mia ti vuole ancora. Le hai detto che cos'hai intenzione di fare alla sua gente?"

"Sì" disse Korum. "Ho spiegato tutto. Ha capito. Non ho mai voluto danneggiare la sua gente, solo far spazio per noi sul loro pianeta."

"Sì, certo." Saret gli rivolse un'occhiata sarcastica. "Credi che non ricordi come consideravi gli umani un tempo? Come dicevi che la Terra avrebbe dovuto essere nostra di diritto?"

Korum fissò incredulo il suo ex amico. "Credevi davvero che la pensassi ancora così? Saret, è stato più di mille anni fa! È cambiato tutto da allora. *Io* sono cambiato da allora—"

"Oh, davvero? E cosa ti ha fatto cambiare? Una fighetta stretta e un paio di occhioni azzurri?"

Korum sentì un forte impulso di fare qualcosa di violento a Saret, ma si trattenne all'ultimo momento. "No" disse, mantenendo la voce regolare. "Ho visto con quanta rapidità stavano progredendo, diventando più simili a noi. Ho capito secoli fa che mi ero sbagliato su di loro—che molti di noi si erano sbagliati. Sicuramente lo sapevi."

"No, non lo sapevo" disse Saret. "O forse lo sapevo, ma non ci credevo. Comunque, non ha importanza ormai, vero? Dopo oggi, non sarò più io. È per questo che sei venuto a trovarmi, non è vero? Per vedermi morire?"

"Non morirai" disse Korum con calma. "Ti hanno condannato a una nuova versione di riabilitazione completa, che Laira stessa ha inventato di recente. A differenza di quella vecchia, non può essere annullata."

Saret rise amaramente. "Giusto. Come ho detto, dopo questa procedura non sarò più io."

"Addio, Saret." Korum rivolse un'ultima occhiata al

suo ex amico e uscì, mettendo fine a quel capitolo della propria vita.

~

QUANDO TORNÒ A CASA, Mia lo stava aspettando, con un'espressione ansiosa. "Com'è andata?" chiese, alzandosi dal sedile dove stava leggendo col suo tablet. "Sei riuscito a parlargli?"

"Sì." Korum la tirò a sé per un abbraccio. La familiare sensazione di lei tra le sue braccia era rassicurante, alleviandogli lo stress e la tensione. Per quanto Korum detestasse ammetterlo a se stesso, vedere Saret era stato doloroso. Nonostante il tradimento, nonostante tutto, Korum l'aveva considerato un amico per tutta la vita, e non poteva fare a meno di rimpiangere la perdita di quell'illusione.

La ragazza gli avvolse le braccia intorno alla vita e lo strinse, strofinandogli le piccole mani sulla schiena. In qualche modo, sapeva che aveva bisogno di conforto; sapeva sempre di cosa avesse bisogno l'alieno ultimamente.

Dopo un paio di minuti, si ritrasse leggermente e lo guardò, con gli occhi azzurri che si riempirono di compassione. "Quando lo faranno?" chiese lentamente. "Quando verrà eseguita la procedura?"

"Oggi pomeriggio" rispose Korum, sollevando una mano per spostarle un riccio dalla guancia. "Tra un paio d'ore."

"E poi? Che cosa succede a coloro che vengono riabilitati in quel modo?"

"Sarà portato in una speciale struttura di rieducazione, in cui ai riabilitati viene insegnato come diventare membri produttivi della società. Saprà della sua vecchia identità, ovviamente, ma gli verrà data la possibilità di ricominciare daccapo, di costruirsi una nuova vita."

"E sarà completamente cambiato? Non vorrà fare di nuovo quelle cose?"

"Molto probabilmente no" rispose Korum. "E poi, sarà sotto stretta sorveglianza per i secoli a venire. Al minimo segno di rinnovate tendenze criminali, subirà di nuovo la procedura."

Mia inumidì le labbra, e Korum si ritrovò a fissarle la bocca, con i pensieri che improvvisamente assunsero una piega sessuale. "Pensi che lo rincontreremo prima o poi?" chiese. "Se rientrerà nella società dopo la riabilitazione, pensi che lo rivedremo?"

Korum cercò di liberare la mente dall'immagine delle labbra dell'umana avvolte attorno al suo cazzo. "Probabilmente" riuscì a dire. "Ma non preoccuparti—sarà un uomo molto diverso." Nonostante la serietà della conversazione, sentì il corpo indurirsi, reagendo alla sua vicinanza come al solito.

Sentendo il rigonfiamento sullo stomaco, Mia gli rivolse un sorriso malizioso e si strinse più forte, strofinandogli i seni contro il petto. Korum inspirò bruscamente, sentendo i capezzoli appuntiti nonostante i due strati di vestiti che li separavano. I suoi occhi diventarono scuri, con le pupille che si allargarono, e apparve un accenno di rossore sulle pallide guance di Mia. Si stava eccitando; lui poteva percepirlo... sentirlo e fiutarlo. Il suo profumo caldo e sensuale era un afrodisiaco per lui, che gli faceva scorrere il sangue nelle vene e pulsare il cazzo dal bisogno.

Continuando a guardarlo con quel sorriso seducente, si leccò di nuovo le labbra, questa volta lentamente. Il suono che gli sfuggì dalla gola era più simile a un ringhio. La ragazza sapeva esattamente cosa fare ormai, come farlo impazzire nel minor lasso di tempo possibile.

Disperato dalla voglia di assaggiarla, Korum chinò la testa e la baciò, godendo del modo in cui l'umana arricciò la lingua attorno alla sua, accarezzando e strofinandogli l'interno della bocca. Era un'abile baciatrice, ben lontana dalla timida vergine che lui aveva spinto nel letto a New York. Gli infilò le dita tra i capelli, con le unghie che gli graffiarono delicatamente lo scalpo, e lui quasi gemette, oscillando i fianchi avanti e indietro, spingendole l'erezione sul ventre.

La pelle dell'extraterrestre era calda, e improvvisamente i loro vestiti sembrarono troppo stretti, troppo d'intralcio. Korum le tirò giù la parte superiore del vestito, imprigionandole le braccia nel tessuto ed esponendole i bellissimi seni. Erano bianchi, sodi e perfettamente tondi, e i capezzoli erano di un bel rosa. Incapace di resistere alla tentazione, si mise in ginocchio e portò quei piccoli capezzoli duri verso la bocca, succhiando prima l'uno e poi l'altro. Lei gemette, inarcandosi verso di lui, con le mani che gli tenevano la nuca, e Korum fece scivolare una mano sotto la gonna del vestito, sentendo la morbidezza dei ricci tra le sue cosce.

"Korum, per favore" sussurrò lei, e l'alieno capì che voleva di più, proprio come lui. Continuando a stuzzicarle i capezzoli, spinse un dito dentro di lei, con le palle che si strinsero per la sensazione calda e scivolosa del suo canale interno. Voleva che venisse, ma allo stesso tempo voleva continuare a torturarla, a farla gridare dal piacere tra le sue braccia. Il pollice scivolò tra le sue pieghe, trovando il piccolo clitoride, e premette leggermente, mantenendo il tocco troppo delicato perché lei potesse raggiungere il culmine. Si dimenò contro di lui, e Korum lo fece di nuovo, adorando i piccoli gemiti indifesi che le sfuggirono dalla gola. Il suo cazzo sembrò esplodere, ma continuò a spingere il dito dentro di lei, sentendo un'ondata di umidità ad ogni colpo.

Bella, era così fottutamente bella per lui. Strappandole il vestito, le denudò lo stomaco e il triangolo scuro tra le cosce, lasciando stare i seni per baciarle ogni centimetro di pelle esposta. C'erano così tante cose che voleva farle, tanti modi in cui voleva prenderla, e avrebbe fatto tutto, ma per ora aveva bisogno di procedere lentamente, di introdurla gradualmente a tutti i piaceri della carne. Stava tremando tra le sue braccia, con le delicate pareti interne che fremevano intorno al suo dito, e lui le spinse un secondo dito dentro, distendendola, con il pollice che continuava a giocare con il clitoride.

"Korum..." Quel gemito torturato era come musica per le sue orecchie, e sorrise trionfante, raschiandole delicatamente i denti sulla delicata pelle dello stomaco. Non strappò la pelle, ma lei sussultò per la puntura, e sentì la figa stringersi attorno alle sue dita, ricoprendole di un'umidità ancor più deliziosa.

"Sì" mormorò l'alieno. "Sì, puoi venire per me ora..." E lei lo fece, con la testa piegata all'indietro per un urlo, con le pulsazioni dei muscoli interni che si aggiungevano al calore ardente dentro di lui.

Ritirando le dita, Korum le leccò, assaporandone il sapore, poi la trascinò sul pavimento accanto a lui. Il materiale intelligente era morbido intorno a loro, massaggiando ginocchia e polpacci con piccole appendici simili a dita, ma Korum notò appena la piacevole sensazione, concentrandosi solo sulla donna tra le sue braccia.

Mia stava ancora tremando, con il respiro rapido e irregolare per i residui dell'orgasmo, e Korum sistemò il suo corpo flessibile in modo che fosse carponi, con lo sguardo verso il basso. La curva del suo sedere perfetto era una tentazione insopportabile. Poteva vedere le pieghe bagnate e gonfie del sesso e la piccola rosa dell'altra apertura, e voleva essere in entrambi i posti contemporaneamente, per scoparla in ogni modo possibile.

Spingendo il pollice nel suo canale scivoloso, raccolse l'umidità da lì e poi la usò come lubrificante, premendole lo stesso dito sul sedere. Lei gridò, con i muscoli che resistettero all'intrusione, e lui si fermò, lasciando che si abituasse alla sensazione prima di continuare lentamente a farsi strada lungo lo stretto passaggio. Quando fu tutto dentro, le afferrò i fianchi con l'altra mano e affondò il cazzo nella sua figa.

Lei si inarcò, gemendo, e Korum inspirò a fatica, con il pollice che sentì il movimento dell'asta dentro di lei attraverso la sottile parete che separava i suoi due orifizi. *Così fottutamente bella.* Il piacere era incredibile, quasi insopportabile. Non potendo più aspettare, Korum cominciò a scoparla senza controllo, sentendone i muscoli interni aggrappati al suo cazzo, afferrandolo così forte che si sentì esplodere.

E poi lo fece, piegando la testa all'indietro per un profondo ruggito. Gridò anche lei, dimenandosi contro di lui, e Korum sentì i suoi muscoli interni che lo stringevano, spremendo ogni goccia di sperma dal corpo.

Ansimando, si lasciò cadere sul pavimento, ancora dentro di lei. Dopo qualche istante, ritirò il pollice e tirò il suo corpo nudo e tremante contro di lui. Respirava forte quanto lui, e le baciò il delicato lobo dell'orecchio, sapendo che aveva bisogno di tenerezza dopo il modo in cui l'aveva presa come un selvaggio. "Ti amo" sussurrò, e lei si voltò verso di lui con un sorriso—il sorriso di una donna che si sentiva assolutamente soddisfatta.

"E io amo te" disse lei dolcemente, accarezzandogli il viso con le dita.

Rimasero così per un po' di tempo, stringendosi l'un l'altra e godendo della sensazione del contatto della pelle. Poi, Korum sentì lo stomaco di Mia borbottare.

Lei arrossì leggermente, e sorrise. "Doccia e pranzo?"

"Sì, volentieri" disse lei, e lui la sollevò per portarla al bagno.

~

I GUARDIANI VENNERO A PRENDERE Saret alle due del pomeriggio. Tra questi c'era Alir, con i suoi occhi neri freddi e inespressivi.

Quando lo afferrarono, Saret si liberò delle loro mani su di lui e uscì dalla stanza da solo, seguendoli verso la camera di esecuzione.

Laira era già lì, con un'aria tetra che si addiceva all'occasione. Saret l'aveva vista una volta e l'aveva subito detestata. Gli ricordava Korum. La stessa acuta intelligenza, la stessa spietata ambizione. Aveva fatto domanda per lavorare nel suo laboratorio alcuni decenni fa, prima che diventasse nota come una stella nascente nel campo. Dopo un breve colloquio, Saret aveva declinato la candidatura, godendo dell'espressione delusa sul suo viso quando le aveva detto che non era qualificata.

Per ironia della sorte oggi sarebbe stata lei il suo carnefice.

Lo legarono a un lettino fluttuante, accertandosi

che non potesse sfuggire a quello che sarebbe successo. Saret non oppose resistenza. Perché avrebbe dovuto? I guardiani erano armati fino ai denti, e, anche se non lo fossero stati, erano degli abili combattenti. Non avrebbe avuto alcuna possibilità. A quel punto, Saret desiderava solo morire con dignità.

E quella sarebbe stata la sua morte. Anche se il suo corpo sarebbe rimasto, la mente—quella che lo rendeva Saret—sarebbe scomparsa, completamente cancellata. Non sarebbe mai più stato se stesso; i suoi ricordi, la sua personalità, la sua essenza—tutto sarebbe stato spazzato via.

Laira gli si avvicinò, tenendo in mano un piccolo dispositivo bianco. Saret lo riconobbe. Ne aveva usato una versione simile su Mia solo un paio di mesi fa.

"Mi dispiace" disse Laira, premendogli il dispositivo sulla fronte. "Mi dispiace davvero."

Quel volto fu l'ultima cosa che Saret vide, prima che il suo mondo svanisse nell'oscurità.

CAPITOLO TRENTADUE

La mattina del loro matrimonio ebbe inizio senza imprevisti.

"Mia, tesoro, sei—" Sua madre si asciugò le lacrime. "Sei stupenda—"

"Grazie, mamma" disse dolcemente la ragazza. "Anche tu e Marisa siete bellissime." Non stava mentendo; la sorella era meravigliosa con quell'abito color crema con le pieghe leggermente drappeggiate che nascondevano abilmente il suo leggero pancione, mentre la madre sembrava straordinariamente giovane con quel vestito color pesca che evidenziava le sue dolci curve. Anche suo padre e Connor indossavano abiti Krinar, con un aspetto sorprendente nei loro pantaloni bianchi aderenti, stivali e camicie senza maniche.

"Non riesco a credere che la mia sorellina stia per sposarsi." Marisa tirò su col naso, e anche i suoi occhi si riempirono di lacrime. Non era insolito, però; la sorella di Mia piangeva anche per la caduta di un cappello ultimamente.

"E con un K, tra l'altro" Connor balzò in piedi, con un grande sorriso sul volto. "Dan, avresti mai immaginato che alla tua figlia minore sarebbe accaduta una cosa del genere?"

"No" disse suo padre. "Assolutamente no."

La famiglia di Mia era seduta in una stanza privata della gigantesca sala, osservando la ragazza, che dava gli ultimi ritocchi ai capelli. Come regalo di nozze, Leeta le aveva mandato il modello per un bellissimo accessorio per capelli, e Mia ora lo stava mettendo sulla testa. Realizzato con alcuni metalli scintillanti e lucenti pietre bianche, le adornò i capelli, sistemandosi su ciascun riccio e facendola assomigliare a una principessa delle fiabe.

Il suo abito contribuiva a quell'impressione. Era lungo, coprendole i piedi, con una gonna larga e una scollatura a cuore senza bretelline che le sollevava i seni e le metteva in risalto l'esile busto. Sarebbe stato un classico abito da sposa, se non fosse stato per il fatto che l'intera schiena era esposta nello stile dei suoi soliti vestiti Krinar. Dato che il vestito era lungo, Mia decise di indossare i tacchi alti—concedendosi dieci centimetri in più di altezza, che la rendevano alta quasi quanto le donne Krinar più basse.

"Korum non ti ha ancora vista, vero?" chiese sua madre con ansia, e Mia scosse la testa, sorridendo per la sua superstizione.

"No, mamma, rilassati."

Mia sapeva che avrebbe dovuto sentirsi nervosa anche lei. Dopotutto, non era vero che tutte le spose andavano almeno un po' fuori di testa il giorno del matrimonio? E Mia aveva molte più ragioni per impazzire, viste le dimensioni dell'evento e il fatto che l'intera razza Krinar avrebbe assistito virtualmente o di persona all'avvenimento senza precedenti.

Tuttavia, non si sentiva nemmeno un po' ansiosa. Riusciva a percepire solo un caldo bagliore di felicità. Korum si era occupato di tutta la logistica, gestendo i preparativi del matrimonio con la stessa calma con cui aveva sempre gestito tutto il resto, quindi non c'era nulla di cui preoccuparsi da quel punto di vista. Per quanto riguardava il loro futuro insieme, sapeva che non sarebbe stato sempre facile, ma il loro amore era abbastanza forte, abbastanza reale da poter sopravvivere a qualsiasi ostacolo.

Una parte di lei ancora non riusciva a credere che stesse accadendo, che stesse per sposare un K che un tempo temeva e considerava un nemico. Anche se erano passati solo pochi mesi, nella sua vita—e in quella di Korum—erano cambiate tantissime cose. Avevano appreso entrambi l'importanza del compromesso, del vedere il punto di vista dell'altra persona. Mia era diventata più forte, più sicura di sé, mentre Korum aveva iniziato a temperare la sua naturale arroganza e le tendenze al controllo. Era ancora ridicolmente iperprotettivo, naturalmente, ma Mia sperava che anche quello si sarebbe attenuato con il tempo, man mano che i ricordi dell'aggressione di

Saret fossero svaniti. La possessività di Korum era una questione diversa; aveva il forte sospetto che parte della sua personalità non sarebbe mai cambiata.

"Sai, diventerai una celebrità sulla Terra" disse Marisa pensierosa, guardando Mia. "La mia sorellina— la prima umana ad aver sposato un K! Se i media ci metteranno sopra le mani, sarai su tutti i notiziari..."

"Lo so." Mia rabbrividì mentalmente a quel pensiero. Lei e Korum avevano già discusso dell'inquietante possibilità. "Quando torneremo sulla Terra, probabilmente vivremo a Lenkarda, quindi non sarà così male per noi. Per voi, però... Potreste prendere in considerazione l'idea di trasferirvi a Lenkarda, a prescindere da quello che succederà con la petizione." Era implicito che la famiglia di Mia avrebbe dovuto vivere nei Centri, se fosse stata concessa loro l'immortalità, proprio come dei charl.

Con un'ultima occhiata allo specchio, Mia si voltò e sorrise a tutti. "Sono pronta."

~

CON UNO SMOKING bianco in stile umano, Korum era in attesa davanti all'altare. Mentre cominciarono a suonare le prime note della marcia tradizionale delle nozze umane, il suo cuore iniziò a battergli forte. Nel giro di pochi minuti, Mia avrebbe attraversato quel corridoio, e finalmente lui avrebbe visto la sua sposa umana.

Due ore prima, i suoi genitori l'avevano portata via

e lo avevano messo in guardia severamente sul fatto che non avrebbe potuto vederla finché non fosse iniziata la cerimonia. A causa della sfortuna o di qualcosa altrettanto ridicolo. Korum non ne era rimasto contento, dal momento che avrebbe voluto aiutare Mia a vestirsi—e magari avere l'opportunità di una sveltina prima della lunga celebrazione—ma Ella Stalis era stata irremovibile e Korum aveva ceduto a malincuore. Discutere con la futura suocera non era in cima alla sua lista delle priorità.

Mentre la musica continuava, lanciò una rapida occhiata intorno alla grande sala delle celebrazioni. Decorata con toni di bianco e argento, era assolutamente gremita. Oltre alla famiglia, agli amici e ai vari conoscenti di Korum, molti membri dell'élite dei Krinar erano presenti di persona. Il resto di Krina—e gli abitanti Krinar della Terra—stava vivendo l'evento virtualmente. Tutti lo osservavano con malcelata curiosità, e Korum sapeva che si stavano chiedendo perché lo stesse facendo, perché stesse sposando la sua charl. Persino Arus era rimasto perplesso. "Non è ridondante?" aveva chiesto a Korum dopo una riunione del Consiglio a cui l'amante di Mia aveva partecipato a distanza. "Tu e Mia siete già praticamente sposati. Lei è la tua charl."

Korum aveva sorriso, senza preoccuparsi di approfondire le sue ragioni. Mia era la sua charl, naturalmente, e ora sarebbe stata anche sua moglie.

In lontananza, poté sentire i suoi passi. Suo padre la stava accompagnando, concedendola in sposa come da tradizione. Korum sorrise tra sé e sé. Gliel'avrebbe strappata volentieri dalle mani.

Quando apparve dall'altra parte del corridoio, sottobraccio al padre, rimase a bocca aperta. Mia sembrava radiosa, più bella di qualsiasi altra donna Korum avesse mai visto. Era splendida, con gli occhi azzurri che brillavano dalla felicità e le labbra che si piegarono in un ampio sorriso. Il vestito ne enfatizzava la vita stretta e le sollevava i deliziosi seni rotondi, attirando l'attenzione dell'alieno sulla scollatura. Solo vederla in quel modo gli fece venir voglia di prenderla e portarla a letto—tenendola lì per le ore successive.

Presto, si ripromise Korum, e fece del proprio meglio per scacciare dalla mente tutti i pensieri sul sesso. Tuttavia, era impossibile, perché semplicemente non riusciva a distogliere gli occhi da lei. Mentre la ragazza attraversava il corridoio, si ritrovò ad osservarla ardentemente ad ogni passo, beandosi della delicatezza dei suoi lineamenti, delle linee eleganti del collo e delle spalle. La sua pelle era così morbida, così delicata che a Korum prudevano le dita dall'impulso di accarezzarla, di sentirla dappertutto.

Poi fu lì, accanto a lui, e la musica raggiunse un crescendo, poi si quietò. Korum prese la mano di Mia e si voltò verso la bionda donna umana che avrebbe celebrato la cerimonia. Un'ex giudice del Missouri, Lana Walters ora era una charl che viveva su Krina, e si era sentita onorata di far parte di un'occasione così storica.

"Cari amici, famiglia e tutti coloro che sono

presenti o che ci osservano oggi" disse Lana con voce roca. "Oggi siamo qui riuniti per assistere al matrimonio di Nathrandokorum e Mia Stalis, la prima volta che una tale unione abbia mai avuto luogo." Fece una pausa per un effetto teatrale. "Korum, vuoi prendere Mia come tua sposa, per averla e tenerla, per amarla e adorarla, nella salute e nella malattia, finché morte non vi separi?"

"Lo voglio" disse Korum, guardando Mia. A quelle parole, il sorriso di Mia si fece incredibilmente luminoso, abbagliandolo con la sua bellezza.

"E tu, Mia? Vuoi prendere Korum come marito, per averlo e tenerlo, amarlo e adorarlo, nella salute e nella malattia, finché morte non vi separi?"

"Lo voglio." La sua voce era forte e chiara, senza nemmeno un accenno di esitazione.

"Allora, vi dichiaro marito e moglie. Puoi baciare la sposa."

Korum non aveva bisogno di alcuna sollecitazione. Portando Mia verso di sé, chinò la testa e la baciò, con il delizioso sapore della ragazza che inviò un'ondata di sangue dritta all'inguine. Dovette far appello a tutta la propria forza di volontà per fermarsi dopo un minuto. Quando si staccò, lei lo guardò con la bocca leggermente gonfia e gli occhi azzurri dolci dal desiderio.

Allo stesso tempo, la folla si alzò e cominciò a calpestare i piedi nella versione Krinar degli applausi. Il pavimento tremò, quando centomila ospiti calpestarono all'unisono e festeggiarono per loro.

Prendendo la mano di Mia, Korum sollevò i loro palmi uniti in aria, spingendo la folla verso una frenesia ancora più grande.

Era giunto il momento di festeggiare.

MIA NON RIUSCIVA A SMETTERE di ridere mentre suo marito la faceva volteggiare sulla pista da ballo senza il minimo sforzo, come se fosse una bambola. Intorno a loro, anche altre coppie Krinar stavano danzando, con movimenti così complessi e disinvolti che Mia non sarebbe mai stata in grado di replicare da sola. La sua famiglia stava osservando ai margini, sembrando meravigliata quanto Mia dalla grazia inumana e dalla flessibilità dei ballerini.

Nonostante la cerimonia di nozze tradizionalmente umana, la festa che seguì fu decisamente aliena. A Mia ricordava la celebrazione dell'unione di Leeta a Lenkarda. Tutto, dalla musica esotica all'angolo della pista da ballo, era puramente Krinar. Sedie fluttuanti, pareti riflettenti e decorazioni lucenti abbondavano.

Mia poté vedere che i suoi genitori erano sopraffatti da tutto il luccichio e dalla folla che li circondava. Marisa e Connor, invece, sembravano amarli. Il cognato di Mia assaggiò persino una delle bevande alcoliche locali. "Cazzo, è roba forte" disse con approvazione, dopo che i suoi occhi smisero di lacrimare. Mia e gli altri si limitarono al rinfrescante cocktail rosa, non volendo provare qualcosa di così forte da far sbronzare un K. Dopo un po' i genitori di Korum si unirono alla famiglia di Mia, e tutti conversarono, mentre l'alieno portò via Mia dalla pista da ballo.

Dopo circa una vigorosa ora di danza, Mia dovette supplicare per avere un po' di pietà. "Ti rendi conto che sono un'umana, vero?" disse ridendo a Korum, fermandosi per riprendere fiato.

In quel momento, furono avvicinati da un alto uomo Krinar. "Congratulazioni" disse, sorridendo a entrambi. "Sono Kellon, il cugino di Ellet."

Korum ricambiò il tradizionale saluto Krinar, e si toccarono la spalla con i palmi.

"Ho un regalo di nozze per voi" disse Kellon. "Da parte di Ellet."

"Davvero?" Korum sollevò le sopracciglia, e Mia guardò il K. Che cosa voleva dar loro l'esperta di biologia umana?

"Negli ultimi anni, Ellet ha lavorato su un progetto molto ambizioso" disse Kellon. "E finalmente l'ha terminato la scorsa notte. È qualcosa di particolare interesse per entrambi—ed è per questo che mi ha chiesto di donarvelo oggi, per il vostro matrimonio."

"Di cosa si tratta?" chiese Mia, insopportabilmente curiosa.

"È da un po' che sta cercando di scoprire un modo affinché gli umani e i Krinar possano avere figli biologici... e crede di aver finalmente trovato una soluzione."

"Una soluzione?" sussurrò Mia, quasi non osando

credere alle proprie orecchie. "Stai parlando di bambini Krinar-umani?" Suo marito sembrava paralizzato, fissando l'altro K sotto shock.

"Sì" confermò Kellon. "La proceduta è tutt'altro che perfetta, ed Ellet ha molti dettagli da sistemare, ma è riuscita a capire come combinare il DNA di entrambe le specie in modo tale da produrre prole vitale. Ancora qualche anno e voi due potreste avere un figlio—se lo vorrete, naturalmente."

"Ne è sicura?" La voce di Korum era calma, ma i suoi occhi erano quasi gialli dall'emozione. "Ellet ne è assolutamente sicura? Se si tratta solo di una simulazione, allora—"

"No" disse Kellon. "Ne è sicura. Ha eseguito almeno un centinaio di simulazioni, e ognuna di esse ha prodotto gli stessi risultati. Per la prima volta, sarà possibile per una charl e il suo cheren avere figli insieme."

"Grazie, Kellon" disse Mia. "E, ti prego, ringrazia Ellet da parte nostra. Questo... questo è il miglior regalo di nozze che avremmo mai potuto ricevere." Si sentì come se fosse sul punto di scoppiare in lacrime da un momento all'altro, e distolse lo sguardo, sbattendo le palpebre furiosamente per trattenere l'umidità che le riempiva gli occhi. Un figlio con Korum! Quello superava ogni immaginazione.

"Sì" disse Korum sottovoce. "Per favore, esprimi i nostri più sinceri ringraziamenti a Ellet. Ha tutta la nostra gratitudine."

Kellon inclinò rispettosamente la testa e si allontanò, mischiandosi alla folla.

Non appena se ne fu andato, Mia si rivolse a suo marito. "Un figlio! Oh mio Dio, Korum, un figlio!" Gli afferrò la mano, stringendola tra i palmi per l'emozione.

"Un figlio" ripeté lui, e sul suo viso apparve un'espressione strana. "Nostro figlio."

Una parte dell'emozione di Mia svanì. "Tu... Tu desideri un figlio, vero?" chiese, incerta. "Voglio dire, so che sarebbe parzialmente umano e tutto il resto—"

"Se desidero un figlio?" La fissò come se le fossero spuntate due teste. Quando parlò di nuovo, la sua voce era bassa e carica di intensità. "Mia, dolcezza, ti amo. Un figlio che sarebbe parte di te e di me? Come potrei non desiderarlo?" Coprendole le mani con l'altro palmo, la tirò a sé, con gli occhi luccicanti. "Lo desidero infinitamente."

Mia era raggiante, sentendosi come se il suo cuore le traboccasse dalla felicità. "Se avessimo una figlia, potremmo chiamarla Ivy. Ho sempre amato quel nome. Che cosa ne pensi?"

"Penso che mi piaccia molto" mormorò, piegando la testa e dandole un bacio profondo e appassionato.

Decisero che avrebbero condiviso la notizia con le loro famiglie dopo il matrimonio. C'erano semplicemente troppe persone in giro in quel momento per un annuncio così importante—e privato. Tuttavia, Mia non riusciva a smettere di pensare al regalo di Ellet.

"Credi che la procedura sarà perfezionata per quando avrò trent'anni?" chiese a Korum, mentre la riconduceva verso la pista da ballo. "Ho sempre desiderato avere un figlio prima dei trent'anni—"

"Trent'anni?" Suo marito rise. "Mia, tesoro, la tua età è irrilevante ora. Nostro figlio potrebbe nascere quando avrai trent'anni—o quando ne avrai cinquecentotrenta. Non ha importanza—"

"Ha importanza per i miei genitori" disse Mia lentamente. "Vorrei che vedessero i loro nipoti, che li conoscessero durante la loro vita." Era l'unica cosa che la preoccupava: il fatto che non avessero ancora ricevuto una risposta dagli Anziani.

Korum iniziò a dire qualcosa quando la musica improvvisamente si fermò. Tutto il frastuono cessò, con un silenzio mortale che scese dal nulla. Tutti sembravano bloccati, fissando l'entrata.

"Che cosa sta succedendo?" sussurrò Mia, avvicinandosi a Korum.

"Zitta, dolcezza" disse piano, mettendole un braccio con fare protettivo intorno alla schiena. "Sembra che Lahur sia qui."

Mia trattenne a stento un gemito. Da quello che Korum le aveva detto, gli Anziani non uscivano mai per socializzare con altri Krinar o per partecipare a eventi pubblici. Erano essenzialmente dei solitari, che si tenevano separati dalla popolazione generale. E ora Lahur, il più anziano di tutti, era lì alla loro festa?

La folla si aprì lentamente, e Mia vide un uomo alto e potente farsi strada verso di loro. Man mano che si avvicinava, riconobbe i lineamenti duri dell'Anziano con cui aveva parlato nella foresta. Indossava formali abiti Krinar, come tutti gli altri ospiti, ma l'abbigliamento elegante non aiutava molto a nascondere la sua natura predatoria. Anche in mezzo agli altri Krinar, sembrava in qualche modo più selvaggio, una pantera che vagava tra i gatti di casa.

"Benvenuto, Lahur" disse Korum con calma, inclinando la testa verso il nuovo arrivato. "Siamo lieti che ti sia unito a noi."

"Grazie." La voce profonda di Lahur conteneva una nota di divertimento. "Non sono qui da molto. Sono venuto per donarvi un regalo di nozze. È una vostra usanza, vero, Mia?"

La ragazza fissò l'Anziano in stato di shock. "Sì" riuscì a dire. "È un'usanza nei matrimoni umani." Era sorpresa che fosse in grado di parlare, con il cuore che le batteva più forte che mai.

"Bene" disse Lahur, fissandola con gli occhi scuri. "Volevo dirti che abbiamo accettato la tua petizione. Alla tua famiglia verranno assegnati tutti i diritti e i privilegi di coloro che chiamiamo charl."

Un mormorio scioccato attraversò la folla alle sue parole, e Mia inspirò bruscamente, con gli occhi che si riempirono di lacrime di gioia. "Grazie" sussurrò, guardando il volto cupo del vecchio alieno di dieci milioni di anni davanti a lei. "Grazie mille..."

"Sì" disse Korum, stringendo il braccio intorno alla schiena di Mia. "Grazie per questo meraviglioso regalo di nozze. Io e mia moglie siamo davvero grati."

Lahur inclinò la testa, accettando i loro ringraziamenti. Poi, si voltò e si allontanò, con la folla che si divise nuovamente per lasciarlo passare.

La musica ricominciò e la festa riprese. Correndo verso Mia, Marisa abbracciò lei e Korum, singhiozzando dalla felicità, e i suoi genitori si abbracciarono, con le lacrime che scorrevano sui loro visi. Connor strinse la mano di Korum, e Mia vide che anche gli occhi di suo cognato erano lucidi.

Per la prima volta nella storia, a un'intera famiglia umana sarebbe stata concessa l'immortalità, un dono più prezioso di qualsiasi cosa avrebbero mai potuto immaginare.

Guardando il marito—il suo bellissimo amante K— Mia sorrise tra le lacrime. "Ti amo" gli disse dolcemente. "Ti amo così tanto."

"E io amo te" disse, guardandola con caldi occhi color ambra.

La loro felicità era assoluta.

EPILOGO

*L*ahur si fermò nella radura della foresta, sentendo la brezza calda sul viso. Gli altri erano riuniti intorno a lui, con i loro volti che gli erano familiari quanto il suo. Quelle persone—note come gli Anziani—erano tra le poche di cui Lahur potesse tollerare la compagnia per più di dieci minuti alla volta.

"E ora?" chiese Sheura, osservandolo con lo sguardo calmo e cupo.

Lahur la guardò. "Cosa ne pensi?"

"Penso che sia giunto il momento" disse lei lentamente. "Penso che dobbiamo farlo."

"Sono d'accordo." Era Pioren, la collega di Sheura nell'esperimento. "Non possiamo più stare a guardare. Il progetto è riuscito fin troppo bene. Sono come noi. I migliori e i più brillanti ora si stanno accoppiando con loro."

"Sì" disse Lahur. "È così." L'aver visto la ragazza

umana dai capelli ricci accanto a Korum era stata una rivelazione. Non era la prima umana che aveva incontrato, ma qualcosa in lei l'aveva toccato, penetrando lo strato di ghiaccio che ultimamente lo circondava. Per un attimo, Lahur era riuscito a percepire il forte legame esistente tra lei e il suo cheren, a gioire dell'amore che provavano l'uno per l'altra.

Tra tutti i giovani, Lahur riteneva Korum tra i più interessanti, probabilmente perché gli ricordava se stesso in gioventù. Stessa ambizione, stessa disponibilità a fare ciò che fosse necessario per raggiungere i propri obiettivi. Lahur non aveva dubbi sul fatto che Korum sarebbe riuscito a costruire un impero Krinar, conducendo tutti in un viaggio senza precedenti.

Un viaggio che Korum intendeva intraprendere con una ragazza umana al proprio fianco.

Non poteva esserci alcun segno più chiaro che ci fosse bisogno di concludere l'esperimento.

"Facciamolo" disse Lahur. "Hai ragione. È giunto il momento. Dobbiamo condividere la nostra tecnologia, dar loro tutto ciò che abbiamo dato solo a pochi eletti. La loro evoluzione è completa."

E mentre guardava la radura, notando il consenso sui volti degli altri, Lahur aveva un solo pensiero per la testa:

Niente sarebbe mai più stato lo stesso.

FINE

RINGRAZIAMENTI

Grazie per aver letto *Ricordi Intimi*, il terzo libro della serie *Le Cronache dei Krinar*! Apprezzerei molto, se poteste lasciare una recensione, perché le recensioni mi incoraggiano a scrivere e aiutano gli altri lettori a scoprire i miei libri.

Anche se la storia di Mia & Korum si conclude qui, in questo universo ci sono altri libri.

Se vi piace questo mondo, ma preferireste altri personaggi, potete provare:

• *La Prigioniera dei Krinar* – Un romanzo standalone ambientato poco prima dell'Invasione.

Se vi è piaciuto *Ricordi Intimi*, potrebbero piacervi anche questi romanzi dark e contemporanei di Anna Zaires:

- *La Trilogia Strapazzami* – La storia di Julian & Nora.
- *La Trilogia Catturami* – La storia di Lucas & Yulia.
- *Il Mio Tormentatore* – La storia di Peter & Sara.

Collaborazioni con mio marito, Dima Zales:

- *I lettori di pensieri* – Urban fantasy

Se desiderate ricevere una notifica quando il prossimo libro verrà pubblicato, iscrivetevi alla mia mailing list delle nuove pubblicazioni sul sito www.annazaires.com/book-series/italiano.

E ora, voltate pagina per un breve assaggio di *La Prigioniera dei Krinar*, *Strapazzami*, *Catturami*, e qualche altro mio lavoro.

ESTRATTO DA LA PRIGIONIERA DEI KRINAR

Nota dell'Autrice: *La Prigioniera dei Krinar* è un romanzo standalone che si svolge circa cinque anni prima della trilogia de *Le Cronache dei Krinar*.

Emily Ross non si sarebbe mai aspettata di sopravvivere alla caduta mortale nella giungla della Costa Rica, e sicuramente non avrebbe mai pensato di svegliarsi in un'abitazione stranamente futuristica, tenuta prigioniera dall'uomo più bello che avesse mai visto. Un uomo che sembra più che umano...

Zaron è sulla Terra per facilitare l'invasione dei Krinar —e per dimenticare la terribile tragedia che gli ha sconvolto la vita. Eppure, quando trova il corpo distrutto di una ragazza umana, tutto cambia. Per la prima volta dopo anni, prova qualcosa di più della rabbia e del dolore, ed Emily ne è la ragione. Lasciarla andare comprometterebbe la sua missione, ma tenerla con sé potrebbe distruggerlo nuovamente.

❧

Non voglio morire. Non voglio morire. Ti prego, ti prego, ti prego, non voglio morire.

Continuava a ripetere ostinatamente quelle parole nella sua mente, una disperata preghiera che nessuno avrebbe mai ascoltato. Le sue dita scivolarono di un altro centimetro sul bordo di legno ruvido, spezzandosi le unghie nel tentativo di mantenere la presa.

Emily Ross era appesa—letteralmente—per le unghie a un vecchio ponte mal ridotto. Decine di metri sotto, l'acqua inondava le rocce, con il ruscello gonfio per le recenti piogge.

Quelle piogge erano in parte responsabili della sua situazione. Se il legno del ponte fosse stato asciutto, forse non sarebbe scivolata, facendo una storta. E sicuramente non sarebbe caduta sulla ringhiera, fracassandola sotto il suo peso.

Solo una disperata stretta dell'ultimo minuto aveva evitato ad Emily di precipitare verso la morte. Mentre scivolava verso il basso, la mano destra aveva afferrato una piccola sporgenza sul lato del ponte, lasciandola penzoloni in aria decine di metri sopra le rocce dure.

Non voglio morire. Non voglio morire. Ti prego, ti prego, ti prego, non voglio morire.

Non era giusto. Non doveva andare così. Quella era la sua vacanza, il suo periodo di rigenerazione. Come poteva morire proprio ora? Non aveva ancora iniziato a vivere.

Le immagini degli ultimi due anni attraversarono la mente di Emily, come le presentazioni PowerPoint che le avevano occupato tante ore di lavoro. Ogni notte, ogni fine settimana trascorso in ufficio—era stato tutto inutile. Aveva perso il lavoro a causa dei tagli del personale, e ora stava per perdere la vita.

No, no!

Emily dimenò le gambe, scavando più in profondità nel legno con le unghie. Alzò l'altro braccio, allungandosi verso il ponte. Non sarebbe accaduto. Non l'avrebbe permesso. Aveva lavorato troppo duramente per lasciare che uno stupido ponte della giungla avesse la meglio su di lei.

Il sangue le scorreva lungo il braccio, mentre il legno le lacerava la pelle delle dita, ma ignorò il dolore. La sua unica speranza di sopravvivenza consisteva nel tentativo di afferrare il lato del ponte con l'altra mano, in modo da potersi tirare su. Non c'era nessuno nelle vicinanze per salvarla, proprio nessuno; poteva contare solo su se stessa.

Emily non aveva riflettuto sulla possibilità che sarebbe potuta morire da sola nella foresta pluviale, quando era partita per quel viaggio. Era abituata a fare escursioni, ad andare in campeggio. E nonostante l'inferno degli ultimi due anni, era ancora in buona forma, forte, e pronta a correre e a praticare sport sia durante la scuola superiore che all'università. La Costa Rica era considerata una destinazione sicura, con un basso tasso di criminalità e una popolazione aperta ai turisti. Era anche poco costosa—un fattore importante vista la rapidità con cui si assottigliavano i suoi risparmi.

Aveva prenotato quel viaggio *prima*. Prima che il mercato peggiorasse di nuovo, prima di un altro ciclo di licenziamenti, che aveva causato la perdita del lavoro per migliaia di lavoratori di Wall Street. Prima che Emily andasse a lavorare lunedì, con gli occhi stanchi per aver lavorato tutto il fine settimana, solo per lasciare l'ufficio lo stesso giorno con tutti i suoi effetti personali in una piccola scatola di cartone.

Prima che la sua relazione durata quattro anni si sgretolasse.

La sua prima vacanza dopo due anni, e stava per morire.

No, non pensarci. Non succederà.

Ma Emily sapeva di mentire a se stessa. Sentiva le sue dita scivolare sempre di più, con il braccio destro e la spalla in fiamme per via dello stiramento nel sostenere il peso di tutto il corpo. La sua mano sinistra era a pochi centimetri dal lato del ponte, ma tanto valeva che quei centimetri fossero miglia. Non riusciva ad aggrapparsi con una forza tale da sollevarsi con un braccio.

Fallo, Emily! Non pensarci, fallo e basta!

Raccogliendo tutta la forza, fece oscillare le gambe in aria, sfruttando lo slancio per sollevare il corpo in una frazione di secondo. Afferrò il bordo sporgente con la mano sinistra, lo strinse... e il fragile pezzo di legno si spezzò, facendola gridare dal terrore.

L'ultimo pensiero di Emily prima di colpire le rocce fu la speranza di una morte istantanea.

~

L'odore della vegetazione della giungla, ricco e pungente, raggiunse le narici di Zaron. Inalò profondamente, lasciando che l'aria umida gli riempisse i polmoni. Era pulita lì, in quel piccolo angolo della Terra, quasi incontaminata come quella del suo pianeta.

Aveva bisogno di quella adesso. Aveva bisogno dell'aria fresca, di isolamento. Negli ultimi sei mesi aveva cercato di fuggire dai suoi pensieri, di esistere solo in quel momento, ma non c'era riuscito. Nemmeno il sangue e il sesso lo soddisfacevano ormai. Poteva distrarsi scopando, ma poi il dolore tornava sempre, più forte che mai.

Era davvero troppo. La sporcizia, le folle, il fetore dell'umanità. Quando non era avvolto da una nebbia di estasi, era disgustato, con i sensi sopraffatti dall'aver trascorso troppo tempo nelle città umane. Era meglio lì, dove poteva respirare senza inalare veleno, dove poteva sentire l'odore della vita invece di quello dei prodotti chimici. Pochi anni dopo, tutto sarebbe stato diverso, e avrebbe potuto riprovare a vivere ancora una volta in una città umana, ma non ancora.

Non prima di essersi stabiliti lì completamente.

Quello era il compito di Zaron: supervisionare gli insediamenti. Aveva fatto ricerche sulla fauna e la flora della Terra per decenni, e quando il Consiglio aveva chiesto la sua assistenza per l'imminente colonizzazione, non aveva esitato. Qualunque cosa era meglio che essere a casa, completamente permeata dai ricordi della presenza di Larita.

Non c'erano ricordi lì. Nonostante tutte le somiglianze con Krina, quel pianeta era strano ed esotico. Sette miliardi di *Homo sapiens* sulla Terra—un numero impensabile—e si stavano moltiplicando a un ritmo vertiginoso. Con la loro breve durata di vita e la conseguente mancanza di memoria a lungo termine, stavano consumando le risorse del loro pianeta con un profondo disprezzo per il futuro. In qualche modo, gli ricordavano la *Schistocerca gregaria* —una specie di locusta che aveva studiato diversi anni fa.

Naturalmente, gli esseri umani erano più intelligenti degli insetti. Alcuni individui, come Einstein, erano addirittura simili ai Krinar in alcuni aspetti del loro pensiero. Ciò non era particolarmente sorprendente per Zaron; aveva sempre pensato che fosse questo l'intento del grande esperimento degli Anziani.

Passeggiando per la foresta della Costa Rica, si ritrovò a pensare al proprio compito. Quella parte del pianeta era promettente; era facile immaginare piante commestibili provenienti da Krina che fiorivano lì.

Aveva fatto tante prove sul suolo e aveva alcune idee su come rendere ancora più rigogliosa la flora di Krina.

Intorno a lui, la foresta era lussureggiante e verde, impregnata del profumo di eliconie in fiore e del rumore dei fruscii delle foglie e degli uccellini appena nati. In lontananza, sentì il grido di una *Alouatta palliata,* una scimmia urlatrice nativa della Costa Rica, e qualcos'altro.

Accigliato, Zaron ascoltò più attentamente, ma il suono non si ripeté.

Incuriosito, si diresse in quella direzione, con gli istinti di cacciatore in allerta. Per un attimo, quel suono gli aveva ricordato l'urlo di una donna.

Muovendosi con facilità tra la folta vegetazione della giungla, Zaron scattò a gran velocità, saltando su un piccolo torrente e sui cespugli che trovava sul suo cammino. In quel luogo, lontano dagli umani, poteva muoversi come un Krinar, senza la preoccupazione di esporsi. Qualche minuto dopo, arrivò abbastanza vicino da poterne sentire il profumo. Forte e simile al rame, gli fece venire l'acquolina in bocca e risvegliare il sesso.

Sangue.

Sangue umano.

Raggiungendo la sua destinazione, Zaron si fermò, fissando la visuale davanti a lui.

Di fronte c'era un fiume, un torrente di montagna in piena per le recenti piogge. E sulle grandi rocce nere al centro, sotto un vecchio ponte di legno che attraversava la gola, c'era un corpo.

Il corpo frantumato e contorto di una ragazza umana.

~

La Prigioniera dei Krinar è già disponibile. Vi preghiamo di visitare il mio sito su <u>www.annazaires.com/book-series/italiano/</u> per saperne di più e iscrivervi alla mia mailing list delle nuove pubblicazioni.

ESTRATTO DI STRAPAZZAMI

Nota dell'Autrice: *Strapazzami* è una trilogia dark erotica su Nora & Julian Esguerra. Tutti e tre i libri sono disponibili.

~

Rapita. Portata su un'isola privata.

Non avrei mai immaginato che potesse succedermi questo. Non avrei mai immaginato che un incontro casuale alla vigilia del mio diciottesimo compleanno avrebbe potuto cambiarmi la vita in questo modo.

Ora appartengo a lui. A Julian. A un uomo che è così spietato quanto bello—un uomo il cui tocco mi fa bruciare. Un uomo la cui tenerezza trovo più devastante della sua crudeltà.

Il mio rapitore è un enigma. Non so chi sia, né perché mi abbia presa. C'è un'oscurità in lui—un'oscurità che mi spaventa anche se mi attira.

Mi chiamo Nora Leston e questa è la mia storia.

~

È sera ormai. Ogni minuto che passa, l'ansia sale sempre di più al pensiero di rivedere il mio rapitore.

Il romanzo che stavo leggendo non mi interessa più. Lo poso e cammino in cerchio per la stanza.

Indosso gli abiti che Beth mi ha dato prima. Non è quello che avrei scelto di indossare, ma è sempre meglio di una vestaglia. Un paio di mutandine di pizzo sexy e bianche e un reggiseno abbinato come biancheria intima. Un bel prendisole blu con i bottoni nella parte anteriore. Mi sta tutto benissimo in modo sospetto. Mi seguiva da tempo? Scoprendo tutto di me, compresa la mia taglia di vestiti?

Quel pensiero mi dà la nausea.

Cerco di non pensare a quello che avverrà, ma è impossibile. Non so perché sono così sicura che verrà da me stasera. Forse ha un intero harem di donne da qualche parte sull'isola e fa visita ad ognuna solo una volta a settimana, come facevano i sultani.

Eppure qualcosa mi dice che verrà presto. Ieri sera aveva semplicemente stuzzicato il suo appetito. So che non ha finito con me, neanche per sogno.

Finalmente, la porta si apre.

Cammina come se fosse a casa sua. Ed è proprio così, infatti.

Rimango di nuovo colpita dalla sua bellezza mascolina. Potrebbe essere un modello o una star del cinema, con un viso del genere. Se ci fosse giustizia nel mondo, sarebbe stato basso o avrebbe avuto qualche altra imperfezione sul volto per compensare.

Ma non è così. È alto e muscoloso, perfettamente proporzionato. Ricordo cos'ho provato ad averlo dentro e sento una sgradita scossa di eccitazione.

Indossa ancora jeans e T-shirt. Una grigia questa volta. Sembra preferire i vestiti semplici e fa bene a farlo. Il suo aspetto non ha bisogno di altri accessori.

Mi sorride. È quel sorriso da angelo caduto —oscuro e seducente allo stesso tempo. "Ciao, Nora."

Non so cosa rispondere, così sputo la prima cosa che mi passa per la mente. "Per quanto tempo hai intenzione di tenermi qui?"

Inclina leggermente la testa di lato. "Qui in camera? O sull'isola?"

"Entrambi."

"Beth ti farà fare un giro domani, potrai nuotare se vuoi" dice, avvicinandosi. "Non verrai chiusa a chiave, a meno che tu non faccia qualcosa di stupido."

"Tipo?" chiedo, con il cuore che mi batte forte nel petto mentre si ferma accanto a me e solleva la mano per accarezzarmi i capelli.

"Cercare di fare del male a Beth o a te stessa." La sua voce è dolce, il suo sguardo ipnotico mentre mi guarda.

Il modo in cui mi tocca i capelli è stranamente rilassante.

Sbatto le palpebre, cercando di spezzare il suo incantesimo. "E per quanto riguarda l'isola? Per quanto tempo mi terrai qui?"

Mi accarezza il viso con la mano, piegandola sulla mia guancia. Mi sorprendo ad appoggiarmi al suo tocco, come una gatta che viene coccolata, e mi irrigidisco subito.

Le sue labbra si arricciano in un sorriso presuntuoso. Il bastardo sa quale effetto ha su di me. "A lungo, mi auguro" dice.

Chissà perché, non mi stupisce. Non mi avrebbe portata fin qui, se avesse solo voluto scoparmi un paio di volte. Sono terrorizzata, ma non sono sorpresa.

Raccolgo il coraggio e passo alla prossima domanda logica. "Perché mi hai rapita?"

Il sorriso abbandona il suo volto. Non risponde, semplicemente mi guarda con uno sguardo blu imperscrutabile.

Comincio a tremare. "Hai intenzione di uccidermi?"

"No, Nora, non voglio ucciderti."

La sua negazione mi rassicura, anche se potrebbe benissimo mentire.

"Hai intenzione di vendermi?" riesco a malapena a far uscire le parole. "Come prostituta o qualcosa del genere?"

"No" dice a bassa voce. "Mai. Sei mia e solo mia."

Mi sento un po' più calma, ma c'è ancora una cosa che devo sapere. "Hai intenzione di farmi del male?"

Per un attimo, non risponde. Per un istante qualcosa di oscuro lampeggia nei suoi occhi. "Probabilmente" dice lentamente.

E poi si china in avanti e mi bacia, con le sue calde labbra morbide e delicate sulle mie.

Per un attimo, resto lì bloccata, senza rispondere. Gli credo. So che dice la verità quando afferma che mi farà del male. C'è qualcosa in lui che mi fa paura, che mi ha spaventata fin dall'inizio.

Non è come i ragazzi che ho frequentato. Lui è capace di qualunque cosa.

E sono completamente alla sua mercé.

Rifletto ancora una volta sulla possibilità di affrontarlo. Questa sarebbe la cosa normale da fare nella mia situazione. La cosa coraggiosa da fare.

Eppure non lo faccio.

Sento l'oscurità dentro di lui. C'è qualcosa di sbagliato in lui. La sua bellezza esteriore nasconde qualcosa di mostruoso dentro.

Non voglio scatenare quell'oscurità. Non so cosa accadrà se lo faccio.

Così, resto immobile mentre mi abbraccia e gli permetto di baciarmi. E quando mi tira di nuovo su e mi porta sul letto, non cerco in alcun modo di opporgli resistenza.

Anzi, chiudo gli occhi e mi abbandono alle sensazioni.

～

Tutti e tre i libri della trilogia *Strapazzami* sono già disponibili. Visitate il mio sito web all'indirizzo www.annazaires.com/book-series/italiano/ per saperne di più e per iscrivervi alla mia mailing list delle nuove pubblicazioni.

Nota dell'Autrice: *Catturami* è una trilogia dark romance, che vede come protagonisti Lucas & Yulia. Presenta delle somiglianze con la trilogia *Strapazzami*. Tutti e tre i libri sono disponibili.

~

Lo teme dal primo momento in cui l'ha visto.

Yulia Tzakova non è nuova agli uomini pericolosi. È cresciuta con loro. È sopravvissuta a loro. Ma quando incontra Lucas Kent, sa che il duro ex-soldato potrebbe essere il più pericoloso di tutti.

Una notte—è tutto quello che ci vuole. L'opportunità di farsi perdonare un incarico fallito e di ottenere informazioni sul commerciante d'armi, nonché capo di

Kent. Quando il suo aereo precipita, potrebbe essere
la fine.

Invece, è solo l'inizio.

La vuole dal primo momento in cui l'ha vista.

A Lucas Kent sono sempre piaciute le bionde con le
gambe lunghe, e Yulia Tzakova è stupenda. L'interprete
russa potrebbe aver tentato di sedurre il capo di Kent,
ma finisce nel letto di Lucas— che ha tutte le intenzioni
di rivederla.

Poi il suo aereo viene abbattuto, e scopre la verità.

Lei lo ha tradito.

Ora, la pagherà.

~

Non appena la porta si apre, entra nel mio
appartamento. Nessuna esitazione, nessun saluto—
semplicemente entra.

Sorpresa, faccio un passo indietro, nel breve
corridoio stretto che improvvisamente sembra troppo
soffocante. Mi ero dimenticata di quanto fosse grosso,
di quanto fossero larghe le sue spalle. Sono alta per
essere una donna—abbastanza alta da fingere di

essere una modella, se un incarico lo richiedesse—ma lui mi supera di una trentina di centimetri. Con il giaccone pesante che indossa, occupa quasi l'intero corridoio.

Ancora senza dire una parola, chiude la porta alle sue spalle e mi si avvicina. Istintivamente, mi ritraggo, sentendomi come una preda in trappola.

"Ciao, Yulia" mormora, fermandosi, appena usciamo dal corridoio. Il suo sguardo ceruleo è concentrato sul mio volto. "Non mi aspettavo di vederti in questo modo."

Deglutisco, con il cuore che mi batte all'impazzata. "Ho appena fatto un bagno." Voglio sembrare calma e sicura, ma mi ha letteralmente colta alla sprovvista. "Non mi aspettavo delle visite."

"No, me ne rendo conto." Un lieve sorriso appare sulle sue labbra, addolcendo i lineamenti duri della sua bocca. "Eppure, mi hai lasciato entrare. Perché?"

"Perché non volevo continuare a parlare dietro la porta." Faccio un respiro per calmarmi. "Posso offrirti un tè?" È una cosa stupida da dire, visto il motivo per cui è venuto, ma ho bisogno di qualche istante per riprendermi.

Solleva le sopracciglia. "Tè? No grazie."

"Allora, posso prendere il tuo giaccone?" Non riesco a smettere di comportarmi da brava padrona di casa, agendo con gentilezza per nascondere la mia ansia. "Fa piuttosto caldo qui dentro."

Un accenno di divertimento prende vita nel suo sguardo freddo. "Certo." Si toglie il giaccone e me lo porge. Rimane con un maglione nero e un paio di jeans scuri infilati negli stivali neri. I jeans gli stringono le gambe, mettendo in risalto cosce muscolose e polpacci forti, e sulla sua cinta vedo una pistola nella fondina.

Irrazionalmente, il mio respiro accelera a quella vista, e ci vuole un grande sforzo per impedire alle mie mani di tremare, mentre prendo il giaccone e lo appendo al mio piccolo armadio. Non mi sorprende che sia armato—sarei scioccata se non lo fosse—ma la pistola mi ricorda chi è Lucas Kent.

Che cosa è.

Non è un grosso problema, mi dico, cercando di calmare i miei nervi scossi. Sono abituata agli uomini pericolosi. Sono cresciuta in mezzo a loro. Quest'uomo non è molto diverso. Dormirò con lui, otterrò tutte le informazioni possibili e poi scomparirà dalla mia vita.

Sì, ecco cosa farò. Prima lo farò, prima tutto questo sarà finito.

Chiudendo la porta dell'armadio, mi stampo un bel sorriso sul viso e mi volto verso di lui, finalmente pronta a riprendere il ruolo della seduttrice sicura di sé.

Ma nel frattempo è già accanto a me, dopo aver attraversato la stanza senza fare il minimo rumore.

Il cuore riprende a battermi forte, e la mia ritrovata compostezza ricomincia ad abbandonarmi. È così vicino che posso vedere le striature grigie nei suoi occhi azzurri, così vicino che potrebbe toccarmi.

E un attimo dopo, mi tocca davvero.

Sollevando la mano, fa scorrere il retro delle sue

nocche sulla mia mascella.

Lo fisso, confusa dalla reazione immediata del mio corpo. La mia pelle si scalda e i capezzoli si induriscono, con il respiro che accelera. Non ha senso che questo duro e spietato estraneo mi ecciti così tanto. Il suo capo è più bello, più attraente, eppure il mio corpo reagisce a Kent. Tutto quello che ha toccato finora è il mio viso. Non dovrebbe significare niente, eppure in qualche modo è un tocco intimo.

Intimo e inquietante.

Deglutisco di nuovo. "Signor Kent—Lucas—sei sicuro che non posso offrirti qualcosa da bere? Forse un caffè o—" Le mie parole si affievoliscono in un rantolo senza fiato, quando raggiunge la cintura del mio accappatoio e la tira, con la stessa disinvoltura con cui si scarterebbe un pacco.

"No." Guarda il mio accappatoio che si apre, mostrando il mio corpo nudo. "Niente caffè."

~

Tutti e tre i libri della trilogia *Catturami* sono già disponibili. Visitate il mio sito web all'indirizzo www.annazaires.com/book-series/italiano/ per saperne di più e per iscrivervi alla mia mailing list delle nuove pubblicazioni.